JN061092

二見文庫

永遠《とわ》を誓う恋人(下)

J・R・ウォード/安原和見=訳

Lover Avenged

by

J. R. Ward

This edition published by arrangement with Berkley,
an imprint of Penguin Publishing Group,
a division of Penguin Random House LLC
through Tuttle-Mori Agency, Inc., Tokyo

永遠《とわ》を誓う恋人（下）

登　場　人　物　紹　介

リヴェンジ（レヴ）	黒き剣兄弟団
エレーナ	看護師
ラス	黒き剣兄弟団のリーダー
ベス	ラスの妻
ベラ	レヴの妹
ブッチ・オニール	刑事
ホセ・デ・ラ・クルス	殺人課の刑事
ゼックス	〈ゼロサム〉の従業員
ジョン・マシュー	若きヴァンパイア
ラッシュ	〈オメガ〉の息子
モントラグ	貴族
トールメント	黒き剣兄弟団
ヴィシャス（V）	黒き剣兄弟団
ウェルシー	トールメントの恋人
ハヴァーズ	医師
ルーシー	エレーナの父の看護師
マリー＝テレーズ	娼婦

36

リヴェンジの母は、午前十一時十一分に〈冥界《フェード》〉へ渡った。息子と娘、眠る孫娘、そして勇猛な義理の息子に囲まれ、愛する〝ドゲン〟に見守られて。

楽な死にかただった。とても安らかな。目を閉じて、一時間後に二度あえぎ、長く深く息を吐き出した。魂が肉の檻《おり》から解き放たれて、肉体が安堵《あんど》のため息を漏らしたかのようだった。そして不思議なことに……ナーラがその瞬間に目を覚まし、となりのおば《グ》あ《ラ》ちゃ《ン》ま《メ》《ン》のほうではなく、ベッドの真上を見つめたのだ。そして小さな丸ぽちゃの両手を高くあげ、だれかに頬をなでられたかのようににこにこしてのどを鳴らした。

レヴは亡骸《なきがら》を見おろした。母は常づね、死後は〈フェード〉で再生すると信じていた。その信仰は、〈巫女《みこ》〉として生まれ育ったという豊かな土壌に根ざしていた。ほんとうにそうであればいい。母はいまもどこかで生きていると信じたかった。

この胸の痛みを、ほんの少しでもやわらげてくれるものはそれだけだから。

〝ドゲン〟が声を殺して泣きはじめ、ベラは娘とザディストを抱きしめた。レヴはひとり離れ、ベッドの足側に腰をおろして、母の顔から血の色が薄れていくのを見守っていた。

やがて両手両足にぴりぴりとうずくものが広がりはじめた。母から受け継いだものだけでなく、父からのそれも変わらず自分とともにあることを思い出す。

立ちあがり、みなに向かって頭を下げて部屋を出た。彼の寝起きしている部屋のバスルームに入り、洗面台の下をのぞいてほっとした。周到にも、奥にドーパミンのバイアルを二本隠しておいたのだ。天井の赤外線ライトをつけ、セーブルのロングコートを脱ぎ、〈グッチ〉のジャケットから腕を抜いた。頭上の赤い光が神経にさわる。母の死のストレスで、悪の側面が表に出てきたのではないかと不安になるからだ。赤いライトを消し、シャワーの栓をひねって、湯気が立ちはじめるのを待った。

いらいらとローファーで床を叩《たた》きながら、またペニシリンを二錠服《の》んだ。

耐えられるほど温まったころ、シャツの袖をめくりあげ、鏡に映る自分の顔を見ないように気をつけつつ注射器に薬液を吸いあげた。〈ＬＶ〉の黒い革ベルトを上腕に巻き、引っ張って締めてからあばらに押しつけて固定した。スチールの針が、感染症に侵されている静脈に滑り込む。そこでプランジャーを押し込んで――

「なにしてるの」

妹の声にはっと顔をあげた。腕に刺さった針、毒々しい赤に変じた血管を、妹が鏡のなかから見つめていた。

とっさに出ていけと怒鳴りつけようかと思った。こんなところを見られたくなかった。また嘘《うそ》をつかなければならないというだけでなく、これは彼だけの秘密だから。

しかしそうはせず、落ち着いて注射針を抜き、キャップをはめてから捨てた。シャワーの音を聞きながら袖をおろし、ジャケットとセーブルのコートを着た。

シャワーを止める。

「糖尿病なんだ」彼は言った。しまった、エレーナにはパーキンソン病だと言ったのに。くそ。

まあいい、ふたりが近々会うということもないだろう。

ベラは片手で口を押さえた。「いつから？　大丈夫なの？」

「大丈夫だ」無理に笑顔を作る。「おまえこそ大丈夫か」

「待って、ほんとにいつからなの？」

「もう二年ぐらい前から自分で注射してる」少なくともこれは嘘ではない。「ハヴァーズに定期的に診てもらっていてね」ピンポーン！　これもほんとうだ。「ちゃんと管理してるんだ」

ベラは彼の腕に目をやった。「だからいつも寒がってるのね」

「血行が悪くてね。杖《つえ》が必要なのもそのせいだ。バランスがとりにくいから」

「けがしたせいだって言ってなかった？」

「糖尿のせいで治りが悪いんだよ」

「そうだったの」と気の毒そうにうなずいた。「ぜんぜん知らなかった」

大きな青い目で見あげられて、妹に嘘をつくのはつらかった。しかし、母の安らかな顔を思えば耐えられないことはない。

妹の肩に腕をまわし、バスルームの外に出た。「大したことじゃない。ちゃんと治療も受けてるし」

寝室に入っていくと、なかは寒かった。もっともそれがわかったのは、ベラが両腕を身体に巻きつけて背を丸めたからだ。

「お式はいつすればいいのかしら」

「病院に電話して、夜になったらハヴァーズにこっちで屍衣《しい》を着せてもらおう。そうしたら、どこに埋葬するか決めなくちゃならないな」

「〈兄弟団〉の敷地に。あそこに埋葬したいわ」

「〝ドゲン〟とわたしも来ていいとラスが許してくれたらな」

「もちろん許してくれるわ。いまZが電話で王と話してるところよ」

「〝グライメラ〟はあまりこっちに残っていないから、お別れを言いに来たがる者は少ないだろうな」

「下階《した》から住所録をとってきて、告知文を作るわ」

なんと現実的で実際的な会話。死もやはり生の一部であることを実感させられる。ベラがそっと嗚咽《おえつ》を漏らし、レヴは妹を胸に抱き寄せた。

「こっちにおいで」

妹の顔を胸に受けながら寄り添って立ち、何度この世の現実から妹を守ろうとしてきたかと考えた。しかし、いずれにしても悩み苦しみは襲ってくるのだ。

遷移前の幼いころなら、妹を守り、面倒を見てやることはできると自信がもてた。お腹がすけば食事をさせればいい。衣服が必要なら買ってやればいい。眠れないなら、まぶたが落ちるまでそばについていてやればいい。だがおとなになったいま、してやれることはもうほとんどない。なだめ、慰めるぐらいが関の山だ。もっとも、たぶんそういうものなのだろう。幼いころには、やさしい子守歌があれば、それだけで一日のストレスはやわらぎ、安全に守られていると感じられるものだ。

いま妹を腕に抱きながら、おとなにもそんな手軽な万能薬があればいいのにと思った。

「寂しくなるわ」ベラが言った。「あんまり共通点はなかったけれど、いつも可愛がってくださって」

「おまえはご自慢の娘だった。小さいころからずっと」

ベラは身を離して、「兄さんだって」

妹のほつれ毛を耳にかけてやった。「今日はここに泊まっていくのか」

ベラはうなずいた。「どの部屋を使えばいいかしら」

「〝マーメン〟の〝ドゲン〟に訊《き》けばいい」

「そうするわ」感覚のない彼の手をぎゅっと握り、ベラは部屋を出ていった。

ひとりになると、ベッドに歩いていって携帯電話を取り出した。前夜エレーナからテキストメッセージは来なかった。アドレス帳で病院の番号を検索しながら、心配は要らないと自分に言い聞かせる。たぶん前夜からぶっ通しの勤務になっているのだろう。そうであってほしい。

なにかまずいことが起こったとか、そんなはずはない。まずありえない。

それでも、次は彼女に電話するつもりだった。

「**はい、病院でございます**」と〈古語〉で声が応じる。

「レンプーンの子リヴェンジだが、母がついさっき亡くなったので、遺体の保存の手配をしたいのだが」

電話の向こうの女性が息を呑《の》んだ。彼を好きだという看護師はいないが、彼の母親は全員に尊敬されている。全員に――

尊敬されていた、だ。

モヒカンの髪をなでながら彼は言った。「日が落ちたら、先生にこちらへお越しいただけるだろうか」

「はい、もちろんです。それと全員を代表しまして、心よりお悔やみを申しあげます。ぶじに〈冥界《フェード》〉へお渡りなさいますよう、お祈り申しあげております」

「ありがとう」

「少々お待ちください」次に戻ってきたとき、彼女は言った。「先生は日没後すぐにうかがうそうです。お許しがあれば、助手を務める者を連れて――」

「だれだ」エレーナだったらどんな顔をして会えばいいのか。それに立て続けに遺体の世話をさせるのは気の毒だし、それが彼の母の遺体となれば、いっそう彼女にとってはつらいのではないだろうか。「エレーナではないだろうね」

看護師はためらった。「えっ、いえその、違います」

彼は眉をひそめた。相手の声音に〝シンパス〟の本能が目を覚ます。「昨夜、エレーナは出勤したんだろう」また間がある。「そうだね」

「申し訳ありませんが、そういうお話は――」

彼の声が低く、唸《うな》り声に近くなる。「来たのか来なかったのか。単純な質問じゃないか。来たのか、来なかったのか」

看護師があわてはじめた。「はい、その、来ましたけど――」

「けど？」

「いえ、べつに。その――」

「なにがあったんだ」

「なにも」憤懣《ふんまん》やるかたなげな声。こういう楽しいやりとりも、看護師全員に彼がこれほど嫌われる理由のひとつなのだろう。

もう少し穏やかな声を出そうと努めた。「なにかあったんだろう。話してくれないのなら何度でも電話をかけなおすよ。そうすればいつかはだれかが話してくれるだろう。だれも話してくれなければ、そちらの受付にじかに出かけていって、ひとりひとりつかまえて頭がおかしくなるほど問い詰めるぞ。そうすれば、いずれだれかが降参して口を割ってくれる」

その後の沈黙にはなんていやなやつなんだろうが響きわたっていた。「わかりました。エレーナはもうここでは働いてないんです」

思わず吸った息がしっと音を立て、スーツの胸ポケットに入れていたペニシリンのビニール袋に手が伸びた。「なぜだ」

「それはお話しできません。なにをなさろうと無理です」

かちりと音がして電話が切れた。

エレーナは、上階のみすぼらしいキッチンテーブルの前に座っていた。目の前には父の原稿が置かれている。父のデスクで二度読み、父を寝かしつけてからここへあがってきて、そのあともう一度読み通した。

タイトルは『猿猴《えんこう》の精神という密林で』。

ああ〈書の聖母〉さま、これまで父に同情していると思っていたとすれば、いまは共感している。手書きの三百枚の原稿は、父の精神疾患のあとを訪ねるガイドつきツアーであり、いつ病気が始まり、どう進行したかをたどる「父の目で眺める史跡めぐりの旅」だった。

窓をふさいでいるアルミホイルに目をやった。父を苦しめる頭のなかの声は、さまざまなところからやって来る。そのひとつが、地球をまわる人工衛星から発射される無線電波だった。

そのあたりはよく知っている。

しかしこの原稿では、あのアルミホイルは精神疾患が形をとって現われたものなのだ。アルミホイルも統合失調症も、どちらも現実世界を遠ざけ、遮断している。そのふたつがそこにあるおかげで、父はより安全に生きていける。事実を言えば、父は病気を恐れると同時に愛しているのだ。

何年も何年も前、事業で一族に裏切られ、〝グライメラ〟の見かたで言えば破滅したあと、他者の意図や動機を見抜く能力が自分にはない、父はそう思うようになった。信用してはいけない相手を信用したあげく……〝ジェラン〟を失ってしまったと。

問題だったのは、エレーナは母の死をそんなふうには考えていなかったことだ。家族の転落の直後、母は耐えがたい現実に耐えようとアヘンに頼るようになった。その一時的な安心が頼りの杖になっていたのだ――いままで知っていた生活が崩れ落ちていき、財産も地位も家も所有物も失われていく。きれいな鳩《はと》の群れが畑からちりぢりに逃げ、どこか安全な場所を目指して飛び去っていくように。

そこへエレーナの婚約が破棄された。相手の男性は距離を置くようになり、しまいに婚約解消を発表した――エレーナが彼をベッドに誘い込み、食い物にしようとしたという理由で。

それが、母にとっては致命的な打撃だった。

エレーナと男性の合意のうえだったものが、エレーナは価値のない女であり、清く正しい男性を堕落させようとする身持ちの悪い女だということになってしまった。〝グライメラ〟内でそう知られていては、エレーナはもう結婚することはできない。たとえ失った地位をまた家族が取り戻すことがあったとしても。

その醜聞がすっぱ抜かれた夜、エレーナの母は寝室に引きこもり、数時間後に冷たくなって発見された。アヘンの過量摂取だとエレーナはずっと思い込んでいたが、じつはそうではなかった。父の原稿によれば、両の手首を切ってシーツを赤く染めていたという。

連れあいの床《とこ》で、愛する女性が死んでいる。暗赤色の後光に縁どられ、白い身体から生命がこぼれ落ちてもう取り戻せない。それを見てしまった、その直後に父の幻聴は始まったのだ。

精神の病が進行するにつれて、父はどんどん被害妄想の奥深くへ後退していったが、奥へ行くほど不思議に不安は薄れていった。父の頭のなかでは、現実世界の者たちはみな得体が知れない。裏切るかもしれないし、裏切らないかもしれない。しかし頭のなかの声は、こちらをやっつけようとしてくる者ばかりだ。病という密林のなか、狂った猿たちは枝のあいだで飛んだり跳ねたりし、思考という形の棒や木の実を投げつけてくる。だからそこに敵がいるとわかる。明確に敵として見え、敵と感じられ、敵とわかるのだ。そしてその敵と戦うための武器が、きちんと整理された冷蔵庫であり、窓のアルミホイルであり、言葉と文字の儀式なのだ。

現実世界ではどうか。彼は無力で途方にくれ、他者のなすがままで、なにが危険でなにが危険でないか判断する力もない。病の世界のほうが好ましい。なぜなら、彼の言葉を借りるなら、密林の範囲も、木々の周囲の小道も、猿たちのもたらす試練もわかっているから。

そこでは、羅針盤は正しく北を指してくれる。

エレーナが驚いたのは、父が苦しんでいたことではない。病に冒される前、父は

〈古法〉に関する事実審弁護士であり、議論を愛し強敵を求めることでよく知られていた。正気のときに楽しんでいたような論争を、父は病のうちにも見いだしていたのだ。自己実現的な皮肉を込めてみずから書いているように、知的なことでも弁が立つことでも、頭のなかの声は彼自身に少しもひけをとらなかった。激しい発作も、父にとってはあっぱれなボクシング試合の精神版でしかなく、しまいにはかならず生き残るわけだから、彼はつねに勝者だったのだ。

また、この密林を離れることはないということも父は気づいていた。原稿の最終行で書いているように、〈フェード〉に渡るまでのここが最後の住処なのだ。ただひとつだけ残念なことに、この住処にはひとりぶんの空間しかない。猿たちのあいだを旅するということは、エレーナと——わが娘とともに生きられないということだ。

それが悲しい。ともに生きられず、それでいて重荷になっているということが。自分が手のかかる病人なのを父は知っていた。娘の犠牲に気づき、その孤独を悲しんでいる。

父に言ってもらいたかったことが、ここにすべて書いてある。文字になっているだけで声に出して言ってもらえたわけではないが、原稿をこうして手にしているとそんなことは気にならなかった。むしろこっちのほうがいい。何度もくりかえし読むことができる。

思っていたより、父はずっとよくわかってくれていた。

しかも、彼女には想像もつかないぐらい幸せだったのだ。

いちばん上のページを手のひらでなでた。青インクで書かれた手書き文字（正式な訓練を受けた弁護士は黒は使わないものだ）はきちんと整っていて乱れもなく、過去の出来事を詳述する書きぶりそのままだ。そして精緻で端正なことは、最後に引き出されたそれ以上に重要な結論、そして提示された洞察に引けをとらない。

ああ……長いこと近くで暮らしていながら、父がどんな生を生きているか、いまのいままで知らずにいた。

だが、ひとはみな同じではないだろうか。だれもが自分だけの密林にたったひとりで生きている――かたわらをどれだけ多くのひとが歩いていようと、それは変わらない。

精神の健康というのは、たんに猿の数が少ないというだけなのだろうか。数は同じだけど、おとなしいとか？

くぐもった携帯電話の音に、はっと顔をあげた。コートに手を伸ばし、ポケットから取り出して耳に当てる。

「はい？」答えがない。それでだれかからかわかった。「リヴェンジ？」

「解雇されたんだね」

エレーナは肘をテーブルにつき、手でひたいを支えた。「心配しないで。そろそろ寝ようと思ってたところだったの。あなたは？」

「わたしに持ってきてくれた錠剤のせいなんだろう」

「夕食はとてもおいしかったわ。カッテージチーズもニンジンのスティックも――」

「いい加減にしろ」彼が怒鳴った。

腕を下げ、眉をひそめる。「ごめんなさい」

「どうしてあんなことをしたんだ。いったいなぜ――」

「ねえ、その口調を考えなおしていただけないかしら。でないとこの電話は『終了』ボタンでおしまいよ」

「エレーナ、仕事をなくすと困るだろう」

「そんなこと、あなたに教えてもらうまでもないわ」

悪態が返ってきた。さらに続く。

「ねえ、それにサウンドトラックと機関銃の効果音をつけたら、『ダイ・ハード』そのまんまよ。それはそうと、どうしてわかったの」

「母が亡くなったんだ」

エレーナは息を呑んだ。「えっ……まあ、そんな、いつ？　まあわたしったら、ごめんなさ――」

「三十分ほど前」

エレーナはゆっくり首をふった。「お気の毒に」

「それで病院に電話したんだ……その、用意のために」そう言って大きく息を吐く。疲れているのだろう、彼女と同じように。「それはともかく……ああ、病院にぶじ着いたとテキストメッセージが来なかったから、電話で訊いて、それでわかったんだよ」

「いけない、送るつもりだったんだけど……」まあその、解雇されるので忙しかったのだ。

「だが、それだけが理由じゃないんだ、電話しようと思ったのは」

「どういうこと？」

「ただ……どうしてもあなたの声が聞きたかった」

エレーナは深く息を吸った。父の手書きの原稿に目が吸い寄せられて離れない。それを通じて知ったことを思った。よいことも悪いことも、あの原稿に書かれていたことを。

「不思議ね」彼女は言った。「今夜はわたしも同じ気持ちなの」

「ほんとうに？　それはつまり……ほんとに？」

「ええ、百パーセント……ほんとうよ」

ラスはいらいらしていた。自分でわかる。〝ドゲン〟が大階段上の木製の手すりにワックスがけをしていて、その音を聞いているうちに、このいまいましい館に火をかけてやりたくなってきたからだ。

ベスのことが頭から離れない。このデスクに向かって座っていても、胸が痛くてたまらないのはそのせいだ。

ベスがなぜ怒っているのか、理解できないわけではない。自分が罰を受けてもしかたがないと思っていないわけでもない。ただ、ベスがこの家で寝起きしていないこと、彼の〝シェラン〟である女性に電話をかけるにも、いちいちテキストメッセージで許可を得なくてはならないということ、それが我慢ならないのだ。

こんなに気が立っているのは、ここ数日一睡もしていないせいもあるだろう。

また、そろそろ身を養うべきなのかもしれない。しかしそれも、セックスと同じく

37

ずいぶんご無沙汰だった。どんなものだったか思い出せないぐらいだ。

　書斎を見まわした。わめきだしたい衝動の自己治療法として、外へ出てなにかをぶちのめしてこられればいいのだが。ほかの手段としては、ジムで運動するか酔っぱらうしかないが、ジムのほうはいま行ってきたばかりだし、酔っぱらうほうにはまるで気が進まない。

　また電話を開いてみたが、ベスから返信はない。こちらから出したのは三時間前だ。まあしかたがない。忙しいか眠っているかだろう。

　ああまったく、くそしかたがないさ。

　立ちあがり、〈RAZR（モトローラ社の携帯電話）〉をレザーパンツの尻ポケットに滑り込ませ、両開きドアに向かった。廊下に出るとすぐそこで、〝ドゲン〟が一心不乱にこすったり磨いたりをやっていた。さわやかなレモンの香りが濃厚に立ち込めている。

「これは旦那さま」と、〝ドゲン〟は深々と頭を下げた。

「精が出るな」

「ありがとうございます」と顔を輝かせた。「このお館でご奉仕できて光栄に存じます」

　ラスは従僕の肩をぽんと叩き、小走りに階段を降りていった。モザイクの床の玄関広間まで降りて、左の厨房《ちゆうぼう》に向かう。入るとだれもいなかったのでほっとした。冷蔵庫をあけると、さまざまな残りものがぎっしり詰まっている。半分残った七面鳥を取り出したものの、なんの感慨も湧かなかった。

食器棚のほうに顔を向けると——

「ラス」

ぎょっとしてふり向いた。「ベス？　なんで……〈避難所《セーフ・プレイス》〉にいると思ってた」

「いたわよ。いま戻ってきたの」

彼は眉をひそめた。人間の血が半分混じっているから、ベスは日光に耐えられる。それでも、彼女が日中に移動するたびに神経がすり切れそうになる。もっとも、いまその話をしようというわけではない。彼がどう思うかベスは知っているし、それにいまはこうして帰ってきている。重要なのはそこだ。

「なにか作ろうと思ってな」言わずもがなだ、寄木のテーブルにのっている七面鳥が動かぬ証拠だった。「いっしょにどうだ」

くそ、彼女はなんといい香りがすることか。夜に咲くバラのようだ。彼にとっては、どんなレモンの香りつきワックスより家庭的で、どんな香水よりもくらくらする香り。

「わたしがふたりぶんなにか作るわ」彼女は言った。「いまにもぶっ倒れそうな顔してるわよ」

いや、**大丈夫だ**という言葉がのどまで出かかったが、あやうく呑み込んだ。ほんのちょっとでも事実でないことを口にすれば、ふたりのあいだの問題がさらに裏書きされてしまう。それに、彼が疲れきっているのは紛れもない事実だ。

「それはうれしいな。ありがとう」

「座って」そう言ってこちらに歩いてくる。

抱きしめたかった。

抱きしめていた。

両腕が勝手に突き出し、彼女の背後でがっちり組みあわさり、胸に引き寄せていた。自分がなにをしたか気づいて手を離そうとしたが、ベスは抱かれたまま、離れようとはしなかった。震えながらラスは頭を垂らし、かぐわしい絹糸のような髪に顔を埋め、彼女をかき抱き、自分の固い筋肉という型に柔らかい彼女を押し込んだ。

「会いたかった」

「わたしもよ」

彼女が身を預けてくれたから、これで万事解決と思うほどばかではない。しかしだからと言って、与えられたものを受け取らない法はない。

少し身を離し、ラップアラウンドのサングラスをひたいのうえにあげて、役に立たない目を彼女に見せる。彼の目には、彼女の顔はぼやけた美しいしみにしか見えないが、さわやかな雨のような涙の香りに胸が痛んだ。親指で両頰をそっとぬぐう。

「キスしてもいいか」

うなずく彼女の顔を両手で包み込み、口を下げて彼女の口に近づけていった。その弾力のある接触は、胸が痛むほど完全になじみ深く、と同時に過去の思い出のようだった。あいさつ代わりの軽いキスばかりで、まともにキスをしてからどれだけ経ったか思い出せないほどだ——が、そんなふうに疎遠になっていたのは、彼のしたことのせいばかりではない。すべてが原因だ。戦争も、〈兄弟団〉も、〝グライメラ〟も、ジョンもトールも、この館のあれこれも。

首をふりながら彼は言った。「なにもかもが、おれたちのあいだに割り込んできてるな」

「ほんとにそうね」なめらかな手のひらで彼の顔をなでた。「あなたの身体にもさわってるわ。だから座って、食事の用意をさせて」

「それじゃ逆だ。男が女に食事をさせるのがほんとうなのに」

「あなたは王でしょ」とにっこりする。「規則を作るのはあなたでしょ。それに、あなたの〝ジェラン〟がお食事を用意しましょうと言ってるのよ」

「愛してる」また連れあいを引き寄せ、しっかり抱きしめた。「たとえおまえが――」

「わたしも愛してるわ」

今度は彼のほうがしがみつく番だった。

「ほら、お食事の時間よ」彼女は言って、カントリーふうのオークのテーブルにラスを引っ張っていき、椅子を引いて座るようにうながした。

腰をおろしたとたん、ぎくりとして腰を浮かせた。尻ポケットから携帯電話を出して放り出すと、そいつはテーブルを滑っていって塩入れや胡椒《こしょう》入れにぶつかった。

「サンドイッチでいい？」ベスが尋ねる。

「もちろん」

「あなたのぶんはふたつにするわね」

ラスはサングラスをまたかけなおした。頭上の照明で頭痛がひどくなってきたのだ。それでも痛みがあまりやわらがず、しかたなく目を閉じた。動く姿は見えないが、厨房でベスの働く物音は子守歌のように心を静めてくれる。引出しをあける音、なかの器具がかちゃかちゃ鳴る音。冷蔵庫がいやいや開くときのあえぐような音、なかをごそごそ漁る音。ガラスがガラスに当たる音。パン用の引出しが開かれて、彼の好きなライ麦パンのラップがはがれる音。包丁でレタスを割る音……

「ラス？」

やさしく名前を呼ぶ声に、まぶたをあけて顔をあげた。

「眠ってたわよ」〝シェラン〟の手が髪をなでつけてくれる。「食べて。そしたらベッドへ連れてってあげるから」

サンドイッチはまさに彼の好みどおりだった。肉はぎっしり、レタスとトマトは少なめで、マヨネーズはたっぷり。ふたつとも平らげて、おかげで元気が出たはずなのに、身体をがっちりつかんでいる疲労の鉤爪《かぎづめ》がいっそう深く食い込んでくる。

「さあ、もう行きましょう」ベスが手をとる。

「いや、待て」彼は自分を奮い立たせた。「今日の日没後になにがあるか、話しておかなくちゃならん」

「わかったわ」彼女の声に緊張が混じる。心構えをしているかのように。

テーブルの下から、床をこする音とともに椅子が引き出され、彼女はゆっくりと腰をおろした。「うれしいわ、なんでもありのまま話そうとしてくれるのね」つぶやくように言った。「なんの話か知らないけれど」

ラスは彼女の指を指でなぞり、少しでも力づけようとした。これから話すことは、彼女をいっそう不安にさせるだけなのはわかっている。「だれかが……その、たぶんひとりではないと思うが、おれたちの知っている者のうち少なくともだれかひとりが、おれを殺そうとしているんだ」彼の手のなかで彼女の手がこわばる。それをそっとなでつづけ、落ち着かせようとした。「今夜、〝グライメラ〟の評議会と会合を持つことになってるんだが、そこで……問題が起こりそうなんだ。〈兄弟〉も全員いっしょに行くし、ばかなまねはしないつもりだが、なんてことのない状況だなんて嘘はつきたくない」

「その……だれかって……とうぜん評議会のメンバーなんでしょう。なのに自分で乗り込んでいく価値があるの」

「最初に言い出したやつは、もう片づいているんだ」

「どういうこと？」

「リヴェンジが手をまわして殺させた」

彼女の手がまたこわばる。「まあ……」ひとつ息を吸った。もうひとつ。「まあ……なんてこと」

「ただ、まだ解決されてない問題がもうひとつある。ほかにだれが関わっているのかってことさ。ひとつにはそれもあって、おれが会議に顔を出すことがとくべつ重要なんだ。力の誇示にもなるしな。そこが肝心なんだ。王は逃げん。〈兄弟〉たちもな」

ラスは身構えた。ベスはやめて、行かないでと言うだろう。そう言われたらどうするか、自分でもよくわからなかった。

しかし、ベスの声は静かだった。「わかったわ。でも、ひとつお願いがあるの」

ラスの眉がサングラスのうえまで吊《つ》りあがった。「というと？」

「防弾ベストを着ていって。〈兄弟〉が頼りにならないっていうわけじゃないのよ。ただ、そうすればもう少し気が楽になるから」

ラスは目を丸くした。それから彼女の両手を口もとに持っていってキスをした。

「着ていくよ。おまえのために、かならず着ていく」

ベスはひとつうなずくと、椅子から立ちあがった。「よかった。よかった……ありがと。それじゃ、ベッドに行きましょうよ。あなたも疲れた顔をしてるけど、わたしも同じぐらい疲れちゃったわ」

ラスは立ちあがり、彼女を腕に抱いて、いっしょに歩いて玄関広間へ出ていった。花盛りのリンゴの木のモザイクを、ふたりの足が踏んでいく。

「愛してる」彼は言った。「おまえに夢中だ」

腰にまわされたベスの腕に力が入り、胸に顔を寄せてくる。つんと鼻を刺す煙いような恐怖のにおいが立ちのぼり、ふだんのバラの芳香が覆い隠されていた。それでも彼女はうなずいて言った。「ねえ、あなたの女王も逃げないわよ」

「わかってる。よく……よくわかっているとも」


母の隠れ家で、レヴは自分の寝室のベッドにいた。身体を押しあげ、枕に寄りかかる格好になる。セーブルのコートを膝に掛けながら、携帯電話に向かって言った。

「いいことを思いついた。この電話を終わらせる方法のことだが」

エレーナの柔らかな笑い声に、不思議なほど心が明るくなる。「そうね、あなたがまた電話してくれるか……」

「訊きたいんだが、いまどこにいるの」

「上階のキッチンよ」

それでかすかにエコーが入るのかもしれない。「寝室に行って、ゆったりしてくれないかな」

「話が長くなりそうなの？」

「そうだな、口調を考えなおせってことだったから、これでどうだろう」声を低くして、大げさに女たらしを演じてみせた。「エレーナ、ベッドに行こう。あなたのベッドに、わたしもいっしょに」

息を呑む気配がし、ややあって彼女はまた笑った。「ずっとよくなったわ」

「そうだろう――わたしがひとの言うことを聞かないと思われてはいけないからね。さあ、今度はあなたが頼みを聞いてくれる番だよ。寝室に行って楽にして。わたしはひとりになりたくないし、あなたもそうだという気がするんだ」

聞こえてきたのは、**それはそうだけど**という返事ではなく、うれしいことに椅子を引く音だった。彼女が動きだすと、かすかな足音が愛しかった。だが、きしむ階段の音は違う。その音に、彼女が父君といっしょにどんなところに暮らしているのか不安になる。古めかしい板張りの階段のある、由緒ある建物ならよいが――あばら家などではなく。

ドアの開く音がし、間があった。きっと父親の様子を見ているのにちがいない。

「お父さんはよく眠っておられる？」レヴは尋ねた。

ドアの蝶番《ちょうつがい》がまたきしむ。「どうしてわかったの」

「あなたはそういうよい娘さんだからさ」

またドアの開く音がし、続いてロックがかかるかちりという音が聞こえた。

「ちょっと待っててくださる？」

ちょっとだって？　なにを言うやら、できるものなら永遠でも待つとも。「急がなくていいよ」

くぐもった音がした。電話を上掛けかふとんのうえにでも置いたのだろう。またしぶしぶ開くドアの音。ややあって、またきしむ音がして、かすかにトイレを流す音がした。足音。ベッドのきしむ音。近くで衣ずれの音がして——

「お待たせ」

「楽にしてる？」と言いながら、レヴは阿呆《あほう》のようににやにやしているのを自覚していた——そうは言っても、彼の望むとおりの場所にエレーナがいると思うとわくわくしてしかたがないのだ。

「ええ。あなたは？」

「もちろんだよ」耳に彼女の声が聞こえていれば、いま指から爪が剝がされる途中だったとしても、まるで気にせずうきうきだっただろう。

その後の沈黙は、膝に掛かるセーブルのコートのように柔らかく、また同じぐらい温かかった。

「お母さまのこと、話したいんじゃない？」彼女がやさしく言った。

「ああ。なんと言っていいかわからないんだが、ただ静かに、家族に囲まれて亡くなったよ。だれもあれ以上は望めないと思う。寿命だったし」

「でも寂しいでしょう」

「ああ、そうだね」

「わたしになにかできることある？」

「あるよ」

「なに？」

「わたしに支えさせてもらいたいんだ」

エレーナは小さく笑った。「そう？　それじゃひとつ教えさせてもらいたいんだけど、こういうときなんだから、支えられることになってるのはあなたのほうよ」

「だが、あなたが仕事を失ったのはわたしのせいだし――」

「ちょっと待ってね」また衣ずれの音がした。枕から身体を起こしたのだろうか。

「あなたにお薬を持っていったのは、わたしが自分で決めたことよ。わたしは成人として、自分で誤った選択をしたの。あなたにはなんの非もないわ、それで困ったことになったからって」

「それにはまったく賛成できないが、そのことは置いておいて、ハヴァーズが来たときにその話を――」

「いいえ、やめて。まあなんてこと、リヴェンジ、お母さまが亡くなったばっかりなのに。ほかに心配することが――」

「母のためにできることはした。いまはあなたの力になりたいんだ。だからハヴァーズと話をして――」

「そんなことをしてもなんにもならないわ。先生はもうわたしを信用してくださらないだろうし、それも当然だと思うわ」

「しかし、だれだって過ちは犯すものじゃないか」

「取り返しのつかない過ちもあるわよ」

「そんなことはないさ」もっとも、道徳とかそういう面倒な問題に関しては、〝シンパス〟である彼の判断に信頼がおけるとは言いがたい。だれの基準で見てもだ。「とくに、いま話しているのはあなたのことなんだから」

「わたしだって、ほかのひととなにも変わらないわ」

「このまま行くと、せっかく口調を改めたのがもとのもくあみになるよ」と釘《くぎ》をさした。「わたしはあなたに世話になった。そのお返しがしたいんだ。これは単純なギブ・アンド・テイクだよ」

「でも、べつの仕事を探そうと思っているの。もうずっと自分の力でなんとかしてきたし。運よく、そういう強みは持ってたみたい」

「それはそうだろうが」彼は効果を狙って間を置き、ここぞとばかりに切り札を切った。「ただね、それだとわたしは良心が咎《とが》めてしかたがないんだよ。頭にこびりついて離れないと思うんだ。あなたの過ちはわたしの過ちの結果だから」

エレーナは静かに笑った。「どうしてかしら、弱点を突かれたのに驚く気にならないわ。お気持ちはほんとにありがたいんだけど、もし先生がわたしのために規則を曲げたら、みんなはどう思うかしら。先生も、わたしの上司のカーチャも、もうみんなにこのことは発表してるのよ。いまさら取り消せないし、わたしだって取り消してもらいたくないわ、あなたに強く頼まれたからって」

うーむ、くそ。ハヴァーズの心を操作しようと思っていたのだが、病院で働いているほかの従業員すべてに対処することはできない。

「なるほど、それじゃ落ち着くまでわたしに援助させてくれ」

「それはありがたいけど――」

悪態をつきたくなるのを抑える。「いい考えがあるんだ。今夜わたしの家で会って、その話をしよう」

「リヴェ――」

「よかった。今夜の早い時間には母のことがあるし、真夜中に会合に出席しなくちゃならないから、午前三時ちょうどはどう？　そうか、よかった――それじゃ楽しみにしてるよ」

鼓動一拍ぶんほど間があって、彼女がくすくす笑いだした。「あなたって、なんでも思うとおりにしてしまうひとなのね」

「まあ、だいたいね」

「いいわ、それじゃ今夜三時ね」

「口調を改めてほんとによかったよ、あなたもそう思うだろう？」

ふたりとも笑った。どっと水を流したかのように、回線の両側から緊張が押し流されていく。

また衣ずれの音がした。きっともとどおり横になって、楽な姿勢をとったのにちがいない。

「それで、わたしの父がなにをしたか話してもいい？」ふいに彼女は言った。

「もちろんだよ。それから、なぜ夕食のときもっと食べなかったのか説明してほしいし、そのあとはあなたが最近どんな映画を観たか、どんな本を読んだか、地球温暖化についてどう思うか話そう」

「そんなにいろいろ？」

ああ、エレーナの笑い声が耳に快い。「ああ、インターネット回線だから無料《ただ》だしね。そうだ、それとあなたの好きな色も聞きたい」

「リヴェンジ……ほんとにひとりになりたくないのね」その言葉は思いやりに満ちていたうえに、考えたことがそのまま口をついて出たかのように自然だった。

「いまは……いまはあなたといっしょにいたい。それしかわからない」

「あきらめなんかつかないわよね。もし父が今夜亡くなってしまったら、ひどい、早すぎるって感じると思うわ、わたしも」

レヴは目を閉じた。「まさに……」続けられなくて咳《せき》払いをした。「まさに、いまそんなふうに感じているよ。こんなに早いとは思ってなかった」

「あなたはお父さまも……亡くしてらっしゃるから。よけいにつらいでしょうね」

「うん、それはそうなんだが、父のことはまあいいんだよ。わたしにとっては、ずっと母がたったひとりの親だったから。その母が亡くなって……車を運転して帰ってみたら、わが家が焼け落ちていたみたいな気分だ。その、毎晩どころか毎週会っていたわけですらないんだが、いつでも行って腰をおろせば、母の〈シャネル No.5〉の香りが嗅げるものと思い込んでいた。母の声が聞こえて、テーブルの向かいに母の顔が見えて……それが……それがわたしの錨《いかり》だったのに、失って初めて気がついたんだ。やれやれ……なにを言ってるのかわからないね」

「いいえ、すごくよくわかるわ。わたしも同じだもの。母はもう亡くなってるし、父は……父はまだいるけど、でももういないの。だから、帰る家がないみたいに感じるわ。根無し草みたいに」

だからひとは連れあうのだ、とレヴはだしぬけに思った。セックスも社会的地位も関係ない。賢いひとなら、連れあうことで家を建てる。壁もなく、屋根も見えず、そのうえを歩こうにも床もない、それでいてどんな嵐にも倒れず、どんな火でも焼けず、どれほど歳月が経とうと劣化しない家を。

そのとき思い当たった。そういう連れあいのきずながあれば、こんな最悪の夜々も乗り越えやすくなる。

ベラはザディストにそんな避難所を見つけた。兄のほうも、妹の例にならうべきなのかもしれない。

「それはそうと」エレーナがぎこちなく口を開く。「よかったら、好きな色はなにかって質問に答えましょうか。話がちょっと重くなりすぎないように」

レヴははっとしてギヤを入れなおした。「そう、それで何色？」

エレーナは小さく咳払いをした。「わたしの好きな色はね……アメジストよ」

レヴは頬が裂けるかと思うほどにんまりした。「それはいい色だ。あなたの好きな色としては完璧だと思うよ」

38

クリッシーの葬儀には、彼女を知っていた者が十五人、知らなかった者がひとり参列していた——そしてゼックスは風の吹きすさぶ墓地を見まわし、木々や墓石や大きな墓標のあいだに隠れている十七人めを探していた。

このくされ墓地が「松林《パイン・グローヴ》」という名前なのも驚くにはあたらない。どこを見ても細い葉をびっしりつけた枝だらけで、見られたくない者にとっては隠れ場所がいくらでもある。くそいまいましい。

ここは〈職業別電話帳《イエローページ》〉で見つけた。その前に電話をかけた二か所の墓地には空きがなかった。三か所めでは、「永遠の壁《ウォール・オブ・エタニティ》」のうちには（と電話の男が言ったのだ）、火葬した遺体しか受け付けていないと言われた。しまいに見つけたのがこの〈パイン・グローヴ〉で、そこの長方形の地所を購入し、いまそのまわりをこうして囲んでいるというわけだ。

ピンク色の柩《ひつぎ》は五千ドルほどだった。この地所が三千。司祭だか神父だか、人間がなんと呼んでいるのか知らないが、献金は百ドルぐらいでいいかと持ちかけたところ、どうやらそれでよさそうだった。

べつにそれはいい。クリッシーのためだ。

彼女を殺したろくでなしが見つかりはしないかと、ゼックスは邪魔くさい松林にまた目を走らせた。ボビー・グレイディはきっと来ている。たいていのDV男は、執着の対象を殺したあとも感情的なつながりを切れずにいるものだ。警察に追われていて、自分でもそれを知っていてすら、彼女が埋葬されるのを見たいという衝動は、理性では抑えきれないほど強い。

ゼックスは司式者にまた目を向けた。その人間の男は黒い上着を着ていて、のどもとに白いカラーがのぞいている。クリッシーのきれいな柩のうえにかざした両手に聖書を持ち、それを低くうやうやしい声で朗読していた。金箔《きんぱく》を施したページのあいだにサテンのリボンがはさまっていて、しょっちゅう使われている箇所を示している。そのリボンの端が本の下からはみ出し、赤と黄色と白の筋が冷気のなかで揺れていた。ゼックスは、この男の「好み」のリストはどんなものだろうと思った。結婚式。洗礼式——という呼びかたで正しいのかわからないが。そして葬式。

罪びとのためにも祈るのだろうか。キリスト教についての彼女の記憶が正しければ、たぶん祈らなくてはならないはずだ――とすれば、クリッシーが売春婦だったことをこの男は知らないだろうが、たとえ知っていたとしても、やはりいまと同じように敬《けい》虔《けん》な口調と表情で式をおこなっていたにちがいない。

そう思ったら心が慰められた。なぜかはわからないが。

北のほうから冷たい風が吹いてきて、ゼックスはまたあたりを目で探りはじめた。式が終わっても、クリッシーがここに残されるわけではない。儀式の多くはそんなものだが、これは見せかけだ。地面が凍っているから埋葬は春になってからで、それまでは遺体安置所の冷凍ロッカーで待つことになる。とはいえ、少なくとも墓標――もちろんピンクの御影石だ――は彼女が埋葬される場所にすえられる。銘文は簡潔なものにして、クリッシーの名前と生没年を刻むだけにした。とはいえ、縁どりにはきれいな渦巻き模様がたくさん入れてある。

人間の死の儀式に立ち会うのは初めてだ。こんな葬りかたにはまるでなじめない。箱に入れたうえに、さらに地中に埋めるなんて。地面の下に閉じ込められると思うだけで、レザージャケットの襟をかきあわせたくなる。とんでもない、お断わりだ。その点では彼女はあくまで〝シンパス〟だった。

葬送の火でこの世を去る。それ以外考えられない。

墓地では、司式者が銀のシャベルを手にかがみ込み、地面をおざなりに掘り返して、ゆるんだ土を少しすくい、柩に向かって唱えた。「灰を灰に、ちりをちりに」

司式者は土くれを放り、強風にそれがさらわれていった。ゼックスはため息をついた。この部分は彼女にも理解できる。〝シンパス〟の伝統では、死者は木製の台にのせられ、下から火をつけられる。煙は空にのぼり、さっきの土と同じように風雨のなすがままに吹き散らされていく。あとには、吹き散らされた灰が吹き散らされた場所に残るだけだ。

言うまでもないが、〝シンパス〟が火葬にされるのは、かれらが「死んだ」ときにほんとうに死んでいるのかだれにも信じられないからだ。たしかに死んでいることもあるが、死んだふりをしているだけのこともある。念を入れるに越したことはない。しかし、どちらの伝統でも洗練された嘘は同じではないか。吹き散らされ、肉体から離れ、消え去りながらもなおあらゆるものの一部だなどと。

司祭が聖書を閉じ、お辞儀をした。全員がその例にならう。くされグレイディがどこかにいないかと、ゼックスはまた周囲に目をやった。

しかし、彼女の見るかぎり感じるかぎり、まだ姿を現わしてはいないようだ。

ちくしょう、墓標がずらずら列をなして……冬枯れのなだらかな丘に植わっている。それぞれみんな違っている――高くて薄いの、地面近くにずんぐりうずくまってるの、白や灰色や黒やピンクや金色や――ものの、すべてが中央集権的な計画に従って立てられている。開発団地の住宅のように死者がきちんと列をなして配置され、アスファルトの小道や樹木の列がそのあいだをくねくねと伸びている。

ある墓標から目が離せなかった。天を見あげる長衣《ローブ》の女性像で、その顔も姿勢も、見つめる曇った空に劣らず静かで穏やかだ。素材の御影石は淡灰色で、頭上に広がる雲と同じ色。一瞬、どこまでがその墓標でどこから地平線なのかわからなくなった。

気を取りなおし、ゼックスはトレズに目を向けた。目が合うと、ほとんどわからないほど首をふってみせる。アイアムも同じく。ふたりとも、やはりボビーの存在を感知していないのだ。

そのあいだ、デ・ラ・クルス刑事はこちらを注視していた。それがわかるのは、そのご好意にこちらも応えているからではなく、視線がこちらに向くたびに彼の感情が変化するのが感じとれるからだ。彼女の気持ちを理解している。まちがいなく。そして彼女の復讐《ふくしゅう》心に共感している部分もある。とはいえ迷いはない。

司祭が一歩さがると、待っていたかのように話し声が起こる。それで、墓地での式が終わったのがわかった。見れば、マリー＝テレーズが最初に列を離れ、司式者に近づいていって握手をしている。喪服の彼女はほれぼれする見ものだった。頭にかぶったレースはどう見ても花嫁のようで、両手に持つロザリオは修道女かと見まがう敬虔さだ。

その服装と、神妙な美しい顔、そしてなにを言ったにせよその言葉に、明らかに司祭は感銘を受けたようで、お辞儀をして彼女の手をとった。その触れあいによって、司祭の感情の格子が愛情のほうにずれる。混ざりもののない、純粋で浄らかな愛情。

ああ、だからあの女性像が目に留まったのだ、とゼックスは気づいた。あのローブの女性像はマリー＝テレーズによく似ている。不思議だ。

「いいお葬式でしたね」

ふり返ると、デ・ラ・クルス刑事だった。「そうみたいね。よくわからないけど」

「カトリックじゃないんでしょう」

「まあね」ゼックスは、ひとびとが解散するなかトレズとアイアムに手をふった。みんなが仕事に戻る前に、ふたりが参列者を昼食に連れていくことになっている。これもクリッシーをしのぶ儀式の一環だ。

「グレイディは来なかったな」

「そうね」

デ・ラ・クルスはにっと笑った。「いや、話しかたも室内装飾とおんなじだな、あなたは」

「なんでもシンプルが一番だから」

「『事実だけお願いします（ドラマ『ドラグネット』の主人公フライディ刑事の口癖）』、ですか。それはこっち側のせりふかと思ってましたよ」去っていく参列者の背中にちらと目をやった。かれらの向かう先には、小道に並べて駐めてある三台の車。レヴの〈ベントレー〉、〈ホンダ〉のミニバン、マリー＝テレーズの五年前の〈カムリ〉が順に走りだす。

「それで、おたくのオーナーは？」デ・ラ・クルスが尋ねる。「ここでお目にかかれると思ってたんですが」

「あのひとは夜型なんですよ」

「なるほど」

「刑事さん、あたしそろそろ行かないと」

「ほんとに？」とあたりに腕をふってみせる。「車はどこです？　それとも、この季節にお散歩ですか」

「よそに駐めてきたんです」

「そうですか。しばらく残るつもりだったんじゃないんですか。遅れてくるやつがいないか確かめるっていうか」

「なんでそんなことするんですか」

「いや、なんでですかね」

長い長い間があった。ゼックスはそのあいだ、マリー＝テレーズを思わせるさっきの像を見つめていた。「刑事さん、車を駐めてあるところまで送ってもらえます？」

「お安いご用ですよ」

覆面のセダンは、刑事の服装と同じくくたびれていたが、その分厚いコートと同じように暖かく、服装の中身と同じように頼もしかった。エンジンのあげる力強い唸りは、〈コルヴェット〉のボンネットの下にあるそれを思わせる。

車をスタートさせながら、デ・ラ・クルスはこちらに目を向けた。「どこです？」

「よかったら店まで」

「よそに駐めてきたって、そこですか」

「ここにはひとの車で来たから」

「なるほど」

曲がりくねる道を運転していくデ・ラ・クルスのとなりで、ゼックスは窓から墓標を眺めていた。そしてしばし、自分があとに残して立ち去った数々の死体のことを考えた。

死体ではないが、あとに残して去ったという点ではジョン・マシューも同じだ。できるだけ思い出さないようにしてきた。あのときやったこと。そして彼女のベッドからはみ出そうに伸びていた、大きなたくましい肉体を放って立ち去ったこと。彼女がドアから出ていくのを見送る彼の目には、失恋の痛みが満ちていた。しかし、それで胸を痛めるのを彼女は自分に許さなかった。どうでもいいと思っていたからではない。つらすぎるからだ。

だからこそ立ち去らなくてはならなかった。だからこそ、もう二度とふたりきりになることはできない。その道は以前にもたどったことがあるが、その結果は悲劇などという生易しいものではなかった。

「大丈夫ですか」デ・ラ・クルスが尋ねる。

「ええ、大丈夫。刑事さんは？」

「こりゃどうも、わたしは大丈夫ですよ」

墓地の門が前方に迫ってくる。鉄の格子細工がまんなかから分かれて、道の両側にスライドしていく。

「わたしはまたここに来るつもりですよ」デ・ラ・クルスは言った。いったんブレーキを踏んでから、前方の通りに車を進入させる。「グレイディはいつかきっと顔を出しますよ。かならず来ます」

「でも、刑事さんがここであたしと鉢合わせはないでしょうね」

「ほんとに？」

「ええ。まちがいなく」なにしろ姿を隠すのは得意中の得意だから。


携帯がピーと音を立て、エレーナは驚いて耳から離した。「いったい――あら、電池が切れかけてる。ちょっと待ってて」

リヴェンジの低い笑い声に、コードに伸ばそうとした手を止めた。笑い声の最後の余韻まですべて味わい尽くせるように。

「お待たせ、電源につないだわ」また枕に寄りかかる。「えーと、なんの話だったかしら――そうそう、それで訊きたいんだけど、どんな感じのお仕事をなさってるの」

「まあ、うまく行っているよ」

「それで、いつもすてきな服を着てらっしゃるのね」

彼はまた笑った。「いや、わたしの趣味がいいからさ」

「お仕事がうまく行っているのは、そのお支払いのほうに関係しているわけね」

「その、わたしの家族は恵まれているからね。その話はまあ、いいじゃないか」

エレーナは努めて上掛けから目をそらすまいとした。この天井の低い、みすぼらしい部屋のことは思い出したくない。そうだ、もっといい方法が……手を伸ばし、照明のスイッチを切った。その照明も、ベッドのそばに積んだ牛乳の箱《クレート》のうえに置かれている。

「いまのはなに？」彼が尋ねる。

「電灯よ。その、いま消したところなの」

「ああいかん、もうとっくに寝る時間だね」

「いいえ、違うの……ただ暗くしたかっただけ」

レヴの声が低く、ほとんど聞こえないほどになる。「どうして」

そう言われても。自分がいまどんなところにいるか思い出したくないからだ、などと答えるわけにはいかない。「その……そのほうがもっとくつろげるかなと思って」

「エレーナ」情欲のにじむ声。じゃれあいのおしゃべりだった会話の調子が変化した。

……本格的に官能の色合いを帯びてきた。そのとたん、彼女はあのペントハウスの彼のベッドに戻っていた。一糸まとわぬ裸身で、肌に彼の唇を感じて。

「エレーナ……」

「なに」声がかすれる。

「いまも白衣を着てるの。あのときわたしが脱がせたあれを」

「ええ」その返事は声というより吐息だった。彼の問いにただ答えたというより、はるかに踏み込んだ返事になっている。レヴがなにを求めているかわかる。そして彼女もそれを求めていた。

「前にボタンがあったね」ささやくように言う。「ひとつ外してくれる？」

「ええ」

最初のひとつを外すと、彼が言った。「もうひとつ」

「ええ」

それを続けるうちに、白衣の前がすそまで開いて、照明を消してよかったと心から思った——恥ずかしいからではなく、彼がいまそばにいるような気分になれるから。

リヴェンジがうめき、唇をなめる音が聞こえた。「いまいっしょにいたら、わたしがなにをすると思う？　あなたの胸に指先を這《は》わせるね。乳首を探しあてて、転がして……」

エレーナは彼の言ったとおりにして、自分で自分に触れてあえいだ。それから気づいて……「転がして、それから、それから？」

　彼は長く低く笑った。「わたしに言わせたいんだね」

「そうよ」

「それから、わたしの口の出番だよ。どんな感じだったか憶えてる？　わたしはあなたの味をいまもありありと思い出せる。ブラは着けたまま、自分でつまんでみて……可愛い白いレースのカップ越しに、わたしに吸われているみたいに」

　エレーナは親指と人さし指を合わせて、乳首をそのあいだにはさんだ。彼の温かく濡《ぬ》れた口には遠く及ばないが、それでもじゅうぶん効果があった。彼に言われてやっているのだからなおさらだ。くりかえしつまんでみて、彼女はのけぞり、背をベッドから浮かせつつ、うめき声で彼の名を呼んだ。

「ああ、くそ……エレーナ」

「次は……なに……」口から乱れた息が噴き出し、腿のあいだは脈打ち、潤い、これからすることの期待に焦れている。

「あなたのそばにいたい」レヴがうめくように言った。

「いるわ。そばに」

「もう一度。わたしの代わりにつまんで」身を震わせて彼の名を叫ぶと、次の指示がすぐにやって来た。「スカートをめくりあげて。ウェストまで。電話をおろして、手早く。待ちきれないよ」

彼女は電話をベッドに放り出し、スカートを腿のうえ、腰のうえへと手早くめくった。あたりを手で探って電話を見つけ、急いで耳に当てる。

「もしもし」

「ああ、いい音が聞こえたよ……服があなたの身体にこすれるのが聞こえてた。まずは腿から始めたいな。最初はそこからにしよう。ストッキングはそのまま、下から上へ愛撫して」

ストッキングが手の感触の導体になり、彼の声ともあいまって快感がいっそう増幅される。

「わたしがしたときのことを思い出すんだ」くぐもった声で言う。「思い出せ」

「思い出したわ。ああ、思い出した……」

高まる期待にエレーナは激しくあえぎ、彼の唸りを聞きそびれそうになる。「あなたのにおいが嗅げればいいのに」

「もっと上？」

「まだだ」抗議するように彼の名が唇からこぼれると、レヴは低く柔らかく笑った。

恋人の笑い声だ、そこには満足と約束がこもっている。「それじゃ、腿の外側を腰までなであげて、背中をまわってまたなでおろして」言われたとおりにしているあいだ、ずっと彼が話しかけてくる。「あなたといっしょにいられてうれしかった。またするのが待ちきれない。いまわたしがなにをしていると思う?」

「なに?」

「舌なめずりをしているよ。あなたの腿をキスしていって、恋い焦がれている場所を舌でなめあげたりなめおろしたりしたのを思い出しているんだ」彼女はまた彼の名をうめき、今度はそれが報われた。「エレーナ、ストッキングのいちばん上まで行って。わたしが恋い焦がれている場所に」

そのとおりにすると、あのときふたりで生み出した熱がすべてストッキングを通して伝わってきて、彼女の奥がそれに応えていっそう熱く潤ってくる。

「脱いで」レヴが言った。「ストッキングを。脱いで、ただ手もとに置いておくんだ」

エレーナはまた電話をおろし、派手に伝線するのもかまわず、脚からストッキングをむしりとった。あせって電話に飛びついたが、声が届くかどうかというところで、次はどうすればいいのともう尋ねていた。

「下着のなかに手を入れて。どうなってる?」

間があった。「まあ……濡れてる」

今度はリヴェンジがうめく番だった。彼のほうは勃起しているのだろうか。そうなれるところは目にしているが、しかし不能というのは勃たないという意味ではない。理由はなんであれ、最後までできないという意味にすぎないのだ。

ああ、こちらからも彼に指示を出せればいいのに。彼が性的にどこまでできるにせよ、それに合わせた指示を。ただ、どこまで踏み込んでいいかわからない。

「自分で愛撫《あいぶ》して、わたしがしていると思って」唸るように言った。「触れてるのはわたしの手だからね」

言われたとおりにすると、激しい絶頂感が突きあげてきた。ベッドに大の字になり、唇から彼の名が爆発的に――とはいえできるだけ静かに――噴き出してくる。

「下着を脱いで」

了解、そう思いながら下着を腿から引き下げて無造作に放り出した。どこへ行ったかなどどうでもいい。

仰向けに横になり、また同じことをくりかえすのを心待ちにしていると、彼が言った。「電話を肩と耳ではさんで支えられる?」

「ええ」否も応もない。ヴァンパイア・プレッツェルになってくれと言われても、喜んでその案に乗っていただろう。

「ストッキングを両手で持って、それをぴんと張るぐらい引っ張って、脚のあいだに前後に渡してみて」

エレーナは情欲に縁どられた笑い声をあげ、甘い声で言った。「それをこすりつけろって言うんでしょう」

彼の漏らした吐息が耳に満ちる。「ああ、そうとも」

「いやらしいひとね」

「あなたの舌で洗ってもらえたら聖人君子になれるかもしれない。それで、やってくれる？」

「ええ」

「あなたのその返事がとても好きだ」彼女が笑うと、レヴは言った。「それでエレーナ、なにをぐずぐずしてるの。ストッキングをちゃんと使ってほしいね」

携帯電話を首もとに差し入れ、安定する位置を見つけると、娼婦《しょうふ》になった気分を楽しみながら、白いストッキングを持ち、脇を下にして横になると、脚のあいだにまわした。

「ぴったり押しつけて」と彼が息をあえがせる。

彼女はその感触に息を呑んだ。固くなめらかな細いロープが食い込み、当たるべき場所のすべてに触れている。

「そのまま動いてみて」リヴェンジが満足げに言った。「どんなに感じるか聞かせてほしい」

言われたとおりにすると、ストッキングが花芯と同じように濡れて熱くなっていく。続けるうちに、その感覚と彼の言葉の流れに乗って、何度も何度も達した。暗がりのなか、目を閉じ、耳に彼の声を聞き、ほとんど彼のそばにいるかのような歓びだった。

疲れ果ててぐったり横たわったとき、呼吸は荒かったが苦しさはなく、エレーナは巻きつくように電話に向かった。

「あなたはとても美しい」レヴがそっと言った。

「みんなあなたの力よ」

「とんでもない、ぜったいにそんなことはない」声が低くなる。「今夜早く会いに来てくれないか。三時まで待てない」

「行くわ」

「うれしいよ」

「いつ？」

「十時ごろまで母や妹たちとここにいるから、そのあと来てくれる?」

「いいわ」

「それから会議があるんだが、それまでゆうに一時間以上はふたりきりになれる」

「すてき」

長い間があった。緊張に胸が締めつけられる。この間は、回線の両側から「愛してる」で満たされていてもおかしくない――その勇気さえあれば。

「それじゃ、おやすみ」彼がささやいた。

「あなたもできたら眠ってね。それとね、もし眠れなかったら電話して。いつでも待ってるわ」

「ああ、約束するよ」

また沈黙が続く。どちらも相手が先に切るのを待っているかのように。

エレーナは笑った。彼に切られると思うだけで胸が痛むのに。「いいわ、それじゃ一、二、三で切りましょう。一、二――」

「待って」

「なに?」

また長いこと返事がなかった。「切りたくない」

エレーナは目を閉じた。「わたしもよ」

リヴェンジは、低くゆっくりと息を吐いた。「ありがとう。いっしょにいてくれて」

頭に浮かんだ言葉はどう考えても返事として適当ではなかったし、なぜそんな言葉を口にしたのかわからない。それでも彼女は言った。

「いつまでもいっしょよ」

「よかったら、目を閉じてわたしがとなりにいると想像して。あなたを抱きしめているよ」

「そうするわ」

「うん。それじゃ、おやすみ」通話を終えたのは彼のほうだった。

エレーナは耳から電話を離し、〝終了〟ボタンを押した。キーパッドがぱっと光り、明るい青に輝いた。長いこと持っていたせいで温かくなっている。フラットスクリーンを親指でなでた。

いつまでも。いつまでも彼のそばについていたい。

キーパッドが暗くなった。とうとう光が消えると、パニックが起きそうになる。とはいえ、その気になれば電話はすぐにできるではないか。情けないし、しつこいと思われるだろうが、いま電話口にいないとしても、この地球上から消えたわけではない。

いつでも電話はできるのだ。

忘れてた、レヴは今日お母さまを亡くしたのだ。そのあとの時間をともに過ごすひとはいくらでもいるだろうに、彼が選んだのは彼女だったのだ。

シーツと上掛けを脚のうえに引きあげ、エレーナは電話を包むように身体を丸めた。しっかり抱きしめ、そのまま眠り込んだ。

39

ヤクの取引や製造に使うと決めたあばら家で、ラッシュは時間をつぶしていた。背筋を伸ばして椅子に座っているが、しかしかつての生活であったらこんな椅子、自分で座るのはおろか、ペットのロットワイラー犬にそのうえで糞《ふん》をさせようとさえ思わなかっただろう。〈バーカラウンジャー（リクライニングチェアの一種）〉とかいうぱんぱんに詰め物をした安物で、あいにくなことにこれがやたらと座り心地がいいのだ。

とうてい彼好みの玉座ではないが、けつをのせておく場所としてはそう悪くない。開いたノートパソコンから目をあげると、部屋はだいたい四メートル四方、装飾は〝収入少なく代わりが買えない〟様式で、ソファは肘掛けがすり切れているし、色あせたイエス・キリストの絵は傾いてかかっているし、薄い色のカーペットには小さな円いしみがぽつぽつついている——たぶん猫の小便だろう。

ミスターDは、正面のドアに背中を預けて意識をなくしている。手には銃を握り、カウボーイハットを目深に引き下げて。ほかの〝レッサー〟ふたりは部屋のアーチ形の出入り口に陣取っていた。それぞれ枠に寄りかかり、脚を伸ばしてダウンしている。

グレイディは部屋の向こうの寝椅子に座っている。わきには〈ドミノ・ピザ〉の箱が置いてあるが、白い厚紙には脂じみと放射状のチーズの筋以外はなにも残っていない。〈マイティ・ミーティ〉のLサイズをひとりで食いつくし、いまは前日の『コールドウェル《C》・クーリエ《C》・ジャーナル《J》』紙を読んでいた。

このくされ野郎があきれるほどくつろいでいるのを見ると、生きたまま解剖してやりたくなる。なんだこいつは。拉致されてきたくせに、〈オメガ〉の子に対して不安を抱くぐらいはあってもいいんじゃないのか。どういう神経をしてやがる。

ラッシュは腕時計をあらためて、あとせいぜい三十分で部下たちを起こそうと決めた。今日はさらに二件、ヤクの売人との会合が予定されているし、今夜はいよいよ商品をさばきに部下たちが街へ出ていくことになっている。

となれば、〝シンパス〟の王の用事は明日まで延ばすしかない。やりたくないわけではないが、〈ソサエティ〉の財政問題を解決するのが先だ。

眠る〝レッサー〟のひとりの向こう、キッチンのほうに目をやった。長い折り畳みテーブルが置いてある。ラミネートの天板いっぱいに、小さなビニール袋が散乱していた。ショッピングセンターで、安物のイヤリングを入れて売っているようなやつだ。白い粉が入っているもの、小さな茶色の塊が入っているもの、錠剤が入っているものもある。ベーキングパウダーやタルクなど、かさ増しに使われた材料があちこちに綿毛のような山をなしていて、それを包んでいた何キロぶんものセロハンが床に投げ散らしてあった。

大した量だ。グレイディによれば、四人で街で売りさばいて、二日で二十五万ドルは固いらしい。

悪くない計算結果だ。この数時間、ラッシュはビジネスモデルの検証をしていた。継続的に商品を手に入れようとすれば、供給の問題が生じてくる。ズドンとやってかっぱらう手口では長くは続かない。狙う相手がいずれいなくなってしまう。問題は、売買チェーンのどこに自分をはめ込むかということだ。外国の輸入業者、たとえば南米とか日本とかヨーロッパとかのがいて、次にリヴェンジのような卸売業者がいて、その次にはラッシュが餌食にしている連中のような大きめの小売業者がいる。卸売業者に食い込むのはむずかしそうだし、輸入業者と関係を築くのにも時間がかかるだろう。それを考えると、自分で製造するというのがいちばん理にかなっている。

とはいえ地理的な制約がある。コールドウェルでは農業に適した時期は年に十分がせいぜいだ。しかし、Xとか覚醒剤《メス》とかなら天気は関係ない。それにあきれたことに、メス製造室とかX工場の作りかたや運営法はインターネットで調べられるのだ。もちろん、原材料を確保するという問題はある。規制だの追跡システムだのが作られていて、各種化学薬品の販売は監視されているからだ。しかし、こっちにはマインド・コントロールという武器がある。人間の心を操るのは造作もないし、この手の問題に対処できないはずはない。

光る画面を睨みながら、ミスターDに次にやらせる大仕事はこれにしようと決めた。こういう製造施設を二、三か所用意するのだ。〈殲滅協会《レスニング・ソサエティ》〉に不動産はじゅうぶんある。うん、農場のどれかを使えば完璧だ。人手の問題はあるものの、どっちみち新兵補充の問題は片づけなくてはならないし。

ミスターDに工場を作らせるあいだに、ラッシュは市場から邪魔者を排除することになるだろう。リヴェンジには消えてもらう。たとえ〈ソサエティ〉はXとメスしか扱わないとしても、こういう商品の売人は少ないほうがいいに決まっているし、ということは頂点の卸売業者を排除しなくてはならない——もっとも、どうやってリヴェンジに接近するかとなると、頭どころかタマまで痛い問題だ。〈ゼロサム〉にはムーア人の用心棒がふたり、男顔負けのやばい女に、〈メトロポリタン美術館〉もよだれを垂らす監視カメラや警報装置がそろっている。それに、レヴはよほど頭の切れる悪党にちがいない。そうでなければこんなに長く生き残れないだろう。あの店はいつオープンしたんだっけ、五年ぐらい前か。

がさがさと大きな紙の音がして、ラッシュはまた〈デル〉の向こうに目をやった。さっきまでだらりと手足を投げ出していたグレイディが身を起こし、『ＣＣＪ』紙をわしづかみにしていた。ボートのもやい綱の結び目のようにこぶしを固く握りしめ、石のなくなったスクールリングが指の肉に食い込んでいる。

「どうした」ラッシュはのんびり訊いてやった。「ピザを食いすぎると、コレステロール値が高くなるとでも書いてあったか」

冠動脈の心配ができるほど、こいつが長生きできるとは思えないが。

「いや、なんでも……なんでもねえよ」

グレイディは新聞を放り出し、寝椅子のクッションに倒れ込んだ。ぱっとしない顔は青ざめているし、胸郭のなかで心臓がエアロビクスでも始めたかのように、片手を胸に当てている。もういっぽうの手では、そんな必要もないのにひたいから髪をかきあげようとしていた。

「どうかしたのか」

グレイディは首をふり、目を閉じた。唇が動いているのはひとりごとでも言っているのか。

ラッシュはまたパソコンの画面に目をやった。

あのノータリン、やっと動転する気になったか。ざまあ見ろだ。

40

その日の夕方、レヴは家族の隠れ家の湾曲する階段を慎重に降り、ハヴァーズを玄関に案内していった。一族の医師がその玄関を入ってきてからまだ四十分ほどしか経っていない。ふたりのあとには、助手を務めた看護師とベラが続いている。口を開く者はなかった。分厚いじゅうたんに、足音が常になく大きく響く。

階段を降りるあいだずっと、死のにおいが鼻について離れなかった。儀式に使われた香草のにおいが鼻孔の奥深くに染みついている。まるで寒さを逃れて避難してきているかのようで、息を吸うごとにそのにおいがする。いったいいつまでこれが続くのか。

サンドブラスター（高圧で細かい砂粒を吹きかけて錆などを落とす工具）を鼻の奥にぶっかけてこすり落としてやりたくなる。

正直な話、新鮮な空気が吸いたくてたまらなかった。ただ、これ以上急ぐのは危険だ。片手で杖、片手で彫刻入りの手すりをつかんでいれば問題はないが、母の亡骸がリネンで包まれるのを見たあとのことで、いまは身体の感覚だけでなく精神的にも麻痺《まひ》している。へたなことをして引っくり返り、大理石の玄関に転落したら目も当てられない。

レヴは階段の最後の一段を降り、杖を右手に持ちかえて、突進せんばかりに玄関のドアをあけた。吹き込んでくる寒風は天恵でもあり天罰でもある。深部体温は急降下を始めたが、冷気を深々と吸えるのはありがたい。おかげで取り憑《つ》いて離れなかったにおいがいくぶん薄れ、代わりにつんとする雪の予兆が鼻孔を満たしていく。

咳払いをして、一族の医師に手を差し出した。「母をこのうえなく丁重に扱っていただき、お礼申しあげます」

鼈甲《べっこう》縁の眼鏡の奥、ハヴァーズの目に見えるのは職業的な同情ではなく、本心からのそれだった。ともに悼む弔問者のように手を差し出してくる。「お母上は特別なかたでした。一族は精神的な光をひとつ失ってしまった」

ベラが進み出て医師を軽く抱擁し、レヴは助手を務めた看護師に会釈をした。彼に触れずにすむほうが喜ぶのはわかっているから。

玄関を出て、非実体化して病院へ戻るふたりを見送ったあと、レヴはしばらく暗い夜空を見あげていた。まちがいなくまた雪が降ってきそうだ。それも昨夜のような軽い降雪ではすまないだろう。

昨夜のにわか雪を母は見ただろうか。それとも、天から降る繊細な結晶の奇跡を見る最後のチャンスを逃してしまったか。

ああ、だれにとっても夜はまた何度でも訪れるとはかぎらない。にわか雪をまた何度でも見られるとはかぎらないのだ。

母は雪が好きだった。雪が降りはじめると居間に入り、庭の照明をつけ、屋内の照明を消して、夜の庭をいつまでも眺めていた。雪が降っているあいだはそこを動かなかった。何時間も。

母はなにを見ていたのだろう。降りしきる雪のいったいどこがよかったのか。一度も尋ねてみなかった。

くそ、どうしてものごとにはすべて終わりがあるのだろう。

レヴは冬景色を閉め出し、頑丈な木製のドアの鏡板に背中を預けた。見れば、目の前に妹が立っていた。頭上のシャンデリアの光を受け、ものうげに虚ろな目をして幼い娘を抱いている。

母が亡くなってから、ベラはずっとナーラを抱いたままだったが、幼い娘は気にならないようだった。母の腕で眠りながら、一心に考えごとをしているように眉根にしわを寄せている。成長するのに忙しくて、眠っているあいだものらくらしてはいられないかのように。

「わたしもそんなふうにおまえを抱いていたよ」レヴは言った。「おまえもそんなふうに眠っていた。ぐっすりと」

「ほんと？」ベラは笑みを浮かべてナーラの背をさすった。

今夜のベビー服は白と黒で、〈AC／DC（オーストラリア出身のロックバンド）〉ライヴのツアーのロゴが入っている。レヴは苦笑せずにいられなかった。可愛く甘ったるいアヒルやウサギだらけのベビー服戦線は強力だが、妹がそれを一蹴したのは驚きではなかった。さすがはベラだ。もし彼に子供ができたら——

レヴは眉をひそめ、そちらに向かいかける思考にブレーキをかけた。

「どうかした？」妹が尋ねる。

「なんでもない」そうとも、生まれて初めて子供をもつことを考えたというだけさ。

母が亡くなったせいかもしれない。

エレーナのせいかもな、ともうひとりの自分が指摘してくる。

「なにか食べていくか」彼は言った。「Zといっしょに帰る前に」

ベラは階段のうえに目をやった。シャワーの流れる音が降ってくる。「そうね」

レヴは妹の肩に手を置き、風景画のかかる廊下をふたりで歩いていき、メルロー色の壁の食堂を抜けた。家のほかの部屋部屋とは対照的に、その先の厨房は実用一点張りと言いたいほど飾りけがない。それでもちゃんとしたテーブルはあって、背もたれが高くて肘掛けのある椅子に、彼は妹とその娘を座らせた。

「なにがいい？」と言いながら冷蔵庫に向かう。

「シリアルはある？」

クラッカーや缶詰を入れた戸棚に歩いていき、あったかな……あった、〈ケロッグ〉の〈コーン・フロスティ〉、これだ。〈コーン・フロスティ〉の大箱が、〈キーブラー・クラブ〉のクラッカーや〈ペッパーリッジ・ファーム〉のクルトンと並んでいる。

それを取り出し、箱をまわしてトニー・ザ・タイガーの絵を眺める。

イラストの線を指先でなぞりながら、彼はささやくように言った。「いまも〈コーン・フロスティ〉は好きか？」

「あら、もちろんよ。お気に入りだもの」

「そうか、うれしいな」

ベラは小さく笑った。「どうして？」

「憶えて……ないのか」そこで気を変えた。「そうだな、憶えてないだろうな」

「なにを？」

「ずっと昔のことさ。おまえが食べるのを見てて……ちょっといい思い出っていうだけだ。うまそうに食べてたから、見てて微笑ましかったんだよ」

ボウルとスプーンとスキムミルクをとり、テーブルに持っていった。妹の前にささやかな食事の席を作ってやる。

妹が幼い娘の抱きかたを変え、右手でスプーンが使えるようにしているのを見ながら、レヴは箱をあけ、薄いビニール袋を破り、流し込みはじめた。

「そこまでって声をかけてな」

コーンフレークがボウルに流れ込む音、その小さなかさかさという音は、ふだんどおりの日常生活のすべてを体現している。それがあまりにやかましかった。階段を降りる足音のように。母の鼓動が止まったあとの静寂のために、それ以外のすべての音のボリュームがあがったかのようだ。耳栓が欲しい。

「それぐらいでいいわ」ベラが言った。

シリアルの箱を〈フッド〉の牛乳容器に持ちかえて、白い液体をコーンフレークに注ぎはじめた。「またそこまでな」

「そこまででいいわ」

レヴは容器を立てて注ぐのをやめると、腰をおろした。ナーラを抱いていてやろうかと声をかけるほどばかではない。どんなに食べにくかろうと、幼い娘を片時も放そうとするわけがないし、それはそれでかまわない。かまわないどころか。次の世代で自分を慰めている妹を見るのは、彼にとっても慰めになる。

「おいしい」ひと口食べてベラがつぶやいた。

会話するでもない静けさのなか、レヴはべつのキッチン、べつの時間に戻っていた。妹がまだ幼く、彼自身もいまよりずっと汚れていなかったころ。あの〈コーン・フロスティ〉のボウルのことを思い出す。妹がもう憶えていないあのボウル。食べ終わってお代わりが欲しくて、それなのにろくでなしの父親に教え込まれたたわごとと戦わなくてはならなかった。ベラの父親は、女性は細くあるべきで、お代わりなどしてはいけないと教えていた。声に出さずに声援を送るレヴの前で、妹は以前の館のキッチンを突っ切り、シリアルの箱をとって席に戻ってきた。自分で二杯めのシリアルを流し込んでいる妹に、血の涙があふれそうで、口実を作ってバスルームに閉じこもったものだった。

妹の父親を殺した理由はふたつ。ひとつは母、もうひとつはベラのためだ。そのご褒美のひとつが、お腹がすいていればもっと食べていいと、恐る恐るながらもベラが自由を手にしたことだ。そしてもうひとつは、母の顔にもうあざを見ることはないということだった。

彼がなにをしたか知ったら、ベラはどう思うだろうか。憎むだろうか。憎むかもしれない。妹があの虐待を、とくに〝マーメン〟に対するそれを、いったいどれぐらい憶えているかわからない。

「ねえ、大丈夫？」ふいに尋ねられた。

モヒカンをなでながら答える。「うん」

「ときどき、なに考えてるかわからないことがあるのよね」とかすかに微笑んだ。悪気があって言っているわけではないと念押ししたいかのように。「だから、大丈夫かしらって心配になるの」

「大丈夫さ」

厨房を見まわした。「この家、どうするつもり？」

「少なくともあと半年は置いておく。一年半前にある人間から買ったんだが、もう少しもっていないと、資産売却所得で税金が大変なことになるから」

「資産のことは前からくわしいものね」下を向き、またコーンフレークをすくって口に運ぶ。「ひとつ訊いていい？」

「いくつでも」

「だれかいいひといるの？」

「いいひととは？」

「つまり……女のひとよ。男のひとでもいいけど」

「わたしがゲイだと思ってるのか」笑いだすと、ベラは真っ赤になった。息が止まるほど抱きしめてやりたくなる。

「べつにいいのよ、ゲイだって」と言ってうなずいてみせた。手を軽くぽんとやって励ますような感じで。「つまりその、兄さんって、女のひとを連れてきたこと一度もないじゃない？　だからって決めつけたくは……その……あのね、昼間、様子を見ようと思って部屋まで行ったんだけど、そしたらだれかと話してるのが聞こえたのよ。盗み聞きしてたわけじゃないのよ、ただ……もう、やんなっちゃう」

「ああ、いいんだよ」にっと笑ってみせたものの、そこで気がついた。これは答えにくい質問だ。少なくとも、いいひとがいるのかという部分に関しては。

エレーナは……なんと呼べばいいのだろう。

眉をひそめた。頭に浮かんだ答えは、彼という地盤の奥深くに達している。恐ろしく深い。その地盤に嘘の上部構造を築き、さらにそのうえに人生を築いてきた——それを思うと、これほど深い坑道を掘るのは賢明とは思えない。彼の炭鉱は不安定すぎて、あまり深い縦坑には耐えられないのだ。

ベラがスプーンをゆっくり下げた。「やっぱり……だれかいるのね」

厄介ごとの数が減りそうな答えを強いて口にした。とはいえ、それはたんに、ごみの山からひとつだけ取り除くようなものだとわかってはいる。

「いや。いや、いないよ」ボウルに目をやる。「まだ食べるか」

ベラはにっこりした。「いただきます」つぎ足してやると、妹は言った。「ねえ、二杯めっていつも最高よね」

「まったくだ」

ベラはスプーンの背でコーンフレークを均した。「兄さん、愛してるわ」

「わたしも愛してるよ、これからもずっと」

「きっと〝マーメン〟は〈冥界《フェード》〉から見守ってくださると思うわ。兄さんがそういうの信じてるかどうか知らないけど、〝マーメン〟は信じてらしたし、わたしも信じるようになったの、ナーラを産んでから」

そうか、と思った。ベラは分娩台《ぶんべんだい》で危うく生命を落としかけている。あのとき――魂がここにあるともないともつかなかったあのとき、ベラはなにかを見たのだろうか。死んだらどこへ行くのか、彼はあまり考えたことはなかった。しかし、ベラの言うとおりだと思いたい気がする。〈フェード〉から子孫を見守ることができる者がいるとしたら、それは愛情深く敬虔な母だろう。

そう思うと心が慰められ、気力が湧いてきた。

母は、あの問題について天上から心配する必要はないだろう。彼から秘密が漏れることはない。

「まあ見て、雪よ」ベラが言った。

窓の外に目をやる。私道沿いに並ぶガス灯の光を受けて、小さな白い点が舞っていた。

「喜んだだろうな」彼はつぶやいた。

「〝マーメン〟のこと?」

「憶えてないか、よく椅子に座って雪が降るのを眺めてらした」

「降るのを見てらしたんじゃないわ」

レヴは面食らい、テーブルの向こうに目をやった。「そんなばかな。何時間も――」

ベラは首をふった。「降ったあとの景色がお好きだったのよ」

「どうしてわかる？」

「いっぺん訊いたことがあるの。どうしてそんなに長いこと、座って外を眺めてらっしゃるのって」ベラはナーラを抱く腕を入れ換え、わが子の乱れた髪の毛を片手でなでつけた。「そしたら、地面や木の枝や屋根が雪にすっぽり覆われると、〈巫女〉たちと〈彼岸〉にいたころのことを思い出すからだっておっしゃったわ。あるべきものがあるべき形である場所なんですって。雪が降ったあとは、堕ちる以前のご自分に戻れるんですって。どういう意味かわからなかったけど、そこは説明してくださらなかったわ」

レヴはまた窓の外に目をやった。雪片が落ちてくる速度を考えれば、景色が真っ白に変わるまでだいぶ時間がかかるだろう。

母が何時間も眺めていたのも当然だ。

ラスは闇のなかで目を覚ました。だが、それは快く、懐かしく、幸福な闇だった。頭を自分の枕にのせ、背中を自分のマットレスに休ませ、上掛けはあごまでかかっていて、息を吸えば〝シェラン〟の香りが鼻孔に満ちる。

長時間ぐっすりと眠った。どれだけ伸びをしなくてはならないかでわかる。それに頭痛が消えていた。あの頭痛が……あまりに長いことつきあってきたせいで、消えて初めてどれほどひどい痛みだったか気がついたほどだ。

派手に全身を伸ばし、両脚両腕の筋肉に力を込めた。肩が鳴り、背骨がしゃきっと伸びて、全身に力がみなぎる。

寝返りを打ってベスを探しあてた。背後から腰に腕をまわして身体を丸め、彼女のうなじのあたりで柔らかい髪に顔をうずめた。ベスはいつも右側を下にして眠る。こんなふうに横向きで後ろから抱きしめるのは得意中の得意だ。彼女の小さい身体を、はるかに大きい自分の身体で包み込むのが好きだ。彼女を守る力が自分にはあると感じられるから。

とはいえ、腰は引いたままにしてある。ラスのペニスは固く起きあがり、〝したい〟で満ち満ちていたが、いまはいっしょに横になっているだけでありがたい――彼女に気まずい思いをさせて、この瞬間を台無しにしたくなかった。

「んんん」ベスは言って、彼の腕をなでた。「目が覚めた？」

「うん」また腕をなでてくれる。

身じろぎする気配があって、ベスは彼の腕のなかでゆっくり向きを変え、こちらに顔を向けた。「よく眠れた?」

「ああ、ぐっすり」

髪がやさしく引っ張られて、そのカールした先端を彼女がいじっているのがわかった。伸ばしていてよかった。戦闘に出るときは後ろで縛って、重く黒い荷物を下げていなくてはならないし、洗えばいつまで経っても乾かないし——おかげでドライヤーを使わなくてはならない。信じられない、女じゃあるまいし——しかし、ベスはこれが好きなのだ。彼の長い髪を広げて、ベスが何度自分の裸の胸を覆ったか思い出すと……。

待て待て、そっちに走っていくのはやめたほうがいい。あまりその手の連想を広げるとのしかかっていかずにいられなくなるし、それを我慢していると頭がおかしくなる。

「ラス、あなたの髪好きよ」暗がりのなか、その静かな声は彼女の指の感触のように繊細で、それでいて破壊力がすさまじい。

「おれは、おまえに髪をさわられるのが好きだ」彼はぼそりと答えた。「おまえの好きなものはなんでも好きだが」

どれぐらいの時間、ただそうして並んで横になっていただろう。顔と顔を突きあわせて。波うつ濃い髪を彼女の指にねじられ、巻きつけられて。

「ありがとう」ベスが静かに言った。「今夜のこと、話してくれて」

「もっといい話ができればよかったんだが」

「それでも話してくれてうれしいわ。知ってるほうがいいもの」

手探りで彼女の顔を探しあて、指を頰に、鼻に、唇に這わせ、手で彼女を見、心で彼女を感じた。

「ラス……」彼女の手が、大きくなったものに触れた。

「あっ、くそ……」反射的に下腹部が前に突き出し、腰が緊張する。

ベスがくすくす笑った。「あなたの愛情表現には、トラック運転手も真っ青ね」

「すまん、その――」息がのどに引っかかる。彼女の手前、ボクサーショーツをはいて寝たのだが、そのうえから愛撫されたのだ。「くそ――つまり――」

「いいのよ、あなたのそういうとこが好きなの」

彼を仰向けにさせて、腰のうえに乗ってきた――なんてこった。フランネルのナイトガウンを着てベッドに入ってきたのはわかっていたが、いまそれがどこにあるにしても、脚は覆われていなかった。甘美な熱い花芯が、固くなった彼のものをかすめる。

ラスはうめき、われを忘れた。突然の衝動に彼女を仰向けに押し倒し、めったにはかない〈カルヴァン・クライン〉を腿の下まで引きおろし、しゃにむに突進していった。彼女が声をあげ、背中に爪を立ててくる。牙が完全に伸びて脈打ちはじめた。

「おまえが欲しい」ラスは言った。「これが欲しかった」

「わたしもよ」

まったく手加減しなかったが、それを言うなら彼女のほうもいまはそれを望んでいた。荒っぽく、力任せに、肉体に彼のしるしを思いきりつけられたい。

貫いたときの咆哮《ほうこう》に、ベッドのうえにかかった油絵が揺れ、離れたドレッサーの香水壜《びん》がかたかた鳴ったが、彼はかまわずむさぼりつづけた。知的な恋人というより獰《どう》猛《もう》なけだもののように。しかし、鼻孔にあふれる彼女の香りが、そのままの彼が欲しいと叫んでいる。彼が絶頂に達するたびに彼女もいっしょに達し、花芯のなかが強く吸いついて引き込み、さらに奥へと呑み込んでいく。

息を切らしながらベスは言った。「わたしの血を奪《と》って――」

彼は野獣のように唸り、彼女ののどくびに飛びかかって牙を突き立てた。

ベスの身体が彼の下でびくりと引きつり、ふたりの腰と腰のあいだに温かいものが――彼がなかに残したものとは違うものが――あふれてくる。口中に満ちる彼女の血は生命の贈物だ。舌に濃厚にまつわりつき、のどを流れ落ち、燃え盛る火で胃を満たす。全身の肉が内側から光を放つかのようだ。

飲んでいる彼に代わって腰が主導権を握り、彼女を歓ばせ、彼自身を歓ばせる。ぞんぶんに飲んだところで牙の傷痕をなめると、ふたたび挑みかかっていった。彼女の片脚をつかんで高くあげさせ、さらに奥深く貫いていく。いまいちど猛然と絶頂に達したあと、ベスの後頭部に手をまわし、唇を彼ののどくびに導いた。

声に出してなにを言うひまもなく、彼女は咬《か》みついてきた。鋭い牙の先が皮膚に突き刺さった瞬間、彼は甘美な痛みに貫かれ、またも絶頂に達していた。ほかのときよりはるかに激しく。彼女の求めるもの、欲しいものを与えている、脈打ちつつラスの全身を流れるものから彼女が生きる糧を得ている、そう思うとセックスに負けず劣らずぞくぞくする。

彼の〝シェラン〟が満足し、傷口をなめて癒してくれたとき、彼はごろりと仰向けになった。ふたりはつながったままで、できれば――

そうだ、馬乗りになられるのだ。ベスが主導権を握り、彼は手のひらをあげて乳房を探った。まだナイトガウンを着ているのがわかり、手早く彼女の頭から抜いて放り投げた。どこに落ちようが知ったことではない。また乳房を探りあてる。手に受けた乳房はずっしりと重く充実していて、彼は身を起こして口に乳首を含まずにいられなかった。吸われながら彼女は激しく身体を揺らし、その激しさに続けられなくなって、ラスはやむなく上体をまたベッドに倒した。

ベスが声をあげ、彼もあげ、やがてふたりはともに果てた。彼女はくずおれるように彼から離れ、並んで横たわっていっしょに荒い息をついている。

「すごかったわ」あえぎながら言う。

「滅茶苦茶にすごかったな」

闇のなかで手探りして彼女の手を見つけ、しばらく手を握ったままじっとしていた。

「お腹すいちゃった」彼女が言った。

「おれもだ」

「それじゃ待ってて、なにかとってくるから」

「ここにいてくれよ」と手をつかみ、引き寄せてキスをした。「おまえは男の夢見る最高の女だ」

「わたしも愛してるわ」

まるで同じコンセントにつながっているかのように、ふたりの胃袋が同時に不平を鳴らした。

「しょうがない、そろそろなにか食うか」ラスは〝ジェラン〟を放し、ふたりして声をそろえて笑った。「それじゃ明かりをつけよう。ナイトガウンがどこにあるか見つけなくちゃな」

　とたんに、なにかおかしいと気がついた。ベスがくすくす笑うのをやめ、はっと身を固くする。

「〝リーラン〟、どうした？　けがでもさせたか」しまった……手荒くしすぎた。「すまん――」

　のどを締めつけられたような声で、ベスがそれを遮る。「ラス、こっちの明かりはさっきからついてるのよ。あなたが目を覚ます前、わたし本を読んでたの」

41

ジョンは時間をかけてゼックスの部屋のシャワーを浴び、全身を徹底的に洗った。汚れているからではなく、すべてを真っ白に消し去るというか、あったことをなかったことにするというか、向こうがその気ならこっちだってと思ったからだ。

何時間も何時間も前に彼女が出ていってから、最初に頭に浮かんだのはろくでもない思いだった。嘘をついてもしかたがない——最初はもう、このまま太陽の下に出ていきたいとしか思えなかった。そして、この人生という名の負け犬のジョークをすっぱり終わりにするのだ。

なにをやっても失敗してばかりだ。口はきけないし、数学は苦手だ。自分のファッションセンスで好きに選ぶとまったくぱっとしない。感情を抑えるのもとくにうまくない。ジンラミーはたいてい負けるし、ポーカーは勝ったためしがない。ほかにも欠点はいくらでもある。

しかし、セックスがだめというのはなかでも最低最悪だ。

ゼックスのベッドで横になりながら、自己否定をしてなんになるのかと思った。セックスにかけてはまるで能無しということが、ほかのさまざまな欠点よりずっと重大という気がするのはなぜだろう。

セックスライフの新たな章を開いたことで、いままでよりずっとごつごつして険しい境地に足を踏み入れてしまったからかもしれない。それとも、いちばん最近の失敗だから傷口が生々しいだけだろうか。

あれが最後の致命傷だったからかもしれない。

彼の見かたでは、これまでにセックスをした回数は二回。その二回とも、彼はされる側だった。一度めは意志に反して無理やりだったが、二度めは何時間前だったか、ともかく全身全霊で合意のうえだった。二度の経験の後味はどちらも最低最悪で、ゼックスのベッドに横たわりながらずっと、その痛みをもう再現するまいと努め、おおむね失敗しつづけていた。まあ無理もない。

しかし、夜が来るころには敵愾心《てきがい》が湧いてきた。他人のせいで気も狂う思いをするなんてどうかしている。どちらの場合も、彼はなにもまちがったことはしていない。それなのに、どうして自殺することなど考えているのか。自分はまったく悪くないではないか。

要するに、ちょっとした甘いつまみのヴァンパイア版になってはいけないということだ。

いや違う。もう二度と、けっしてだれかの犠牲にはならないということだ。

これからは、セックスに関してはこちらがやるほうになるのだ。

ジョンはシャワーから出て、たくましい身体を拭き、鏡の前に立って自分の筋肉と力強さを目測した。睾丸《こうがん》を下からすくいあげるようにしてペニスの両側に持ちあげると、その重みが手に頼もしい。

そうだ。これからは他人からされるままにはならない。いい加減そんな時期は卒業だ。

ジョンは使ったタオルをカウンターに放り出したままにし、手早く服を着た。銃をストラップ留めして身に帯びると、少し背が高くなったように感じる。それから電話を取り出した。

もう弱虫の意気地なしのようにめそめそするのはやめだ。

クインとブレイに、短いながら楽しげなテキストを送った。〈ゼロサム〉で会おう。

今夜は飲むぞー！　いっしょに楽しもうな。

〝送信〟を押し、受信記録を開いた。日中にこの電話に連絡をとろうとしてきた者がおおぜいいた。大半はブレイとクインで、どうやら二、三時間に一度は電話をかけてきていたようだ。また憶えのない個人番号から三回かかってきていた。

とはいえ、残っていたボイスメールは二件だけだ。とくに興味もなかったが、とりあえず自分のアカウントにアクセスして聞いてみた。たぶんこの未知の相手は人間で、ただのまちがい電話だろう。

そうではなかった。

張りつめた低い声はトールメントだった。「やあ、ジョン。おれだ、トールだ。その……ええと、おまえがこれを聞いてくれるかどうかわからんが、もし聞いたら電話してきてくれないか。おまえのことが心配なんだ。心配だし、謝りたいとも思ってる。このところずっとおれはどうかしてたが、やっともとに戻ってきた。ちょっと出てたのは……〈廟《びょう》〉に行ってたんだ。あそこにいたんだよ。いっぺん戻らないと……くそ、なんて言うか……すべての出発点にいったん戻ってみないと、活を入れなおして現実に立ち向かえないと思ったんだ。それで、その、昨夜は身を養った。初めてだ……」

声がかすれて、鋭く息を吸う気配がする。「ウェルシーが死んで以来初めてだった。とうてい無理だと思ったが、そんなことはなかった。まだとうぶんは——」

そこでメッセージが途切れて、機械の声が保存するか消去するかと訊いてくる。シャープ記号を押して次のメッセージを再生した。

またトールの声。「すまん、途中で切れちまった。つまりおれが言いたかったのは……おまえにいやな思いをさせてすまなかった。あんな態度はないよな。ウェルシーが死んでおまえだってつらかったのに、そばにいてやれなかった。このことでは、これからずっと良心の咎めを感じると思う。必要とされてるときに見捨てたんだから……ほんとうにすまない。だが、もう逃げるのはやめだ。もうどこにも行かない。たぶん……その、いまいるここがおれの居場所なんだと思う。くそ、なにを言ってるんだおれは。なあ、電話してきてくれ。元気な声を聞かせて安心させてくれよ。じゃあな」

ピーと音がして、機械の声が割り込んでくる。「保存しますか、消去しますか」

ジョンは電話を耳からおろし、しばらくじっと見つめていた。一瞬迷った。身内に残る幼子が、父を求めて泣き叫んでいる。

そのときクインからのテキストメッセージが画面に閃いて、はっとわれに返った。もう子供じゃないんだ。

ジョンはトールの二通めのボイスメールの〝消去〟を選び、選択をスキップした一通めを見なおすかと尋ねられて「はい」を選び、そちらのメールも消去した。

クインのテキストは短かった。**待ってるぜ。**

これでよし。ジョンはレザージャケットを拾って部屋をあとにした。

失業したのに請求書を山ほど抱えていれば、上機嫌でいられるわけがない。

しかし、非実体化して〈コモドア〉に向かったとき、エレーナはうきうきしていた。

問題は山積しているかと言えば、それはもちろんだ。早く仕事が見つからなければ、父とふたり、頭のうえを覆う屋根を失う恐れがある。とはいえ、ヴァンパイアの家庭で掃除婦の仕事に応募すれば当座はしのげるだろうし、人間世界に出てみることも考えていた。医療系のトランスクライバー（音声記録の文字起こしをする仕事）なんかいいかもしれない。

ただ問題は、身分証をカードに印刷してラミネート加工したくても、人間としての身分を持っていないということだ。手に入れるにはお金がかかるだろう。とはいえ、今週末までのぶんはルーシーにはもう払ってあるし、本人の言う「物語」を娘が喜んでくれたというので父はご機嫌うるわしい。

それにレヴがいる。

彼との仲がこの先どうなるかはわからないが、ふたりに未来がないということはないと思う。その期待感から生じる希望と楽観主義のおかげで、ほかのどんな場面でも沈没せずにすんでいるのだ――失業という手ごわい問題に直面するときですら。

ペントハウスの正しい側で実体化しながら、風に渦を巻く雪片に微笑んだ。不思議だ――雪が降っているときは、寒くても寒いと感じないのはなぜだろう。

ふり返ると、ガラスの向こうに大きな人影が見えた。リヴェンジが待っていてこちらを見ている。彼女と同じぐらい楽しみにしていてくれたのだと思うと、顔が大きくほころんで、冷気に前歯が凍りそうになった。

こちらから近づいていく間もなく、彼の前のスライドドアが開き、ふたりを隔てる距離を彼が大またに詰めてくる。寒風がセーブルのコートをとらえて前が開いた。輝くアメジストの目が閃光《せんこう》を放つ。その歩く姿には力がみなぎり、まぎれもなく雄のオーラを放っている。

目の前に立たれたとき、心臓が飛びあがりそうだった。街の明かりを受けて、彼の顔は厳しいと同時に愛情に満ちている。骨の髄まで冷えきるほど寒いだろうに、彼はコートを開いて、そこにある温もりを分かちあおうと誘ってくる。

エレーナは身を乗り出し、両腕を彼に巻きつけてぎゅっと抱きしめ、その香りを胸いっぱいに吸い込んだ。

彼の口が耳もとに降りてくる。「会いたかった」

目を閉じた。そのひとことは**愛してる**に負けず劣らず感動的だ。「会いたかったわ、わたしも」

うれしそうに彼が低く笑うと、耳でその声が聞こえると同時に、胸の振動としても伝わってくる。いっそう身近く彼女を抱き寄せて、彼は言った。「こうしてあなたを抱いていると寒くない」

「ほんと？　うれしい」

「わたしもだ」彼女を抱いたまま向きを変え、ふたりして雪の積もるテラスのほうに顔を向けた。ダウンタウンの摩天楼、黄色いヘッドライトと赤いテールランプが筋をなす二本の橋。「ここからの眺めをじかにじっくり楽しむのは初めてだよ。あなたが来るまでは……ガラス越しにしか眺めたことがなかった」

温かい繭のような彼の体温とコートに包まれて、エレーナは勝利を味わっていた。ふたりいっしょに寒気を打ち負かしたのだ。

彼の心臓に頭を寄せながら言った。「壮観ね」

「そうだな」

「なのに……どうしてかしら、みんなまぼろしみたい。あなた以外は」

リヴェンジは身を起こし、長い指一本で彼女のあごを上向けさせた。にっと笑うと、長くなった牙がのぞく。それを見て、とたんに身体が火照ってきた。

「わたしも同じことを思っていたよ」彼は言った。「いまはあなたしか見えない」

頭をおろしてキスしてきた。ふたりはキスをし、さらにキスをする。周囲で雪が渦を巻き、まるでふたりを重力の中心として、遠心力で宇宙が回転しているかのようだった。

彼のうなじに両腕をまわし、ふたりはともにわれを忘れた。エレーナは目を閉じた。

そのせいで彼女はなにも見えず、リヴェンジはなにも感じなかったが、そのときペントハウスの屋上に実体化する者があった。

ふたりを睨みすえる双眸《そうぼう》はぎらぎら光り、滴る血のように赤かった。

42

「なるべく動かないようにして――いいわよ、その調子」

ドク・ジェインはラスの左目に移り、ペンライトをまっすぐ脳の奥に突き立ててきた。少なくとも彼にはそう思える。光の槍《やり》で串刺しにされながら、とっさに頭を引きそうになる衝動をどうにか抑えつけた。

「ほんとはずいぶんきつかったでしょう」そうつぶやきながら、医師はペンライトのスイッチを切った。

「たしかに」彼は目をこすり、サングラスをまたかけなおした。てらてら光る黒いふたつの丸以外はなにも見えない。

ベスが口を開いた。「でも、それはいつものことなんですよ。まぶしい光は苦手なの」

その声が途切れると、彼は手を伸ばして彼女の手を握った。力づけようとしたのだ

――が、うまく行けばついでにこちらも励まされるというわけだ。

まったくムードもへったくれも消し飛んだ。彼の目が短い予定外の休暇をとっていることがはっきりすると、ベスはドク・ジェインに電話をかけた。医師は地下の新しい診療室にいたのだが、すぐに往診に行くと言ってくれた。しかしラスが、こちらから行くと言い張ったのだ。ふたりの寝室でベスに悪いニュースを聞かせたくない。それに同じぐらい重要なのは、彼にとって寝室は神聖な場所だということだ。フリッツが掃除に入る以外は、だれにも入ってほしくない。たとえ〈兄弟〉たちでもだ。

それに、どうせドク・ジェインは検査をしたがるだろう。医師はみんな検査をしたがるのだ。

ベスを納得させるのに多少時間はかかったが、ラスはサングラスをかけ、〝シェラン〟の肩に腕をまわして、ふたりで寝室を出て、専用の階段を降りて、二階の屋内バルコニーに向かった。その途中、彼は二、三度つまずいた。ブーツをじゅうたんの隅に引っかけたり、階段の場所を見誤ったり、その危なっかしい道程に意外な事実を思い知らされた。でき損ないの自分の視力に、まさかこれほど頼っていたとは。

まったく……なんてことだ。完全に、永久に視力を失ったらどうなるのか。

とうてい耐えられない。ぜったいに無理だ。

幸いなことに、訓練センターに通じる地下トンネルをなかほどまで進み、頭を何度かぶつけたところで、天井から照りつける光がふいにサングラスを貫通してきた。というより、目がだしぬけにそれに反応したのだ。立ち止まり、まばたきをし、サングラスをはずす。パネル状の蛍光灯を見あげ、とたんにあわててかけなおした。

ということは、完全に失明したわけではなかったのか。

いま彼の前にはドク・ジェインが立っていて、腕を組んでいる。白衣の襟は丸まっていた。いまは完全に実体を備えている。彼女の亡霊としての姿形は、ベスや彼の肉体に劣らず確固として存在していた。診断結果について考えている姿からは、焚火《たきび》のにおいが立ちのぼってきそうだった。

「瞳孔はほとんど反応しないけど、それはもともと、ほぼ完全に収縮しているからだし……やれやれ、あなたの目の基礎データをとっておけばよかったわ。それで、なんの前触れもなく見えなくなったのね？」

「床《とこ》について、目が覚めたらもう見えなくなっていたんだ。だから、いつそうなったのかわからない」

「なにか変わったことはなかった？」

「いや、頭痛がしなくなったぐらいだな」

「このところ頭痛がしていたの？」

「ああ、ストレスで」

ドク・ジェインは眉をひそめた。少なくともそう感じた。ラスの目には、彼女の顔は短い金髪に縁どられた白いしみだ。目鼻だちはまるで見分けがつかない。

「ハヴァーズの病院でCTスキャンを撮ったほうがいいわ」

「どうして」

「いくつか確認したいことがあるのよ。それでそうそう、目が覚めたらもう視力が――」

「どうしてCTスキャンが必要なんだ」

「脳に異常がないか確認するためよ」

彼の手を握るベスの手に力がこもった。落ち着かせようとしたのだろうが、パニックのせいでつい無礼な口調になる。「異常だって？　ドク、もっとはっきり言ったらどうだ」

「腫瘍よ」彼とベスがそろって息を呑むと、ドク・ジェインはすぐに言葉を継いだ。「ヴァンパイアは癌《がん》にはならないけど、良性新生物の症例はあるし、それなら頭痛の説明がつくのよ。それでもう一度訊くけど、目が覚めたら……もう見えなかったと言ったわね。寝る前になにか変わったことはなかった？　起きたあとには？」

「その……」ちくしょう。くそったれ。「起きてから身を養った」

「前回養ったのはいつ？」

　ベスが答えた。「三か月ぐらい前です」

「ずいぶん久しぶりね」医師がつぶやく。

「それが原因という可能性もあるのか」ラスは言った。「養ってなかったせいで見えなくなったが、また血をもらったので視力が戻って――」

「ＣＴスキャンを見ないとなんとも言えないわ」

　問答無用という態度で、議論の余地はなかった。携帯電話を開いて番号を押す音を聞きながら、彼はしかたなく口をつぐんでいたが、頭がおかしくなりそうだった。

「ハヴァーズに、いつなら受け入れ可能か訊いてみるわね」

　まずまちがいなく、いつでも大丈夫というのが答えだろう。ラスと一族の医師とのあいだには、マリッサ時代からの行き違いはあるが、仕事で必要とあればあの男はつねに即応態勢なのだ。

　ドク・ジェインが話しはじめたとき、ラスはそこに割り込んだ。「なんのためかハヴァーズには言わないでくれ。診断結果は、あんたがひとりで見てほしい。頼む」

彼の統治能力のことでみょうな憶測が広まったら目も当てられない。ベスが口を開く。「わたしのためだって言ってください」

ドク・ジェインはうなずき、すらすらと嘘をついて、すべてぬかりなく手はずを整えていく。ラスは脇にベスを抱き寄せた。

ふたりともなにも言わなかった。こんなときいったいなにが言えるだろう。ふたりとも心底おびえていた。もともとでき損ないの目ではあるが、それでも彼には必要なのだ。完全に失明したら、いったいどうしてやっていけというのか。

「真夜中には評議会の会合に出なくてはならん」小声で言うと、ベスがはっと身を固くする。彼は首をふった。「政治的に言って出なければならないんだ。いまは不安定な時期だから、姿を見せないわけにはいかんし、べつの夜に延期することもできない。強い立場で臨むことが必要なんだ」

「でも、途中で目が見えなくなったらどうするの」押し殺した声。

「そのときはごまかすさ。退席しても大丈夫になるまで」

「ラス――」

ドク・ジェインが電話を閉じた。「いますぐ用意できますって」

「時間はどれぐらいかかる？」

「一時間ぐらいね」

「ならいい。真夜中に行かなくてはならない場所がある」

「それはスキャンの結果を見てから——」

「どうしても必要が——」

ドク・ジェインは彼の言葉を遮った。そのきっぱりした態度に、この場では彼は王ではなく、ただの患者だと思い知らされる。「必要というのは相対的な問題よ。診断の結果を見てから、どれぐらい『必要』の余地があるか判断することね」

リヴェンジといっしょなら、このテラスに二十年でも出ていられるところだったが、食事の用意がしてあると耳もとでささやかれた。ろうそくの光のなか、向かいあって座るのも同じぐらいすてきだと思う。

最後に名残おしげにキスをしてから、いっしょになかに入った。彼にぴったり身を寄せ、腰に腕をまわされて。エレーナは手を彼の背中にあげ、肩甲骨のあいだに当てていた。ベントハウスは暑かったから、コートを脱いで黒い革張りの低い寝椅子にかける。

「キッチンで食べようと思って」彼は言った。

それではろうそくはなしということか。しかしそれがなんだろう。彼といっしょなら、身体の奥から光があふれて、この広いペントハウスの隅から隅まで照らしだせるぐらいだ。

リヴェンジは彼女の手をとり、食堂を抜けて、スイングドアの向こうに出ていった。キッチンは黒い花崗岩《かこう》とステンレスだらけで、とびきり都会的で先端的だった。カウンターの端は天板が突き出していて、そこにふたりぶんの食事の席が用意してあり、その前にはスツールが置かれていた。白いろうそくが灯され、短くなっていくろうろうの基台のうえで炎がものうげに揺れている。

「まあ、とってもいいにおい」腰を滑らせてスツールに座った。「イタリアンね。料理はひとつしかできないって言ってなかった？」

「ああ、じつはこれにかかりっきりだったよ」と、派手に手を広げてオーヴンのほうに顔を向け、取り出《いだ》したるフラットパンには……

エレーナは吹き出した。「フレンチブレッド・ピザね」

「あなたに最高のものだけを」

「〈ディジョルノ（冷凍ピザのブランド。宅配に負けない品質を謳う）〉？」

「もちろん。最高級のに大枚はたいたよ。嫌いなものがあったら取りのけてもらえばいいと思って」純銀のトングを使ってピザを皿に移し、クッキングシートをレンジのうえに戻した。「赤ワインもあるんだ」

ボトルを持って彼が戻ってきたときには、見あげて微笑むことしかできなかった。

グラスにワインを注いでくれながら、レヴは言った。「あなたにそうやって見られるとわくわくするよ」

エレーナは両手で顔を覆った。「つい見ちゃうの」

「いいんだ、背が高くなったような気がするし」

「もともと高いんだもの」

なんとか真顔を保とうとしたが、どうしても頬がゆるんでくる。彼は自分のグラスにワインを注ぎ、ボトルをおろしてとなりの椅子に座った。

「食べようか」と、ナイフとフォークを手にとった。

「あら、わたしもうれしいわ、あなたのそれ」

「それ？」

「ピザをナイフとフォークで食べるの。職場でほかの看護師たちにすごくからかわれて……」そこで言葉を切った。「その、それはともかく、わたしみたいなひとがほかにもいてよかった」

ぱりぱりのパンがナイフの刃で砕ける音をさせながら、ふたりは食事に取りかかった。

エレーナが最初のひと口をほおばるのを待って、リヴェンジが口を開いた。「職探しをするあいだ、あなたの力になりたいんだ」

絶妙のタイミングだった。口のなかがいっぱいで彼女は話ができないから、先を続ける余裕がたっぷりある。「あなたとお父さんの生活を見させてくれないだろうか。次の職が見つかって、病院でもらっていたのと同じぐらい収入が得られるようになるまで」首をふろうとしたが、彼は手をあげてそれを制した。「いや待って、考えてみてくれ。わたしがあんなに頑固でなかったら、あなたは解雇されるようなことをする必要はなかったんだ。だから埋め合わせをさせてくれないのは酷だよ。それにもうひとつ、法的な見かたただってある。〈古法〉のもとでは、わたしはあなたに借りがあるんだ。わたしは法律は守るほうなんだよ」

エレーナは口もとを拭いた。「でも……なんだか変な気がするわ」

「足を引っ張るやつばかりじゃないよ。たまには手を差し伸べる者がいたっていいじゃないか。そうだろう？」

うーん、そうだろうか。「あなたを利用するみたいでいやなの」

「でもこっちから申し出てるんだよ。それに、わたしにはそれだけの余裕もあるし」

それはそのとおりだ。彼のコート、食事に使っているどっしりした銀器、そしてこの陶器も、それから——

「あなたのテーブルマナー、上品ね」これと言った理由もなく、彼女はぽつりと言った。

彼はいったん口ごもった。「母のお仕込みでね」

エレーナは彼の広い肩に手を置いた。「もういちどお悔やみを申しあげていい？」

レヴはナプキンで口もとをぬぐった。「わたしのためを思うなら、ほかにもっとやってもらいたいことがある」

「なに？」

「わたしの力を借りてもらいたいんだ。職探しをするのでも、たんに勘定を支払うためだけに慣れた仕事に飛びつくんじゃなくて、ほんとうにやりたいことを探せるように」目を天井に向けて、憂鬱症にかかった人のように胸をつかんだ。「そうしてくれたら、とても気が楽になるんだよ。わたしを救えるのはあなただけ、あなたひとりだけなんだ」

エレーナは小さく笑ったが、陽気な雰囲気らしきものを維持することはできなかった。平気な顔をしていても、彼が内面では傷ついているのが感じられる。その痛みは、目の下の影に、あごの険しい線に表われている。彼女のために、ふつうにふるまおうと努力しているのは明らかだ。ありがたいとは思うものの、そんなふうに気を遣ってもらいたくはない。ただ、どうしたらやめさせることができるのだろう。無理強いはしたくないし。

ほんとうは、ふたりはまだお互いのことをよく知らないのだ。この数日間で何時間もいっしょに過ごしてはきたが、彼のことをどれぐらい知っているだろう。彼の血統のことは？　彼のそばにいたり、電話で話したりしていると、知るべきことはすべて知っているように感じる。しかし現実的に言って、ふたりにどれだけ共通点があるというのか。

レヴは眉をひそめ、手をおろしてまたピザにナイフを入れた。「そっちはだめだ」

「えっ？」

「いま頭のなかで行こうとしている方向だよ。あなたとわたしにとって、そっちは行っちゃいけない場所だ」ワインをひと口飲む。「無礼なまねをして心を読んでいるわけじゃない。ただ、あなたの感じていることが伝わってくる。よそよそしさだ。そんなものは感じたくない。とくにあなたからは」アメジストの目がこちらに移ってきて、ひたと彼女に向けられた。「エレーナ、信用してわたしの力を借りてくれ。けっして疑わないで」

そんな彼を見ていると、完全に信じられると思った。百パーセント、ほんとうに。

「ええ、信用するわ」

彼の顔になにか閃くものがあったが、すぐに消えた。「よかった。それじゃ食事をすまして、わたしの力を借りるのが正しいことだっていう結論に達してほしいな」

エレーナは食事に戻り、ゆっくりとピザを片づけていった。食べ終わると、銀器を皿の右端に置き、口もとを拭いて、ワインをひと口飲んだ。

「それじゃ」と彼に目を向けた。「お言葉に甘えることにします」

自分の意見が通って、彼は顔からはみ出そうな笑みを浮かべた。しかし、満足感いっぱいでコマドリよろしく膨らませた胸を、エレーナはばっさり切り裂いた。「でも、条件があるの」

レヴは笑った。「プレゼントをもらうのに、制限をつけるって？」

「プレゼントをいただくわけじゃないわ」真顔できっと見つめる。「助けていただくのは、わたしがなにか仕事を見つけるまでね。それも夢の仕事なんかじゃなくて。それから、ちゃんとお返ししたいの」

満足感がいささかしぼんだようだった。「あなたからお金は受け取れないよ」

「わたしだって、あなたからお金をいただくわけにはいかないわ」ナプキンを畳んだ。

「お金に困ってらっしゃらないのはわかってるけど、そこは呑んでいただかないとお受けできません」

彼は眉をひそめた。「でも利息はなしだよ。一セントたりとも利息は受け取れない」

「契約成立ね」と、手を差し出して待った。

レヴは悪態をついた。またついた。「返してもらいたくないんだが」

「困ります」

彼の口は込み入った四文字言葉のアクロバットを演じていたが、ややあって手を合わせてきて、ふたりは握手した。「あなたは手ごわい交渉相手だね」

「でも、ちょっとは見直したでしょう？」

「ああ、そのとおりだよ。ついでに服を脱がせたくなった」

「あら……」

エレーナは頭のてっぺんから足先まで真っ赤になった。彼はスツールを滑りおり、彼女の頭上にそびえ立つと、両手で彼女の顔を包み込むようにする。「ベッドに連れていってもいいかな」

その紫の目の輝きを見ていると、そうしたいと言われたらこのキッチンの床に横になってもかまわないとすら思う。「ええ」

胸の奥から唸り声をあげながら、彼はキスをしてきた。「わかるかな？」

「なにが？」吐息まじりに尋ねる。

「それこそ正しい答えというものだよ」

リヴェンジは彼女の手をとってスツールから降りるのを手伝い、すばやくそっとキスをした。片手に杖を持ち、ペントハウスの反対側に導いていく。彼女は通り過ぎる部屋部屋も目に入らず、きらめく夜景にも上の空だった。頭にあるのは、これから彼にされることへの期待感――激しい鼓動に息もできないほど濃密な期待感だけだ。

期待感と……罪悪感。こちらからは彼になにをしてあげられるのだろう。エレーナはいままた官能の歓びのために彼を欲している。しかし、彼のほうは最後まで行くことはできないのだ。得るところはあると本人が言っているとしても、なんだか――

「なにを考えてる？」寝室に入ったとき、彼が言った。

ちらと彼を見あげた。「あなたと過ごすのはうれしいんだけど……なんだか、あなたを利用してるみたいな、その――」

「それは違う。嘘じゃない、利用されるのがどういうことか、わたしはよく知っている。ここでわたしたちのあいだに起きることは、それとはまるで違う」彼女の問いかけを封じて、「いや、その話をするつもりはない。ともかく……くそ、あなたとのことは複雑にしたくないんだ。あなたとわたし、それだけでいいじゃないか。エレーナ、そのほかの事情にはうんざりなんだよ。もう心底うんざりしているんだ」

もうひとりの女のひとのことだ、と彼女は思った。だれであれ、そのひとを割り込ませたくないと彼が言うのなら、彼女になんの不満があるだろう。

「わたし、ただ不公平なのはいやなの」エレーナは言った。「あなたとわたしのあいだで。あなたにも楽しんでもらいたいのよ」

「もちろんだ。ときどき自分でも信じられないんだが、ほんとうに楽しんでいるんだよ」

レヴはドアを閉じ、杖を壁に立てかけて、セーブルのコートを脱いだ。その下のスーツもまた、みごとな仕立てのダブルの傑作だった。今回は紫がかった灰色に黒のピンストライプが入っている。その下のシャツは黒で、上のボタンをふたつはずして着ている。

シルクだわ、と思った。あのシャツはシルクにちがいない。ほかの生地ではあんな光沢は出ないだろう。

「あなたは美しい」彼女を見つめて彼は言った。「そんなふうに光のなかに立っていると」

エレーナは〈ギャップ〉の黒いパンツと、二年前に買ったニットのタートルネックを見おろした。「目が見えないんでしょう」

「どうして」と尋ねながら近づいてくる。

「その、こんなこと言うとばかみたいだけど」と、〝吊るしで買ってしばらく経ちました〟的なパンツの前をなでつけた。「もっといい服を着てこられたらなって思うわ。そうしたらきれいって言ってもらえるかもしれないから」

リヴェンジは立ち止まった。

彼女は腰が抜けそうに驚いた。足もとにレヴがひざまずいたのだ。

下から見あげる彼の唇には、かすかに笑みが浮かんでいる。

「わかってないね、エレーナ」やさしい手つきで彼女のふくらはぎをなでおろし、片足を前に引き寄せて、自分の太腿にのせた。安物の〈ケッズ〉のスニーカーの紐《ひも》をほどきながら、彼はささやいた。「なにを着ていようが……わたしの目には、いつもあなたの靴底にはダイヤモンドが嵌《は》まっているのが見える」

スニーカーを脱がせて見あげてくる、そのたくましくて端整な顔から彼女は目が離せなかった。はっと目を引く瞳、がっしりしたあご、堂々たる頬骨。

恋に落ちていく。

虚空を落ちていくのと同じで、途中で止まることはできない。もう飛んでしまったのだから。

リヴェンジは頭を下げた。「わたしを受け入れてくれれば、それだけでうれしい」

その言葉はあまりに静かで謙虚で、広すぎるほど広い肩幅には不釣り合いだった。

「それはわたしのせりふだわ」

彼はゆっくり首をふった。「エレーナ……」

彼女の名が宙に浮いている。まるでそのあとにいくつも言葉が続くはずだったのに、それを口に出すことができなかったかのように。それがなんなのか理解はできなかったが、自分がどうしたいかはわかっている。

エレーナは彼の腿から足をおろし、自分もひざまずいて、両腕を彼の身体にまわした。彼が身を寄せてくると、片手でうなじをさすり、柔らかいモヒカンの筋までなであげていった。

こうして身を寄せてくる彼はひどく脆《もろ》そうに見えた。このひとを傷つけようとする者がいたら、もちろん自分で自分の面倒ぐらいは簡単に見られるひとだけれど、彼女はその相手を殺すことも厭《いと》わないだろう。このひとを守るためなら手を汚してもかまわない。

その確信は、皮膚の下に感じる骨のように確実にそこにあった。

どんなに強い者でも、保護が必要なときはあるのだ。

43

レヴは、務めを果たすことに誇りをもつタイプの男だ。フレンチブレッド・ピザをオーヴンに入れることであろうが、それを完璧に焼くことだろうが、ワインを注ぐことだろうがそれは変わらない。そしてまた、エレーナを歓ばせることでも——彼女はいま心ゆくまで満足し、なにもかも忘れて、汗に光る裸身をぐったりと横たえていた。

「足の指がどこにあるかもわからないわ」腿のあいだに唇を這わせていると、彼女がつぶやいた。

「それはやめてくれという意味かな」

「とん・でも・ない」

体勢を変えて乳房にキスをしようとすると、彼女が身悶《もだ》えした。その動きが身体に伝わってくる。いままでは、麻痺の霧を貫いて感覚が伝わってくるのにも慣れ、温もりと接触のこだまを味わうことができるようになっていた。自分の暗黒面がドーパミンの檻から脱走したのではないかと、不安にさいなまれることももうない。薬が切れたときにくらべれば感覚の鋭さは劣るとはいえ、それだけでもじゅうぶんだった。まちがいなく肉体は官能の昂《たかぶ》りを経験しているのだ。

信じられなかったが、オルガスムスに達しそうだと思ったことが何度もあった。彼女の蜜を舌で味わっているとき、彼女が腰を左右にくねらせてマットレスにこすりつけ、そのさまにもう少しで抑えきれなくなりそうだった。

ただ、ペニスの出番はなしにしておいたほうがいい。まじめな話、うまく行くとは思えないのだ。わたしは不能じゃなくなった、奇跡中の奇跡だ。あなたのおかげでしるしをつける本能が目覚めて、わたしのなかでヴァンパイアが〝シンパス〟に打ち勝ったからだよ。やったね！　もちろんわたしのとげには目をつぶってもらわなくちゃならないし、ついでにこの股間にぶら下がっているものが、この二十五年間定期的にどこに入っていたかってことにもね。まあ、でもいいじゃないか、ホットだぜ！

そうとも、大急ぎでエレーナをそういう立場に追い込もう。

なーるほど。

それに、彼にとってはこれだけでじゅうぶんなのだ。彼女を歓ばせ、彼女の快感に奉仕する、それだけで――

「レヴ……？」

乳房に向けていた目をあげた。彼女のハスキーな声と、官能にうるむ目からして、なにを言われても喜んで同意するだろうと思う。

「うん？」と乳首をなめる。

「ねえ、口をあけてみせて」

面食らったが、言われたとおりにした。なぜそんなことを——

エレーナは手を伸ばし、彼の完全に伸びた牙に触れた。「わたしを歓ばせるのが好きだって言ってたけど、これがその証拠ね。とっても長くて……尖《とが》ってて……白くて……」

彼女が両の腿をうごめかせた。右に述べたことすべてにぞくぞくするというように。

その様子に、この話がどこに向かっているかわかってきた。「ああ、しかし——」

「だから、それをわたしに使ってくれたらうれしいんだけど。ねえ、使って」

「エレーナ——」

彼女の顔から、またとない輝きが薄れはじめた。「わたしの血では気に入らないの」

「とんでもない」

「だったら、どうしてわたしに養わせてくれないの」上体を起こし、枕を胸もとに抱いた。ストロベリーブロンドの髪が垂れ落ちて顔が隠れる。「ああ、そういうこと。もう養ったあとなのね……べつのひとから」

「ばかな、とんでもない」〝レッサー〟の血を吸うほうがまだましだ。いや、王女の血に口をつけるくらいなら、街道わきの腐りかけた鹿の死体から飲むほうがましなぐらいだ。

「そのひとの血は飲んでないの？」

エレーナの目をまっすぐに見つめて、彼は首をふった。「飲んでない。これからも飲むことはない」

エレーナはため息をつき、髪を後ろに払った。「ごめんなさい。わたしには、こんなことを訊く権利なんかないとは思うんだけど――」

「そんなことはない」と彼女の手をとった。「あなたはなんでも訊いていいいんだ。訊いてはいけないことなんか……」

彼の言葉は宙に浮き、彼のふたつの世界はぶつかりあい、ありとあらゆる残骸が周囲に降り注ぐ。もちろん、彼女はなんでも訊いていい……ただ、彼には答えられないというだけだ。

だが、ほんとうにそうか。

「わたしが欲しいのはあなただ」それだけを言った。これだけは明かせる真実にしがみついて。「あなただけだ、したいのは」と言ってから、はたと気づいて首をふった。「いやその、いっしょにいたいという意味だよ。それで身を養うことだが、あなたから欲しいかといえば、もちろんイエスだ。ただ――」

「だったら、『ただ』はなしよ」

いや、なくはないのだ。彼女の血に口をつけたら、きっとのしかかってしまうだろうという気がする。いまですら彼のものはできる状態になっているのだ、するかどうか話しあっている段階だというのに。

「これだけでじゅうぶんなんだよ、エレーナ。あなたを歓ばせるだけで」

彼女は眉をひそめた。「きっとわたしの血筋を気にしているのね」

「なんだって？」

「わたしの血が劣ってると思ってるんでしょう。それでなにか違いがあるかわからないけど、わたしの家はちゃんとした貴族の血筋なのよ。父とわたしは逆境にあって落ちぶれたかもしれないけれど、わが家はずっと〝グライメラ〟の一員だったわ。何世代もそうだったし、落ちぶれるまでは父だってずっとそうだったのよ」レヴがたじろぐのを横目に、彼女は枕で身体を覆ってベッドから降りた。「あなたのご家族がどんな名門の出か知らないけれど、でもわたしの血ではふさわしくないなんてことはないんだから」

「エレーナ、そういう問題じゃないんだ」

「ほんと？」彼が服を脱がせた場所へ歩いていき、まず下着とブラをとり、次に黒いスラックスを拾った。

レヴの血の欲求を満たすことが、どうしてそれほど重要なのかわからない――それでどんな得があるというのだ。しかし、そこがふたりの違いなのかもしれない。彼女は他者を利用するように生まれついていない。だから彼女の演算回路は、そこからなにが得られるかという計算しかしないわけではないのだ。彼のほうは、彼女を歓ばせているときですら、そこからちゃんと得るものを得ている。彼の唇の下で身悶えする彼女を見ると、強くたくましくなったように、本物の男だと感じられる。性的不能で社会病質の怪物ではないと感じられるのだ。

エレーナは彼とは違う。だから愛しているのだ。

えっ……なんだって。わたしは……

そうだ、そうだったのだ。

その自覚にうながされ、レヴはベッドから起きあがり、彼女のそばに歩いていった。

そして手をとった。スラックスをはき終えていたが、そこで動きを止めて見あげてくる。

「あなたのせいではないんだ。そこは信じてくれないか」

手を引っ張り、抱き寄せた。

「じゃあ証明してみせて」ささやくように言う。

少し身を離し、彼女の顔を長いこと見つめていた。口のなかで牙が脈打っている。それはじゅうぶんわかっていた。また腹腔の飢えも感じられた。ぎりぎりときしみつつ、満たされるのを待ち構えている。

「エレーナ――」

「証明して」

いやとは言えなかった。はねつけられるほど彼は強くない。さまざまな意味でまちがったことだが、それでも彼女が欲しかった。彼が求め、望むのは彼女だけだ。

レヴはていねいに、彼女ののどくびから髪を払った。「やさしくするよ」

「いいの、そんなこと気にしないで」

「ともかくやさしくする」

両手で彼女の顔をすくいあげるように支え、頭をいっぽうに傾けさせて、心臓まで伸びる華奢《きやしや》な青い血管をあらわにする。牙が突き立てられる予感に、血管の脈が速くなる。どんどん速くなり、脈打っているというより震えていると言いたいほどになる。

「あなたの血はわたしにはもったいない」そう言いながら、人さし指で彼女の首をなぞった。「それにはあなたの血統はなんの関係もないんだ」

エレーナは手をあげて彼の顔に触れた。「リヴェンジ、どうしたの？　なにがいけないのか教えて。わたし……あなたといると、お父さまよりもずっとあなたのほうが近しいと感じるの。でも、あちこちに大きな穴があいていて、そのなかになにかあるのはわかってるのよ。話して」

いまこそその時だ、彼は思った。なにもかも打ち明けるのだ。

打ち明けたいと思った。嘘をつくのをやめられたらどんなにか肩の荷がおりるだろう。ただ問題は、それ以上に自分勝手な行動はないということだ。彼の秘密を知ったら、彼とともにいて法を破るか――あるいは法を守って恋人をコロニーに追いやるかだ。そしてもし彼女が後者を選んだら、母への誓いを破ってしまうことになる。彼の表の顔が完全に吹っ飛んでしまう。

彼はエレーナにふさわしくない。どこからどこまでふさわしくない。それはわかっている。

レヴはエレーナを帰らせようと思った。

手をおろし、一歩さがって、彼女が服を着終わるのを最後まで見ていよう。説得するのはお手のものだ。彼女の気を変えさせることはできるだろう。彼が飲まないのは大した問題ではないと……

それなのに、いつのまにか口が開いていた。口が開いて、のどの奥からけものの唸りが噴きあがってくる。その唸りが、彼女の脈打つ血管と彼の牙とを隔てる薄い空気の膜に突き刺さる。

ふいに彼女があえぎ、肩から走る筋肉を緊張させた。まるで彼女の顔を支えていた手に過剰に力が入ったかのように——いや待て、思わず力を入れていた。完全な麻痺状態でまったく感覚はなかったが、それは薬のせいではない。全身の筋肉という筋肉が固くこわばっている。

「あなたが欲しい」彼は唸るように言った。

レヴは力いっぱい牙を突き立て、彼女は悲鳴をあげた。力まかせに押さえつけ、彼女の背骨が完全に折れ曲がりそうなほどだった。ああ、彼女は完璧だ。濃厚な強いワインのような味わい。力いっぱい口で吸って、のどの奥深くに飲みくだす。

そして彼女をベッドに運んでいた。

エレーナに逃れるすべはなかった。それは彼も同じだ。

血を飲んだことでスイッチが入って、ヴァンパイアとしての眠っていた性質が一挙に目覚めた。欲しいものにしるしをつけ、性的な縄張りを主張し、支配したいという雄の欲求。それに駆り立てられて、彼女のスラックスを引きおろし、片脚をあげさせ、秘部の入口にあてがい――

なかに入った。

貫かれたとき、エレーナはまた悲鳴のような声をあげた。信じられないほどきつくて、痛い思いをさせたのではないかと不安になり、レヴは動きを止めて彼女の身体がなじむのを待った。

「大丈夫？」と尋ねたが、その声があまりにしゃがれていて伝わらないのではないかと思った。

「やめ……ないで……」エレーナは両脚を彼の腰にまわし、彼がより深く入れるように腰をななめに浮かせた。

噴き出す唸り声が寝室に反響し――それがやんだのは、また彼女ののどくびにむしゃぶりついたからだ。

とはいえ、血と性への欲求に荒れ狂いながらも、レヴは彼女への気づかいは忘れなかった――王女が相手のときとはまったく違う。やさしく抜き差しして、彼の大きさでエレーナに苦痛を与えないように注意していた。恐喝者相手のときは、むしろ苦痛を与えたいと思っているが、エレーナ相手では、彼女を傷つけるぐらいなら錆《さ》びた刃物で去勢するほうがましだ。

ただ、彼が思うぞんぶん飲むのに合わせて彼女が身悶えし、その摩擦の刺激にたちまち圧倒され、腰の動きを慎重に制御できなくなって――牙を抜くか、さもなければのどくびをぱっくり切り裂いてしまいそうになる。牙の跡を二度ほどなめてふさいでから、頭を下げて彼女の髪に顔を埋め、激しく深く強く貫いた。

エレーナが絶頂に達し、ペニスの全体が締めつけられて、睾丸から精が放出され……これはまずい。とげが刺さる前に急いで引き抜くと、彼女の秘部と下腹部全体に噴出してしまった。

果てたあと、彼女のうえに覆いかぶさるようにくずおれた。しばらくは口がきけなかった。

「ああ……くそ、すまない。重いだろう」

エレーナの両手が背中をなであげる。「あなたはすてきよ、ほんとに」

「その……いってしまった」

「ええ、わかってるわ」微笑んでいるのが声でわかる。「いってたわね」

「その、わからなくて……いけるかどうか、それで抜いて……まさかほんとに……まあその……」

嘘だ。この嘘つきめ。

彼女の声がいかにも幸福そうで、それを聞いていると気が咎めてならない。「でも、わたしはほんとにうれしいわ。次もまたできればすばらしいし、できなくてもそれはそれでいいのよ。変なプレッシャーを感じないでね」

レヴは目を閉じた。胸がきりきり痛む。抜いたのは、とげがあるのを彼女に気づかれたくなかったからだ。また、なかでいくのは裏切り行為だからでもある。彼女は彼の正体を知らないのだから。

エレーナがため息をついて顔をすりつけてくる。おれは見下げ果てたくずだ。

44

CTスキャンは大した検査ではなかった。ただ冷たい台のうえにのってじっとしていたら、白い医療機械が頭のまわりでぶつぶつ言ったり礼儀正しく咳払いをしたりしていただけだ。

ただ、結果が出るまで待つのがきつかった。

スキャンのあいだ、ガラスのパーティションの向こうにいたのはドク・ジェインひとりで、ラスにわかるかぎりでは、コンピュータのモニターの前でずっとむずかしい顔をして過ごしていたようだった。スキャンが終わったいまも、あいかわらず同じことをしている。そのあいだにベスが入ってきて、この狭いタイル張りの部屋で彼のそばに立っていた。

ドク・ジェインがいったいなにを見つけているやら。

「手術を受けるのはこわくない」とラスは〝シェラン〟に言った。「あの女先生がメスを握ってるかぎりはな」

「ドク・ジェインって脳の手術もするの？」

鋭い指摘だ。「どうかな」

ラスは無意識に、ベスのサトゥルヌスのルビーをいじっていた。重い石を何度も何度も転がす。

「頼みがある」ささやくように言った。

ベスが手をぎゅっと握ってくる。「なんでもするわ。なに？」

「『ジェパディ（アメリカの長寿ゲーム番組）』のテーマ曲をハミングしてくれ」

一瞬の間があって、ベスは笑いだした。肩をぴしゃりと叩いて、「ラスったら――」

「本気だぞ。服を脱いで、ハミングしながらベリーダンスをしてみせてくれ」〝ジェラン〟が身をかがめてひたいにキスをしてくるのを、彼はサングラス越しに見あげた。

「冗談だと思ってるのか。おいおい、いまはふたりとも気晴らしが必要じゃないか。チップははずむからさ」

「現金持って歩いたことなんてないくせに」

彼は舌を突き出し、上唇をなめてみせた。「これで払うつもりなんだが」

「なにを言い出すかと思えば」ベスは笑顔で見おろしてくる。「でもそういうとこが好きよ」

彼女を見つめていると、喜びと恐怖がこもごも湧いてくる。完全に失明したら、彼の人生はどうなるだろう。〝ジェラン〟の長いダークヘアも、笑みが閃くのも見えなくなったら――

「お待たせ」ドク・ジェインが入ってきた。「わかったことを話すわね」

ラスはわめきだしそうになるのをこらえた。亡霊の医師は両手を白衣のポケットに入れて、考えをまとめているようだ。

「腫瘍の形跡も出血も認められないわ。ただ、複数の葉《よう》に異常があるのよ。ヴァンパイアの脳のCTスキャンを見るのは初めてだから、構造的に『正常』の範疇《はんちゅう》がどこまでなのかはわからないけど。わたしひとりで見てほしいっておっしゃってたけど、わたしではなんとも言えないし、ハヴァーズにもスキャン結果を見てもらうほうがいいと思うの。断わられる前に言っておきたいんだけど、ハヴァーズは秘密を守ると誓ってるわ。けっして――」

「呼んできてくれ」ラスは言った。

「すぐすみますから」ドク・ジェインはラスの肩に触れ、次にベスの肩にも触れた。

「ハヴァーズはすぐ外で待ってるの。装置に問題が起きた場合に備えて、待機してもらってたから」

ラスの見守るなか、ドク・ジェインは狭いモニター室を抜けて廊下へ出ていき、ほどなく長身痩軀《そうく》の医師とともに戻ってきた。ガラス越しにこちらに会釈してから、ハヴァーズはモニターに向かった。

医師ふたりは同じ姿勢をとっている。腰を曲げ、両手をポケットに入れ、眉を寄せて。

「医学部ではああいう格好をするように教えてるのかしら」ベスが言った。

「不思議だな、おれも同じことを思ってたよ」

時間がのろのろと過ぎていく。大きなガラスの向こう側で、ふたりはいつまでもしゃべったり、ペンで画面を指したりしている。それでも、しまいに背を起こしてうなずいた。

いっしょにこちらに入ってくる。

「スキャン結果に異常は認められません」ハヴァーズが言った。

ラスが大きく息を吐くと、ほとんど喘鳴《ぜんめい》のような音がした。異常はない。異常なしとはありがたい。

ハヴァーズはそれからいくつか質問を始めた。ラスはそれに答えていったが、どれもとくに思い当たることはなかった。

「侍医のお許しがあれば」と、ドク・ジェインに向かって頭を下げて、「血液サンプルをおとりして分析したいのですが。それと、簡単に診察をさせていただけませんか」

ドク・ジェインはすかさず応じた。「それはわたしからもお願いします。診断がはっきりつかないいんですから、セカンド・オピニオンをいただけるとありがたいわ」

「それじゃ頼む」ラスは言った。軽く唇を触れてからベスの手を放す。

「マイ・ロード、失礼ですがサングラスをはずしていただけますか」

ハヴァーズは〝眼球に光の槍〟検査を手早くすませ、次に耳の検査に移り、続いて心臓の検査にかかる。看護師が採血用具を持って入ってきたが、実際に血管から血をとる作業はドク・ジェインが担当した。

すべて終わると、ハヴァーズはまた両手をポケットに突っ込み、医者の専売特許のようなしかめ面を浮かべた。「どこにも異常は見当たりませんね、少なくとも陛下にとっては。もともと瞳孔はどのような刺激に対しても無反応ですが、それは網膜がまぶしがり症なので、それを保護するためですから」

「それで、結論はなんだ」ラスは尋ねた。

ドク・ジェインが肩をすくめる。「頭痛の日記をつけてください。また目が見えなくなったら、すぐにここに来ていただいて再検査しましょう。失明が起こっているさいちゅうにCTスキャンをすれば、原因を特定するのに役立つかもしれないから」

ハヴァーズはまたドク・ジェインに会釈した。「血液検査の結果は、侍医にご報告しておきます」

「よろしく頼む」ラスは引きあげようと〝ジェラン〟を見あげたが、ベスは医師たちに目を向けたままだった。

「おふたりとも、なにか気にかかってることがあるみたい」彼女は言った。

ドク・ジェインはゆっくり慎重に話しだした。正確に話そうと言葉を選んでいるようだ。「説明のつかない機能不全が見られると、医師としては気がかりなものですから。深刻な状況だと思っているわけじゃないんですよ。でも、CTスキャンが異常なしだったというだけでは、すっきり問題解決とは思えないの」

ラスは診察台から滑りおり、黒のレザージャケットをベスの手から受け取った。その袖に手を通すとせいせいする。このいまいましい目のせいで、患者の役割を押しつけられるのはうんざりだ。

「いつまでもぐずぐずしてはおれん」と白衣ふたりに言った。「ともかく仕事があるから」

数日は安静にしなくてはという合唱が始まったが、耳も貸さずに診察室をあとにした。ただどういうわけか、ベスとともに廊下を大またに歩きながら、ラスはみょうな焦燥感にとらわれていた。

急いで行動しなくてはならない、もうあまり時間は残されていない――そんな気がしてしかたがない。

ジョンはすぐには〈ゼロサム〉には向かわなかった。ゼックスの部屋を出たあとのんびり〈十番通り〉に出て、雪の舞うなか通りを歩き、テクス・メクス料理（メキシコふうのアメリカ料理）の店に入った。店内では非常口のとなりのテーブルに着き、ラミネート加工されたメニュー写真を指さして、ポークリブをふた皿、付け合わせにマッシュポテトとコールスローを頼んだ。

注文をとり、料理を運んできたウェイトレスは、下着と見紛う短いスカートをはいていて、ただの給仕以上のことを喜んでしてくれそうに見えた。本気で誘おうかと思った。髪はブロンドで、化粧は薄く、脚はすらりと伸びている。しかしバーベキューのにおいがしみついているし、こちらが頭が足りないとでも思っているのか、やたらゆっくり話しかけてくるのが気に入らなかった。

　ジョンは現金で支払い、チップをはずむと、電話番号を渡そうとするウェイトレスにそのひまを与えず、そそくさと店を出た。寒風のなか、長々と〈トレード通り〉めぐりを始める。つまり、裏道に出くわすたびに入っていって見てまわるということだ。

〝レッサー〟の姿はない。悪さをしている人間もいなかった。

とうとう〈ゼロサム〉に着いた。スチールとガラスのドアを抜け、照明と音楽と、しゃれた格好のうさんくさい人々の弾幕に迎えられ、着けていたタフガイふうの仮面がはずれかける。ゼックスがいるかも――

　いたらなんだ。そんなに情けない弱虫だったのか。彼女と同じ店内にはいられないとでもいうのか。

　いまはもう違う。ジョンは気合を入れなおし、ベルベットのロープを乗り越え、用心棒たちの視線もはねのけ、ＶＩＰエリアに足を踏み入れた。奥の〈兄弟団〉のテーブルに、クインとブレイが座っていた。まるでクォーターバックがふたりベンチに下げられて、フィールドに出ている仲間の腰砕け状態に歯嚙《が》みしているような風情だ。そわそわと、指でテーブルを叩いたり、〈コロナ〉のボトルについてきたナプキンをいじったりしている。

近づいていくと、ふたりはそろって顔をあげ、ぴたりと動きを止めた。だれかがDVDの一時停止ボタンを押したみたいだ。

「よう」クインが言った。

ジョンは仲間たちのとなりに腰をおろし、手話で応じた。**やあ。**

「調子はどうだ」クインが尋ねているところへ、見計らったようにウェイトレスが近づいてきた。「〈コロナ〉を三本追加――」

ジョンはそれを遮った。**べつのがいいな。そうだな……冷えたジャックダニエルをロックで。**

クインは眉を飛びあがらせたが、それでも注文を伝え、ウェイトレスが小走りにカウンターに戻っていくのを見送った。「いきなりだな」

ジョンは肩をすくめ、ふたつ離れたボックス席のブロンドに目をやった。視線に気づいたとたん、女は完全におめかし体勢に入り、豊かな輝く髪を背中に流し、胸を突き出してあるかないかのリトル《L》ブラック《B》ドレス《D》に張りつかせる。

あれならバーベキューのにおいはしないだろう。

「あのさ……ジョン、いったいどうしたんだ」

どういう意味だよ、と女から目を離さずに手話でクインに尋ねた。

「だってさ、あの彼女をタコスに転がして、おまえのホットソースを全身にぶっかけてやりたいって顔で見てるからさ」

ブレイが小さく咳払いをした。「おまえってさ、言いかたってもんがぜんぜんわかってないよな」

「見たとおり言ってるだけじゃん」

ウェイトレスが戻ってきて、ジャックダニエルとビールをテーブルに置いた。ジョンは自分の強い酒に手を伸ばし、無造作に傾けてのどを開いた。落とし樋《シュート》を滑り落ちるようにまっすぐ胃袋に流れ込んでいく。

「こりゃまた、例の夜みたいになるのか」クインがぼそりと言った。「最後はトイレに駆け込んで終わりって？」

たしかにな、ジョンは手話で伝えた。**でもそれは、げろ吐くためじゃないぞ。**

「それじゃなんの……うへっ」クインはツーバイフォーの材木で〝かんちょう〟された人のような顔をした。

ああ、そのとおりさと思いながら、もっといい候補が姿を現わしはしないかとジョンはＶＩＰエリアを見渡した。

となりのテーブルには、ビジネスマン三人組が陣取っていた。それぞれ女を連れているが、それがみんな高級ファッション誌『ヴァニティ・フェア』にクローズアップで出られそうだ。その向こうの席には、ヨーロッパの有閑大富豪みたいな筋骨隆々のがいて、盛大に鼻をかんでは、女連れでトイレに戻っていく。バーカウンターにはいわゆる成功した青年実業家がふたり、それぞれ有頂天の後妻を連れている。また売春婦をじろじろ見ている麻薬常習者たちもいた。

偵察モードからまだ抜けないうちに、リヴェンジそのひとがＶＩＰエリアに悠然と入ってきた。だれもが注目し、興奮のさざ波が広がっていく。この店のオーナーだと知らなくても、身長二メートル近くで、赤い杖を持ち、黒いセーブルのコートを引っかけて、髪を短いモヒカンにしている男などそうそうお目にかかれるものではない。

それに加えて、この薄暗い照明のなかでも、紫色の目をしているのはわかる。いつものとおり、本人に負けず劣らず立派な体格の男を左右に従えている。ふたりとも朝食に銃弾をたいらげているような面構えだ。ゼックスの姿はない。ありがたいことだ。助かった。

「あんなふうになりてえなあ、もっと歳とったら」クインが母音を引き延ばすようにして言う。

「あの髪形はやめとけよ」ブレイが言った。「きれいな髪が――いやその、モヒカンは立たせとくのが大変だぜ」

ブレイがあわててビールに目を戻す。クインの左右色違いの目が、親友の顔をちらとなめてからさっとあさってを向いた。

ウェイトレスに合図してお代わりを注文すると、ジョンはくるりと向きを変え、ウォーターカーテンを通して一般客エリアを見やった。あそこのダンスフロアには、彼が与えたいと思う、まさにそれを求めている女がいくらでもいる。ただ出ていって、進んで選ばれようとするボランティアから選ぶだけでいいのだ。

成功まちがいなしの名案だ。ただどういうわけか、そこで『モーリイ・ショー（米国のトーク番組。一般人から希望者を募ってDNA鑑定を実施、父親かどうか番組内で確認する、といった内容で人気を博している）』のことを思い出した。適当に人間の女を選んで、それで妊娠させてしまったらどうする？　排卵していればわかるとは聞いているが、いったい彼が女のなにを知っているというのか。

眉をひそめ、また向きを戻した。二杯めのジャックをつかみ、今度は売春婦たちに目を向ける。

プロの女たち。彼の期待する即興のゲームをよく知っている女たちだ。こっちのほうがずっといい。

聖母マリアのような顔をしたブルネットの女に目を留めた。マリー＝テレーズ、たしかそんな名前だった。売春婦たちのまとめ役だが、彼女自身も仕事をしている。いましも腰を突き出して、三つ揃《ぞろ》いの男においでおいでをしているが、男のほうも彼女の商品に大いに興味をそそられているようだ。

いっしょに来いよ、とクインに伝える。

「どこへ――そうか、よし来た」クインはビールを飲み干し、席から滑り出た。「たぶん戻ってくるからな、ブレイ」

「ああ。その……楽しんでこいよ」

ジョンは先に立ってブルネットのほうへ歩いていった。近づいてくるふたりに驚いて青い目をみはったものの、色っぽく詫《わ》びるしぐさをして、彼女は見込み客の三つ揃いから離れた。

「なにか用？」と言う彼女に、誘うそぶりなどまるでない。とはいえ愛想はよかった。ジョンたち三人は尊者《レヴァレンド》の特別な客だと知っているからだ。もっとも、その理由を知らないのは言うまでもない。

値段を訊いてくれよとクインに手話で伝える。おれたちふたりぶんで。

クインは咳払いをした。「いくらか教えてくれって」

彼女は眉をひそめた。「それは相手によるわ。女の子たちはみんな――」ジョンが彼女を指さす。「わたし？」

ジョンはうなずいた。

ブルネットは青い目を険悪に細め、赤い唇をぎゅっと結んだ。それを見て、その赤い唇が自分の身体に、ペニスに触れるさまが写真のように脳裏に浮かび、とたんに待ってましたと固くなった。たしかに、あの唇は悪くな——

「だめ」彼女は言った。「あんたはお断わりよ」

ジョンが目まぐるしく手を動かしだすより早く、クインが口を開いていた。「なんで？　金ならちゃんと払うぞ」

「商売の相手はこっちで選ばせてもらってるの。ほかの女の子たちならうんと言うかもしれないから、交渉してみたら」

賭けてもいいが、この拒絶はゼックスと関係があるにちがいない。この店の警備責任者と彼とは、これまでどれぐらいアイコンタクトをとっていたか知れないから、マリー＝テレーズとしてはふたりの板ばさみになりたくないのだろう。

少なくとも、自分にはそういうことだと言い聞かせた。売春婦ですら彼と寝るのに耐えられないということではないと。

わかった、いいよ、とジョンは手を動かす。**どの子ならいいと思う？**

クインが通訳すると、彼女は言った。「席でジャックダニエルを飲んでなさいよ。うちの女の子には手を出さないのがいいと思うわ」

そうは行かないし、おれはプロを買いたいんだ。

クインが通訳すると、マリー＝テレーズの眉間のしわがいっそう深くなった。「正直に言うけど、そういうのへどが出そうだわ。なんか当てつけみたい。やりたいのなら、ダンスフロアとかボックス席とかで適当な女の子を見つければいいじゃない。彼女の仕事仲間とやることないでしょ」

やっぱり。完全にゼックス関係だ。

以前のジョンなら彼女の言うとおりにしただろう。いいや、以前のジョンならそもそもこんな会話を交わすこともなかっただろう。だが、いまはもう違う。

どうも、だけどあんたのお仲間のひとりに声かけてみるよ。それじゃ。

クインが話しているあいだにジョンは向きを変えたが、マリー＝テレーズに腕をつかまれた。「いいわ、どうしてもそういう下卑たまねがしたいんなら、あそこのジーナに声かけてごらん。赤い服の子」

ジョンは軽く頭を下げて、その提案に従って黒髪の女に近づいていった。真っ赤な塩ビの服を着ていたが、それがあまりにぴかぴかで、ストロボライトと見紛うほどだった。

マリー＝テレーズと違って、クインが尋ね終わらないうちに話に乗ってきた。「五百よ」とこぼれそうな笑みを浮かべる。「ひとりにつきね。いっしょにやりたいんでしょ」

ジョンはうなずいたが、こんなに簡単なのかといささかあっけにとられていた。しかし考えてみれば、そのために金を払うのではないか。簡単なことだ。

「それじゃ奥へ行こうか」ジーナは彼とクインのあいだに入り、両方の腕をとって歩きだした。ブレイのそばを通ったが、じっとビールを睨んでいて顔もあげない。

VIP専用トイレに通じる廊下を歩きながら、ジョンは熱があるような気がした。身体が火照って、なんだか夢の世界を歩いているようだ。足もとがふわふわして、売春婦の――これからやろうとしている売春婦の、細い腕一本でこの世につなぎとめられているようだ。

手を放されたら、そのまま浮きあがってどこかへ飛んでいってしまいそうだった。

45

段をのぼってＶＩＰエリアに入ったとき、ゼックスはなにが起こっているのかすぐには呑み込めなかった。ジョンとクインがジーナと奥へ向かっているようだ。もっとも、あのふたりに似たべつの男ということもありうる——いっぽうはうなじに〈古語〉で刺青を入れていて、もういっぽうはレヴと同じぐらい肩幅が広い、そういうふたり組がほかにいればだが。

しかし、あれがジーナなのはまちがいない。いつもの〝赤だけど赤信号じゃないのよ〟的なドレスを着ている。

イヤホンからトレズの声が聞こえてきた。「レヴが来た。みんな待ってるぞ」

ああそう、それじゃもうちょっと待ってもらおうか。

ゼックスはまわれ右をして、ベルベットのロープのほうへ戻った——というか、戻ろうとしたのだが、途中で〈プラダ〉もどきを着た男に行く手をふさがれた。

「よう彼女、そんなに急いでどこ行くんだよ」

ばかなまねをしたものだ。見当違いのヤク中頭が、女の前をふさぐのに選りにも選ってとんでもない相手を選んだな。

「そこをどきな。腕ずくでどかされたくなかったら」

「なんだよ、愛想がねえな」と腰に手を伸ばしてくる。「モノホンの男とつきあったことが――うっ」

ゼックスは、男の伸びてきた手を握りつぶし、そのままねじりあげて腕を背中から突っ立たせた。「一時間二十分前、七百ドルぶんのコークを買ったよな。トイレでやってたっていっても、まだ薬物所持で引っ張られるぐらいは残ってるだろ。わかったらさっさとどけ。今度あたしに手を出してみな、指の骨を一本残らず粉々にしてやる。もういっぽうの手もな」

突き飛ばしてやると、男は仲間たちのもとへ転がりそうにして戻っていった。

ゼックスはそのまま歩きつづけ、VIPエリアを離れ、ダンスフロアを大またで突っ切った。中二階に続く階段の下まで来て、「警備関係者以外立入禁止」と標示のあるドアに歩いていき、暗証番号を打ち込んだ。ドアの向こうには廊下が伸びている。スタッフのロッカールームを通り過ぎ、目当ての警備オフィス前にやって来た。また暗証番号を入力し、だいたい六メートル四方の部屋に入った。ずらりと並ぶ監視機器から、コンピュータに次々にデータが流し込まれていく。

レヴのオフィスとラリーの調製室は独立のシステムになっているが、それを別にすれば、店内で起こることはすべてここで電子的に記録されている。灰青色の画面には、店内いたるところの映像が表示されていた。

「ねえ、チャック」とデスクの向こうの男に声をかけた。「悪いんだけど、ちょっとだけ席をはずしてもらえる？」

「いいっすよ。どうせトイレ休憩にしようと思ってたとこだし」

場所を代わり、部下たちが「カーク・チェア」と呼んでいる椅子にどさりと腰をおろした。「そんなにかからないから」

「おれもすぐ戻ってきます。飲むもんでもとってきましょうか」

「ありがとう、でもいいから」

チャックがうなずいてのそりと出ていくと、ゼックスはモニターに目をやった。VIPエリアのトイレは――

ああ……信じられない。

さっきの三人組がぎゅう詰めになっていた。ジーナがまんなかで、ジョンが上から乳房に向かってキスをし、ジーナの背後に立つクインは両手を彼女の腰から前にまわしていた。

男ふたりにはさまれて、ジーナの顔は仕事中の顔ではなかった。夢見心地で抱かれている女の顔だ。

くそったれ。

もっとも、少なくともジーナでよかった。彼女とはとくべつ親しくない。まだここで働きはじめたばかりの子だから、ダンスフロアから連れてきた女とやっているのとさほど変わらない。

ゼックスは椅子の背もたれに身体を預け、強いてほかのモニターに目をやった。壁のどのモニターにも人々がひしめいている。飲んでいる者、並んでいる者、セックスをしている者、踊る者、しゃべる者、遠くを見つめる者、そんな人々のちらつく映像が視界を埋め尽くす。

これはいいことだ。これは……いいことなんだ。ジョンは子供っぽい夢を見るのをやめて、先に進みはじめたのだ。これはいいこと——

「ゼックス、どこにいるんだ」イヤホンからトレズの声がした。

ぐいと腕をあげ、時計に向かって言った。「ちょっと待てってば！」

ムーア人の声は例によって落ち着きはらっている。「どうかしたのか」

「あ……ああ、ごめん。いま行く」

ああ、ジーナもそろそろいきそうだ。ちっ。

ゼックスはカーク・チェアから立ちあがった。そのはずみに、わざと見ないようにしていた画面にまた目が向いた。

状況は進んでいた。急速に。

ジョンが腰を使っている。

ゼックスがたじろいで立ち去ろうとしたとき、ジョンが監視カメラをまともに見あげた。そこにカメラがあると知っていたのか、たんにたまたま目が行っただけなのか、それはなんとも言えない。

ちくしょう。彼の顔は暗かった。固く引き締まったあご、生気のない目。それを見たら胸が痛んだ。

彼の変化をありのままに見るまいとしたが、できなかった。自分のせいだ。柔らかかった彼の心が石のように固くなったのは、彼女ひとりのせいではないかもしれない。しかし、その原因の大半は彼女にある。

ジョンが目をそらした。

ゼックスはモニターに背を向けた。

チャックがドアから首を突っ込んできた。「もういいすか」

「うん、ありがと。もうすんだから」

部下の肩をぽんと叩いて席を離れ、外へ出て右に曲がった。廊下の突き当たりに頑丈な黒いドアがある。また暗証番号を入力し、レヴのオフィスに通じる通路に入る。オフィスのドアからなかに入ったとき、デスクのまわりの男三人が、そろって探るような目を向けてきた。

三人の向かいの黒い壁に寄りかかる。「なによ」

レヴは椅子の背に体重を預け、毛皮に包まれた腕を胸もとで組んだ。「なにか言いたいことがあるのなら聞くぞ」

彼がそう言っている横で、トレズとアイアムはふたりとも〈シャドウ〉族の魔よけの印を結んでいた。

「なにもないけど。なんで?」

「悪くとるなよ、だがみょうにかりかりしてるからな」

「してない」男たちが互いに顔を見あわせる。かっとして彼女は言った。「それやめてよ」

もう最高。今度は三人ともわざとお互いの顔を見ないようにしはじめた。

「さっさとミーティング始めようよ」口調を抑えようとしながら言った。

レヴは腕組みをほどき、身を乗り出した。「そうだな。間もなく出かけて、評議会に出席しなくちゃならんし」

「おれたちもついてったほうがいいか」トレズが尋ねる。

「ああ、真夜中以降にでかい取引の予定がなければだが」

ゼックスは首をふった。「今週予定してた最後のやつが九時にあって、それは問題なく終わったよ。ただ、客はすごくぴりぴりしてたけど。しかもそれって、警察無線の情報が入る前だったんだけどね、またディーラーの死体が見つかったって」

「つまり、うちから買っていたおもだった仲買人六人のうち、残ったのはあとふたりか。くそ、本格的な戦争になってきたな」

「これ仕掛けてきてるやつ、たぶん食物連鎖の頂点を目指す気でいやがるよ」

トレズが口を開いた。「だからアイアムもおれも言ってるだろ。一日二十四時間態勢で、あんたにだれかを張りつかせといたほうがいい。すっかり片がつくまではな」

レヴは不満そうだったが、反対はしなかった。「なにか情報はあったか。死体をあっちこっちばらまいて歩いてるやつはだれなんだ」

「いやあ、それがな」トレズが言った。「みんなあんただと言ってるぜ」

「理屈に合わん。なんでわたしが買い手を殺さなきゃならんのだ」

今度はレヴが、ほかの三人からみょうな目つきで見られる番だった。

「おいおい、勘弁してくれ」彼は言った。「わたしはそこまで極悪人じゃないぞ。いやまあ、ぜんぜん違うとは言わんが、それにはそれなりの理由がある。ところがだ、殺された四人はどうだ。みんなまっとうな商売人で、みょうなまねをしたこともない。わたしにとっては上客だったんだ」

「仕入れ先とは話したのか」トレズが尋ねる。

「ああ。心配は要らんと言っておいた。商品はこれまでと同じだけ動くと請けあったよ。仲買人の代わりはすぐに見つかるさ。ディーラーは雑草みたいなもんで、かならずまた生えてくるんだ」

市場と価格についてしばらくやりとりがあったあと、レヴは言った。「時間があるうちに店の状況について話そう。いまどうなってる」

まったくいい質問だ、とゼックスは思った。調査の結果は、ジャジャーン！　ほぼまちがいなくジョン・マシューーです、ジーナの前で両膝ついてました。

「ゼックス、なにを唸ってるんだ」

「唸ってない」なんとか頭を切り換えて、今夜のこれまでの状況をかいつまんで報告した。トレズが自分に任されている〈鉄仮面《アイアンマスク》〉について報告し、次にアイアムが財務状況について話し、また同じくレヴの所有する店である〈サルズ・レストラン〉について報告した。全体として、事業は平常運転というところだ――見つかったらただではすまないような、法律（人間のだが）違反を犯していることを考えれば。

それでも頭は半分お留守になっていて、解散の時間が来るとゼックスは真っ先にドアに向かった。ふだんはしばらく居残っているのに。

オフィスから出たのはぴったりのタイミングだった。

股間に膝蹴りを食らいたければだが。

ちょうどそのとき、クインが専用トイレの廊下から出てきたのだ。唇は赤く腫れ、髪はぼさぼさだ。それよりなにより、セックスとオルガスムスのにおい、お手のものでやってのけた卑猥《ひわい》な行為のにおいが本人より先に顔を出していた。

ゼックスは立ち止まった――どう考えてもこれは大失敗だった。

続いて出てきたのはジーナだ。いかにも酒が欲しそうな顔をしている。酒よりスポーツドリンクのほうか。締まりなくたらたら歩いているが、客を引っかけるためにわざとやっているのでなく、本格的にがんばらされたせいのようだ。口もとに浮かぶ甘い笑みも、どう見ても接客用の仮面ではなかった。気に入らない。

最後にジョンが出てきた。頭を高くあげ、目は澄んでいて、背筋はぴんと伸びている。

豪勢だっただろう。賭けてもいい……ジョンはそれはそれは豪勢だったにちがいない。

彼がこちらを向き、目が合った。内気な目礼も、頬の紅潮も、おずおずと媚《こ》びるような笑みももうない。軽くうなずきかけてきて、すぐに平然と目をそらした……べつの売春婦を値踏みしている。あの目つきからして、まだし足りないようだ。

悲哀がさざ波のように胸に広がっていく。そのなじみのない感情に不安をかきたてられ、心臓の鼓動すら乱れた。ゼックスの以前の恋人は混沌《こんとん》をくぐり抜ける破目になった。ジョンにはそんな思いをさせまいと焦ったあげく、壊してしまったものがある。拒絶することで、大切なものを奪ってしまった。

彼は無垢《むく》を失っていた。

ゼックスは腕時計を口もとに持っていった。「ちょっと気分転換してくる」

トレズの返答は率直な賛同だった。「それがいい」

「あんたたちが評議会に出かける前には戻ってくるから」

父の住まいから戻ってきたとき、ラッシュは十分ほど休憩をとっただけで、すぐに本格的に仕事に戻った。〈メルセデス〉に乗り込み、ヤクの袋詰めに使っているみすぼらしい農家に向かう。ひどくへたばっていたから、車を一度もぶつけなかったのは奇跡だと思ったし、実際危うくぶつけかけた。目をこすりこすり電話をかけようとしていて、停止信号でブレーキを踏むのが遅れたのだ。タイヤがともかく路面を噛んで踏みとどまれたのは、ひとえにコールドウェル市の凍結防止剤散布トラックが早めに出動していたおかげだった。

電話はあきらめて、とりあえずハンドル操作に集中することにした。いずれにしても、いまはミスターDと話すのはやめておいたほうがよさそうだ。なにしろ「親父後のぼんやり《ファーザー・フォグ》」と自分で呼んでいる症状がまだ消えていないから。

くそ、ヒーターのせいでますます頭がぼうっとしてくる。

ラッシュは窓をあけて、フロントシートに漂ってくる温風を切った。目当てのぼろ家に近づくころには、ずいぶん頭がはっきりしてきた。裏にまわって駐車する。こうすれば〈メルセデス〉が網戸つきのポーチとガレージで隠れるからだ。勝手口からなかに入った。

「おい、どこだ」と声をかける。「いまどうなってる？」

返事がない。

ガレージに首を突っ込んでみると、〈レクサス〉しかなかった。ミスターDとグレイディとふたりの〝レッサー〟たちは、たぶんほかのディーラーを襲って帰る途中なのだろう。ということは、待つあいだになにか食う時間があるわけだ。彼のために食料を入れてある冷蔵庫に向かいながら、ちびのテキサス人に電話をかけた。呼出音が一回。二回。

デリ製のターキーサンドイッチを取り出し、消費期限をあらためていると、ミスターDのボイスメールが起動した。

ラッシュは身を起こし、携帯電話を見おろした。これまでボイスメールにまわされたことはない。一度もだ。

ああそうか、ディーラーとの会合が予定より遅れたのだろう。いまその真っ最中で出られないのだ。

ラッシュは食べ終えて、待った。電話はすぐにかかってくると思ったのだが、かかってこない。リビングルームに入り、ノートパソコンのスイッチを入れ、GPSのソフトウェアにアクセスした。コールドウェルの地図に、〈殲滅協会《レスニング・ソサエティ》〉所有の携帯電話の位置がすべて表示される。ミスターDの電話を探す。いたいた、これだ……テキサス人はかなりの速度で東に向かって移動している。ほかの〝レッサー〟ふたりもいっしょだ。

なのになんで電話に出やがらないんだ？

不審に思って、ラッシュはまた電話をかけた。呼出音が鳴りつづけるなか、みすぼらしい屋内を歩きまわる。こうして見るかぎり、変わったところはなさそうだった。リビングルームの様子はいつもどおりだし、主寝室とその他ふたつの寝室はしっかり戸締りされている。窓の錠はすべてかかっているし、ブラインドも降りていた。

三度めに電話をかけているとき、廊下を歩いて家の道路側に向かい――そこではたと足を止め、まだあけていなかったドアのほうにくるりと首をまわした。ドア枠のすきま全体から冷たい風が吹き出してくる。

あけてみなくてもわかってはいたが、ともかくそのドアを細くあけてみた。窓ガラスが割れていて、窓の下枠じゅうに黒い筋――ゴムだ、〝レッサー〟の血ではない――がついている。

ガラスの穴からちらちらと外を見ると、薄く積もった雪に足跡が残っていた。通りのほうに向かっている。そう長いこと脚の筋トレを続けたはずはない。この静かな住宅街には盗める車がいくらでもあるし、点火装置をショートさせてエンジンをかけるくらい、どんなちんけな犯罪者にとっても朝飯前だ。

グレイディが脱走したのだ。

しかしこれは驚きだった。べつだん貴重きわまるメンバーというわけではないが、あいつは警察に追われている。どうして、さらに追手を増やすような危険を冒す必要があるのか。

ラッシュはリビングルームに入り、寝椅子に目をやって眉をひそめた。グレイディが食っていた、油で汚れた〈ドミノ〉の箱と……あのとき読んでいた『ＣＣＪ』紙がのっていた。

開いていたのは死亡広告ページだ。

グレイディの傷だらけのこぶしを思い出し、ラッシュは近づいていって新聞を手にとった。

なにかのにおい――〈オールドスパイス〉だ。なるほど、ミスターＤも多少は脳みそがあって、やはりこれを調べたのだろう。

死亡広告を次々に眺めていく。七十代、八十代がおおぜい。六十代がひとり、五十代がふたり。ラストネームにもミドルネームにも、グレイディの名はない。コールドウェルに家族のいる他郷の死者が三人……

　やがてこれという名前が見つかった。クリスティアン・アンドルーズ、二十四歳。死因の記載はないが、死亡日は日曜日で、葬儀は本日〈パイン・グローヴ墓地〉で、とある。決め手はこれだ——**献花に代えて、〈コールドウェル警察家庭内暴力被害者基金〉へのご寄付をお願いします。**

　ラッシュはノートパソコンに飛びつき、GPSをチェックした。ミスターDの〈フォーカス〉がすっ飛ばしている先は……なるほど、やっぱり〈パイン・グローヴ墓地〉だ。かわいかったクリスティアンが、天使の腕に抱かれて永遠に眠る場所というわけか。

　これでグレイディの事情はわかった。あのろくでなし、いつも女をしたたかにぶん殴っていたが、ある晩そのかわいがりかたが度を越した。女は死に、死体を警察が見つけた。そして、仕事のストレスをか弱い女にぶつけていた、ヤクの売人のカレシを捜しはじめたというわけだ。これじゃあ警察に追われるのも無理はない。

　なにものも愛には勝てない……犯罪者の良識ですら。

　ラッシュは外へ出て、非実体化して墓地に移動した。あのばかな人間だけでなく、そのばかをちゃんと見張っていなかったぐうたらの〝レッサー〟どもにも、見つけしだいいやってほど挨拶してやる。

実体化してみると、ほんの十メートル先に車が駐まっていた――危うく、なかに座っている男に見られるところだった。すばやくローブ姿の女性像の陰に移動し、そのセダンのなかがどうなっているか確認した。においからして乗っているのは人間がひとり。覆面パトか。コーヒーをどっさり飲んでいるようだ。

まちがいなく待ち構えているのだ、人間のくずのグレイディがいまさにやろうとしていることをやるのを――つまり、自分の殺した女の墓を見に来るのを。

まあ、獲物を待つゲームはふたりでもできるさ。

ラッシュは電話を取り出し、明るい画面を手のひらで隠した。ミスターDに引っ込んでろとテキストを送ったが、ここに来る前にちゃんと読んでもらいたいものだ。警察も来ていることだし、ラッシュとしては自分ひとりでグレイディを処理するつもりだった。

刑事はひとりだから好きに始末できる。そしてそのあとには、パートナーをこんなに長く放っておいてくれたもうひとりに襲いかかることになるだろう。

46

大階段の下に立ち、ラスは〝グライメラ〟との会合の準備を整えていた。ケヴラー繊維の防弾ベストを肩からかけて総仕上げだ。「軽いな」

「重けりゃいいってもんじゃない」Vは言って手巻き煙草に火をつけ、黄金のライターをかちりと閉じた。

「大丈夫なんだろうな」

「防弾ベストのことなら、もちろん大丈夫さ」吐き出した煙に、せつなヴィシャスの顔が隠れる。それもつかの間、煙は装飾された天井に向かって漂いのぼっていった。

「だがな、まだ心配だっていうなら胸にガレージのドアをくりつけてもいいぜ。なんなら車にするか」

背後から重い足音が聞こえる。色彩あふれる壮麗な玄関広間に足音を響かせて、レイジとザディストがそろって降りてきた。掛け値なしの殺し屋ふたり組、〈兄弟団〉

の短剣を柄《つか》を下にして胸のホルスターに差している。ふたりがラスの前に進み出てきたとき、玄関の前室から呼鈴の音がして、フリッツがいそいそとフュアリーを招じ入れた。アディロンダック山地から非実体化して移動してきたのだ。いっしょにブッチも入ってくる。もっとも、こちらは中庭を突っ切って歩いてきただけだが。

〈兄弟〉たちを見ていると、ラスの全身に力がみなぎってきた。うちふたりはいまだに口もきいてくれないとはいえ、全員の肉体に同じ戦士の血が流れているのが感じられるし、全員が敵との戦いを欲しているのが頼もしかった。その敵が〝レッサー〟であれ、同族のひとりであれ。

階段からかすかな音がして、ラスはふり向いた。

トールだった。腿の筋肉が体重を支えきれるか不安だというかのように、そろそろと二階から降りてくる。ラスに見えるかぎりでは迷彩服を着ているらしいが、子供のように細いウエストに無理に縛りつけてあるようだった。分厚い黒のタートルネックのセーターは腋《わき》の下がだぶだぶだ。胸に短剣は差していないが、パンツのずり落ちを防いでいる頼みの綱の革ベルトから、二挺《ちょう》の銃を吊っていた。

すぐそばにラシターがついていたが、さすがの天使もいまは軽口を叩こうとしなかった。ただ、自分の歩いていく先も見ていない。どういうわけか天井画を仰いで、雲のなかで戦う戦士たちの絵をしげしげ眺めている。

〈兄弟〉たちはみなトールを見あげた。トールは立ち止まらず、だれとも目を合わせず、ただ階段を降りてくる。モザイクの床まで降りてもやはり立ち止まらない。〈兄弟団〉のわきをすり抜け、夜闇に通じるドアの前まで来て待っている。

かつての面影を残しているのは、がっしりしたあごだけだ。張り出したあご骨は床と平行線を描き、固いことでは床以上だ。だれがなんと言おうとトールは行くつもりで、話はそれで終わりなのだ。

気持ちはわかる。だが無理だ。

ラスは近づいていき、静かに言った。「すまん、トール――」

「すまないことなんかなにもない。行こう」

「だめだ」

部屋じゅうで気まずそうな身じろぎの気配が起こる。ほかの兄弟たちも、ラスに負けず劣らず苦汁をなめているのだ。

「まだその身体じゃ無理だ」肩に手を置きたかったが、トールのひ弱な身体がはっと緊張する様子から見て、じゃけんに払いのけられるのはわかっていた。「もう少し体力が回復するまで待て。この戦争は……これは、今夜にも始まりそうなんだ」

二階の書斎のグランドファーザー時計が鳴りはじめた。そのリズミカルな音はラスの書斎から流れ出し、金箔の手すりを越えて、一同の耳に落ちてくる。十一時半。出発の時刻だ。〝グライメラ〟族がやって来る前に、会合場所をじゅうぶんに調査しておきたければ、そろそろ出かけなくてはまずい。

ラスは声を殺して毒づき、肩越しにふり向いた。黒ずくめの戦士たちは五人一団となって立っている。その肉体はあふれるパワーに振動している。ホルスターやハーネスから下がっているものばかりではなく、その手足も精神もかれらの武器だ。精神の強靭《きょうじん》さはかれらの血に、訓練と並外れた膂力《りょりょく》はその肉に宿っている。

戦闘にはその両方が必要だ。意志力のみで通用する範囲には限界がある。

「おまえは残れ」ラスは言った。「これは命令だ」

毒づきながら、ラスはこぶしでドアをあけて前室に入り、そのまま外へ出ていった。トールを置いていくのはつらいが、選択の余地はない。自分の生命を危険にさらすほど精神的に危うい状態だし、みんなが足を引っ張られる。その場にトールがいたら、〈兄弟〉たちはそれぞれ心のどこかで彼のことを気にするだろう。つまり集団全体として集中力が低下するわけだ。それでは困る。これから乗り込もうとしている会合では、だれかが王を暗殺しようとする――いわば今週で二度めだ――かもしれないのに。

館の外側の両開きドアが、雷鳴のような腹に響く音とともに閉じた。その向こう側にトールを残し、ラスは兄弟たちとともに吹きつける強風のなか立っていた。風は館のある山肌を切り裂き、中庭を怒濤《どとう》のように渡り、何台もの車のあいだを縫うように吹き抜けていく。

その向こうの地平線を全員が見つめるなか、レイジがつぶやいた。「くそったれめ」

ややあって、ヴィシャスがラスに顔を向けた。灰色の空を背景に横顔が浮かびあがる。「もう行かんと――」

パンと銃声が響き、Vのくわえていた手巻き煙草がその口から吹っ飛んだ。あるいは瞬時に燃え尽きたか。

「なんだいったい！」Vがのけぞる。

全員がくるりとふり向き、同時に武器に手を伸ばす。もっとも、この巨大な石の要塞に敵が寄りつくなどありえない話だ。

館の玄関前にトールが静かに立っていた。両足をしっかり踏ん張り、いま発射した拳銃のグリップを両手でつかんでいる。

Vが飛び出そうとしたが、ブッチがその胸をがっちり抱え、トールを殴り倒そうとするのを食い止めた。

しかし、Vの口までは止まらない。「この野郎、なに考えてやがる!」トールは銃口を下げた。「まだ白兵戦は無理かもしれんが、拳銃の腕ならおまえたちのだれにも負けけん」

「正気までなくしてんのか」Vが吐き捨てる。「ふざけやがって」

「おれがおまえの頭を撃ち抜くと思うか」トールの声は冷静だった。「もう最愛の女を失ったんだ。このうえ〈兄弟〉のひとりを失うような、そんな迎え酒まで望むわけがないだろう。いま言ったとおり、銃の腕ならおれが一番だ。今夜みたいな夜に、それをベンチに下げとくのはもったいないだろうが」トールは〈シグ〉をホルスターに戻した。「まあ、やいやい言われる前に、こうやって宣言しておく必要があったんだよ。おまえのみっともない山羊ひげを撃つよりはましだっただろ。もっとも、そのひげをなんとかしたいと思ってないわけじゃないぞ。どう見たって、おまえのあごは剃刀《かみそり》を当ててくれって言ってるからな」

長い間があった。

ラスは吹き出した。もちろん正気の沙汰ではない。しかし、家族みんなで出かけるときに留守番させられる犬ではあるまいし、トールをあとに残していくのはつらかった。そのつらさから解放されると思ったらびっくりするほど気が楽になって、笑いださずにいられなかったのだ。

真っ先に加わったのはレイジだった。頭をのけぞらせると、明るいブロンドの髪に館から漏れる光が反射し、真っ白な歯がきらめいた。笑いすぎて心臓がショートしないか心配だというように、大きな手をあげて胸を押さえる。

その次はブッチだった。大声で笑いだして、親友の胴体を押さえていた腕がゆるむ。フュアリーはにやりとしたが、すぐに大きな肩を揺らしだした――それに釣られてZも傷痕のある顔をほころばせ、歯を剝き出しにしてにやにやしている。

トールはにこりともしなかったが、かつて満足げに矛を納めるときに見せた、そんな表情の片鱗《へんりん》がそこには見えた。トールはもともと生まじめな性格で、みんなが腰をすえてしっかり務めを果たせるように気を配るほうだった。ジョークを飛ばしたり大口を叩いたりするのは性に合わないのだ。しかしだからと言って、とびきりの一発をかますことができないというわけではない。

だからこそ〈兄弟団〉の指揮官に最適だったのだ。適材適所というわけだ――頭に隙はなく、心は温かい。

笑いの渦のなか、レイジがラスに目を向けてきた。言葉にはなにも出されないまま、ふたりは抱擁しあった。その抱擁を解いたとき、ラスは戦士版の謝罪をした。つまり、

〈兄弟〉の肩を思いきりどやしつけたのだ。Zに目をやると、Zは一度だけうなずいた。いわばザディストなりの速記で、言わんとするのはこういうことだ――**ああ、腹の立つことはあったが、それなりの理由があってのことだし、もう水に流そうぜ。**

　だれが最初だったかはわからないが、だれかがだれかの肩に腕をまわし、あとのだれかも同じことをして、気がついたら全員でアメフトの円陣《ハドル》を組んでいた。寒風のなかで作った円はでこぼこだった。身長も肩幅もばらばらだし、腕の長さも違う。しかしともにつながったいま、かれらはひとつのチームだった。

〈兄弟〉たちと腰と腰を並べて立ち、ラスは気がついた。かつては当たり前だったことが、いまではとんでもなく珍しく、特別な状況になっている。〈兄弟団〉がまた顔をそろえたのだ。

「よう、その男同士の友情をこっちにもちっとは分けてくれよ」

　ラシターの声に、全員が顔をあげた。天使は館の玄関に続く石段に立っていた。その全身を包む輝きが、夜の闇に美しく柔らかい光を投げている。

「あいつをぶん殴っていいか」Vが言った。

「あとにしろ」ラスは言って、円陣を解いた。「あとで、思うぞんぶんな」

「なんでそうなるんだよ」天使はつぶやいた。全員がそれぞれ非実体化して会合場所に向かい、ブッチは現地で合流するために車をスタートさせた。

ゼックスは、クリッシーの墓から百メートルほど離れた松の木立で実体化した。この場所を選んだのは、グレイディが墓石の前でうなだれて鷺のジャケットの袖に鼻水を垂らしていると予想したからではなく、いまよりさらに最悪の気分を味わいたかったからだ。そのためにはここ以上に適当な場所はない――春が来たら、あの子はここに埋められてそれで終わりなのだ。

だが驚いたことに、彼女はひとりではなかった。理由はふたつ。

角をちょうど曲がったあたりにセダンが駐まっていた。墓を真正面に見る場所だ。まちがいなくデ・ラ・クルスか、彼の部下だろう。しかし、ほかにもだれかいる。だれかというより、邪悪な力だ。

身に備わった〝シンパス〟の本能のすべてが、用心しろと言っている。わかるかぎりでは〝レッサー〟だが、〝レッサー〟は〝レッサー〟でも悪のエンジンに汚染物質をたんまり注入したやつだ。とっさに自己防衛本能が噴き出して、彼女は自分を遮蔽して周囲の環境に溶け込み――

これはこれは……またべつの不測事態が耳に入ってくる。

北から男たちが近づいてくる。ふたりはわりと背が高く、もうひとりはずっと小柄だ。全員黒ずくめだが、本人たちはノルウェー人のように肌も髪も色が薄い。

やれやれ。新しいギャング――それも〈ロレアル〉のヘアカラー〈プリファレンス〉をひいきにしている「わたしにはそれだけの価値がある《アイム・ワース・イット》（〈ロレアル〉の有名なキャッチコピー。少なくとも以前はブロンドのヘアカラーが売りだった）」な悪党ぞろいの――がのしてきたのでないかぎり、あのブロンド集団はまちがいなく〝レッサー〟どもだ。

コールドウェル警察に〈殲滅協会《レスニング・ソサエティ》〉、それにもっと悪いなにか。それがみんなクリッシーの墓の周囲を見張っている。偶然そんなことが起こる確率はどれぐらいだろう。

ゼックスが辛抱強く見守っていると、殺し屋どもは散開してそれぞれ木の陰に身を潜めた。

考えられる理由はひとつしかない。グレイディは〝レッサー〟とお知り合いになったのだ。驚くようなことではない。やつらは犯罪者を、それも暴力的なやつをとくに狙って仲間に加えているのだから。

見守るうちに刻々と時は過ぎ、シチュエーション・コメディじみた状況はだらだらと続く。いずれ急激に事態は動きはじめるはず、この手の配役の映画ではそれがお定まりだ。もう店に戻る時間だったが、あっちは彼女なしでなんとかまわしてもらうしかない。いまここを離れるわけにはいかないのだ。

グレイディはきっとやって来る。

もう少し時間が経ち、ますます寒風は吹きすさび、月の面《おもて》を暗青色や明るい灰色の雲がいよいよ流れていく。

と、その雲と同じように、〝レッサー〟たちは歩き去っていった。

邪悪な存在も非実体化した。

あきらめたのだろうか。しかし、だとしたらおよそらしくない行動だ。彼女の知るかぎり〝レッサー〟にさまざまな特徴はあるが、多動性障害《ADHD》はそのなかには含まれない。ということは、もっと重要な事態が起こったか、あるいは作戦が変更に――

少し離れたところで衣ずれの音がした。

肩越しに見やると、グレイディだった。

寒そうに縮こまっている。彼には大きすぎる黒いパーカに両腕をたくし込み、薄く積もった雪のなかで足踏みしている。あたりをきょろきょろ見まわし、いちばん新しい墓を捜している。このまま行けば、まもなくクリッシーの墓に気がつくだろう。

とすればとうぜん、覆面パトの警官にも気がつくことになる。あるいは、警官のほうが先に気がつくか。

よし、仕掛ける時が来た。

殺し屋どもが戻ってくることはないだろうし、警察だけならゼックスひとりで対処できる。

このチャンスは逃さない。逃すものか。

仕事に備えて携帯の電源を切った。

47

「まったく、もう行くぞ」レヴはデスクの向こうから言った。ゼックスの携帯にかけた電話をまた切ると、その新しい携帯をがらくたかなにかのように放り出した。明らかに悪い癖のついたもののように。「あいつがいまどこにいるのか知らんが、もう出かける時間だ」

「そのうち戻ってくる」トレズが黒い革のトレンチコートを引っかけながら、ドアに向かった。「ああいうご機嫌だから、いまは出てるほうがいいぐらいだ。シフトの責任者をつかまえて、なんかあったらおれを通すように言うよ。そのあと〈ベントレー〉まわしとく」

トレズが出ていくと、アイアムは両腕の下の〈ヘックラー《H》&コッホ《K》〉二挺を死神の手際でダブルチェックした。黒い目は平静そのもの、両手は震える気配もない。気がすむと、スチールグレイの革のトレンチコートをとって袖に手を通した。

兄弟で似たようなコートを着ているのは偶然ではない。アイアムとトレズは趣味が同じなのだ。例外なく。生まれによって双生児とは言えないが、いつも似たような服装をし、同じ武器を携帯し、考えかたも価値観も原理原則も共有している。

しかし、ひとつだけ違うところがある。ドアのそばに立つアイアムは無言で、仕事中のドーベルマンのように身じろぎひとつしない。しかし、口数が少ないからと言って、トレズほど恐ろしくないというわけではない。口がぴったり閉じているぶん、目で雄弁に語っている。アイアムはなにひとつ見逃さない。

その「なにひとつ」には、レヴがポケットから取り出して服んだ抗生剤も含まれていたようだ。その次に現われて使われた、滅菌の注射針も同じく。

レヴがめくりあげた袖を戻し、スーツのジャケットを着ようとしていると、アイアムは言った。「感心じゃないか」

「なにが」

アイアムはオフィスの向こうからただ見返してくる。ばか言ってんじゃねえ、なにが言いたいかわかってるくせに、というわけだ。

しょっちゅうこれだ。彼の一瞥《いちべつ》はまるで万巻の書だった。

「ったく」レヴはぼそりと言った。「わたしが素行を改めたみたいに喜ぶのはやめろ」

腕の感染症はなんとかなるかもしれないが、彼の人生からはまだ問題がいくらでも垂れ下がっているのだ、腐った房のように。

「それ持ってくのか」

レヴは目玉をぎょろつかせて立ちあがり、〈M&M's〉の袋をセーブルのポケットに入れた。

アイアムはそれに目をやりながら、本気かよと全身で言っている。「お口で溶けて、手で溶けない（〈M&M's〉の有名なキャッチコピー）」

「やかましい。あのな、さっきの錠剤は食い物といっしょに服むんだ。おまえはハムとチーズのライ麦パンサンドを持って歩いてるのか。わたしは無理なんでな」

「〈サルズ〉特製ソースのパスタを作って持ってきてやるから、次は早めに言ってくれ」

レヴはオフィスの出口に向かった。「その用意周到さはやめてくれないか。自分がばかに思えてくる」

「そりゃあんたの問題だ、おれのじゃない」

アイアムはオフィスを出ながら時計に向かって話し、レヴはクラブの裏口のドアをあけるなり、即座に〈ベントレー〉に乗り込んだ。待ってましたとアイアムが姿を消す。地面を滑る影のように移動するのだ。捨てられた雑誌のページを乱し、空き缶を転がし、ゆるんだ雪を巻きあげて。

トレズが車で向かうあいだ、アイアムは先に会合場所に着いて、ドアをあけておくことになっている。

レヴがこの会合場所を選んだ理由はふたつある。第一に、彼は〝大立者《レアダイア》〟なのだから、評議会は彼が開くと言った場所で開かなければならないし、その立地を見れば、身分にふさわしくないとかれらがたじろぐのがわかっているからだ。そういう楽しい機会を見過ごしにはできない。そして第二に、あそこは彼が購入した投資物件で、したがって縄張りのうちなのだ。

こういう必要な配慮をゆるがせにはできない。

〈サルヴァトーレズ・レストラン〉は、〈サルズ〉特製ソースで有名なコールドウェル市有数のイタリア料理店で、創業してすでに五十年になる。だが、初代オーナーの孫サルヴァトーレ三世（と呼ばれている）は途方もないギャンブル好きで、レヴの賭屋を通じて十二万ドル以上の負債を作った。だから、これは等価交換ということだ。孫は事業をレヴに譲渡し、それでレヴは三代めの羅針盤を割らなかったわけである。

一般人の言葉に翻訳すると、肘も膝も粉砕させるようなことはせず、おかげで三代めは人工関節を入れずにすんだということだ。

そうそう、〈サルズ〉特製ソースの秘密レシピもレストランといっしょに譲渡された——これはアイアムがつけた条件だ。交渉はなんとまるまる一分半もかかったが、そのあいだにこの〈シャドウ〉が珍しく口を開いて、レシピなしなら交渉もなしだと言ったのだ。そのうえ情報が正しいか確認するため、実際に試食まで要求した。

この楽しい取引以来、アイアムはこの店を切りまわし、驚くまいことか利益をあげている。だが、じつを言えばこれは当たり前の話で、くだんの孫にしても、手持ちの金を一セント残らずかき集め、最弱のフットボールチームに大賭したりしなければ問題なくやっていけたはずなのだ。客足は戻り、料理もかつての味を取り戻し、テーブルや椅子、リネンやじゅうたんやシャンデリアを一新して、店は大々的な若返り手術の実施中だった。

といっても、かつてあったものをただ新品の同じやつに取り替えただけだ。アイアムが言うように、伝統をへたにいじってはいけない。

内装の唯一の変更は見えないところでおこなわれた。壁と天井に一平方インチも残さず鋼鉄の網を埋め込み、ドアもひとつを残してすべて同じように強化したのだ。

店側が知っていて承認しないかぎり、非実体化による侵入や脱出は不可能というわけである。

実際のところ、オーナーはレヴだといっても、実際に手塩にかけたのはアイアムで、彼が自分の手腕に鼻高々なのも無理からぬことだった。昔気質のイタリアン・マフィアですら、彼の作った料理を褒めているぐらいなのだ。

十五分後、〈ベントレー〉は玄関ひさしの下に停まった。平屋建てで高さはないが、アメーバのように広がっていて、トレードマークは漆喰《しっくい》塗りの赤レンガの壁だ。〈サルズ〉の店名を照らす明かりも含め、周辺の照明はすべて消してあった。もっとも、がらんとした駐車場だけは、古めかしいオレンジ色のガス灯で照らされている。

トレズは暗がりのなか、エンジンをかけたまま、防弾仕様の車のドアもロックしたまま待っている。まちがいなく〈シャドウ〉の流儀で〈兄弟〉と連絡を取りあっているのだ。しばらくするとうなずいて、エンジンを切った。

「問題なしだ」降りて〈ベントレー〉の後部にまわり、ドアを開く。レヴは杖を持ち、麻痺した身体を革張りのシートから起こした。ふたりして敷石の車寄せを横切り、重厚な黒い両開きドアを大きく開く。ムーア人は銃を抜いて腿のあたりで構えている。〈サルズ〉に足を踏み入れるのは、紅海に歩み入るのに似ている。モーセのほうではなく、その文字の意味どおりだ。

ふたりを出迎えたのはフランク・シナトラの歌声だ。紅《あか》いベルベット張りの天井に埋め込まれたスピーカーから、「素晴らしき恋人たち」が漂い流れてくる。足もとの紅いカーペットは取り替えられたばかりで、その輝きには滴る人間の鮮血のようなつやと深みがあった。あたり一面、黒いアカンサス文様の入った紅い壁で、照明は映画館にあるような、つまりほとんど床にしかない。ふだんの営業時間なら出迎えるのは女主人《ホステス》で、クロークルームには目を奪う黒髪の女たちが紅と黒のミニスカートにタイツ姿で控えているし、ウェイターは全員ブラックスーツに紅いタイというでたちだ。

横手に目をやると、五〇年代の公衆電話がずらりと並び、コジャック（一九七〇年代のテレビドラマ『刑事コジャック』の主人公）時代の煙草の自動販売機も二台置かれている。そしていつもどおり、オレガノとガーリックとうまい料理のにおいがした。またそれに隠れて、かすかに煙草と葉巻の香りも消え残っている――この手の施設では吸ってはいけないと法律で決まっているが、奥の部屋では店が許しているのだ。そこにあるのは予約席だし、ポーカーゲームもおこなわれている。

レヴはふだんから、あたり一面紅の場所ではいささか心穏やかではいられないのだが、ここならふたつあるダイニングルームをのぞき見れば、真っ白なテーブルクロスのかかったテーブルが見え、暗色の革張りの椅子もちゃんと立体的に見えるのがわかっている。だからその点は安心だ。

「〈兄弟団〉はもう来てるぜ」トレズが言うのを聞きながら、会合の開かれる特別スイートに向かった。

入ってみると、居並ぶ男たちのあいだには会話も笑い声もなく、それどころか咳払いをする者さえなかった。〈兄弟〉たちは肩を接して一列に並び、その奥に立つラスは鋼鉄で強化されていない唯一のドアの前に陣取っている。いざというときには、まばたきの間に非実体化して脱出できるというわけだ。

「ようこそ」レヴは言って、二十脚の椅子を並べた細長いテーブルの上座に腰をおろした。

ひとしきりあいさつの声はあがったが、密に並んだラインバッカーも真っ青の戦士たちは、彼がいま入ってきた入口だけにひたと視線を当てている。

かれらの主《ぬし》たるラスにちょっかいを出せば、将来を棒にふったあげくにその棒をけつに突っ込まれることになる。

さらに驚くまいことか、どうやら幸運の護符《マスコット》を見つけてきたようだ。少し離れて左手に、輝くオスカー像のような男がすっくと立っている。戦闘服に身を固めているものの、黄金と黒の髪のせいで、バックバンドを探している八〇年代のロック歌手のようだ。しかしだからと言って、その恐ろしい迫力という点で、堕天使ラシターが〈兄弟〉たちにひけをとるわけではない。たぶん顔じゅうピアスだらけだからか、あるいは目が白一色だからかもしれない。ともかく、全身から発する殺気はただごとではなかった。

面白い。みなと同じく入口をじっとにらんでいる様子からして、ラスは明らかにあの天使の要保護動物種のリストに載っているらしい。

アイアムが奥から入ってきた。片手に拳銃、もういっぽうの手のひらにはカプチーノのトレーをのせている。

数名の〈兄弟〉たちが勧めに応じたが、いざ戦闘となったら、あの華奢なカップはたちまちごついブーツのかかとにめりこむ運命だろう。

「ありがたい」レヴもカプチーノを受け取った。「カノーリ（シチリア島特産の菓子）は？」

「すぐ出す」

この会合にさいしては、前もってはっきり指示が出されていた。評議会のメンバーはレストランの正面で待っていなくてはならない。べつのドアの把手をがちゃがちゃとでもやる者がいれば、その場で射殺されても文句は言えない。メンバーはアイアムがなかに入れ、この部屋まで案内してくる。退出するときも、やはり正面からだ。安全に非実体化できるようにそこまで護衛をつける。表向き、この厳重警備はレヴが「〝レッサー〟の襲撃を懸念」しているからだ。だが実際には、すべてラスを守るためにある。

アイアムがカノーリを持って入ってきた。

カノーリが平らげられていく。

カプチーノのお代わりが運ばれてきた。

シナトラが「フライ・ミー・トゥ・ザ・ムーン」を歌った。これはバーが閉まるときの歌だから、閉店前にもう一曲必要だ。

そしてその曲は、泉に投げ込まれた三枚のコインの歌、彼がだれかに恋をしているという歌だった。

ラスのそばで、レイジがごついブーツの足を踏み換えて巨体の体重を移した。ジャケットのレザーがきしむような音を立てる。そのとなりで王が肩をまわし、いっぽうの関節が鳴った。ブッチが指関節を鳴らす。Vが煙草に火をつける。フュアリーとZは互いに顔を見合わせる。

レヴは、入口に立つアイアムとトレズに目をやった。それから、またラスに視線を戻して言った。「まさかの展開だな」

杖を利用して立ちあがり、部屋をぐるりとまわった。身内の〝シンパス〟が面白がっている。ほかの評議会メンバーが、会合に顔を出さないという非礼な戦術に出るとは思わなかった。よもやこんな度胸があるとは——

そのとき、レストランの正面玄関から呼鈴の音が鳴り響いた。

レヴはふり向きながら、金属がスライドするかすかな音を耳にとらえていた。〈兄弟〉たちが、手にした拳銃の安全装置をはずしたのだ。

通りをはさんで向かいに、〈パイン・グローヴ墓地〉の閉じた門が見える。ラッシュは物陰に駐まっている〈ホンダ・シビック〉に近づいていった。ボンネットに手を当ててると温かい。運転席側にまわってみなくても、そちらの窓が割られているのはわかっていた。グレイディはもとカノ、、、の墓参りにこの車を使ったのだ。

アスファルトを踏んで近づいてくるブーツの足音を耳にして、胸ポケットの銃を抜いた。

ミスターDは、カウボーイハットをとりながら近づいてきた。「なんだって墓地を離れろなんて——」

ラッシュは平然と〝レッサー〟の頭に銃を突きつけた。「その脳みそに、いますぐ風穴をあけちゃいかん理由があるか。あったら言ってみろ」

ミスターDの向こう側の〝レッサー〟たちはあとじさった。一歩どころか二歩も三歩も。

「あいつが逃げた先をめっけたんはおれっす」ミスターDはいつものテキサス訛《なま》りで答えた。「あのふたりは、やつがどこに向かってってっか、からっきし見当もつきやがらねえ」

「責任者はおまえだ。おまえが逃がしたんだろうが」

ミスターDの淡色の目は揺らぎもしない。「おれぁボスの金を数えてたんで。ほかのやつにやらせていいんすかい。んなこたねえと思うけんどな」

くそ、一理ある。ラッシュは銃をおろし、ほかのふたりに目をやった。どっしり構えたミスターDと違い、そわそわおどおどしている。資産を逃がしたのがだれなのか、ひと目でわかるというものだ。

「いくら儲《もう》かった」ラッシュは部下たちを睨みつけながら尋ねた。

「たんまり。〈エスコート〉に積んでありやす」

「そうか。おっと意外だな、気分が上向いてきたぜ」ラッシュはつぶやき、銃をしまった。「撤退を命令したのは、グレイディは熨斗《のし》つけて刑務所に送り込むことにしたからさ。塀の向こう側で二、三度だれかにカマ掘らせて、楽しく過ごさせてやってから殺しても遅くないだろ」

「けど、そんじゃ――」

「ほかのディーラーふたりについちゃもうつてがあるし、商品はおれたちで売ればいい。あんなやつもう必要ない」

墓地のなかから、車が鉄の門に近づいてくる。その音に、全員の頭が右を向いた。あの新しい墓のそば、角を曲がったところに駐まっていた覆面パトだ。それが門の前で停まると、排気管から間欠的に蒸気があがり、まるでエンジンが放屁《ほうひ》しているようだ。黒っぽい髪のダサいやつが降りてきた。門のチェーンをはずしてから、背中を「立入禁止」の片方にあてがって押し開いた。それから門を車で通り抜け、また降りてきてもとどおりに閉ざした。

車には、ほかにだれも乗っていない。

覆面パトは左に折れ、赤いテールランプが遠ざかっていく。

ラッシュは〈シビック〉をふり返った。グレイディが立ち去る手段は、この車以外にない。

いったいなにが起こったんだ。あの警官はグレイディを見ていたはずだ。まっすぐ覆面パトから見える方向へ——

ラッシュははっと身を固くし、くるりと身体ごと向きなおった。道路にまかれた凍結防止剤が、分厚い靴底の下ですりつぶされる。

墓地にほかになにかいる。なにかが、いまになって姿を現わすことを選んだのだ。北部の〝シンパス〟とまったく同じ存在感を放つなにか。

警察が走り去ったのはそのせいだ。操られていたのだ。

「金を持ってねぐらに戻ってろ」彼はミスターDに言った。「あっちでまた会おう」

「へい、わかりやした」

ラッシュはその返事をろくに聞いていなかった。すっかり心を奪われていたのだ——あの若くして死んだ女の墓の周囲で、いったいなにが起こっているのか。

48

人間の心が粘土なのはありがたい、そうゼックスは思っていた。ホセ・デ・ラ・クルスの脳に、命令を植えつけるのに長くはかからなかった。そしてそれが根をおろしたとたん、彼は冷えたコーヒーをカップホルダーに突っ込み、覆面パトカーのエンジンをかけていたのだ。

向こうの木立のなかで、グレイディはゾンビの歩みを止めた。セダンがそこにいたことすら気づいていなかったようで、腰を抜かすほど驚いていた。しかし、あいつが驚こうがどうしようがどうでもいい。喪失の痛みと絶望と後悔が、彼の周囲の空間に充満している。その感情の格子に突き動かされ、あのろくでなしはまもなく新しい墓石に近づいていくだろう。どんな思考をあいつの前頭葉に植えつけようと、その意志の力の強さにはかなわない。

向こうが待つあいだゼックスも待った……そして思ったとおり、デ・ラ・クルスの車が見えなくなるが早いか、歩くためにあるはずのブーツがその役目を思い出し、グレイディを彼女の望むとおりの場所へ運びはじめた。

御影石の墓標に近づくと、のどが詰まったような音が口からこぼれ、それを皮切りにとめどなく嗚咽が漏れはじめた。小娘のようにぼろぼろと泣きだし、白い息の雲を吐きながらうずくまった――彼の殺した女が、これから百年かけて朽ち果てていくはずの場所を前にして。

そんなにクリッシーが好きだったのなら、殺す前になぜ考えなおさなかったのか。

ゼックスはオークの陰から足を踏み出した。身を包む遮蔽は薄れるに任せ、周囲の景観のなかに姿を現わす。クリッシーを殺した男に近づきながら、腰のくびれに手をまわし、背骨に沿ってうまく隠していたステンレス鋼の刃を抜いた。刃渡りは彼女の前腕と同じぐらいだ。

「グレイディ、久しぶりだね」彼女は言った。

グレイディはがばと裏返った。けつにダイナマイトを突っ込まれて、導火線の火を雪で消そうとしている人のようだ。

ゼックスはナイフを腿の裏に隠して近づいた。「元気だった？」

「いったい……」彼女の両手を探す。片方しか見えないとわかると、両手両足で横ばいし、尻を地面に引きずって逃げようとした。

ゼックスは、ゆうに一メートルは間隔を置いてついていった。グレイディが肩越しにちらちら見ている様子からして、身を翻して脱兎《だっと》のように駆けだそうとしているらしい。それまではのんびりついていって――

大当たり。

グレイディは左側にすっ飛んでいこうとしたが、そこへ襲いかかった。手首が円弧の頂点に跳ねあがったところでつかむと、逃げる勢いのまま彼女を引きずってたたらを踏む。しまいに腕を背後に高くあげた格好で、顔から地面に倒れ込んだ。こうなったら手も足も出ない。もとより彼女に慈悲の持ちあわせなどあろうはずもない。刃がたちまち一閃し、上腕背部の三頭筋を横に払った。厚手でボアつきのパーカとともに、薄く柔らかい皮膚が切り裂かれる。

これはたんに気をそらすのが目的で、その作戦はうまく行った。グレイディは絶叫し、傷口を押さえようとする。

おかげで時間の余裕ができて、ゼックスは彼の左足のブーツをつかんでねじりあげた。もう腕の傷になどかまっていられない。グレイディは悲鳴をあげ、体勢を変えて緊張を逃がそうとしたが、ゼックスは彼の腰のくびれに膝を押しつけ、はじけるまでねじって足首の骨を折った。すばやく離れてまたナイフを払い、腿の腱《けん》を断ち切って反対側の脚の自由も奪う。

悲鳴がぷつりと切れた。

痛みにぶっ倒されたように、息が切れて声が出なくなったのだ。しかしそれも、墓のほうへ引きずられていくまでの話だった。じたばた暴れて悲鳴をあげはじめたが、やかましいだけでほとんど効果はない。目当ての場所まで引きずっていくと、ゼックスはもういっぽうの腕の腱を断ち切った。彼女の手を払いのけたくても、これではもう無理というものだ。そのうえで裏返しにしてお空がよく見えるようにしてやってから、パーカをめくりあげた。

ベルトに手をかけながら、ナイフをとっくり見せてやる。

男というのは変な生きものだ。どれほどぼんやりしていても、長くて尖ってぴかぴかしたものを原始的な脳みそのそばに近づけられると、いきなり花火があがりだす。

「やめろ……！」

「とんでもない」ナイフを顔のそばに近づけた。「ばか言ってんじゃないよ」

これほどずたずたにされていながら彼は激しく暴れだし、ゼックスは手を止めてその様子をとっくり楽しませてもらった。

「あたしが立ち去るころにはおまえは死んでる」もがく彼にゼックスは言った。「でも、お別れの前にいっしょに充実の時間《クオリティ・タイム》を過ごそうじゃないの。ただあんまり長くは無理だね、仕事に戻らなきゃならないから。まあ、あたしがのろまじゃなくてよかった」

ブーツで胸骨を踏んづけて動きを封じ、ボタンをはずして前立てをあけ、パンツを腿まで引き下げた。「グレイディ、あの子を殺すのにどれぐらいかかった？　ねえ、どれぐらい？」

完全にパニックを起こし、グレイディはうめきつつ手足をばたつかせ、白い雪に血しぶきを飛ばした。

「どれぐらいかかったかって訊いてるだろ」彼の〈エンポリオ・アルマーニ〉のボクサーパンツのウェストゴムを切り裂いた。「どれぐらいのあいだ、あの子を痛めつけたんだよ」

ややあって、グレイディが絶叫した。その大声は人間の声とすら思えず、むしろ大ガラスの叫びに近かった。

ゼックスは手を止め、ローブ姿の女性像に目をやった。クリッシーの葬儀のとき、ずっと見つめていた像だ。そのせつな、石像の顔の向きが変わっているような気がした。その美しい顔は神を見あげているのでなく、こちらを、ゼックスを見つめている。

　ただ、もちろんそんなことのあろうはずはない。まさか。


ラスは壁をなす〈兄弟〉たちの背後に立ち、〈サルズ〉の正面のドアが開いて閉じる、遠い音に耳を澄ましていた。ヒンジのまわるかすかな音が、シナトラの「スクービイ・ドゥービイ・ドゥー（「夜のストレンジャー」の最後にシナトラが口ずさむ無意味なスキャット）」の合間あいまに聞こえてくる。なににせよ、かれらの待っていたものがたったいま姿を現わしたのだ。急カーブに差しかかった車がうまく曲がろうと備えるように、肉体も感覚も心臓もすべてがシフトダウンしていた。

　対して目のほうはギヤがあがり、徐々に焦点が合ってきた。紅い部屋、白いテーブル、兄弟たちの後頭部が、それまでより少しはっきり見えだしたころ、アイアムがアーチ形の戸口に戻ってきた。

　恐ろしく身なりのよい男を伴っている。

　まちがいなく〝グライメラ〟だ。しゃれた全身にそのスタンプが捺《お》されている。七三分けにした波うつブロンドは『華麗なるギャッツビー』を地で行っているし、目鼻だちの完璧に整った端整な顔は、まさに美しいと言うしかなかった。黒いウールのコートはみごとに仕立てられ、細い身体によく合っている。手には薄い書類ケースを携えていた。

初めて見る顔だが、こんな場面にしゃしゃり出てくるには若すぎる気がした。あまりに若い。

まさしく、やたらと高価でむやみに垢抜けた犠牲の仔羊《こひつじ》だ。

リヴェンジがゆっくりと近づいていく。あの杖の持ちかたからして、なかに隠した剣がすぐにも鞘《さや》を払って顔を出しそうだ――このギャツビーがへたに深呼吸でもしようものなら。「用件を話せ。ぐずぐずするな」

ラスは足を前に踏み出し、レイジとZのあいだに肩を入れた。この配置換えには、どちらも賛成しかねるようだった。ふたりが前に出ようとするのを、さっと手を払って押しとどめる。

「若いの、名前は？」ここで殺しが起きるのは避けたいが、レヴがいてはなにが起こるかわかったものではない。

ギャツビー仔羊は重々しく一礼し、また背筋を伸ばした。口を開いたとき、その声は意外なほど低音で、しかもまるで震えていない。これは驚きだ――彼の胸を何挺のオートマティックが狙っているか考えれば。「タイムの子サクストンと申します」

「名前は目にしたことがある。血統報告書を作成していたな」

「はい」

ということは、評議会はほんとうに血統を末端までたどる破目になっているわけだ。この男は評議会メンバーの息子ですらないではないか。

「サクストン、だれに言われてここに来た」

「死者の代理人です」

〝グライメラ〟がモントラグの死をどう受け止めたか、ラスは見当もつかなかったし、また気にもしていなかった。この陰謀に関わっている者に、メッセージが伝わりさえすればそれでいいのだ。「それじゃ、話を聞こうか」

若い男は書類ケースをテーブルに置き、金色の留金をはずした。とたんにレヴは赤い剣を抜き、切尖《きっさき》を男の白いのどくびに突きつけた。サクストンは凍りつき、頭を動かさずに周囲を見まわした。

「まあなんだ、手はゆっくり動かしてくれ」ラスはぼそりと言った。「この部屋には血の気の多いやつが集まってるし、今夜のおまえは人気の標的になってるからな」

先ほどと同じみょうに低音で落ち着いた声が、注意深く言葉を形作っていく。「はい、ですからこうするべきだとわたしから申したのです」

「こうするとは？」と、口を開いたのはレイジだった。ふだんからかっとなりやすいやつだ——レヴの剣があるにもかかわらず、ハリウッドはいまにもこのギャツビーに飛びかかりそうだった。革の書類ケースからどんな武器が出てこようが気にもしないだろう。

サクストンはレイジにちらと目をやったが、またラスにその目を戻して言った。

「モントラグが暗殺された日――」

「面白い言葉の使いかたをするな」ラスがもったいぶって言う。じつのところ、この男はどれぐらい知っているのか。

「あれが暗殺なのはまちがいありません。ただの殺しなら、眼球をくり抜いたりしないでしょう」

レヴはにやりとして、ひとそろいの口中の短剣をあらわにする。「それは殺した犯人によるな」

「それで？」ラスは先をうながした。「それとレヴ、よかったらその物騒なものを引っ込めてくれんか」

〝シンパス〟はわずかにさがったものの、剣を納めようとはしない。サクストンはそちらに目をやってから続けた。「モントラグが暗殺された夜、わたしの上司にこれが届けられました」サクストンは書類ケースを開き、マニラ封筒を取り出した。「モントラグからです」

表を下にしてテーブルに置き、封蠟《ふうろう》が破られていないことを示すと、一歩さがった。ラスは封筒に目をやった。「V、頼まれてくれるか」

Vが進み出て、手袋をはめた手でそれを取りあげた。小さく裂ける音がして、低いささやきとともに紙が滑り出てくる。

沈黙が落ちた。

Vはその紙を取りあげ、封筒を腰のくびれでベルトに差し込み、ギャッツビーにひたと目を向けた。「これ、おまえは読んでないっていうのか」

「読んでおりません。上司もです。上司とわたしが物証保管者となってからは、だれも」

「物証保管者？　おまえは弁護士なのか。ただの補助員ではなく」

「わたしは〈古法〉弁護士見習いです」

Vは身を乗り出し、牙を剝き出しにした。「まちがいなく読んでないんだな」

サクストンは〈兄弟〉を見返した。そのせつな、Vのこめかみの刺青に目を奪われたようだったが、ややあってうなずき、低い声で言った。「眼球のない死体になって、自宅の床に倒れているのを見つかりたいとは思いません。それは上司も同じです。その封筒の封印は、モントラグがみずから捺したものです。彼がなにを入れたにしても、そこに溶けた蠟が垂らされてからは、だれも読んでおりません」

「これを入れたのがモントラグだとなぜわかる」

「表書きは彼の筆跡です。書類のメモ書きを何度も見ているのでわかります。それに、届けに来たのは彼の身近に仕える〝ドゲン〟でした。主人の言いつけだと言って」

サクストンが話しているとき、ラスはその感情を慎重に値踏みし、鼻で呼吸してにおいに注意していた。嘘はついていない。良心にやましいところはない。この美男子はVに魅かれているが、それ以外にはなにもない。恐怖すらなしだ。警戒はしているが、おびえてはいない。

「もし嘘をついていればかならずばれるし、おまえは報いを受けることになるぞ」Vが静かに言った。

「もとより承知しております」

「意外なこともあるもんだ。この法律屋には脳みそがあるぜ」ヴィシャスはさがって列に戻った。手のひらはまた銃のグリップに戻す。

ラスは封筒の中身が知りたかったが、こんなおおぜいの前で聞くのは穏当でないと思いなおした。「それでサクストン、おまえの上司とそのお仲間はどこだ」

「ここには参りません」サクストンはからの椅子に目をやった。「みな震えあがっていますから。モントラグがあんなことになってからは、家に閉じこもって出てこようとしません」

助かった、とラスは思った。〝グライメラ〟どもが臆病者の本領を発揮してくれれば、心配事がひとつ減るというものだ。

「礼を言うぞ、若いの。よく来てくれた」

この退《さ》がってよいという合図をサクストンは正しく解釈し、書類ケースの蓋を閉じると、また一礼して出ていこうとした。

「若いの」

サクストンは立ち止まり、まわれ右をしてラスに正対した。「はい」

「おまえが上司を説得して、ここに来させるように仕向けたんだな」控えめな沈黙が答えだった。「賢い助言のできるやつだ。おまえの言葉を信じよう――おまえの知るかぎり、おまえはもちろん上司も、封筒のなかを盗み見たりしていないし、なかにが入っているかも知らんのだな。ただ、ひとつ忠告がある。そのうち新しい働き口ができるかもしれんぞ。この先、事態はよくなるより先に悪くなるだろうし、どんなに名誉を重んじる者でも、切羽詰まればなにをしでかすかわからんものだ。すでに、おまえをライオンの口に送り込むようなことをしてるわけだしな。一度やったことならまたやるだろう」

サクストンはにっと笑った。「もし個人弁護士がお入り用なら、ぜひご連絡くださ い。信託と不動産と血統についてはこの夏から訓練を受けておりまして、それが終わりましたら別分野にも手を広げようと思っております」

また一礼し、アイアムに伴われて立ち去った。頭をあげ、足どりもたしかだ。

「V、なにが入ってた?」ラスは小声で尋ねた。

「悪い知らせだ。マイ・ロード、悪い知らせだよ」

ラスの視界はまたぼやけはじめた。いつものとおり焦点が合わず役に立たない状態に戻る前、最後にいささかでもはっきり見えたのは、氷のようなVの目だった。その目はあちらのほうへ動いていき、リヴェンジのうえでぴたりと止まった。

49

覆面パトカーが〈パイン・グローヴ墓地〉から立ち去ると、ラッシュは全神経をあげて墓地の門内に集中させた。たったいまそこに現われた〝シンパス〟の存在に。

「もう帰ってろ」と部下たちに命じる。

非実体化し、墓地の奥の隅にある若い女の墓に向かって——

悲鳴は制御を失ったオペラのようだった。ソプラノ歌手が自分の声を抑えられなくなって、とっぱずれた高音がもう歌でなく金切り声の域に達している、そんな感じだった。実体化したとき、ラッシュは歯嚙みした。ちょうど面白いところを見逃してしまった……さぞかし見るかいのある眺めだったろうに。

グレイディは仰向けに引っくり返り、パンツは引き下げられ、身体じゅうあちこち出血していたが、とくに派手に流血していたのは食道を切り裂く新しい傷口だった。まだ生きている。暑い日の窓枠のハエのように、ねじれた両手両足をのろのろとうごめかしている。

　グレイディ殺しの犯人は、かがみ込んでいた姿勢からすっくと立ちあがった。〈ゼロサム〉のオトコ女だ。死にかけのハエは自分の運命以外なにもわかっていないが、女のほうはラッシュがこの場にいつ現われたかちゃんと把握していた。くるりとふり向いて戦闘体勢をとる。表情に迷いはなく、手にした血の滴るナイフは揺るがず、太腿は緊張して、強い身体をいまにも飛び出させようと身構えている。

　ぞくぞくするほどいかす女だ。こちらに気づいて眉をひそめた顔はとくに。

「あんたは死んだはずだよ」彼女は言った。「それにヴァンパイアだと思ってたけど」

　ラッシュはにっと笑った。「驚いたか。だけどあんただって、秘密を抱えてるじゃないか」

「悪いけどね、あたしはずっとあんたが嫌いだったし、それはいまも変わらないよ」

　ラッシュは首をふり、あからさまに彼女の身体に目をやった。「あんた、レザーを着てるとすげえいい女だな」

「あんたは全身ギプスだったらいい男だろうよ」

　ラッシュは笑った。「安っぽい言いぐさだ」

「相手に合わせたのよ。簡単な計算だね」

ラッシュはにやりとして、鮮やかなイメージを思い描き、そそられた欲情を煽《あお》って本格的な興奮にもっていった。向こうがそれを感じとるのはわかっている。彼女が彼の前にひざまずき、口にペニスをくわえるさまを思い描く。両手で女の頭をつかみ、嘔吐《おうと》反射が起こるほど深く突っ込む。

ゼックスが目をぎょろつかせた。「テーゾク。ポルノの見すぎ」

「違う。未来予測、本物のセックスだ」

「悪いけど、ジャスティン・ティンバーレイク（シンガーソングライター、俳優）に興味はないね。ロン・ジェレミー（ポルノ男優）にも」

「その話はあとにしよう」ラッシュは倒れている人間のほうにあごをしゃくった。この寒さで凍りついてきたかのように、手足の動きが緩慢になっている。「あんたに貸しができたみたいだな」

「切り刻んでほしいのなら、いつでもやってやるよ」

「あれは」――とグレイディを指さして――「おれのだったんだぜ」

「程度が低すぎるんじゃないの。あれは」――と彼のまねをして――「犬の糞《ふん》だよ」

「糞はいい肥料になる」

「だったらバラの茂みに転がしてやるよ。もっといい肥料を集めてきたらいい」

　グレイディがうめき声をあげ、ふたりともちらとそちらに目をやった。いよいよ断末魔が近づいていて、顔は周囲の霜のおりた地面と同じ色に変わり、傷口から流れる血の勢いも弱まっている。

　だしぬけに、グレイディの口になにが突っ込まれているか気づいて、ラッシュはゼックスに目をやった。「こいつは……あんたみたいな女なら、おれも本気で恋に落ちそうだぜ、この罪業喰らい《シン・イーター》」

　ゼックスはナイフの刃を墓石のとがった縁に滑らせ、グレイディの血を刃から石に移した。復讐の跡を残すかのように。「〝レッサー〟、ずいぶん肝が据わってるね。あたしがこいつになにをしたか見たんだろ。それとも、自分の持ち物が惜しくないの」

「おれはそいつとは違う」

「こいつより小さいの。やれやれ、幻滅もいいとこ。さて、悪いんだけど、あたしはもう帰るから」ナイフをあげてふってみせると、いきなり消えた。

　ラッシュは彼女のいた空間を見つめていたが、やがてグレイディが弱々しくのどを鳴らした。浴槽にわずかに残る水たまりが、ついに排水口に呑まれるような音。

「あの女を見たか」ラッシュは間抜けに話しかけた。「なんて女だ。いつか抱いてやるからな」

グレイディの末期の息がのどの穴から漏れ出した。ほかに出口がなかったのだ——口は自分のものをフェラチオするのでいっぱいいっぱいだったから。

ラッシュは両手を腰に当て、冷えていく死体を眺めていた。

ゼックス……再会する機会を作らなくてはならない。また、彼に会ったことを彼女が〈兄弟〉に伝えればいいと思った。敵に疑念を抱かせることができれば、結束した敵より扱いやすくなる。〈兄弟団〉はまちがいなく、〈オメガ〉がどうしてヴァンパイアを〝レッサー〟に生まれ変わらせることができるのかと首をひねるだろう。しかし、それは話のごく一部でしかない。

話のオチはまだまだこれからだ。

凍てつく夜のなかにのんびり消えていきながら、パンツのなかの位置を直し、これはどうしても女が必要だと思った。むらむらしてしかたがない。

アイアムが〈サルズ〉の正面入口の戸締りをしているあいだ、リヴェンジは赤い剣を鞘に納め、ヴィシャスに目をやった。みょうな目つきでずっとこっちを見ている。

「なにが入っていたんだね」レヴは言った。

「あんたのことだ」

「ラス殺しの陰謀の首謀者がわたしだと、モントラグは言っているのか」かりにそうだとしても問題はない。レヴはすでに、あのろくでなしを斬り殺させて、自分がどちら側か証明してみせているのだ。

ヴィシャスはゆっくり首をふり、アイアムが兄弟と合流する様子にちらと目をやった。

レヴはぴしゃりと言った。「あのふたりなら、わたしのことはなんでも知っている」

「そうか、それじゃほらよ、罪業喰らい《シン・イーター》」Vは封筒をテーブルに放った。「どうやらモントラグはあんたの正体を知ってたんだな。だからラスを殺せと持ちかけたわけだ。正体が暴露されたら、計画したのはあんただと、あんたひとりの計画だとだれでも信じるだろうから」

レヴは眉をひそめた。封筒から出てきたのは宣誓供述書らしきもので、彼の継父の殺された事情が書かれている。な・ん・だ・と。継父が死んだあとモントラグの父親が館を訪ねてきた、そこまではレヴも知っていた。しかし、母の〝ヘルレン〟に話をさせただけでなく、証言までさせていたとは。それなのに、ただちに手を打たずにその情報を死蔵していたというのか。

レヴは二日前のことを思い返した。モントラグの書斎で会ったときのことを……そう言えばあいつ、レヴがどういう人物かわかっている、というようなことをちらと言っていた。

たしかに知っていたのだ。そしてそれは麻薬取引のことではなかった。

レヴは書類を封筒に戻した。くそ、これが漏れたら、母と約束したことなど粉々に吹っ飛んでしまう。

「それで、いったいなんなんだそれ」〈兄弟〉のひとりが尋ねた。

レヴはセーブルのコートの内ポケットに封筒を突っ込んだ。「わたしの継父が死ぬ前に署名した宣誓供述書だ。わたしが〝シンパス〟だと書いてある。末尾の血の署名からして、これは原本だな。しかしいくら賭けてもいいが、モントラグがまさか一通も写しを作っていなかったはずはない」

「偽造かもしれん」ラスがぼそりと言った。

それはないだろう、とレヴは思った。あの夜になにがあったか、具体的かつ正確に書かれている。

一瞬にして過去に戻っていた。あの行動をとった夜に。あのとき、彼の母はもう何度めかわからない「事故」を起こして、ハヴァーズの病院へ運ばれた。経過観察のため一日入院することになり、ベラが母とともに泊まるとわかって、レヴは肚《はら》を決めたのだ。

館に戻り、使用人の区画に〝ドゲン〟たちを集め、家族に仕える者の全員がつらい思いをしているという現実に直面した。いまもはっきり憶えている。館の男女の顔を見つめ、ひとりひとりと目を合わせた。その多くが継父に仕えるためにやって来たのだが、居残っているのは彼の母のためだった。そして全員が、あまりに長引きすぎたこの状況に終止符を打ってほしいと期待している。

それで全員に、一時間館をあけるよう命じたのだ。

異を唱える者はいなかった。ひとりひとり、出ていく前に彼を抱擁していった。なにをするつもりかみなわかっていて、それはかれらの意志でもあった。

レヴは最後の〝ドゲン〟が出かけるのを待ち、書斎に入っていった。継父はデスクで書類を読みふけっていた。憤怒に任せ、レヴは昔ながらのやりかたで継父を始末した。殴打には殴打というわけで、まずは母が味わったのと同程度の苦痛を正確に与えたのち、あのろくでなしをその価値もない最後の平安に導いてやったのだ。

玄関の呼鈴が鳴ったとき、〝ドゲン〟が戻ってきたのだと思った。呼鈴を聞いてレヴがこの場を去れば、殺人犯の姿は見なかったと証言しても嘘にならないというわけだ。最後にもう一度思い知らせずにいられず、〝シェラン〟に手をあげる唾棄すべき男の頭にこぶしの強打をお見舞いした。頸椎《けいつい》が折れて脊柱からずれるほどの力を込めて。

あとはすぐに腰をあげた。死体のそばを離れ、意志の力で館の正面玄関のドアを開き、裏のフレンチドアから外へ出た。戻ってきた〝ドゲン〟に遺体を「発見」させれば完璧だ。〝ドゲン〟という種族は生まれつきおとなしく、暴力に加担することなど想像もつかない。それにこのころには、身内の〝シンパス〟が吼《ほ》え猛っていて、自分をなんとか抑える必要が出てきていた。

当時はまだドーパミンは使っていなかった。苦痛を利用して、自分のなかのシン・イーターを手なずけるしかなかったのだ。

すべてが収まるべきところに収まったように見えた……が、なんと遺体を発見したのはモントラグの父親のレームだったと病院で知らされた。しかし、蓋をあけてみれば大した問題ではなかった。当時レームが語っていたところでは、館に入って殺害現場に踏み込んでしまい、ハヴァーズに電話をかけたというだけだった。医師がやって来たときには使用人たちも戻ってきていて、そろって館をあけていたのは夏至が近いからだと言い訳した。その週に儀式がおこなわれる予定で、準備のためにみなで出かけていたと。

モントラグの父は役者だったし、息子もその点は同じだったわけだ。当時も、またほんの数日前に会ったときも、感情の乱れを感じとれなかったわけではない。しかし、それは死体に遭遇したことや暗殺計画のせいと納得できたし、そう考えてなんの不思議もなかった。

やれやれ、レヴにラスを殺させようとしたとき、モントラグがなにを企んでいたのかこれでわかった。わかりすぎるほどだ。ことが果たされたあと、レヴは殺人犯で〝シンパス〟でもあるというこの宣誓供述書を持ち出すつもりだったのだ。そしてレヴが追放されたら、評議会のみならず一族全体を自分が支配しようという目論見だ。悪くない。

計画どおりに行かなくて残念だったな。残念すぎて涙が湧いてくるじゃないか。

「宣誓供述書はまだあるだろう」レヴはつぶやくように言った。「ただ一通の写しを送り出すばかはいない」

「あいつの家に行ってみるかいはあるな」ラスが言った。「モントラグの相続人とその承継者がこういうものを見つけたら、おれたちはみんなまずいことになる。言いたいことはわかるな?」

「モントラグは直系の卑属なしで死んだが、どこかにやつの血統に連なる者はいるはずだ。そいつらに見つからんように手を打とう」

母に対して立てた誓いを、だれのためであろうと破るわけにはいかない。

なにがあろうと、けっして。

50

いつも行く二十四時間スーパー〈ハナフォード〉で買物をしていたとき、エレーナは最高の気分であってもいいはずだった。レヴとの別れはこのうえなくロマンティックな雰囲気だった。会合に出る時刻が近づくと、彼はざっとシャワーを浴び、彼女に着る服を選ばせてくれ、ネクタイさえ締めさせてくれた。それから両腕を巻きつけてきて、ふたりして心臓と心臓を合わせてじっと立っていたのだ。

しまいにいっしょに廊下に出て、いっしょにエレベーターが来るのを待った。チャイムが鳴ってその到着が知らされ、両開きドアがスライドして開くと、彼は乗り込んだものの、ドアを押さえて彼女にキスをした。一度、二度、三度と。とうとうなかに戻り、両開きのドアが閉まったときには、自分の電話を持ちあげて指さし、そして彼女を指さしてきた。

電話してきてくれると思うと、別れもずっと耐えやすくなる。それに、彼の身に着けていた黒いスーツと真っ白なシャツと血赤のネクタイは、彼女が選んであげたものだと思うとわくわくする。

そんなわけで、もっと気持ちが明るくてもいいはずなのに。経済的に苦しいという問題も、「第一リヴェンジ信託銀行」の融資で多少は楽になったのだからなおさらだ。

それなのに、エレーナはひどくびくびくしていた。

ジュースの並ぶ通路で立ち止まり、〈オーシャンスプレー〉のクランなんとかとかその名付け親とかのジュースがきちんと並ぶ列の前で、肩越しにふり向いた。左側にはさらにジュースが並ぶだけだし、右側にはグラノーラ・バーやらクッキーやらが配置されている。その先にはレジがあるが、大半は閉じていた。さらにその向こうには、店の暗いガラス窓があるきりだ。

だれかに尾《つ》けられている。

レヴのペントハウスに戻り、自分も服を着て、テラスに出て戸締りしたあと非実体化したのだが、それ以来ずっとだ。

〈クランラズベリー〉ジュースを四本カートに入れ、シリアルコーナーに向かい、さらにキッチンペーパーとトイレットペーパーのコーナーに移る。肉売場ではできあいのローストチキンを選んだ。料理というより剝製のようだが、いまの彼女にはタンパク質が必要だし、自分で焼いているひまはない。それから父のためにステーキを買った。さらに牛乳。バター。卵。

　真夜中すぎに買物をする唯一の欠点は、セルフ精算レジがみんな閉まっていることだ。そのせいで、〈ハングリーマン〉の冷凍食品をカートに満載した男性の後ろに並んで待つ破目になる。店員が冷凍ソールズベリー・ステーキの箱をスキャナーに通すあいだ、エレーナは店のガラス張りの正面から外を眺め、まさか頭がおかしくなったのではと心配していた。

「これ、どうやって料理するの？」男が薄い箱のひとつを取りあげて尋ねてきた。

　前方のガラスをずっと見つめていたせいで、誤解させてしまったようだ。文字どおり彼の肉を温めてくれるだれかを探しているのだろう。人間の目は情欲に光っていて、それがなめるようにこちらを見つめている。リヴェンジがこの場にいたらどうなることかとつい思ってしまった。

　そう思ったら顔がにやけた。「箱に書いてあるでしょう」

「読んで聞かせてよ」

　感情を込めず、退屈そうな声のままで言った。「悪いけど、彼がいい顔しないと思うから」

人間はちょっとがっかりした顔で肩をすくめ、その冷凍食品の箱をレジの向こうの女性に渡した。

十分後、エレーナはカートを押して自動ドアから外に出た。根性の悪い嚙みつく寒さに迎えられ、パーカのなかで身を縮める。この店まで乗ってきたタクシーは、幸いちゃんといるべき場所で待っていてくれ、それを見て彼女はほっとした。

「手伝おうか」運転手が窓をおろして声をかけてくる。

「いいえ、大丈夫」レジ袋をバックシートにおろしながら、彼女はあたりを見まわした。トラックの陰から〝レッサー〟が飛び出してきて、こっちに対して極悪サンタクロースを始めたら、運転手はいったいどうするだろう。

スーパーの横でタクシーに乗り込み、運転手がアクセルを踏んだとき、エレーナは店の周辺を見まわし、できるだけ入口に寄せて駐められた五、六台の車に目をやった。さっきのミスター・ハングリーマンはヴァンのなかで時間をつぶしている。車内灯に顔を照らされながら煙草に火をつけていた。

不審なモノも、ひとも見えない。

強いて自分を落ち着かせて座席に身体を沈め、どうかしていると思った。彼女を見ている者も、あとを尾けてくる者もいるはずが——

手をのどに持っていく。だしぬけに恐怖に襲われたのだ。そんな、まさか……父と同じ病に取り憑かれたのではあるまいか。これは最初の徴候で、これから次々に被害妄想が襲ってくるとしたら。だったらどうしよう……

「お客さん、大丈夫？」運転手がバックミラーをのぞきながら尋ねてきた。「震えてるみたいだけど」

「ちょっと寒くて」

「ああ、それじゃ暖房入れようか」

温風が顔に吹きかかり、エレーナは後部の窓から外を見やった。車は一台も見えない。それに〝レッサー〟は非実体化できないし、やはり……妄想が始まっているのだろうか。

こわい。むしろ〝レッサー〟であってほしいぐらいだ。

エレーナは、借家の裏口のできるだけ近くでおろしてもらい、親切にしてくれた運転手に少しよけいにチップを渡した。

「なかに入るまで見てるよ」運転手は言った。

「ありがとう」ほんとうに、心からありがたかった。

レジ袋を両手にふたつずつ下げて、足早にドアまで歩き、いったん荷物をおろした。

愚かにも、妄想にふけるのに忙しくて鍵を用意しておくのを忘れていたのだ。ハンドバッグに手を入れてかきまわしているうちに、タクシーは走りだした。

顔をあげると、ちょうどテールランプが角を曲がるところだった。いったいどうして——

「こんにちは」

エレーナは凍りついた。すぐ背後にいる。だれなのかはっきりわかっていた。くるりとふり向くと、そこに立っていたのは長身の女性だった。黒い髪にたっぷりしたローブ、輝く目をしている。ああ、そうか……これがリヴェンジの——

「連れあいよ」女性が締めくくった。「わたしは彼の連れあい。そうそう、運転手がこんなにさっさと車を出してしまったのは残念だったね」

直感的に、エレーナはスーパー〈ハナフォード〉の陳列棚のイメージで思考を遮蔽した。高さ一メートル半、幅一メートルの棚に、〈プリングルズ〉の赤い缶がずらりと並ぶさまを思い描く。

女性は眉をひそめた。大脳皮質に侵入しようとしたはいいが、そこで見えたものがいったいなんなのか見当もつかないというように。だが、やがてにっこりして言った。

「こわがることはないよ。わたしはただ、おまえがあのペントハウスで寝た男について、少し教えてあげようと思っただけだからね」

スナック菓子の思考の壁などくそくらえだ。これではとうてい足りない。冷静さを保つためには、看護師として身につけた能力をフル活用しなくてはならない。これは外傷患者の状況だ、と自分に言い聞かせる。血まみれの患者が、車輪つき担架にのせられて目の前に運ばれてくる。そんな状況に対処するには、恐怖やよけいな感情は棚あげしなくてはならない。

「聞こえなかったのかしら」女性はもったいぶって言った。エレーナはこんな話しかたを聞くのは初めてだった。Ｓの音が引き延ばされて猫の唸りのようだ。「ガラス越しに見ていたのよ。最後に彼が引き抜くところまでね。なぜあんなことをしたのか知りたくないこと？」

エレーナは口をつぐんだまま、ハンドバッグから催涙スプレーをどうしたら取り出せるかと考えはじめていた。ただどういうわけか、この女性には役に立たないような気が――

信じられない、あれは……耳たぶから下がっているのは生きたサソリだろうか。

「彼はおまえとは違うのだよ」女性は満足げににたりと笑った。「でもそれは、あの男が麻薬王だからというだけではない。ヴァンパイアでもないし」エレーナの眉がぴくりと動き、女性は声を立てて笑った。「どちらも知らなかったのだろう？」

どう見ても〈プリングルズ〉も看護師経験もじゅうぶんに仕事をしているとは言えない。「信じられないわ」

「〈ゼロサム〉。ダウンタウンの店だよ。あの男がオーナーだ。あの店は知っている？　たぶん知らないだろうね、ああいう場所へ行きそうには見えないし――だからこそ、彼はおまえとやりたくなったんだろうね。あの男がなにを売っているか教えてあげよう。人間の女。ありとあらゆる薬物。なぜだと思う？　わたしと同類だからさ、おまえではなくね」女性はぐいと身を寄せてきた。目がぎらぎら光っている。「わたしがなんだかわかる？」

とんでもない悪女でしょ、エレーナは思った。

「〝シンパス〟だよ、お嬢さん。それが彼とわたしの正体。だから彼はわたしのものなのよ」

エレーナは、今夜自分は死ぬのではないかと思った。この裏口で、足もとにおろしたスーパーの袋四つにもたれて。ただそれはこの嘘つき女がほんとうに〝シンパス〟だからではなく、そんなことをにおわせるほど頭がおかしいなら、ひとを殺すのもなんとも思わないだろうからだ。

女性は話しつづける。癇《かん》にさわる声だ。「彼のほんとうの姿が知りたかったら、あの店に行って探してみるがいい。ほんとうのことを白状させて、われとわが身になにを導き入れたのか聞くがいい。それとこれは憶えておき、あの男はわたしひとりのものだからね。彼のセックスも感情もわたしのもの、なにもかもみんなわたしのものだよ」

関節が三つある指がエレーナの頬をかすめたかと思うと、それきり女性は消え失せた。

エレーナは震えがひどく、それなのに石に化したかのように立ちすくんでいた。筋肉が深部から震えていて動けなかった。救われたのは寒さのおかげだ。氷のような突風が歩道に吹き込んできて、それに背中を押され、食料品の袋に倒れ込みそうになってわれに返ったのだ。

家の鍵。やっと見つけたはいいが、何度やっても鍵穴に入らない。救急車で挿そうとしたときと同じだ。失敗……また失敗……また失敗……

やっと入った。

錠をはずし、袋を放り込まんばかりに入れると、なかに飛び込んでばたんとドアを閉じ、かけられる鍵はすべてかけた。内部の閂《かんぬき》から安全チェーンまで、なにもかも。

がくがくする脚でキッチンのテーブルに歩いていき、やっと腰をおろした。地下からなんの音かと父が尋ねてきて、風のせいだと答える。父が様子を見にあがってきたりしなければよいのだが。

その後はなんの物音もせず、家の外になにかがいる気配もなかった。しかし、彼女とレヴのことを、そして住まいまであんな女に知られているのかと思うと——ああ、なんてこと、あの狂った女は見ていたのだ。

がばと立ちあがり、流しに駆け寄って水道の栓をひねった。嘔吐してしまっても、こうしておけば音をごまかせる。胃袋を落ち着かせようと、合わせた両手に冷たい水を受け、何口か飲んでから顔を洗った。

おかげで少し頭がすっきりした。

あの女性の話は、あまりに異様でとうてい信じられない。現実離れもいいところだ。それにあのぎらぎら光る目からして、なにか企んでいるのはまちがいない。

レヴがまさか。麻薬王だの、〝シンパス〟だの、女衒《ぜげん》だの。そんなばかな。

そうだ、信じられるわけがない。ストーカー的もと恋人のタイプから、男性の好みの色がわかるみたいな話ぐらい信じられない。とくにレヴは、その女性とはつきあっていないとはっきり言っていたのだからなおさらだ。それに最初から、厄介な問題だとほのめかしていたではないか。彼が話したがらなかったのも無理はない。過去に『危険な情事』タイプのサイコパスに執拗《しつよう》につきまとわれていたなんて、これからつきあおうとしている相手に対して認めたいわけがない。

それで、これからどうする？　どうするなんて、答えはわかりきってるじゃない。レヴに話すのよ。取り乱して、ドラマチックに盛りあげるような話しかたではなく、こういうことがあったからお話ししておくけど、あのひとの情緒不安定は深刻だと思うわ、みたいな感じで。

そうと決めたら気分がよくなってきた。

だが、いざバッグから電話を取り出そうとしたら、まだ手が震えているのに気がついた。頭の反応は論理的かもしれないし、合理的な説明はまことにけっこうだけれど、アドレナリンはいまも狂ったように煮えたぎっていて、自分で自分に言い聞かせている思慮分別にはあまり関心がないようだ。

なにをしようとしていたんだっけ。ああ……そうだ、リヴェンジだ。リヴェンジに電話しなくては。

彼の番号を押すうちに、少し気分が落ち着いてきた。ふたりで話しあえばなんとか解決できるだろう。

ボイスメールにまわされて最初は驚いたが、いまは会合のさいちゅうなのだと思い出した。切ろうかと思ったが、探りを入れるような趣味はないし、あとまわしにする理由もない。

「もしもしレヴ、さっきあの……例の女性が訪ねてきたの。あなたのことで、突拍子もない話をいろいろ聞かされたわ。べつにいいんだけど……ただ、話しておいたほうがいいと思ったの。あのひと、正直言ってこわかったわ。それはともかく、あとで電話をもらえるかしら。いろいろ教えてもらえるとうれしいんだけど。それじゃ」

切ったあと電話を見つめた。早くかけなおしてきてくれますように。

ラスはベスとの約束を守った。それで死にそうな思いをしてはいたが。〈兄弟〉たちとともにとうとう〈サルズ〉をあとにすると、総重量九百キロのボディガードとともにラスはまっすぐ館に戻った。暴れ足りずにいらいらし、肩すかしを食らってかっかしてはいたが、短時間ながら失明の発作もあったことだし、今夜は戦闘には出ないと〝シェラン〟に約束したのだ。だから出なかった。

信用は築きあげるものだ。ふたりの関係の土台にハンマーで大きな穴をぶちあけたことを考えると、よほど土木工事をしなければ、スタート地点に戻すことすらむずかしい。

それに、戦闘に出られないとしても、ストレスを発散する方法はほかにもある。〈兄弟団〉が玄関広間に入っていくと、ブーツの音が響きわたり、ベスはビリヤード室から飛び出してきた。それこそ彼女が待っていたことだというように。まばたきのひまもなく、彼女はラスの腕のなかに飛び込んできた。胸がいっぱいになる。

短い抱擁のあと、ラスの両手をとってベスはさがれるだけさがり、頭のてっぺんから足先まで眺めた。「どこもなんともない？　なにがあったの？　だれが来たの？　会合はどうなって――」

〈兄弟〉たち全員がいっせいに話しだしたが、もっともそれは開かれなかった会合についてではなかった。戦闘に出られる残り三時間ほどのあいだ、だれがどの地区を担当するかで交渉を始めたのだ。

「書斎へ行こう」その騒ぎに負けじと、ラスが言った。「頭のなかで考えてる声すら聞こえん」

ベスとともに階段に向かいながら、兄弟たちに声をかけた。「また護衛をしてくれて助かった。礼を言うぞ」

全員が口をつぐみ、ふり向いてラスのほうを見た。一拍ほどの沈黙のあと、兄弟たちは大階段の周囲に半円をなして並び、それぞれ武器を持つ手で分厚いこぶしを作った。耳を聾《ろう》する鬨《とき》の声とともに、右膝をつき、重いこぶしをモザイクの床に打ちつけた。その音は雷鳴のようでも巨大な太鼓のようでも爆弾のようでもあり、周囲に次々に反響し、館のあらゆる部屋べやを満たしていく。

ラスはそれを見つめていた。垂らした頭《こうべ》、丸めた広い背中、床に突き刺さるかのような強靭な腕。それぞれが、会合に臨むさいには王のために弾丸を受ける覚悟を決めていた。そこはつねに変わることはないだろう。

トールの小さい背中の背後で、堕天使ラシターはすっくと立っていた。しかし、この忠誠の再確認に対していつもの軽口を叩こうとはしなかった。なにが面白いのか、またも天井をしげしげ眺めている。ラスもちらと見あげた。青い空を背景に浮かびあがる戦士たちの天井画。しかし、そこに描かれていると聞かされた、それ以上のものはなにも見えなかった。

そこで慣例を思い出し、ラスは〈古語〉で言った。「いかなる王も、わが前に集まれるほどの、かくも強き味方、かくもよき友、かくも頼もしき名誉の戦士を目にすることはかなうまい。わが兄弟、わが血を分けし同胞《はらから》よ」

遠雷のような唸り声をあげつつ、戦士たちはまた立ちあがった。ラスはひとりひとりにうなずきかけていった。声をかけたくても、ふいに胸が詰まって言葉が出てこなかった。しかし、戦士たちはほかになにも要らないという顔をしている。敬意と感謝と信念をもって彼を見、その身に余る贈物を彼は大きな感謝と決意をもって受け取った。これは王と臣下との古くから伝わる契約であり、両者がその心胆をもって交わし、鋭い頭脳と強い肉体で実行する誓約だ。

「ああ……みんな、愛してるわ」ベスが言った。

よく響く笑い声があちこちからあがり、やがてハリウッドが言った。「また床に剣を突き刺そうか？　王にはこぶし、女王には短剣なんだぜ」

「うれしいけど、このきれいな床のタイルが欠けたら大変だわ」

「タイルがなんだ。ただの石ころじゃないか」

ベスは笑った。「それでもよ」

〈兄弟〉たちは近づいてきて、彼女の指に鎮座するサトゥルヌスのルビーにキスをした。それぞれが拝礼するさい、ベスはその髪をやさしくなでた。ただザディストのときは、穏やかに微笑むだけだったが。

「それじゃ失礼する」ラスは言った。「しばしの静かな時間だ、わかるな」

さざ波のように男どうしの賛同の声があがり、ベスは急ぎ足になり――ついでに顔も赤らめた。あとはふたりだけの時間というわけだ。

〝シェラン〟とともに二階に向かいながら、ラスはすべてが正常に戻りつつあるように感じていた。もちろん暗殺の陰謀はあり、政治的な暗闘はあり、いたるところに〝レッサー〟はうようよしているが、それはいつものことだ。いま兄弟たちは肩を並べて戦い、愛する連れあいが腕のなかにいて、彼は市民や〝ドゲン〟の安全を確保しようとしゃかりきにがんばっている。

ベスが彼の胸に頭を寄せ、腰に手を置く。「ほんとによかったわ、みんながぶじで」

「面白いな、おれも同じことを思っていたよ」

彼女を書斎のなかへ導き入れると、両開きドアをどちらも閉じた。火の温もりは慰めであり……同時に誘惑でもあった。ベスは書類の散らかるデスクのほうへ歩いていく。彼はその揺れる腰を目で追っていた。

手首を返したと思うまもなく、彼はその腰を抱え込んでいた。

そうしてつかまえたとき、ベスは書類を少しは整理しようと手を伸ばしているところだった。「それで、なにがあ――」

ラスは彼女の尻に腰を押しつけてささやいた。「いま入りたい」

〝シェラン〟はあえぎ、頭をのけぞらせて彼の肩にのせた。「あらまあ……ええ……」

のどの奥で唸りながら、片手を乳房にまわし、彼女が息を呑むと、ペニスをぐりぐりと押しつけた。「準備に時間をかけたくない」

「わたしもよ」

「デスクでしよう」

　上体を傾けて背中を丸めるのを見ていると、待ちきれなくて悪態をつきそうになる。やがて彼女が足を開き、我慢できずにくそったれ《ファック》が口をついて出た。

　それこそまさしく彼がやろうとしていることだ。

　デスクのランプを消した。ふたりを照らすのは黄金色に躍る火明かりだけだ。両手でベスの腰をなぞるとき、期待の高まりについ力が入る。後ろから覆いかぶさり、牙で背筋をなぞり、彼女に体重を片足にかけさせて、スティレットヒールをむしりとり、〈セブンズ〉のジーンズを引きおろす。待ちきれなくてもういっぽうの側には手がまわらなかった――顔をあげたら、飾りけのない黒の下着がおいでおいでをしていたのだからなおさらだ。

　よし、計画変更だ。

　貫通はもう少しあとにしよう。

　少なくともペニスには待ってもらう。

かがみ込んだまま、身に着けた武器をていねいに、しかし大急ぎで取り外した。銃の安全装置がかかっているか、剣の刃がホルスターに収まっているか確認する。ドアに鍵をかけていなかったら、どんなに女体を前に固くなっていようと、組み合わせ錠つきのクロゼットに納めていただろう。ナーラがいるから、Zとベラの娘が武器をおもちゃにする危険を冒すわけにはいかない。どんな武器だろうとそれは同じだ。

武器をはずしたら次はサングラスだ。デスクに無造作に置いてから、両手を連れあいのなめらかな太腿の後ろに当て、下からなであげた。大きく開かせ、その脚のあいだに身体を入れ、のけぞって頭をあげた。そして綿で覆われている花芯に、もうあっという間に入っていこうとしているところに口を当てる。

口を強く押しつけると、着ているものを通して熱が伝わってくる。そのにおいに煽られ、レザーのなかでペニスが猛然と奮い立ち、あまりの勢いに絶頂に達してしまったかと思った。下着越しにすりつけ、なめるだけでは足りない……布を歯でくわえてそれで強く愛撫した。横の縫い目がちょうど、吸いつきたくてたまらない部分を刺激しているのはいやというほどわかっている。

ばさばさと音がする。ベスの手がデスクを掃いて、書類が床に落ちて音を立てているのだ。

「うん」と彼女に口をつけたままつぶやきつつ、鼻で仕事を続ける。「いやか？」

「ラス……」

「いいから、黙って続け――」

舌を下着のなかに滑り込ませると、その先は言葉にならず……彼はペースを落とさずにはいられなくなる。なかはなめらかに濡れて柔らかく、そして燃えていて、ベスをカーペットに投げおろして深く強く貫きたいという衝動を抑えるだけで精いっぱいだった。

だがそれをすると、ふたりとも引き延ばす楽しみがなくなってしまう。

手で下着をずらし、ピンクのひだにキスをして、深く舌を差し入れた。彼女はくそ、すっかり迎え入れる態勢が整っていた。長くゆっくりとなめあげていくと、口中にあふれる蜜でそれがわかる。

だがそれだけではじゅうぶんでない。それに、下着を手で押さえていては気が散ってしかたがない。

牙を使って穴をあけ、まんなかあたりで引き裂くと、腰から分かれて両側に垂れ下がる格好になる。両手のひらをあげていって尻をぎゅっとつかみながら、いたずら半分をやめて本気で口を使いはじめた。どうすればいちばん歓ぶかはわかっている。唇で吸い、舌でなめ、さらになかに差し入れる。

目を閉じてすべてを味わい尽くす。においも味も、達して果てたときに唇に感じる彼女の震えも。レザーパンツの前あきの裏で、ペニスが無視するなと叫んでいる。ボタンの摩擦では、それの求めるものはとうてい満たされないのはわかる。しかし、気の毒だったな。屹立《きつりつ》したものにはもうしばらく我慢してもらうしかない。この愉悦はそう簡単にはやめられないのだ。

やがてベスの膝が笑いだしたので、床に寝かせて片脚を高くあげさせた。ペースは崩さずに口を使いつづけながら、彼女のフリースを首までめくりあげ、片手をブラの下に滑り込ませる。ふたたび達したとき、ベスはデスクの脚をつかみ、力いっぱい引っ張りながらあいたほうの脚をカーペットに突っ張った。ラスの攻める力で、彼が王の務めをこなす場所の下にふたりはどんどんもぐり込んでいき、しまいには肩が入るようにかがまなくてはならなくなった。

ついには頭が反対側から出てしまい、ベスは踏ん張ろうと彼がいつも座っている華奢な椅子をつかんだが、椅子ごと持っていかれただけだった。

また名前を呼ばれたとき、ラスは身を引きあげて彼女にのしかかろうとし、役に立たない根性なしの椅子を睨んだ。「もっと重い椅子が要るな」

それが最後に口にしたまともな言葉だった。彼の肉体はやすやすと彼女に至る入口を探り当てた。それはふたりで積んできたあらゆる実践の成果で……いやそれでも、最初のときに劣らずすばらしかった。両腕を彼女に巻きつけ、激しく突きあげる。肉体を洗う嵐が睾丸に集まり、痛みを感じるほどになる、そのあいだずっと彼女はぴったりついてきていた。ふたりはともに一体となって動き、与え、受け取り、いよいよ速く動いて、達してはまた昇り、昇っては達するうちに、なにかが彼の顔に当たった。けものの本能全開で、ラスは唸り、牙を剝いてそれに打ちかかった。

カーテンだった。

いつのまにかデスクの下を通り抜け、椅子のそばも過ぎ、壁際まで来ていたのだ。ベスが笑いだし、彼も吹き出した。それからふたりで抱きしめあった。ややあって脇を下にして横たわると、ラスは胸に〝シェラン〟を抱き寄せた。タートルネックとフリースがめくれあがっていたので、寒くないようにおろしてやる。

「それで、会合はどうなったの？」やがてベスが言った。

「評議会のやつら、ひとりも顔を出さなかったんだ」そこでためらった。レヴについてはどこまで話していいものだろうか。

「レヴも？」

「あいつは来たが、ほかはひとりも来なかった。どうやら評議会はおれが恐ろしいらしい。これは悪いことじゃない」ふいに彼女の両手をとった。「あのな、ベス……」

緊張に縁どられた声で、彼女は言った。「なに？」

「隠しごとはなしだったよな」

「ええ」

「じつはあることが起こってな。リヴェンジの……リヴェンジの私生活に関することなんだが……おまえになにからなにまで話すのは抵抗があるんだ。あれはリヴェンジの問題で、おれのじゃないから」

ベスは息を吐いた。「あなたや〈兄弟団〉に関係のないことなら――」

「いや、関係がなくはないんだ。そのせいで、おれたちもむずかしい立場に置かれることになる」そしてこの情報を知れば、ベスもやはりつらい立場に立たされる。なにしろ、〝シンパス〟と知ってそれを黙っているというのは問題の半分でしかない。前にラスが探りを入れたところでは、ベラは兄の正体をまるで知らないようだった。ということは、ベスは友人に対しても秘密をもつことになる。

彼の〝シェラン〟は眉をひそめた。「それどういうことってもし訊いたら、あなたたちにとってどう問題になるのか、わたしも知ることになるのね」

ラスはうなずき、返事を待った。

ベスは彼のあごを手でなでた。「訊けば話してくれるのよね」

「ああ」話したくはないが、話すだろう。ためらいなく。

「わかったわ……それじゃ、訊かないことにする」身を乗り出してキスをしてきた。

「うれしいわ、選ばせてくれて」

「ほら、おれだって躾《しつ》ければ躾けられるんだぞ」彼女の顔を押さえて、唇に唇を二度、三度と押しつけた。感触の変化で、彼女が微笑んで口角があがっているのがわかる。

「躾けって言えば、ご褒美になにか食べない？」

「すばらしい、愛してるよ」

「お届けにあがりますわ」

「その前に、ちょっときれいにさせてくれ」彼は自分の黒いシャツを脱いで、彼女の腿を付け根までていねいにぬぐった。

「きれいにするだけじゃなかったの」と思わせぶりに言う。ぬぐうついでに彼の手が脚のあいだをかすめたのだ。

ラスは起きあがり、また彼女のうえにのしかかろうとする。「しょうがないじゃないか、なあ……」

ベスは笑って彼を押しとどめた。「食事が先。セックスはまたそのあとね」口に軽くキスをしながら、食は過大評価されているとラスは思った。ところがそのとき彼女のお腹がぐうと鳴り、とたんに気持ちががらりと変わった。ちゃんと食事をさせなくてはならない。保護と扶養の本能は性欲より強いのだ。

ベスの平らなお腹に大きな手のひらを当てて、彼は言った。「おれがとって——」

「いいの、給仕してあげたいのよ」と、また彼の顔に触れる。「ここで待ってて。すぐ戻ってくるから」

立ちあがる彼女を見ながら、彼はごろりと仰向けになり、よくがんばった、にもかかわらずまだ固いペニスをレザーパンツにしまい込んだ。

ベスはかがんでジーンズを拾おうとしている。それをたっぷり拝ませてもらったら、またなかに入るまで五分でも待てるだろうかと不安になってきた。

「ねえ、わたしがいまどんな気分かわかる？」ベスが〈セブンズ〉を引っ張りあげながらつぶやいた。

「大事な〝ヘルレン〟とセックスをさんざんやったけど、さっきのピストンと回転運動をまたやりたいなって気分かな」

くそ、彼女が笑ってくれると天にも昇りそうだ。

「ええ、まあね」彼女は言った。「でも食事のことなんだけど……自家製のシチューが食べたいなって」

「もうできてるんだよな」頼むからあまり──

「いい牛肉が残ってて──やだ、なんて顔するの！」

「おまえには厨房で過ごすより、おれの……」この文章を締めくくることはとうていできなかった。

とはいえ、ベスはうまい具合に空白を埋めてくれたようだ。「すぐにすませるから」

「頼んだぞ、〝リーラン〟。そしたらすごいデザートを食べさせてやるよ、頭がくらくらするような」

ドアに向かって歩きながら、派手に腰を揺らしてみせる。そのお色気たっぷりのさやかなダンスに彼はうめいた。出口で立ち止まり、彼のほうをふり向くと、その姿が廊下の明るい照明に浮かびあがった。

するとどうしたことか、いつもはぼやけて見えない目が、このうえない別れの贈物を与えてくれた。光に包まれて、彼女の肩に垂れかかる長いダークヘアが、上気した顔が、曲線のみでできているような長身がはっきりと見える。

「おまえは美しい」彼はささやくように言った。

ベスはたしかに輝いていた。喜びと幸福の香りが強まり、ほかのあらゆるにおいをすべてかき消して、夜に咲くバラの芳香が漂う。彼女だけのもつ香りだ。

彼にさんざん奪われた唇に指先を当て、ベスはゆっくりと柔らかいキスを投げてよこした。「すぐ戻るわ」

「待ってるぞ」もっとも、彼がこれだけ興奮していることを思うと、ふたりともまたデスク下でたっぷり時間を過ごすことになりそうだ。

彼女が出ていったあと、ラスはしばらく横になって、大階段を降りていく足音を鋭い耳で拾っていた。やがて床から身体を引き起こし、華奢な椅子をいつもの位置に戻すと、デスクの前に腰をおろした。暖炉の火のぼんやりした光から目を守ろうと、ラップアラウンドのサングラスに手を伸ばし、頭を椅子の背もたれに預けて――

ドアにノックの音がした。鬱憤のあまり、こめかみに痛みが突き刺さってくる。くそ、二秒とゆっくりできないのか……トルコ煙草のにおいからして、だれが来たのかはわかっている。

「入れ、V」

〈兄弟〉が入ってくると、部屋の向こうで燃えている硬木のかすかな煙に、煙草の香りが混じりあった。

「厄介なことになった」ヴィシャスは言った。
ラスは目を閉じ、鼻梁《びりょう》をこすった。この頭痛がひと晩泊まっていく気でなければよいがと切実に願う──おれの脳は〈トラベロッジ〉じゃないんだからな。「どういうことだ」

「リヴェンジのことでメールを送ってきたやつがいる。二十四時間以内に〝シンパス〟のコロニーにあいつを引き渡さなければ、〝グライメラ〟にリヴェンジの正体をばらして、あんたもおれたちもみんな、知っていながら見ないふりをしていたと暴露するっていうんだ」

ラスは目を見開いた。「なんだと」

「メールアドレスについちゃ、もういろいろ探りを入れてるところだ。ＩＴ空間じゅうでオープンフィールド攻撃を仕掛ければ、アカウントにアクセスして送り主を突き止められると思う」

「なんてことだ……あの書類をだれも読んでないとはよくも言ったもんだ」ラスはごくりとつばを呑んだ。頭のなかの圧力で吐き気がする。「ともかくレヴに連絡して、こんなのが送られてきたと伝えろ。あいつがなんと言うか聞いといてくれ。〝グライメラ〟は分散してるし、ぶるってもいるが、そんなもんが拡散されたら手を打つしかなくなってしまう——でないと、貴族だけじゃなく一般市民の謀叛《むほん》にも対処する破目になる」

「了解。また報告する」

「急いでくれ」

「それはそうと、大丈夫か」

「ああ。いいからレヴに連絡してくれ。くそ、なんてことだ」

ドアがまた閉じたあと、ラスはうめいた。穏やかな火明かりにさえこめかみの痛みは悪化するが、火を消す気にはなれなかった。真っ暗闇は問題外だ。今日の午後にささやかなモーニングコールを受け、起きたら闇しかなかったことを思えば。

まぶたを閉じ、痛みをやり過ごそうとした。少し休みたい。休みさえすればよくなる。

ほんの少し休めば。

51

〈ゼロサム〉に戻ると、ゼックスは裏口からＶＩＰエリアに入った。両手はポケットに突っ込んだままだ。ヴァンパイアの特質のおかげで指紋を残す心配はないが、血まみれの手は血まみれの手だ。

それにグレイディの汚物もパンツにこびりついている。

とはいえこういうときのために、店の地下にはいまも昔ふうの焼却炉があって、火がごうごう燃えているのだ。

だれからも見とがめられずにレヴのオフィスに滑り込み、そこを突っ切って奥の寝室に向かった。汚れているとはいっても、幸いなことに着替えて洗い流す時間はたっぷりある。コールドウェル警察がグレイディの死体を発見するまでしばらくかかるだろう。デ・ラ・クルスには、今夜ひと晩は墓地に近づかないよう命令を与えてある。

もっともああいう男だから、彼女の植えつけた思考が良心に押さえ込まれる可能性もなくはないが、それでも少なくとも二、三時間は猶予があるわけだ。

レヴの部屋に入ると、ドアに鍵をかけ、まっすぐシャワーに向かった。湯の栓をひねってから、武器をはずし、衣服とブーツをすべてシュートに放り込んだ。このシュートはまっすぐ焼却炉に通じている。

メイタグ・マン（家電メーカー〈メイタグ〉のコマーシャルに出てくる男性。家電製品を擬人化したキャラクター）なんぞくそくらえ。彼女のような者にとっては、これこそ必要な洗濯物入れなのだ。

長いナイフを持ってシャワーに入り、身体と同じぐらいていねいに洗った。シリスは巻いたままで、金属のとげが腿に食い込んでいる部分に石けんがしみる。その痛みが薄れるのを待っていっぽうを外し、それからもういっぽうを――

強烈な痛みに襲われて、脚の感覚が完全になくなった。痛みは胸にも飛び、心臓が動悸《どうき》を打ちはじめる。口からどっと息が吹き出し、彼女はぐったりと大理石の壁に寄りかかった。こうなると気絶する可能性が高いのはわかっているのだ。

どうにか意識を失わずにすんだ。

足もとの排水口の周囲に広がる赤い花を見ながら、クリッシーの遺体のことを考えた。人間の遺体安置所のなか、斑点の浮いた灰色の皮膚の下で、彼女の血は黒と褐色に変わっていた。グレイディの血はワインの色だったが、あと二時間もすれば、殺された彼女とすっかり同じありさまになるだろう――ステンレス台に横たわる死体になって、かつて血管を駆けめぐっていたものはコンクリートのように固まって。

やるべき仕事をきっちり果たした。

どこからか、いたるところからか、涙が湧いてきた。それが腹立たしい。

自分の弱さが恥ずかしくて、だれに見られるわけでもないのにゼックスは両手で顔を覆った。

かつて、彼女の死に対して報復しようとしてくれた者がいた。

もっとも、死んではいなかったのだが――死にたいと思っていただけ、肉体はありとあらゆる「装置」で生かされていた。騎士道精神に燃える白馬の英雄的な行為は、報復を試みた者にとって完全に裏目に出た。マーダーは狂気に追いやられた。自分ではヴァンパイアを救出しようとしているつもりだったのに、なんと！　実際には〝シンパス〟を連れ帰ろうとして生命を危険にさらしていたのだ。

おっと失敗、そこんとこをちょっと恋人に言い忘れてたみたいね。

打ち明けておけばよかった。彼女の正体を考えれば、マーダーには知る権利があったと思う。もし知っていたら、いまも〈兄弟団〉で活躍していたかもしれない。ちゃんとした女性と連れあいになっていたかも。ともかく、正気をなくしてどこことも知れない場所へ連れていかれるような、そんなことにならなかったのは確実だ。

報復は危険な行為だ。クリッシーの場合は吉と出た。なにもかもうまく行ったのだ。しかし、名誉をかけてなにかを守ろうとするのはいいが、そのなにかにつねにその価値があるとはかぎらない。

ゼックスにその価値はなかったし、マーダーの発狂は唯一の代償ですらなかった。彼女の過ちのために、いまだにレヴはその代償を支払っている。

ジョン・マシューのことを思い、彼と寝たことを心底後悔した。彼女にとってマーダーはかりそめの相手だった。だがジョン・マシューは？　彼のことを思うたびに胸の奥が痛むことからして、ひょっとしてそれ以上の存在なのかもしれない――だからこそ、あの地下の部屋であったことをなんとか頭から締め出そうとしているのだ。

問題は、ジョン・マシューの彼女に対するふるまいだ。彼の示した思いやりに、ゼックスはまっぷたつに割れてしまいそうだった。彼の感情はどこまでも柔らかく、やさしく、敬意と……愛に満ちていた――彼女の正体を知っているのに。手ひどくはねつけたのは、あのまま行ったら彼の唇に唇を押しつけて、完全にわれを忘れてしまいそうだったからだ。

彼女にとってジョン・マシューは、〝シンパス〟の言う「魂の井戸」だ。ヴァンパイアの言葉に直せば〝パイロカント〟。存在の本質に関わる弱点だ。

そして彼のこととなると、彼女はまったくの無防備だった。

苦痛の波に洗われながら、監視モニターで見た彼の姿を思い描いた。あの手でジーナの全身を愛撫していた。身に着けたとげの帯に劣らず、そのイメージは強烈な痛みをもたらして彼女を打ちのめした。自業自得だと思わずにはいられない。心のない空虚なセックスに、彼がみずから溺れていくのを見守る破目になったとしても。

シャワーを止め、つるつるの大理石の床からシリスとナイフを取りあげる。外へ出て、金属類は乾かすために残らず洗面台に置いた。

レヴの超高級品の黒いタオルを一枚とり、こんなのじゃなくて――

「サンドペーパーのほうがよかった、か？」戸口からレヴがすかして言った。

ゼックスはタオルを背中にまわしたところで手を止め、鏡のなかをのぞき込んだ。

レヴはドア枠に寄りかかっている。セーブルのコートのせいでまるで大きな熊のようだ。モヒカンの髪と紫の鋭い目が、身に着けているしゃれた都会的な服にそぐわぬ、戦士の側面を物語っている。

「今夜はどんな具合だった？」彼女は尋ね、カウンターに片脚をのせて、黒いタオルで足首まで拭いた。

「それはこっちのせりふだ。いったいおまえ、どうしたっていうんだ」

「べつに」もういっぽうの脚をあげる。「それで会合はどうだったのよ」

レヴは彼女の目をずっと見つめていた。彼女がすっ裸だから気を遣っているわけではなく、どちらにせよそういうことはまるで気にしていないからだ。トレズやアイアムが尻を見せているのも同然だった。互いに養いあっているとはいえ、ゼックスはとうの昔にレヴにとって女性ではなくなっている。

たぶん、彼女がジョン・マシューを好きなのはそういうところかもしれない。彼女を見、触れ、扱ってくれる――女として。大切なもののように。

それも彼女が自分ほど強くないからではなく、まれに見る特別な――

まったくもう。女性ホルモンはもうかんべん。それに、こういうのはもう全部過去形になっているだろう。

「で、会合は？」また水を向ける。

「まあいい、おまえがそういうつもりなら。評議会のことだが、連中は現われなかった。ただこれが届いた」と、レヴは長く平らな封筒を胸ポケットから取り出し、カウンターに放った。「あとで読むといい。言うまでもないが、わたしの秘密はしばらく前から知られていたわけだ。継父が〈冥界《フェード》〉へ行く前にべらべらしゃべっていたんだ。

いままで漏れなかったのは奇跡だな」

「あんちくしょう」

「ちなみにそれは宣誓供述書だ。ナプキンの裏なんかに適当に書きなぐったものじゃない」レヴは首をふった。「モントラグの屋敷に行ってこなくてはならんだろう。ほかに写しがないか調べてくる」

「あたしが行くよ」

アメジストの目が探るように細くなる。「悪くとるなよ、だがその申し出は見送らせてもらう。おまえはどうもふつうじゃない」

「それは、あたしが服着てないとこをしばらく見てなかったからでしょ。レザーを着れば、いまもばりばりだってまたわかるよ」

レヴの目が、彼女の腿のずたずたの傷口に向かった。「おまえ、わたしの腕のことでよくどうこう言えたもんだな。その脚のありさまを見てみろ」

ゼックスはタオルで身体を覆った。「モントラグの屋敷には今日行ってくる」

「なんでシャワーを浴びてたんだ」

「全身血まみれだったから」

レヴの口に笑みが浮かび、剝き出しになった牙はまさに見ものだった。「グレイディを見つけたんだな」

「そういうこと」

「よくやった」

「だから、もうすぐコールドウェル警察《CPD》がお出ましになると思うよ」

「それは楽しみだ」

ゼックスはシリスとナイフの水けを払い、レヴの横を通り過ぎて、彼女に割り当てられているクロゼットの六十センチ四方の区画に入っていった。新しいレザーの上下と黒い袖なしTシャツを取り出しながら、肩越しにふり向いた。

「ちょっとひとりにしてくれない」

「またそのとげとげを巻くのか」

「あんたのドーパミンは足りてるの」

レヴはくすりと笑い、ドアに向かった。「モントラグの屋敷の捜索はわたしが自分でやる。おまえはこのところ、他人の汚れ仕事をやりすぎだ」

「あたしでもできるのに」

「だからってやらなきゃならんわけじゃない」ポケットに手を入れ、携帯電話を取り出した。「しまった、電源を切ったままだった」

画面が明るくなり、それを見おろす彼の感情が……揺らめいた。

感情がまちがいなく揺らめいている。

シリスをはずしていたせいで〝シンパス〟の面がたやすく前面に出てきたからか、自分を抑えられなくてつい意識を集中してしまった。彼の見せた弱さに興味をそそられたのだ。

しかし、気がついたのは彼の感情の格子というより……においが違うことだった。

「だれかから養ったんだね」彼女は言った。

レヴはぎょっと凍りついた。大きな身体がぴたりと動かなくなり、それが図星だと声高に言っている。

「嘘ついてもだめだよ」彼女はつぶやくように言った。「においでわかる」

レヴは肩をすくめ、べつに大したことじゃないが始まるのをゼックスは待ち受けた。じっさい彼は口をあけ、その厳しい顔に退屈そうな表情を浮かべた。ひとを拒絶するのに使うやつだ。

ただ、言葉は出てこなかった。鼻であしらう気になれないようだ。

「驚いたね」ゼックスは首をふった。「真剣《マジ》なんだ」

その問いかけを無視するのが、どうやら彼にできる精いっぱいだった。「用意がすんだら、トレズやアイアムも呼んで閉店前の現状報告をするからな」

レヴはローファーの足でまわれ右をして、オフィスに戻っていった。

あきれたな、とひとりごちながら、ゼックスはスチールの帯を手にとって腿に巻きつけにかかった。あんなレヴを見るときが来るとは思わなかった。夢にも。

いったいだれだろう。その女性は、彼のことをどれぐらい知っているのだろう。

レヴはデスクに歩いていき、手に携帯を持ったまま腰をおろした。エレーナが電話してきてメッセージを残している。それを聞いて時間をむだにするより、彼女の番号に電話をかけて――

番号を押し終えることができなかったのは、ちょうど電話がかかってきたからだ。耳に当てて彼は言った。「どの〈兄弟〉かな」

「ヴィシャスだ」

「どうかしたのか」

「悪い知らせでな、それが」

ヴィシャスの押し殺した口調が、自動車事故を思い起こさせる。遺体を取り出すのに〈ジョーズオブライフ（大破した事故車などをこじあける機械）〉が必要になるたぐいの。「なにがあった」

ヴィシャスは話しはじめ、話しつづけた。延々と。Eメールのこと。剝がれた仮面のこと。追放のこと。

その時点で、ずいぶん長いこと黙り込んでいたにちがいない。名前を呼ばれるのが聞こえた。「おいリヴェンジ、聞いてるか」

「ああ、聞いてる」多少はな。いささか気が散っているのだ。頭の中に響きわたる鈍い咆哮のせいで――あのどよめきはまさか、いまいるこの建物が彼の周囲で崩れ落ちようとしているのではあるまいか。

「おれの質問を聞いてたか」

「その……聞いてなかった」どよめきはどんどん大きくなる。店で爆弾が爆発して、壁が崩れ、屋根が落ちてきているにちがいないと思った。

「メールの出所を追跡してみたんだが、どうも北部のコロニーか、そうでなくてもその近くのIPアドレスからじゃないかと思う。じつのところ、送ってきたのはヴァンパイアとは思えん。あっちのだれかを知らないか、あんたの偽装をあばこうとするようなやつ」

つまり、王女は恐喝ゲームに興味をなくしたということか。「知らん」

今度はVが黙り込む番だった。「たしかか」

「ああ」

王女は彼を呼び寄せると決めたのだ。もし行かなければ、〝グライメラ〟の全員にメールを送るのはまちがいない。そしてレヴの秘密が暴露され、ラスと〈兄弟団〉も巻き込まれる。今夜いきなり宣誓供述書が出てきたと思ったら、そのうえにこれか。

彼のこれまでの人生は終わったのだ。

だが、それを〈兄弟団〉に知らせる必要はない。

「レヴ?」

感情の欠落した声で彼は言った。「モントラグの一件から派生してきただけだ。心配は要らん」

「いったいなにがあったの」

ゼックスの鋭い声が寝室から響き、おかげでわれに返った。そちらを見やると目が合った。彼女のたくましい身体、射抜くような灰色の目は、彼にとっては自分の鏡像のようにおなじみだ。そして彼女にとってもそれは同じ……だから、彼の顔を見ただけでなにがあったのかすぐに悟られた。

ゼックスの頬からゆっくりと血の気が引いていく。「あいつなにをしたの。あのくそアマ、あんたになにをしたのよ」

「V、もう切らんといかん。わざわざ電話してくれて礼を言う」

「リヴェンジ」〈兄弟〉が口をはさむ。「なあ、このままメールの追跡を続ければ
――」

「その必要はない。北のやつらはだれも知らん。ほんとうだ」

レヴは電話を切り、ゼックスが口をはさむ前に、ボイスメールに接続してエレーナのメッセージを再生した。もっとも内容はもうわかっている。なにも聞かなくても
――

「もしもしレヴ、さっきあの……例の女性が訪ねてきたの。あなたのことで、突拍子もない話をいろいろ聞かされたわ。べつにいいんだけど……ただ、話しておいたほうがいいと思ったの。あのひと、正直言ってこわかったわ。それはともかく、あとで電話をもらえるかしら。いろいろ教えてもらえるとうれしいんだけど。それじゃ」

メッセージを消去して〝終了〟を押し、携帯電話をデスクに置いた。黒革の吸取紙台とそろえて、〈LG〉がぴったり垂直になるように。

ゼックスが近づいてくる。そのとき、鋭いノックの音がしてだれかが入ってきた。

「トレズ、悪いけどちょっと待って」と彼女の声。「ラリーも連れていって、だれもここに入れないで」

「なにが――」

「あとで。頼むから」

リヴェンジは携帯を見つめていた。足音とドアの閉まる音が聞こえたような気もする。

「あの音が聞こえるか」彼は静かに言った。

「どの音?」ゼックスはそう尋ねながら、彼の椅子のわきに膝をついた。

「あの音だ」

「レヴ、あの女なにをしたの」

彼女の目をのぞき込むと、そこに見えたのは臨終の床にあった母の目だった。不思議だ。ふたりとも同じ、哀願するような目でこちらを見あげている。そしてふたりとも、その安全を守りたいと彼の願う存在だった。エレーナもそのひとりだ。妹も。ラスと〈兄弟団〉も。

リヴェンジは手を差し伸べ、彼の副官のあごを包むように支えた。「ただの〈兄弟団〉の用件だ。わたしはえらく疲れた」

「なにが〈兄弟団〉よ。なにが疲れたよ」

「ひとつ頼みがあるんだが」

「なに」

「ある女を頼むと言ったら、聞いてくれるか」

「もちろん。もちろんよ。ちくしょう、二十年も前からあのアマを殺してやりたかったんだ」

彼は手をおろし、手のひらを差し出した。「名誉にかけて誓え」

ゼックスは、男のするようにその手のひらをつかんだ。触れるためではなく、誓いを立てるために。「約束する。なんでもするよ」

「すまんな。それじゃゼックス、わたしはもう寝《やす》むから――」

「でもその前に、なにがあったのか話してよ」

「戸締りを頼んでいいか」

ゼックスは体重をかかとに移した。「いったい、なにが、あったのさ」

「ヴィシャスが電話をかけてきただけさ。ちょっとした障害があったと」

「なに、また〝グライメラ〟がラスに面倒かけてるの？」

「〝グライメラ〟があるかぎり、面倒がなくなることはない」

ゼックスは眉をひそめた。「どうして、一九八〇年代の砂浜のコマーシャルなんか思い出してるの」

「メダル形のペンダントがまた流行りそうだからさ。そんな気がするんだ。それはそうと、わたしの頭をのぞくのはやめろ」

長い間があった。「お母さんが亡くなったせいだってことにしとくよ」

「それがいい」杖を床に突いた。「さて、それじゃ少し寝るとするか。もう――そうだな、二日ぶっ通しで寝てない」

「わかった。だけど、次にあたしを頭から締め出そうとするときは、バハマのデニー・テリオ（一九八〇年代前半に活躍したアメリカの振付師）みたいな寒けがするやつはやめてくんない」

ひとりになると、レヴはあたりを見まわした。このオフィスのなかではさまざまなことがあった。多額の金が、そして大量の薬物がやりとりされた。なめたまねをした小賢しいやつらがおおぜい血を流した。

寝室に通じる開いたドアから、何度も夜を過ごした部屋を見つめた。シャワーはよく見えない。

王女の毒物に耐えられなくなる以前、会って用をすませてからも、まだぴんぴんして帰ってこられたころは、いつもあのバスルームで身体を洗っていた。肌についたもので家族の住まいを汚染したくなかったから、大量の石けんと湯で全身せっせと洗うまでは、帰って母や妹と顔を合わせられなかったのだ。皮肉なことに、そうして家へ帰ると、かならずジムに行っていたのかと母に尋ねられた。「お顔がつやつやしてとても健康そう」だからと。

ほんとうにきれいな身体に戻ったことはない。だがそれを言うなら、醜悪な行為は汚れとは違う――洗い落とすことはできないのだ。

仰向けになって枕に頭を落とし、心のうちで〈ゼロサム〉を歩きまわった。ラリーの調製室、VIPエリア、ウォーターカーテン、開放型のダンスフロア、バーカウンター。この店は隅々まで知り尽くしているし、このなかで起こっていることもみな知っている。売春婦《ワーキングガール》が両膝をついて、あるいは背中を床につけてやっていることから、賭屋の決めるオッズのこと、ゼックスが片づけるおおぜいのジャンキーのことまで。

汚い商売ばかりだ。

抗生剤を持ってきてくれたせいで、エレーナが失業したことを思った。それもこれも、彼が頑固で、ハヴァーズから自分でもらってこなかったせいだ。そら、これが善行というものだ。彼にそれがわかるのは、母と同種のひとびとと接して学んできたからというだけではなく、エレーナがどんな女性か知っているからでもある。彼女は善に生まれついている。だから善いおこないをするのだ。

彼がここでやってきたことは善いことではない。善かったことなどない。なぜなら彼のやることだからだ。

レヴはこの店のことを考えた。問題は、着る服や乗る車やつきあう友人同僚と同じく、生活の場はどう生きるかで作られるということだ。そして彼は、後ろ暗く暴力的でいかがわしい生きかたをしてきた。死ぬときもそんな死にかたをするのだろう。

これから行く場所が彼には似合いだ。

しかし、そこへ行く前に、あとのことはちゃんとしていくつもりだ。いままで生きてきて、今度ばかりは正しい理由で正しいことをすべてやっていく。

そしてそれをするのは、数少ないひとびとのため……彼の愛するひとびとのためだ。

52

　こちらは市の反対側、〈兄弟団〉の館。トールはビリヤード室で座っていた。尻をのせている椅子は、彼が自分でここまで引っ張ってきて、玄関の前室のドアが見える向きに置いたものだ。右手に真新しい黒の〈タイメックス・インディグロ〉を持ち、時間と日付を正確に設定しようとしている。左肘のそばにはコーヒーアイス入りミルクシェイクの、ロングというのかトールというのか、まあそういう背の高いグラスが置かれていた。時計の設定はもうすぐ終わりそうだが、シェイクはまだ四分の一しか飲んでいない。

　彼が放り込んでくる大量の食物に胃袋の処理がなかなか追いつかないのだが、トールは気にしなかった。急いで体重をつけなくてはならないのだ。胃腸にはその計画に合わせてもらうしかない。

　最後にピーと音がして、時計の設定が完了した。手首にはめて、文字盤に輝く

4:57a.m. の文字を眺める。

また前室のドアに目を向けた。時計も食事もくそくらえだ。ほんとうはジョンを待っているのだ。クインやブレイといっしょに、あのくされドアからジョンが歩いて入ってくるのを。

ぼうずにぶじ帰ってきてほしい。ジョンはもうぼうずではないし、一年前に見捨てていったときから、彼にはもうジョンを家族と呼ぶ資格もなくなっているけれども。

「なあ、なんでおまえこれ観ないんだ」

ラシターの声に、トールはグラスをとってストローを吸った。何度もうるせえ黙れを投げつけて、もううんざりしているのだ。この天使はテレビが大好きだが、重度のＡＤＨＤをわずらっていて、ひっきりなしにチャンネルを変えつづけている。いまはなにを観ているか知れたものではない。

「だってさ、女ひとりで世間に出て戦ってるんだぜ。いかしてるし、着てるもんだって決まってるし。すげえ面白い番組じゃないか」

トールは肩越しにそちらに目を向けた。天使は寝椅子にだらしなく寝そべり、手にはテレビのリモコンを持って、マリッサが作ったニードルポイントのクッション（「思い出に牙《ファングズ・フォー・ザ・メモリーズ》（二〇〇七年のヒット曲「サンクス・フォー・ザ・メモリーズ」に引っかけたしゃれ）」と刺繍《ししゅう》してある）に頭をのせていた。そしてその向こうのフラットスクリーンに映っていたのは……

トールはシェイクをのどに詰まらせそうになった。「いったいなんのつもりだ。そりゃメアリー・タイラー・ムーア（一九七〇年代にヒットしたテレビコメディのこと。メアリー・タイラー・ムーア演じる三十歳の女性が男性に頼らず社会で活躍する姿を描き、当時はそのような女性像が珍しかったため話題になった）じゃないか」

「それ、この女優の名前か」

「ああ。言いたかないが、その番組に入れ込むのはやめといたほうがいいぞ」

「なんでだ」

「そいつは〈ライフタイム・ムービーズ（アメリカの有料テレビ放送局。女性向けの番組を扱う）〉の、言ってみりゃ強化版だからな。ペディキュア塗ってるほうがましなぐらいだぜ」

「なんでもいいや、好きなんだから」

天使はどうやら、〈ニック・アット・ナイト（夜間の番組ブロック）〉の『メ《M》アリー・タ《T》イラー・ム《M》ーア』は、〈スパイク（ケーブルテレビ局）〉の総《M》合《M》格《A》闘技とは違うということに気がつかないらしい。

「おい、レイジ」トールは食堂のほうに声をかけた。「こっち来て見てみろよ、このラヴァランプ（透明容器内でラヴァ（溶岩）のように動く鮮やかな色の粘液を電球で照らすタイプの装飾品）がテレビでなに観てるか」

ハリウッドはマッシュポテトとローストビーフをてんこ盛りにした皿を持って入っ

てきた。彼はおおむね野菜の価値を認めておらず、「カロリー的場所ふさぎ」だと思っている。というわけで、その温めなおした皿からは、初 餐《ファーストミール》に出てきたサヤインゲンは明らかに消え失せていた。

「なにを観てるって──なんだなんだ、メアリー・タイラー・ムーアじゃないか。これ好きなんだよ、おれ」レイジは天使のとなりのクラブチェアに腰をすえた。「いかす服だよな」

ラシターはトールのほうに〝そら見たことか〟と目を向けた。「それにローダって色っぽいよな」

ふたりはこぶしとこぶしを合わせた。「わかるぜ」

トールはミルクシェイクに戻った。「おまえらふたりとも、男の風上にも置けんやつらだ」

「なんでだよ、ゴジラばっか観てなきゃいかんのか」レイジがやり返す。

「少なくともおれは人前で堂々と観てられるからな。おまえらはふたりともクロゼットに隠れて観たほうがいいぜ」

「おれはべつに、自分の好みを恥ずかしいとは思わんけどな」レイジは眉をつりあげ、脚を組み、小指を立ててフォークを握った。「わたしはわたしよ」

「頼むから、そういう挑発で議論をふっかけるのはやめろよ」トールはぼそぼそ言いながら、またストローをくわえて笑いを噛み殺した。

その後にみょうな沈黙が続いたので、トールは顔をあげ、やり返そうと――

レイジもラシターもこっちを見つめていた。どちらの顔にも留保つきの称賛とでもいうような表情が浮かんでいる。

「おい、なんだよ。そんな目で見るなよ」

最初に気を取りなおしたのはレイジだった。「しょうがないだろ。そのぶかぶかのズボンはいてると、おまえ滅茶苦茶セクシーだぜ。おれもそういうの買わなきゃな。そういうのはいてるぐらいむらむら来るもんないぜ、なんせごみ袋をふたつ縫いつけてるみたいだもんな、棹《ラケット》と玉《ボール》んとこに」

ラシターもうなずいた。「まったくクッソのとおりだ。そのテニスクラブにおれもムスコを入会させるぞ」

「それ、〈ホーム・デポ（ホームセンターのチェーン）〉で売ってんのか」レイジが首をいっぽうにかしげた。「ごみ捨て用品とこに？」

トールがやり返す前に、ラシターが割って入った。「そうだ、そんなふうにパンツに荷物入れて運んでるみたいな、そういうかっこができるといいよな。それ訓練したのか。それともたんにケツが足りないだけか」

トールはつい笑った。「おれのまわりには、犬のケツみたいなやつしかいないんだな」

「そうか、それでおまえはケツなしでも自信満々でいられるってわけか」

レイジも加勢する。「言われてみると、おまえメアリー・タイラー・ムーアと体形そっくりじゃないか。なんで好きじゃないんだよ」

トールはこれ見よがしにストローを吸った。「見てろ、すぐに体重を増やしておまえら投げ飛ばしてやるからな」

レイジの顔はあいかわらずにやにやしていたが、目はもう笑っていなかった。「楽しみにしてるぜ。ほんとに、すごく楽しみにしてるからな」

トールはまた前室のドアに目を戻し、自分の殻に引っ込んで、このおしゃべりを打ち切った。ふいにそんな気分ではなくなったのだ。

ラシターとレイジはその例にならおうとはしなかった。このふたりはおしゃべりキャシー（一九五〇年代に〈マテル〉が発売したおしゃべり人形）のコンビで、地獄に落ちてもしゃべりつづけそうだ。互いの言葉尻をとらえあい、テレビでやっていることからレイジが食べているものから天使がどこにピアッシングをしているかまで、延々とかけあいを……

玄関を見張れる場所がほかにあるなら、トールとしてはぜひ移動したいところ——館の外扉が開いて、防犯システムが警報音を鳴らした。やや間があり、また警報音がして、続いて呼鈴の音がする。

フリッツがいそいそと呼び出しに応え、トールははっと背筋を伸ばした。この身体でそんなことをしてもお笑い種だ。いくら上背を伸ばしても、体重のなさをたちどころに帳消しにできるはずがない。なにしろいまの体重は、この椅子——皆無も同然の尻の肉をのせている——にも届かないのだ。

最初に大またで入ってきたのはクインだった。全身黒ずくめで、ガンメタルカラーのピアスが左耳の縁にずらりと並び、また下唇にも刺さっている。それが照明を受けてきらめいていた。次はブレイロックだ。ハイネックのカシミアセーターとスラックスで、全身これミスター・プレッピーに決めている。大階段に向かうふたりの表情は、その服装と同じぐらい違っていた。クインはどうやらまことにけっこうな夜だったようで、口もとに浮かぶにやにや笑いが、やることはやりましたそれ以上でしたと言っていた。いっぽうブレイのほうは歯医者に行っていたような顔をしている。口は不機嫌に結ばれ、目は伏せてモザイクの床を見つめていた。

ジョンは戻ってこないのかもしれない。しかし、それならいったいどこに——

ジョンが玄関広間に入ってきたとき、トールは自分を抑えられなかった。椅子から立ちあがり、よろめいて椅子の高い背もたれをつかんで身体を支えた。

ジョンの顔にはなんの表情も浮かんでいなかった。髪は乱れているが、風のせいではない。首の側面に並ぶ引っかき傷、あれは女の爪でついた傷だ。身体から発するにおいは、ジャックダニエルと複数の香水、そしてセックスのそれだった。

ほんの数晩前、トールのベッドのかたわらに座って『考える人』をやっていたときにくらべると、百歳も歳をとったように見えた。子供ではない。成長しきった男、青い部分をこそぎ落とされた——たいていの男と同じく、昔ながらの方法で。

トールはまた椅子に沈み込んだ。無視されるものと思ったが、階段まで来て片足をあげかけたところで、だれかに見られていると気づいたかのように、ジョンはこちらに顔を向けた。見つめるトールと目が合っても、表情はまったく変化しなかった。無造作に片手をあげただけで、そのまま進みつづける。

「帰ってこないかと心配したぞ」トールは声をあげた。

クインとブレイは足を止めた。レイジとラシターは口をつぐむ。メアリーとローダの声がその後の空白を埋めていく。

ジョンはいったん足を止め、手話で答えた。**だれだって寝る場所は必要だから。**

ジョンは返事を待たなかったし、そびやかした肩が返事に興味はないと語っている。ここのひとびとがいかにジョンを大切に思っているか、舌が根もとまですり減るぐらい熱弁したとしても、彼の耳には届かないだろう。

三人が階上に姿を消すと、トールはミルクシェイクを飲み終わり、その背の高いグラスを厨房に持っていき、食器洗い機に入れた。〝ドゲン〟はおらず、もう食べものも飲みものも要らないかと尋ねられることはなかったが、ベスがシチューの鍋をかき混ぜていて、ひと皿食べさせたそうな顔をした。なにかないか厨房をあさりに来たと思ったのだろう。

二階への道のりは長くつらかったが、それは肉体的に弱っているからではなかった。ジョンがひどく変わってしまったのは彼のせいだ。ずっと内にこもってジョンをはねつけてきた、その報いをいま受けているだけじゃないか。ちくしょう――

書斎の閉じたドアの向こうから、なにかがぶつかる大きな音がした。叫び声も聞こえた。だれかが攻撃を受けているのだろうか。弱ったとはいえ、トールの身体はやはりとっさに反応し、ドアに体当たりをして大きく開いていた。

デスクの陰に、ラスが両手を前に突き出してうずくまっていた。コンピュータや電話機や書類が床に散乱しているのは、彼がデスクから押しのけたせいだろうか。椅子も引っくり返っている。いつもかけているラップアラウンドを片手に握り、王はまっすぐ前を睨んでいた。

「マイ・ロード――」

「明かりはついてるか」ラスは荒い息をついた。「くそ、明かりはついているのか」

トールはデスクの向こうに駆け寄り、王の片腕をつかんだ。「ああ、廊下の明かりはついてるし、暖炉の火は燃えてる。いったい――」

ラスのたくましい身体が激しく震えはじめ、トールは王を抱えあげようとした。しかし、いまの彼には筋肉が足りない。ちくしょう、助けがなければふたりとも引っくり返ってしまう。前歯で唇を固定して大きく長く口笛を吹き、それから王をなんとか支えようとする仕事に戻った。

最初に駆け込んできたのはレイジとラシターで、そろってドアから飛び込んできた。

「なにがあ――」

「明かりをつけろ」ラスがまた叫んだ。「聞こえんのか、明かりをつけろと言ってるんだ！」

ブラウンストーンのがらんとしたキッチンで、ラッシュは花崗岩のカウンターの前に座っていた。〈兄弟団〉が木箱の銃と〝レッサー〟の壺《つぼ》を持ち去ったのを忘れたわけではない。ハンターブレッドのアパートメントはもう使えなくなったし、グレイディは取り逃がした。それに、だれかを殺しに行くと約束したのにラッシュがまだ行っていないので、北部では〝ジンパス〟がまちがいなくじりじりしているだろう。ただ、現金《かね》があればたいていのことはどうでもよくなる。それがうずたかい現金の山となれば、それこそなにがあってもどうでもよくなるのだ。

見ていると、ミスターDがまた〈ハナフォード〉の紙袋を運んでくる。また札束が転がり出てくる。どれも安っぽい茶色のゴムバンドでまとめられていた。〝レッサー〟が仕事を終えたときには、カウンターはほとんど見えなくなっていた。

気分転換にはうってつけの方法だ。袋の運び込みを終えたミスターDを、ラッシュは見あげた。

「総額いくらだ」

「七万二千七百四十になりやす。百ドルずつまとめといたんで」

ラッシュはゴムバンドを巻いた札束をひとつ手にとった。銀行で渡されるような、新しくてきれいな紙幣ではない。汚れて、しわくちゃで、ジーンズのポケットやほとんどからの財布や汚れた上着から出てきた紙幣だ。崖っぷちのにおいが立ちのぼってくるのがわかるようだった。

「商品はどれぐらい残ってる？」

「今夜みてえな商売をあとふた晩はできやすが、そのあとはちょっと。売人はあとふたりしか残ってねえし。例の大物はべつだけど」

「リヴェンジのことはいい。あいつはおれがなんとかする。それまでは、もう仲買人は殺すな。情報収集センターに連れてくんだ。やつらのコネが必要だからな。どこでどうやって買ってるのか知りたい」もちろん、リヴェンジと取引していないとは思えないが、ほかにもだれかいるだろう。人間の、もっと扱いやすいやつが。「朝一番に貸し金庫を契約して入れてくるんだ。これは元手だからな、ちゃんととっとくんだぞ」

「わかりやした」

「だれといっしょに売った？」

「ミスターNとミスターIで」

上等じゃないか。グレイディを逃がしたばか者どもだ。とはいえ、ふたりとも街で商売していたわけだし、グレイディは独創的にして悲惨な最期をとげてくれた。それに、仕事中のゼックスの姿を拝むこともできた。つまり、いいこともあったというわけだ。

これはなんとしても、〈ゼロサム〉を訪問しなくてはならない。

NとIについては何度殺しても殺し足りないぐらいだが、いまのところは金を稼ぐために必要だ。「夜になったら、あのふたりにまたブツを売らせろ」

「始末すんのかと思って——」

「第一に、決めるのはおれだ。第二に、こういうのをもっと稼がんとな」と、薄汚い札束をもとの山に戻した。「おれの計画には金がかかるんだ」

「わかりやした」

ふいに考えなおして、ラッシュは身を乗り出し、さっき放った札束をまた手にとった。ここにあるのはすべて彼の金なのに、それでも手から放すのが惜しくてならない。それにどういうわけか、急に戦争がさほどの重大事とは思えなくなってきた。

身をかがめ、紙袋をひとつとって札束を詰め込んだ。「あの〈レクサス〉だけどな」

「へい」

「おまえに任せる」とポケットに手を入れ、車のキーをミスターDに放ってやった。「これからはあれに乗れ。おれの部下として売人やるんだから、それなりにできるやつだってとこを見せんとなめられるからな」

「わかりやした！」

ラッシュは目をぎょろつかせた。このばか、たったこれだけのことでこんなに張り切るのかよ。「ちょっと留守にするから、しっかりやっとけよ」

「どこに行くんで？」

「マンハッタンだ。なんかあったら携帯に電話しろ。じゃあな」

53

寒々とした夜明けが訪れ、薄く濁った青空に雲がまだらに浮かぶころ、ホセ・デ・ラ・クルスは〈パイン・グローヴ墓地〉の門を抜け、何列も並ぶ墓石のあいだをくねくねと車を走らせていた。急角度にカーブする道に、〈人生ゲーム〉を思い出す。子供のころ、兄弟で遊んだ古いボードゲームだ。プレイヤーは穴が六つあいた小さな車をもらい、最初は自分自身を表わすペグを一本だけ差して出発だ。ゲームが進むにつれ、その車でコースをたどり、途中途中で妻や子供を表わすペグが増えていく。目標は、家族や財産や地位を獲得して車の穴をふさいでいき、最初にあったすきまを埋め尽くすことだ。

周囲に目をやり、「現実」という名のゲームでは、最後には地面にあいた穴を自分でふさぐことになるのだと思った。このゲームをプレイしはじめたばかりの子供たちに、すぐに知ってもらいたいような事実ではないが。

クリッシーの墓の場所まで来て、前夜午前一時ごろまで駐めていたのと同じ場所に車を駐めた。前方にコールドウェル警察のパトカーが三台、パーカを引っかけた制服警官が四人見える。犯罪現場の黄色いテープが墓石から墓石に渡されて、小さな箱を作っていた。

ぬるいとも言えないほど冷めてはいたが、それでもコーヒーを持っていった。近づくうちに、ブーツの足跡に気がついた。それが、同僚警官の脚が作る円のなかへ続いている。

警官のひとりが肩越しにこちらをふり向いた。その顔に浮かぶ表情を見れば、遺体の状態はだいたいわかる。この巡査に飛行機のエチケットバッグを渡せば、袋の底が抜ける勢いで嘔吐するにちがいない。「どうも……デ・ラ・クルス刑事」

「チャーリー、調子はどうだ」

「その……まあまあです」

そうだろうとも。「うん、そんな顔だ」

ほかの警官たちもこちらに目を向けてうなずきかけてきた。どの顔を見ても、タマは下腹に引っ込んでるみたいな表情を浮かべていた。

いっぽう犯罪現場カメラマンは、いろいろ問題があると言われている女性だった。

かがみ込んで盛んにシャッターを切りはじめていたが、その顔にはかすかに笑みが浮かんでいた。まるで撮影が楽しくてたまらないかのように。ひょっとしたら、一枚ぐらいは彼女の財布にもぐり込むことになるんじゃないか。

グレイディはいっぱい食わされていた。文字どおり。

「発見者はだれだ」ホセは尋ねながら、かがんで遺体を調べた。あざやかな刃の跡。それがどっさり。プロの仕事だ。

「管理人です」警官のひとりが答えた。「一時間ぐらい前に」

「いまどこにいる？」ホセは立ちあがり、男嫌いカメラマンの邪魔にならないように一歩わきへよけた。「話を聞きたい」

「コーヒーを飲みに詰所に戻ってます。コーヒーでも飲まないと、ひどくぶるってたから」

「無理もない。ここらじゃたいていの死体は墓のうえにはのってないだろうからな」

四人の制服警官が全員こちらを見た。その顔は、**それにこんな状態じゃないだろう**しと言っている。

「死体の写真は終わりました」カメラマンが言って、レンズにキャップをかぶせた。

「それと、雪のなかのあれももう撮ってありますから」

ホセは現場の周囲を慎重に歩きまわった。さまざまな痕跡やら、そのそばに立てられた番号入りの小さな旗やら、地面に作られた通り道やらを乱さないように気をつける。なにがあったかは明らかだった。グレイディはだれかから逃げようとしたが、逃げきれずにつかまった。血の筋からして負傷して、たぶんそのせいで動けなくなったのだろう。それからクリッシーの墓まで連れていかれ、そこでずたずたにされて殺されたわけだ。

ホセは遺体の場所まで戻り、墓石に目をやった。正面の上から下へ茶色の筋がついている。乾いた血だ。賭けてもいいが、わざとつけられたものだ。それもまだ温かいうちに。一部は滴って、「クリスティアン・アンドルーズ」と刻まれた文字のなかに溜《た》まっていた。

「これも撮った？」彼は尋ねた。

カメラマンはこちらを睨んだが、キャップをはずし、シャッターを切って、またキャップをはめた。

「すまんね」彼は言った。「ほかにもなにかあったら頼むよ」あるいは、こんなふうにずたずたにされた男がまた見つかったら。

彼女はグレイディに目を戻した。「ええ、喜んで」

そうだろうとも。そう思いながらコーヒーをひと口飲んで顔をしかめた。残りもので、冷たくて、胸くそが悪い。というのはあの女カメラマンのことだけではない。まったく、警察署のコーヒーは最悪もいいところだった。ここが犯罪現場でなかったら、中身をぶちまけて発泡スチロールのカップは握りつぶしているだろう。

ホセは現場を見まわした。隠れるのにぴったりの木立。道路以外に照明はない。夜間は門は閉じている。

彼がもう少し長くねばっていたら……食い止めることもできたかもしれない。グレイディが去勢され、最後の晩餐《ばんさん》を食わされる前に。犯人たちはまずまちがいなく、あのろくでなしが死ぬのを喜んで眺めていたのだろう。

「ちくしょう」

灰色のステーションワゴンが道のわきに停まった。運転席側のドアに郡の紋章が入っている。エンジンが止まり、小さな黒いバッグを持った男が降りてきて、小走りに近づいてきた。「遅くなってすまん」

「いやいや」ホセは検死官とぱちんと手のひらを合わせた。「死亡推定時刻がわかればありがたいんだが」

「いいとも。ただむずかしくなりそうだな。幅は四時間ぐらい？」

「なんでもいいからわかればありがたいよ」

　検死官がしゃがんで仕事にかかると、ホセはまたあたりを見まわし、足跡のそばへ行ってしげしげと眺めた。三種類。ひとつはグレイディの靴と一致するだろう。残りのふたつは、もうすぐ来る科学捜査班《CSI》みたいな連中に型をとって調べてもらうしかない。

　二種類の足跡のうち、いっぽうはもういっぽうより小さかった。

　自宅も車も、ふたりの娘の学費もそっくり賭けてもいい。小さいほうはぜったいに女の足跡だ。


　いっぽうこちらは〈兄弟団〉の館。ラスは書斎の椅子に背筋を伸ばして腰かけ、肘掛けを折れんばかりに握りしめていた。ベスがそばについているが、そのにおいから心底おびえているのがわかる。この部屋にはほかにも何人かいる。しゃべっている。歩きまわっている。

　なにも見えない。真っ暗だ。

「ハヴァーズが来る」両開きドアからトールの声がした。消音ボタンを押したかのように室内が静まり返った。話し声はすべて途切れ、身動きする物音すら消えた。「いまドク・ジェインが電話で話してる。目張りした救急車で連れてきてくれるそうだ。そのほうがフリッツに迎えに行かせるより早いから」

ラスが言い張って、この二時間ほどはドク・ジェインすら呼んでいなかった。また視力が戻ってくるのではないかと思ったからだ。いまも思っている。

祈っているというべきか。

ベスはとても気丈だった。そばに立ち、彼が闇と闘っているあいだ手を握っていてくれた。しかし、少し前にちょっと失礼と言って出ていき、戻ってきたときは涙のにおいをさせていた。まちがいなくきれいにぬぐってきたのだろうが。

白衣の連中を呼ぼうと、踏ん切りがついたのはそのためだった。

「どれぐらいかかる」ラスはぶっきらぼうに尋ねた。

「到着予定時刻《ETA》は二十分後だ」

沈黙が落ちた。〈兄弟〉たちがまわりにいるのはわかっている。レイジがまた棒つきキャンデーの包み紙を剝いている。Vがライターで火をつけ、トルコ煙草の煙を吐いている。ブッチはガムを嚙んでいる。かすかな歯の音が速射砲の勢いで、まるで奥歯が硬木の床でタップダンスを踊っているようだ。Zもいる。腕にナーラを抱いている。向こうの隅から甘い愛らしいにおいが漂ってくるし、ときどきはのどを鳴らす声も聞こえる。フュアリーさえいる。この日は泊まっていくことにしていたためで、いまは双児の兄と姪《めい》のそばに立っている。

全員そこにいるのはわかっている……にもかかわらず、彼はひとりきりだった。まったくのひとりきりだ。自分の肉体の奥深くに吸い込まれ、盲目という檻に閉じ込められている。

わめきだすまいと、ラスは椅子の肘掛けを握りつぶさんばかりにつかんでいた。〝シェラン〟や兄弟たちや一族のために強くありたい。ちょっとジョークを飛ばし、こんなのは一過性の問題ですぐに終わると笑い飛ばしたい。自分はいまでも頼れる男だと示したい。

咳払いをした。しかし、**肩にオウムをのせた男が酒場に入ってきて……**（よくある酒場ジョークの冒頭）といった言葉は出てこなかった。出てきたのは、「おまえが見たのはこれか」

その声はしゃがれていた。そして、だれに向けた言葉なのか全員がわかっていた。

Vの声は低かった。「なんの話かわからん」

「ふざけるな」ラスは闇に沈潜し、まわりに兄弟たちがいて、だれも彼に手が届かない。ヴィシャスの幻視どおりだ。「ふざけるな」

「ほんとにいまその話がしたいのか」Vは言った。

「これがその幻視か」ラスは椅子から手を離し、こぶしをデスクに打ちつけた。「**これがその幻視かと訊いてるんだ**」

「そうだ」

「もうすぐお医者さんが来るわ」ベスが急いで口をはさみ、片手でラスの肩をさすった。「ドク・ジェインとハヴァーズが話して、原因を突き止めてくれるわ。きっとよ」

ラスは、ベスの声が聞こえてきたほうに顔を向けた。手を握ろうと手を伸ばしたが、その手のひらを見つけたのは彼女のほうだった。

これからはこうなるのか、とラスは思った。どこへ行くにも、彼女に頼って連れていってもらうのか。無力な子供のように手を引かれて。

しっかりしろ。しっかりしろ。しっかり……

このひとことをくりかえし唱えつづけるうちに、爆発しそうな気分が少し静まってくる。

しかし、爆轟《ばくごう》が近いという気分はすぐにまた戻ってきた。ドク・ジェインとハヴァーズが入ってくる物音が聞こえた——だれが入ってきたかわかったのは、室内の全員が、いまやっていることを途中でぴたりとやめたからだ。煙草を吸うのも、ものを噛むのも、キャンデーの包み紙をむくのも。

なんの音もしない。ただ呼吸の音が聞こえるだけ。

そのとき男の医師の声がした。「マイ・ロード、目を診察してもよろしいですか」

「ああ」

衣服のこすれあうような音がした……ハヴァーズがコートを脱いでいるのだろう。ややあってかすかにぶつかる音。重みのあるものをデスクにのせたような。金属と金属のぶつかる音——医師のかばんの金具がはずれた音だ。

次に聞こえたのは、ハヴァーズの抑制のきいた声だった。「お許しがあれば、これからお顔に触れます」

ラスはうなずいた。ややあって、そっと触れられてびくりとしたものの、ペンライトのスイッチが入る音を聞いてしばし希望が湧いてきた。いつもの癖で肩に力が入る。光が当たると思うと身構えてしまうのだ。ハヴァーズが最初に調べるのは、網膜とかいうものだったか。まったく、思い出せるかぎり昔からずっと、光がまぶしくて目を細めてきた。遷移のあとはそれがどんどんひどくなり、年を追うごとに——

「ドク、そろそろ診察を始めてくれないか」

「診察は……マイ・ロード、いま終わりました」かちりと音がした。ペンライトのスイッチを切ったのだろう。「少なくともこの部分は」

沈黙が落ちた。彼の手を握るベスの手に力が入る。

「次はなんだ」ラスは尋ねた。「次はなにを調べるんだ」

また沈黙。なぜか、闇がいっそう深くなった。

そうか。あまり選択肢はないということか。もっとも、それでなぜ自分が驚いたのかよくわからない。ヴィシャスは……ヴィシャスはいつも正しいのだ。

54

夜になると、エレーナは父の錠剤をマグカップの底で砕き、細かく一様に粉末にしてから、冷蔵庫から〈クランラズベリー〉を取り出して注いだ。このときばかりは、父の固執する整理整頓がありがたかった。頭がお留守でもこうして作業ができる。

こういう状態《ステート》では、ここがなに州《ステート》かわかるだけで上出来だ。もちろんわかってるわ、ニューヨークよ。ほらね。

時計に目をやる。もうあまり時間がない。ルーシーは二十分ほどで来ることになっているし、レヴの車もそのころだ。

レヴの車。本人ではなく。

彼のもと彼女のことで電話をし、メッセージを残したあと、一時間ほどしてからボイスメールの返信があった。直接の電話ではなく。レヴはボイスメールのシステムに電話をし、彼女の番号を入力して、メッセージを残したのだ。

彼の声は低くて暗かった。「エレーナ、すまなかった。そんなふうに訪ねてこられて驚いただろう。二度とそんなことが起こらないようにする。もし時間があれば、夜になったら会いたいんだが。都合が悪いという連絡がないかぎり、九時に迎えの車をやるよ」間があった。「ほんとうにすまない」

このメッセージはもうそらで言える。百回ぐらいは聞いただろうか。声の調子があまりにも違い、べつの言語で話しているようだった。

当然ながら日中は眠れず、しまいに考えられる原因はふたつにひとつだと思った。エレーナがあの女性と会ったことで、レヴは心底恐怖しているのかもしれない。そうでなければ、昨夜の会合が言葉にできないほどひどかったかだ。

たぶん両方なのかも。

あの狂った目をした変人の言うことなど、これっぽっちも信じられない。なにしろ、あの女性は妄想の発作を起こしたときの父にあまりにもそっくりだった。べつの現実に固執し、取り憑かれている。こちらを傷つけたくて、そのために言葉を周到に選んでいた。

とはいえ、レヴと話ができるのはうれしい。これでひと安心とは行かないかもしれないが、少なくともいつ会えるかともう待ちわびなくてもすむのだ。

キッチンを見まわし、先ほどあがってきたときとまったく同じ状態に戻っていることを確認してから、地下に続く階段をおりて父の部屋に向かった。

父はベッドに横たわって目を閉じていた。ぴくりともしない。「お父さま？」やはり動かない。「お父さま？」

放り投げんばかりにマグカップをテーブルに置くと、〈クランラズ〉が飛び散った。

「お父さま！」

目が開いて、父はあくびをした。「**まことに、娘よ、ご機嫌はいかがかね**」

「お父さま、大丈夫？」ほとんどベルベットの上掛けに覆われていたが、それでも父の全身に目を走らせた。顔は青白く、髪は〈チアペット（動物や人の顔をかたどった陶器に、チアという植物の種をまいて発芽させ、髪の毛や動物の毛に見立てるという商品）〉のようだが、呼吸はとくに苦しそうではない。「どこか具合が――」

「**英語はいささか耳障りではないかな？**」

エレーナはいったん口ごもった。「ごめんなさい。わたし、ただ……その、お加減はいかが？」

「快調だよ。次のプロジェクトのことを考えていて、昼間なかなか寝つけなくてね。そのせいで、ふだんより遅くまで床についていたのだ。わたしの頭のなかの声を、そのまま原稿にあふれ出させようと思っているんだよ。きっと有益だと思うんだ、あれにわたし以外の捌《は》け口を与えられれば」

エレーナは膝が崩れるに任せて、ベッドにへたへたと座り込んだ。「お父さま、ジュースをお持ちしましたわ。もうお飲みになります？」

「ああ、ありがとう。あのメイドはよくやってくれるね」

「ええ、とてもよくやってくれてます」エレーナは薬を渡した。父がそれを飲むのを見守るうちに、胸の鼓動が収まってくる。

このところ、毎日がバットマンの〝ドタン！　バタン！　ガシャン！〟の連続で、ピンボールよろしく漫画のページをあちこちはじき飛ばされるようで、頭がくらくらして目まいがする。頭のなかの細々したものが、すべて吹っ飛ばされかきまわされて、蜂の巣をつついた騒ぎになっている。これが収まるにはどうやらまだしばらくかかりそうだ。

マグカップがからになると、彼女は父の頰にキスをし、少し出かけると伝えて、マグカップを持って上階に戻った。十分ほどしてルーシーがノックするころには、エレーナの脳みその中身はだいたい落ち着くべきところに落ち着いていた。これからレヴに会って、いっしょに楽しいひとときを過ごし、帰ってきたら職探しを再開するのだ。なにもかもうまく行く。

ドアをあけたときは、しゃきっと胸を張っていた。「いつもありがとう」

「どういたしまして」ルーシーは肩越しにふり返った。「ねえ、知ってる？　お宅の外に〈ベントレー〉が駐まってるけど」

エレーナの眉は飛びあがった。あわててドア枠から向こうをのぞくと、たしかに真新しくてぴかぴかで豪華絢爛《けんらん》な〈ベントレー〉が、みすぼらしい小さな借家の前に駐まっていた。場違いもいいところ、バッグレディ（買い物袋に全財産を入れて放浪する女性）の手にダイヤモンドの指輪がはまっているみたいだ。

運転席側のドアが開いて、ありえないほど美形の黒い肌の男性が、ハンドルの前から立ちあがった。

「エレーナさん？」

「え……ええ」

「迎えに来たよ。おれはトレズ」

「あの……ちょっと待ってくださる？」

「ゆっくりどうぞ」

笑顔になると牙がのぞき、それで安心した。あまり人間のそばには寄りたくない。信用できないから。

家のなかに首を引っ込めて、コートを引っかけた。「ルーシー……これからも続けて来てもらえます？　たぶんお礼はちゃんとお支払いできると思うの」

「もちろんよ。あなたのお父さんのためならなんでもするわ」と言ってルーシーは赤くなった。「つまり、あなたたちふたりのためってこと。でも、ということはべつの仕事が見つかったの？」

「計算してみたら、思ってたより少し余裕があったのよ。それに、父をここにひとりにするのはいやだし」

「お父さんのお世話なら任せておいて」

エレーナはにっこりし、ルーシーを抱擁したくなった。「いつもほんとうによくしてもらって。今夜のことだけど、どれぐらい留守にするか――」

「急がなくていいわよ。お父さんにはわたしがついているから」

とっさに、エレーナはルーシーを軽く抱擁していた。「ありがとう。ほんとに……ありがとう」

ハンドバッグをつかむと、あとで気まずくなるようなまねをしないうちに、急いでドアの外へ出た。冷気のなかへ入っていくと、運転手がやって来て〈ベントレー〉に乗り込むのを助けてくれた。黒い革のトレンチコートを着た姿は、運転手というより殺し屋のようだったが、彼女を見てまたにっこりすると、暗色の目がびっくりするほど明るい緑色に輝いた。

「心配しなくていいよ、ちゃんと送るから」

嘘ではないと思った。「どこへ行くんですか」

「ダウンタウンだ。あっちであなたを待ってるよ」

ドアをあけてもらうと落ち着かない気分だった。向こうにしてみれば、対等な相手への礼儀にすぎず、彼女に仕えるという話ではないだろう。それはわかっているのだが、エレーナはきちんとした男性にエスコートされるのに慣れていないのだ。

すごい、この〈ベントレー〉はとてもいいにおいがする。

トレズが向こうにまわって運転席に乗り込んでくるまで、上等な革のシートをなでていた。こんな贅沢《ぜいたく》なものに触れたことがかつてあっただろうか。

横道を出て表通りに入るとき、穴ぼこの存在はほとんど感じなかった。タクシーで通るときは、いつもドアの把手につかまらずにいられないほどの衝撃なのに。なめらかそのものの走行。これが高級車というものか。

それはそうと、どこへ行くのだろうか。

やさしい温風が後部座席に満ちていくいっぽうで、レヴからのボイスメッセージが頭のなかで何度も再生される。心のなかで疑いが点滅しはじめた。前方の車のブレーキライトのように、ついたり消えたりして、なにもかもうまく行くと唱える彼女の呪文は途切れがちになっていく。

状況は悪くなるいっぽうだ。彼女はダウンタウンのことはよく知らない。豪華な摩天楼の立ち並ぶ区域を通り過ぎるときは思わず緊張した。ここの〈コモドア〉でレヴと会ったのだ。

ダンスに連れていくつもりなのかもしれない。

そうでしょうとも。ドレスを着てこいとも言わずにね。

〈トレード通り〉を進むにつれて、彼女は座席をしきりになではじめた。もっとも、それは手ざわりを楽しむためではない。あたりはしだいにいかがわしい景色に変わっていく。立ち並ぶまずまずのレストラン、〈CCJ〉社のオフィスが途切れると、現われたのはタトゥーパーラーに居酒屋だ――スツールに脂じみた酔っぱらいが座り、カウンターに汚れたピーナッツのボウルが並ぶたぐいの。その次はクラブだった。騒々しくて派手なこういう店には一度も入ったことがない。騒音もライトも、そこに来るひとびとも好きになれないから。

黒地に黒の文字で書かれた〈ゼロサム〉の看板が見えてきたとき、あの店の前で停まるのだと思い、心臓が下腹まで沈み込んだ。

みょうなことに、遺体安置所でステファンを見たときと同じことを思っていた。**こんなことはありえない。あるはずがない。あってはならないことだ。**

しかし、〈ベントレー〉はクラブの前では停まらず、せつな希望が湧いてきた。

だが、考えてみれば当然だ。車は向こう側の横道に入り、通用口の前で停まった。

「このクラブのオーナーなんですね」彼女は暗い声で言った。「そうなんでしょう」

トレズは答えなかったが、その必要はなかった。まわってきてドアをあけてくれたとき、彼女は〈ベントレー〉の後部に座ったまま凍りつき、レンガ造りの建物を見つめていた。屋根から側壁に汚水が滴り落ち、それが地面に跳ね返って泥水をはねかけている、それを見るともなく見る。汚い。不潔。

〈コモドア〉の下に立ち、ガラスとクロームに輝く高層マンションを見あげたときのことを思い出した。あれは、レヴが好んで見せた正面《ファサード》だったのだ。

そしてこの薄汚い壁は、見せざるを得なくなった裏側というわけだ。

「彼が待ってるよ」トレズがやさしく言った。

クラブの通用口が大きく開き、こちらもムーア人らしき男性が現われた。背後は薄暗かったが、腹に響く低音のリズムが聞こえてくる。

ほんとうにこれを見る必要があったのだろうか。

ともかく、レヴと話して別れなくてはならない。それはたしかだ。この惨憺《さんたん》たる展開がその向かっているらしい方向に向かうとするなら。そのとき彼女ははたと気づいた。これがみんなほんとうのことなら、問題はそれだけではすまない。彼女はセックスをしてしまったのだ……〝シンパス〟と。〝シンパス〟の餌食にされてしまったのだ。

エレーナは首をふった。「会いたくないわ。すみませんけど、家まで――」

女性が現われた。男性のようにたくましくがっちりした体格だが、それは外側だけではない。その目は氷のように冷たく、まったく隙というものがなかった。

彼女は近づいてきて、身をかがめて車内をのぞき込んだ。「なかに入っても、痛い目にあったりすることはないから。約束するよ」

なにを言っているんだか――痛い思いならいましているところだ。胸がきりきりと痛んで、心臓発作でも起こしたかと思うほどだった。

「彼が待ってる」女性は言った。

車を降りたのはエレーナに骨があったからだ。座った姿勢から立ちあがるのに必要だというような意味ではない。要するに、逃げるのは性に合わないのだ。これまで生きてきて、苦しいからと逃げ出したことはなかった。いまになってそんな癖をつけるつもりはない。

歩いてドアからなかに入ると、自分からはけっして来ることのない場所だとわかった。どこもかしこも暗く、音楽はげんこつのように耳を打ち、熱い皮膚のむっとするにおいに鼻をつまみたくなる。

女性が先に立って案内し、ふたりのムーア人がエレーナの両側を歩いていた。ふたりの巨体が、人間のジャングルを切り裂いていく。あんな人間たちに交じりたいとは夢にも思わない。ぴったりした黒い制服を着たウェイトレスが、多種多様なアルコール飲料を運んでまわる。半裸の女たちがスーツ姿の男に身体をすりつけている。行きあったひとびとはみな、どこかべつの場所を見ているような目をしている――なにを注文しても、目の前にだれがいても、まるで満足できないというように。

案内された先は黒い強化扉で、トレズが腕時計に向かって話しかけると、その扉が開いた。トレズがわきにさがって立つ――彼女が歩いて入っていくのを待つかのように。まるでなかはただのリビングルームであるかのように。

ひょっとして、ほんとにそう……ではなかった。

見つめる扉の向こうは暗かった。見えるのは、黒い天井と黒い壁、光沢のある黒い床だけ。

だがそのとき、リヴェンジが視界に入ってきた。彼女の知っているとおりの彼だった。大柄な男性、セーブルのロングコート、髪はモヒカン、目はアメジスト、赤い杖。

それでいて、まるで見憶えのない男だった。

リヴェンジは愛する女性を見つめた。血の気の失せたこわばった顔には、彼がそこに見たいと思ったとおりの感情が浮かんでいる。

嫌悪感。

「どうぞ、入って」彼は言った。最後までやり遂げなくては。

エレーナはゼックスに目をやった。「あなたは警備のひとでしょう?」ゼックスは眉をひそめたが、うなずいた。「それじゃいっしょに来てください。彼とふたりきりになりたくないの」

その言葉に打ちすえられ、のどを切り裂かれたほうがましという気分だったが、リヴェンジは顔色ひとつ変えなかった。ゼックスが先に入ってきて、エレーナがそのあとに続く。

扉が閉じ、音楽が閉め出されて遠くなる。その後の静寂が絶叫のように耳に突き刺さる。

エレーナは彼のデスクに目をやった。二万五千ドルの現金と、セロファンに包まれたコカインの塊がひとつ、わざと置いたままにしてあった。

「事業をしてるっておっしゃったわね」彼女は言った。「合法的な事業だと勝手に思い込んだわたしがいけなかったのね」

彼女を見つめることしかできなかった。声はどこかへ行ってしまった。呼吸が浅くて、言葉を支えることができない。いまできるのは、目の前に突っ立って怒っている彼女の姿を目に焼き付けることだけだ。後ろでまとめたストロベリーブロンドの髪、飴《あめ》色の目、質素な黒いコート。両手はそのポケットに突っ込んでいる――なににも触れたくないとばかりに。

こんな姿の彼女を記憶したいわけではないが、彼女に会うのはこれが最後なのだから、どんな細かい点にも注目せずにはいられなかった。

エレーナの目が、麻薬と現金のほうにちらと動き、また彼の顔に戻ってきた。「それじゃ、あれはほんとうだったのね。あなたのもと恋人が言ったことはみんな」

「彼女はわたしの腹違いの姉妹だよ。だがそう、みんなほんとうだ」

彼の愛する女性は一歩あとじさった。恐怖のあまり、ポケットから出した手をのどくびへ持っていく。なにを考えているか手にとるようにわかる。彼女の血管から養わせたこと、彼のペントハウスで、ふたりきり裸身で過ごしたこと。その記憶は書きなおされ、彼女の首に牙を立てたのはヴァンパイアではないという事実とすりあわされていく。

あれは〝ジンパス〟だったのだと。

「なぜここへ連れてきたの」彼女は言った。「電話でおっしゃるだけでよかったのに――いえ、答えてくださらなくてけっこう。もう帰らせてもらいます。二度と連絡してこないで」

彼は小さく頭を下げ、絞り出すように言った。「しかたがない」

エレーナはまわれ右をして、扉の前まで行って立ち止まった。「どなたか、ここから出してくださらない」

ゼックスが近づいていった。自由への扉が開かれると、エレーナは飛び出すように出ていった。

ドアが閉じたとき、レヴは意志の力で鍵をかけ、そこに、彼女から去られた場所に立ち尽くした。

破滅だ。完全な破滅だ。だがそれは、嗜虐的《しぎやく》な社会病質者《ソシオパス》に――彼を苦しめて、その一分一秒を楽しむであろう女に――われとわが身を引き渡すことになるからではない。

視界が赤く曇ってきたが、邪悪な面が表に出てきたせいでないのはわかっていた。それはありえない。この十二時間、馬も窒息するほどのドーパミンを注入してきた。そうでないと、エレーナを去らせる決意がぐらつきそうだったからだ。これを最後に、黒い自分を檻に閉じ込めることが必要だった……正しい理由で正しいことができるように。

だから、赤い視界のあとに、世界が平面に変わることも、全身に感覚が戻ってくることもない。

ジャケットの内ポケットから、母がアイロンをかけていたハンカチを取り出し、その四角く畳んだ布を目の下に押し当てた。にじみ出る血赤の涙は、ただエレーナと彼自身のためだけの涙ではない。ベラは母を失ってまだ四十八時間も経っていないのだ。

それなのに、今夜が終わらないうちに兄まで失うことになる。

ひとつ大きく息を吸った。胸郭が破裂しそうに深々と吸った。ハンカチをしまい、自分の生命を墓場に運ぶ仕事に取りかかった。

ひとつたしかなことがある。王女には代償を支払わせる。彼に対して加えてきた、そしてこれから加えるであろう仕打ちのせいではない。そんなことは屁《へ》でもない。

あつかましくも、彼の愛する女に近づいたからだ。その報いを受けさせてやる。そのために彼自身が生命を落とすことになろうとも。

55

「いい気分だった？　あんなふうにはねつけて」

エレーナは店の通用口の前で立ち止まり、女性警備員を肩越しにふり返った。「あなたにはなんの関係もないことだから、その質問に答えるつもりはありません」

「参考のために言うけど、あのひとがこんなくそひどい状況に落ち込んだのは、あたしとあのひとのお母さんと妹のためなんだよ。それなのに、あんたはあんな下種《げす》とはつきあえないってわけ。上等じゃない。いったいなにさまのつもりよ、一点のしみもない完璧な女だとでも？」

エレーナは女性警備員にやり返した。「わたしは彼に嘘をついたことはないわ。それが『完璧』ってことになるならね。完璧っていうより『ふつう』だと思うけど」

「彼は生きるために必要なことをしてるだけだよ。それはすごく『ふつう』なことだろ、あんたたちだけじゃなく〝シンパス〟にとっても。たんにあんたが安楽に生きてこられたからって――」

エレーナは女性の顔をまともに見すえて言った。「なにも知らないくせに」

「知りたくもないけどね」

「お互いさまよ」発音されないだけで、しっかり罵倒語も入っている。

「いや、ちょっと、待ってくれよ」ふたりのあいだにトレズが割って入ってきた。

「落ち着け、けんかはやめてくれよ、な？　家まで送るから。おまえは」――と女性警備員を指さして――「あいつの様子を見に行ってくれ」

女性警備員はエレーナを睨みつけた。「気をつけて帰るんだね」

「どうして？　あなたもうちの裏口に押しかけるつもり？　べつにいいけど――昨夜のあれにくらべたら、あなたなんかバービー人形だわ」

トレズも女性警備員も黙り込んだ。

「なにが裏口に押しかけたって？」女性のほうが尋ねた。

エレーナはトレズを見あげた。「それじゃ、送ってくださる？」

「なにが押しかけた？」トレズも尋ねた。

「カブキ人形よ、それも態度の悪い」

声をそろえてふたりは言った。「引っ越したほうがいい」

「いいアドバイスをありがとう」エレーナはふたりを押し退けるように出口に向かった。把手をつかんだが、とうぜん鍵がかかっていて、また出してもらえるまで待つしかなかった。もう、ほんとに。下唇を噛みながら、把手をつかんで力いっぱいまわし、もう少しで爪を立てて引っかきそうになる。

幸い、トレズがやって来て、籠から鳥を放すように出してくれた。彼女は一目散に、冷たい外気のなかへ飛び出した。暑さと騒音と欲求不満の渦で、もう少しで息が詰まりそうだったのだ。

それとも、息苦しいのは失恋のゆえだろうか。

どちらだろうと大した問題ではない。

彼女はまたべつのドアのそばで待った。今度は〈ベントレー〉のドアだ。車なしで家へ帰れればいいのだが、それが無理なのはわかっていた。いまの半分でも気が静まらなければまともに呼吸もできないし、それにはだいぶかかるだろう。まして非実体化などできるはずもない。

帰り道では、通った道路も停まった信号も周囲の車もまるで頭に入ってこなかった。ただ〈ベントレー〉のバックシートに座り、ほとんど身じろぎもせず、窓のほうに顔を向けていた。心ここにあらずで、目にはなにも映っていない。

〝ジンパス〟腹違いの姉妹と寝ている。女衒で、麻薬の売人で、たぶん殺人もしているかも……

ダウンタウンから遠ざかるほど、呼吸は楽になるどころか苦しくなってきた。胸が痛むのは、彼女の前にひざまずいていたリヴェンジの姿が頭から離れないからだ。彼女の安い〈ケッズ〉のスニーカーを手に持ち、アメジストの目はやさしく柔らかく輝き、声はうっとりするほど耳に快く、バイオリンの響きよりも美しい。**わかってないね、エレーナ。なにを着ていようが……わたしの目には、いつもあなたの靴底にはダイヤモンドが嵌まっているのが見える。**

彼の二種類の亡霊のひとつはこれだろう。目の前にひざまずく彼をきっと思い出すにちがいない。そしてそれと対比して、さっきクラブで見た、嘘が暴かれたときの彼の姿を。

夢のおとぎ話を信じたかったのだ。だから信じた。しかし、気の毒な若いステファンと同じく、おとぎ話は死んだ。そしてそれはおぞましい死だった。変わり果てた冷たい亡骸を、彼女は合理化と書き直しの包帯で包むだろう。香草ではなく涙のにおいがする包帯で。

目を閉じて、バターのように柔らかいシートに身体を預けた。

しまいに車は速度を落として停まり、彼女はドアの把手に手を伸ばした。トレズのほうが先にまわってきて、ドアをあけてくれた。

「ひとつ いいかな」彼はつぶやいた。

「ええ」どうせなにを言われても耳に入らないだろう。彼女を包む霧はあまりに厚く、彼女の世界は父がかくあれかしと望む世界そのままに、ごく身近なもののみにかぎられている……そしてそれは苦痛だ。

「あいつは、理由もなくこんなことをしたわけじゃないんだ」

エレーナはトレズを見あげた。真剣な、心からの言葉だった。「そうでしょうとも。わたしに嘘を信じさせたかったのに、その化けの皮がはがれて、もう隠すものはなにもないんだもの」

「そういう意味じゃない」

「嘘がばれていなかったら、わたしに打ち明けていたかしら」答えはない。「ほら、あなたもわかっているんでしょう」

「あんたの知らないことがあるんだよ」

「そうかしら。ほんとはそうでもないのに、あると信じずにはいられないだけじゃないの？　違う？」

顔をそむけ、自分であけられるドアを抜けて、自分で鍵をかけた。ドア枠にへたへたと寄りかかり、なかを見まわした。すべてがみすぼらしく、なじみ深く、いまにも壊れそうだ。

どうして乗り越えていけばいいかわからない。ほんとうにわからなかった。

〈ベントレー〉が走りだしたあと、ゼックスはまっすぐレヴのオフィスに向かった。一度ノックして返事がなかったので、暗証番号を打ち込んでドアをあけた。

レヴはデスクに向かい、ノートパソコンになにかをタイプしていた。そばには新しい携帯電話、ビニール袋に入った大きな白い錠剤、そして〈M&M's〉の袋。

「王女が彼女に会いに来たって知ってたの」ゼックスは追及した。彼が答えないと見て毒づいた。「どうして黙ってたのよ」

レヴは黙ってキーボードを叩きつづける。かすかな音が図書館の押し殺した話し声のようだ。「関係のない話だからな」

「なにが関係ないもんか。あたし、もう少しであの彼女をぶん殴るところ――」

凄味を帯びた紫の目がぱっと画面からあがった。「エレーナに指一本でも触れてみ

「ろ——」

「なに言ってんのよ、たったいまこっぴどく振られたくせに。見てて楽しかったとでも思う？」

彼は指を突きつけてきた。「おまえには関係ない。彼女に指一本触れるんじゃないぞ、わかったか」

彼の目が脅すように閃光を放った。まるで尻から〈マグライト〉を突っ込まれてスイッチを入れられたようだ。しょうがない……どうやら彼女はいま、崖っぷちから虚空を見ているところらしい。これ以上突っ込んでいったら、パラシュートなしでスカイダイビングをやらかす破目になる。「彼女のほうから振らせたかったんでしょ。あらかじめ教えてくれてたら、ずいぶん違ったはずだって言いたいのよ、あたしは」

レヴはキーボードを叩きつづける。

「つまり、昨夜の電話はそれだったんだね」と水を向ける。「あんときわかったんでしょ、彼女のとこにあのくされ女がやって来たって」

「ああ」

「なんで黙ってたのよ」

答えが返ってこないうちにイヤホンから雑音がして、用心棒のひとりの声がした。

「デ・ラ・クルス刑事が会いに来てます」

ゼックスは手首をあげ、トランジスターに向かって言った。「あたしのオフィスに連れていって。すぐに行くから。女の子たちはＶＩＰエリアから外へ出しといて」

「警察か」レヴがタイプしながらぼそりと尋ねた。

「うん」

「グレイディをばらしたのはよかったな。女を殴るやつは我慢ならん」

「あたしにできることはない？」ゼックスは堅苦しい声で尋ねた。はねつけられているように感じる。レヴを助けたい、安心させたい、なんとか力になりたい。しかし、やるなら彼女なりの方法で役に立ちたいのだ。彼のためにバブルバスを用意したり、ココアを淹《い》れたりするのは性に合わない。レヴのためにあの王女を殺してやりたかった。

レヴはまた顔をあげた。「昨夜も言ったが、おまえに頼みたい女性がいる」

ゼックスは失望を隠すしかなかった。王女の暗殺を頼むつもりなら、意中の女性をここに引きずってくる理由がない。自分がどんな嘘をついていたかわざわざ暴露して、腐った肉のように彼を棄てさせるよう仕向けてなんになるだろう。

くそ、あのカノジョのことにちがいない。エレーナになにも起こらないよう気をつけてくれと頼むつもりなのだ。それにレヴのことだから、経済的にも支援しようというつもりなのだろう——服装は質素、宝飾品のたぐいはつけておらず、それに地に足のついた態度からして、あまり裕福な家の女性ではなさそうだし。

楽しいことになりそうだ。嫌っている男性からの金を受け取らせるのは、そりゃあ楽な仕事でしょうよ。

「なんでもするよ」ゼックスはぶっきらぼうに言って、オフィスを出た。

フロアを突っ切っていきながら、神経を逆なでするやつに出くわさないことを祈っていた。いまは店内に警察《バッジ》がいるのだからなおさらだ。

ようやく自分のオフィスにたどり着くと、むしゃくしゃした気分を抑えつけてドアをあけた。引きつった笑みを顔に貼りつかせ、「いらっしゃい、刑事さん」

デ・ラ・クルスはふり向いた。手に小さなツタの鉢植えを持っている。彼の手のひらに入るほどの大きさだった。「プレゼントを持ってきましたよ」

「言ったでしょう、あたしは生きものの世話は苦手なんですよ」

刑事は鉢をデスクに置いた。「ちょっとずつ練習してみてもいいんじゃないですか」

自分の椅子に腰をおろし、ゼックスはそのか弱げな生きものを見つめた。パニックが募ってくる。「でもそれは——」

「わたしは市の職員だから、ひとにものをあげてはいけないと言われる前に」――と、ポケットからレシートを取り出して――「これは三ドルもしないんですよ。〈スターバックス〉のコーヒーより安いんです」

小さな白い紙片を暗緑色のプラスティック鉢のとなりに置いた。ゼックスは咳払いをした。「その、この部屋の内装を気にかけてくださるのはありがたいんですけど――」

「家具や備品の好みとは関係ないでしょう」彼は笑顔で腰をおろした。「わたしが訪ねてきたのはなぜだと思います？」

「クリッシー・アンドルーズを殺した犯人が見つかったんですか」

「ええ、見つかりました。品のない言葉を使って申し訳ないんですが、クリッシーの墓石の前で、ペニスを口に突っ込まれてました」

「うわ、それはひどい」

「昨夜はどこにおられました？　それとも先に弁護士を呼びますか」

「なんで弁護士が必要なんですか。隠すことなんかなんにもありません。昨夜はずっとここにいました。用心棒のだれにでも訊いてみてください」

「ずっとですか」

「ええ」

「犯罪現場の周囲には足跡が残ってましてね。小さめの、コンバットブーツふうの跡が」と、彼は床を見おろした。「いまあなたが履いとられるような」

「あの墓には行きましたよ。当然でしょう。友人のお墓参りですもん」両足をあげて、靴底を刑事に見せてやる。前夜履いていたのとは、デザインもメーカーも違うのは承知のうえだ。ついでにサイズも違う。全面に中敷きを入れて、二十七センチのふつう幅でなく、二十八センチの幅広にしてあるのだ。

「ふうむ」しげしげ眺めたのち、デ・ラ・クルスは椅子の背もたれに寄りかかり、両手の指先を合わせ、椅子のステンレスの肘掛けに肘をのせた。「率直に言わせてもらっていいですか」

「どうぞ」

「あなたがやったんだと思うんですがね」

「そうですか」

「ええ。あれは凶悪な犯行で、どこからどう見ても報復が目的です。つまり、検死官が言うには、わたしも同意見ですが、グレイディはまだ生きているうちに……その、つまり、切り刻まれたんです。それも力任せに叩き切ってるわけじゃない。ひじょうに手際よく手足の自由を奪われていってるんです。犯人は殺しの訓練を受けていたようで」

「このあたりは荒っぽいところですからね。クリッシーには荒っぽい友人がおおぜいいたし。そのうちのだれだって、やろうと思えばやれますよ」

「葬儀に来てたのはほとんど女性でしたが」

「女にはできないっていうんですか。刑事さん、意外に性差別主義者なんですね」

「とんでもない、女性に人殺しができるのはわかってますよ。それに……あなたはそういうことのできる女性のように見えますしね」

「わたしのプロファイリングですか。黒のレザーを着てクラブの警備の仕事をしてるから？」

「違います。クリッシーの身元確認をしたとき、いっしょだったからです。遺体を見る目つきから、あなたが犯人だと思うんです。あなたには復讐する動機があり、しかもその機会もあった。この店を一時間ほど抜け出して殺害を実行し、また戻ってくることはだれにでもできたはずだ」刑事は立ちあがり、ドアに向かった。ノブをつかんだところで立ち止まる。「よい弁護士を見つけることですね。必要になりますから」

「見当違いですよ、刑事さん」

彼はゆっくり首をふった。「そうは思いませんね。死体が見つかったと言って話を聞きに行くでしょう、するとたいていの人は、ほんとうかどうかはともかく、自分はやってないと言うもんです。ところがあなたは、それに近いことすらなにひとつ言ってない」

「弁解する必要を感じてないからかもしれないでしょう」

「あるいは、少しも後ろめたいと思ってないからかもしれませんね。グレイディは若い女を殴り殺すような人間のくずだし、ほかのだれより、あなたにとってそれは赦しがたい罪でしょうから」ノブをまわすデ・ラ・クルスは、悲しげでもあり疲れ果てているようでもあった。「どうして警察につかまえさせてくれなかったんです。つかまえて、ぶち込めたはずだ。任せてくれればよかったのに」

「鉢植えをありがとう、刑事さん」

彼はうなずいた。試合の規則がいま決められ、競技場について合意がなされたかのように。「弁護士を見つけなさい。早いうちに」

ドアが閉じると、ゼックスは椅子の背もたれに身を預け、ツタを眺めた。きれいな緑色だ。葉っぱの形も気に入った。尖っていて左右対称で目に快い。細いツルがかわいい模様を描いている。

自分に世話をさせたら、このかわいそうな罪もない生きものをすぐに死なせてしまうのはまちがいないと思う。

ドアにノックの音がして、彼女は目をあげた。「どうぞ」

マリー＝テレーズが入ってきた。〈カルヴァン・クライン〉の〈ユーフォリア〉の香りをさせ、ゆったりしたブルージーンズに白いTシャツという格好だ。まだ勤務時間になっていないのだろう。「いま女の子をふたり面接したの」

「どっちか気に入った？」

「ひとりはなにか隠してるわね、なんだかわからないけど。もうひとりはいいみたい、ただおっぱいがね、どこで手術したんだか」

「ドクター・マリクに直してもらう？」

「それがいいと思うわ。きれいな子だから手術代ぐらいすぐよ。会ってみる？」

「うん、ただ、いまはちょっとね。明日の夜はどう」

「ここに来させるわ、時間を指定してくれれば――」

「ひとつ頼みがあるんだけど」

マリー＝テレーズはためらいもせずうなずいた。「なんでも言って」

ゼックスはいったん口ごもった。ジョンとジーナのトイレでの一戦のことがのどもとまで出かかったが、なにを尋ねることがあるだろう。この店ではありふれた、ただの商取引にすぎないのに。

「あの子にジーナを勧めたのはあたしよ」マリー＝テレーズがぽつりと言った。

ゼックスははっと目をあげた。「あの子って？」

「ジョン・マシューよ。ジーナがいいって勧めたの。そのほうが気が楽だろうと思って」

ゼックスは、デスクに置いた『ＣＣＪ』をいじった。「なんの話かわからないんだけど」

マリー＝テレーズの顔には（そうでしょうとも）と大きく書いてあったが、さすがと言うべきか、その話をさらに続けようとはしなかった。「明日の夜の何時がいい？」

「なにが」

「新しい女の子に会うの」

ああ、そうか。「十時でどう」

「わかった」マリー＝テレーズはこちらに背を向けて出ていこうとする。

「ねえ、ちょっと頼まれてよ」またこちらに向きなおった彼女に、ゼックスはツタの小さな鉢植えを差し出した。「これ、もらってくれない？　それでその、なんて言うか……世話してやってよ」

マリー＝テレーズは鉢植えを見、肩をすくめ、近づいてきて受け取った。「植物は好きだから」

「てことは、そいつはいま宝くじに当たったたってことだね。あたしは好きじゃないからさ」

56

リヴェンジはノートパソコンのコントロールキーとPを押し、身体を起こした。プリンターから紙が一枚一枚吐き出されてくる。これを最後に機械が唸りと吐息を漏らすと、彼は紙の束を取り出し、それぞれ分けて、一枚ずつ右上隅にイニシャルを入れてから、三度署名した。同じサイン、同じ文字、同じ曲線的な筆跡。

証人に呼んだのはゼックスではない。またトレズにも頼まなかった。やって来たのはアイアムだ。遺言書の証人となり、不動産と信託財産の譲渡の真正性を認証するため、ムーア人は人間相手のさいに使う偽名をしかるべき箇所に書き込んだ。それがすむと、〈古語〉で書かれた一通の手紙に本名で署名し、また血統も書き添えた。

こうしてすべて片づいたところで、レヴは必要書類をすべて黒い〈ルイ・ヴィトン・エピ〉のブリーフケースに入れてアイアムに渡した。「三十分以内にあいつを外へ出してくれ。必要ならぶん殴って気絶させてでも連れて出るんだ。おまえの兄弟もいっしょに。それからスタッフ全員それまでに確実に帰らせてくれ」

アイアムはなにも言わず、腰のくびれに差してあったナイフを取り出し、自分の手のひらを切り裂いた。その手をノートパソコンのうえに差し伸べ、キーボードに青く濃い血を滴らせる。レヴの期待どおりの頼れる男らしく、そのあいだ眉ひとつ動かさず、まばたきひとつしなかった。

だからこそ、この荒っぽい処置のためにずっと前に彼を選んでおいたのだ。

立ちあがるさい、レヴはごくりとつばを吞まずにいられなかった。差し伸べられたアイアムの手を握り、血の誓いを結んだ。やがて身体と身体が触れあったかと思うと、ふたりは固い抱擁を交わしていた。

アイアムは〈古語〉でささやくように言った。「**わたしはあなたを深く知った。わが血肉を愛するように愛した。終生あなたを敬うだろう**」

「あいつに気をつけてやってくれよ、な？　しばらくは荒れるだろうから」

「トレズもおれも、やるべきことはやる」

「あいつはなにも悪くないんだ。ことの始まりにも結末にもなんの責任もない。だからゼックスにそう信じさせてやってくれ」

「わかってる」

いざ別れる段になると、この古い友の肩を放すのがつらかった。なんと言っても、別れを言える相手はアイアムひとりなのだ。ゼックスとトレズは、彼がしようとすることに反対し、ほかの結論をなんとかひねり出そうとして、べつの手段をとるよう議論をふっかけてくるだろう。アイアムはかれらよりずっと運命論者だ。またずっと現実的でもある。ほかに手段などないのだ。

「じゃあ」レヴはかすれた声で言った。

アイアムは血まみれの手のひらを自分の心臓に当て、腰をふたつに折って一礼すると、ふり向きもせずに出ていった。

レヴは震える手で袖口を押しあげ、腕時計で時刻を確かめた。いま四時だから閉店の時刻だ。清掃人が来るのは午前五時ちょうど。つまり全員が出ていったあと、三十分ほどは余裕がある。

電話を取りあげ、寝室に向かい、たびたびかけた番号に電話をした。

ドアに鍵をかけたとき、妹の温かい声が回線の向こうから聞こえてくる。「あら、兄さん」

「やあ」ベッドに腰をおろした。なんと言ってよいかわからない。

電話の向こうでナーラが不機嫌そうに小さくぐずっている。レヴは心が静まってきた。ふたりいっしょの姿が目に浮かぶ。幼い姪が妹の肩に頭をのせている。未来の詰まった華奢な包みが、サテンのリボンで縁どられた柔らかい毛布にくるまれている。

幼子は、死すべき者に許された唯一の永遠だ。そうではないか。

彼は子を持つことはないだろうが。

「兄さん、どうしたの。なにかあったの？」

「なんでもない。電話したのは……ただ……」さよならを言いたかったからだ。「愛してると言いたくなってな」

「やさしいのね。こんなに寄る辺ないなんてね、〝マーメン〟がいないと」

「ああ、そうだな」ぎゅっと目をつぶると、それが合図だったかのように、ナーラが本格的に泣きだした。電話からびりびりと雑音が伝わってくる。

「ごめんなさいね、うちの泣き袋ちゃんが」ベラは言った。「抱いて歩きまわってないと眠らないのよ。そろそろ脚ががくがくしてきちゃったわ」

「そう言えば……わたしが歌って聞かせてた子守歌を憶えてるか。おまえがまだ小さかったころ」

「ああ、あの四季の歌？　憶えてるわよ！　もう何年も思い出したことなかったけど……眠れないときによく歌ってもらったわ、だいぶ大きくなってからも」

そうだった、とレヴは思った。季節としての四季と人生の四季についての〈古伝〉からじかにとった歌で、眠れぬ夜々をそうやって乗り越えてきたのだ——兄は歌い、妹は聞いて。

「どんな歌だったかしら」ベラが言った。「えーと、出だしは——」

レヴは歌いだした。最初はおっかなびっくりで、錆びついた記憶に引っかかって歌詞が出てこなかったり、音程があやしかったりした。もともと彼の声はこの歌には低すぎるのだ。

「ああ……そうだったわ」ベラがささやく。「ちょっと待ってて、スピーカーホンに切り換えるから……」

ピーと音がして、反響音が聞こえだした。歌いつづけると、ナーラの泣き声がやみ、古い歌詞のやさしい雨に、燃えあがった炎が消えていく。

春は新緑のマント……夏は咲き誇る花々のベール……秋の涼しい織物……冬の冷たい毛布……季節は大地に訪れ、生きとし生けるものに訪れる。春の盛りを目指し、勝利の果実を手にし、その後に続く頂点からの転落、そして〈冥界《フェード》〉の柔らかく白い光に着地して終わる。

彼は子守歌を二回通して歌った。歌詞を紡ぐ旅は二回めが最高のできだった。二回めを歌い終えたところでやめにした。三回めはもっとうまく歌えるかどうかわからないから、最後を汚したくなかったのだ。

ベラの声は涙に震えていた。「すごい。眠ってくれたわ」

「よかったらおまえも歌ってやるといい」

「ええ、きっとそうするわ。思い出させてくれてありがとう。どうしていままでやってみようと思いつかなかったのかしら」

「たぶん、そのうち思いついていたんじゃないか」

「ありがとう、兄さん」

「ゆっくりおやすみ、妹よ」

「明日また電話するわね。なんだか声が変よ」

「愛してるよ」

「え……わたしも愛してるわ。明日電話するわね」

間があった。「大事にするんだぞ。自分のことも、ちびさんのことも、〝ヘルレン〟のこともな」

「ええ、兄さん。おやすみなさい」

レヴは通話を切り、手に電話を持ったまま腰をおろした。画面を暗くしたくなくて、シフトキーを二、三分おきに押した。

エレーナに電話できないのがつらかった。テキストを送りたい。手を伸ばしたい。

しかし、彼女は彼女のいるべき場所にいる。悲しませるよりは、憎まれるほうがいい。

四時半、アイアムから待っていたテキストが来た。ごく短いテキストが。

撤退完了。

レヴはベッドから立ちあがった。ドーパミンの効きめは薄れつつあったが、まだ完全に消えてはおらず、杖がないとぐらついた。バランスを取りなおし、安定したと得心が行ったところで、セーブルのコートとジャケットを脱ぎ、武器もはずしていく。

いつも脇に隠し持っている銃を、ベッドのうえにそのまま置いた。

腰をあげる時が来た。このレンガ造りの建物を購入し、礎石から屋根のてっぺんまで改修工事をしたあとに組み込んだ、あのシステムを使う時が来たのだ。

この店は全体に、周到に準備が整えてある。といってもドルビーシステムとかそういう話ではない。

寝室を出てオフィスに戻り、デスクの席に座って、右最下段の引出しの鍵をあけた。なかの黒い箱は、せいぜいテレビのリモコン程度の大きさだ。これがなんなのか、なんのためにあるのか、知っているのは彼を除けばアイアムだけだ。また、これも知っているのはアイアムだけだが、レヴのベッドの下には骨が隠してある。人間の男性の骨だ——だいたいレヴと同じぐらいの体格の。そしてやはり、それを調達してきたのもアイアムだった。

レヴはその黒いリモコンをとって立ちあがり、これを最後に室内を見まわした。デスクには書類がきちんと積まれている。現金は金庫に、ドラッグはラリーの調製室に収まっている。

オフィスを出た。営業は終わっているから、いま店内は明るく照らされている。VIPエリアは全体に前夜の残骸に覆われていて、まるで仕事をしすぎた売春婦のようだ。光沢のある黒い床には足跡がつき、テーブルには円く水の跡が残り、バンケット席のあちこちに丸まったナプキンが落ちている。客が帰るごとにウェイトレスが掃除はするが、しょせん暗がりで人間の目に見えるところをきれいにするだけだ。

その向こうに目をやると、ウォーターカーテンが止まっているせいで、一般客用の区画がよく見えた。こちらも惨憺たるありさまだ。ダンスフロアは傷だらけだった。カクテルスティックや棒つきキャンデーの包み紙が散乱しているし、一角には女性の下着まで落ちている。天井を見あげれば、レーザーライト用の桁とワイヤのなす網目とランプカップが剝き出しになっているし、音楽が止まっているいま、巨大なスピーカーは洞穴で冬眠している黒い熊のようだ。

この状態で見ると、店は正体のばれた『オズの魔法使い』だった。ここで夜ごとにおこなわれる魔法、沸き立つ興奮は、実際にはみな電子工学と酒と化学物質の組み合わせであり、正面玄関から入ってくる客のために用意された幻想、日々の生活ではなれないものになれるという夢でしかない。強くあろうと駆り立てられるのは弱いと感じるから、セクシーであろうとするのは醜いと思っているから、上品でリッチだと演じるのはそうでないから、若くあろうとするのは加速をつけて中年が近づいてくるからだろう。別れの痛みを焼き尽くしたいのかもしれないし、棄てられたことに復讐したいとか、必死で連れあいを求めているのに求めていないふりをしたいとか、そういうことかもしれない。

もちろん客は「楽しみ」を求めてやって来るのだが、明るく光り輝く表面の下に、黒くどろどろしたものが渦巻いているのはまちがいないと思う。

いまの店の姿は、まさしく彼の人生のメタファーにほかならない。彼は魔法使いとして、周囲のひとびとを長年だましてきた。薬物と嘘とごまかしの組み合わせで、正常者に紛れ込んで生きてきた。

だが、そんな時期はもう終わったのだ。

最後にもういちど店内を見まわし、レヴは正面の両開きドアから外へ出た。黒地に黒の〈ゼロサム〉の看板はスポットライトが消えていて、今夜は閉店と告げている。いや、「今夜は」はよけいだったか。

左右に目を配る。通りはがらんとしていた。車も歩行者も見えない。歩いていって、VIPエリアに通じる通用口の前の裏通りをのぞき、次に急いで反対側の裏通りをのぞく。ホームレスはいないし、ぐずぐず居残っている者の姿もない。寒風のなかに立ち、レヴはしばし店周辺の建物に感覚の触手を伸ばし、なかにだれもいないか確かめた。人間の存在を示す感情の格子はどこにも感じられない。撤退完了はだてではなかった。

よしとばかりに通りを歩いて渡り、二ブロック先まで進んだところで立ち止まり、リモコンの覆いをスライドしておろし、八桁の暗証番号を入力した。

十……九……八……

焼け跡からは、粉々になった骨が見つかるだろう。ほんの一瞬、あれはだれの骨だったのかと思った。アイアムは言わなかったし、彼は尋ねなかった。

七……六……五……

ベラは大丈夫だ。ザディストがついているし、ナーラも〈兄弟〉たちもその〝シェラン〟たちもいる。手ひどいショックを受けるだろうが、乗り越えられないことはあるまい。真実を知って破滅するよりはましだ。これで知らずにすむのだ――母が強姦《ごうかん》されたことも、兄が半分罪業喰らい《シン・イーター》だということも。

四……

ゼックスがコロニーに寄りつくことはないだろう。アイアムが気をつけてくれるはずだ。というのも、彼女が前夜に立てた誓いを破れないようにしておいたからだ。ある女性の面倒を見るとゼックスは約束した。レヴが〈古語〉で書いて、アイアムがその証人となった手紙で、面倒を見るように彼が指定した相手はゼックス自身だったのだ。そう、一杯食わせたわけだ。ゼックスはまずまちがいなく、王女を殺せと言われると思い込んでいたにちがいない。ひょっとしたら、エレーナを守るという話だと思っているかもしれない。だが彼は〝シンパス〟だ。そしてゼックスは、内容を確認もせずに言質を与えるという失策を犯したのだ。

三……

店の屋根の輪郭を目でたどり、瓦礫《がれき》はどんなふうだろうと想像した。店の周辺のことだけではなく、北へ向かったあと、彼はひとびとの生にどんな残骸を残していくことになるのかと。

心臓が耐えがたいほど痛んだ。エレーナを悼むゆえなのはわかっている。厳密に言えば死ぬのは彼のほうなのだが。

二……

一……

大ダンスフロアの地下で爆発が起こり、それに誘発されてほかのふたつの爆弾も破裂した。ひとつはＶＩＰエリアのバーカウンターの下、もうひとつは中二階のバルコニーだ。耳を聾する轟音と足をすくわれそうな震動とともに、店はその基部から激しく揺さぶられ、レンガが吹っ飛び、気化したセメントが爆発的に噴きあがる。

リヴェンジは後ろへよろめき、タトゥーパーラー正面のガラス壁に倒れ込んだ。呼吸を整えているうちに、細かい埃《ほこり》のもやが雪のようにひらひらと舞い降りてくる。

ローマは倒れた。されど去りがたい。

五分と経たずに最初のサイレンが鳴りはじめた。待っていると、赤い回転灯のしぶきが〈トレード通り〉をまっしぐらに突っ走ってくる。

それを見届けたのち、彼は目は閉じ、心を静め……非実体化して北に向かった。

コロニーへ。

57

「エレーナ？」ルーシーの声が階段のうえから降ってくる。「わたし、そろそろ帰るけど」

エレーナはわれに返り、ノートパソコンの画面下隅の時刻に目をやった。四時半？もう？　なんてこと、まるで……考えてみると、この間に合わせのデスクの前に何時間、いや何日座っていたのかすらよくわからない。そのあいだずっと、『ＣＣＪ』の求人広告サイトを開いてはいたが、やっていたのはマウスパッドに人さし指で丸を描くことだけだった。

「いま行くわ」立ちあがって伸びをし、階段に向かった。「ありがとう、お父さまの食事の後片付けをしてくださって」

ルーシーの頭が階段のうえに現われた。「いいのよ。それとね、あなたに会いたいって人が来ているわよ」

心臓が胸のなかで裏返った。「だれ？」

「男のひとよ。入ってもらったわ」

「ああ、もう」と声を殺してつぶやいた。地下から階段を駆けあがりながら、少なくとも父は食事のあとぐっすり眠っていてよかった、と思った。いまは、家に他人が入ってきたと動転する父をなだめる気力はない。

キッチンに入りながら、レヴだろうとトレズだろうとだれだろうと、帰ってくれと言うつもりで――

安物のテーブルのそばに立っていたのは、いかにも高価そうな服を着たブロンドの男性だった。手には黒のブリーフケースを持っている。そばにはルーシーが立っていて、ウールのコートを着ながら、パッチワークのかばんに荷物を詰めて帰宅の用意をしている。

「どういうご用件でしょう」エレーナは眉をひそめて言った。

男性は、古風に手のひらを胸に当て、軽く会釈をした。その口から出た声は意外なほど低く、またとても洗練されていた。「アイスの実子アラインにお目にかかりたいのですが。お嬢さままでいらっしゃいますか」

「そうです」

「お父さまにお目にかかれますか」

「いま休んでおります。それで、どういうご用件でしょう。あなたはどなた？」

男性はちらとルーシーに目をやり、胸ポケットに手を入れて〈古語〉で書かれた身分証を取り出した。「わたしはタイムの子サクストンと申します。弁護士として、レームの子モントラグの財産管理を担当しております。モントラグは先ごろ〈冥界〉《フェード》に旅立たれましたが、直系相続人がなかったため血統を調査しましたところ、お父さまが最近親者で、したがって唯一の相続人でいらっしゃるとわかりまして」

エレーナの眉が飛びあがった。「なんですって」弁護士がいまの言葉をくりかえして聞かせても、まだその意味がよく呑み込めなかった。「わたし……その……ええっ？」

弁護士が再度メッセージを伝えようと話しているあいだ、彼女の頭は上を下への大騒ぎをして、なんとか点と点を結ぼうとしていた。レームという名前には、たしかに聞き憶えがあった。父の事業の記録で見たのだ……それに原稿にも出てきた。いい人とは言えない。いい人どころか。息子がいたのもなんとなく憶えてはいたが、とくに具体的な思い出はない。ただ〝グライメラ〟のデビュタントのパーティで、ちゃんとした女性として扱われていた日々の残滓《ざんし》にすぎない。

「ごめんなさい」彼女はつぶやいた。「でも、あんまり思いがけなかったので」

「無理もありません。それで、お父さまとお話しさせていただけますか」

「父は……その、お目にかかれないんです。具合が悪くて。わたしが後見人を務めております」咳払いをした。「〈古法〉にのっとり、父に無能力者の宣言をさせるしかなかったんです……その、精神的な問題で」

タイムの子サクストンは軽く会釈した。「それはお気の毒です。では、おふたかたの血統証明書をご提示いただくことは可能でしょうか。それと、その無能力者の宣言書を」

「地下にあります」と言って、ルーシーに目をやった。「もう帰らなくちゃいけないんじゃなかった?」

ルーシーはサクストンに目をやり、エレーナと同じ結論に達したようだ。この男性はどこから見てもまともだ。スーツもコートも、手に持ったブリーフケースも、すべてが弁護士ですと声高に語っている。それに身分証明書も本物だった。

「残っててもいいけど。そのほうがよければ」ルーシーは言った。

「いいえ、大丈夫。それにそろそろ夜が明けるし」

「そうね、それじゃ」

　エレーナはルーシーを送り出し、それからまた弁護士のそばへ戻ってきた。「少しお待ちいただけます？」

「どうぞごゆっくり」

「その……その、飲物でもいかが？　コーヒーとか」要らないと言ってくれればいいが。出すとしたらせいぜいマグカップだが、この男性はどう見ても、〈リモージュ〉のティーカップのほうが使い慣れている人種だ。

「いえ、けっこうです。お気づかいいただいて」と笑みを浮かべたが、そこには性的な下心はかけらも見えなかった。それを言うなら、こういう男性は貴族の女性以外は眼中にないのだろう。経済状態がこうでなければ、彼女もそのひとりだったかもしれないが。

　経済状態……だけではないけれど。

「すぐに戻ってきます。どうぞおかけになって」もっとも、この薄汚れた小さな椅子に座ろうとしたら、びしっとプレスされたスラックスが反乱を起こしかねないが。

　地下の自室に降り、ベッドの下から鍵つきの箱を引っ張り出した。それを上階に運びながら、頭のなかは真っ白だった。すっかり疲れきっていたのだ――この数日、あまりに多くのことがありすぎて、まるで炎に包まれた飛行機が次々に空から落ちてくるようだった。そこへ持ってきて、今度は弁護士が現われて相続人探しをしているとは、まるで……まったくやれやれだ。ともかく、これっぽっちも期待する気にはなれなかった。ここのところの成り行きからして、この「降って湧いた幸運」もほかのあれこれと同じことになるだろう。

つまり完全なはずれということだ。

上階に戻ると、鍵つきの箱をテーブルに置いた。「みんなこれに入れてあるんです」

彼女が腰をおろすとサクストンもそれにならい、ブリーフケースをしみだらけの床に置き、灰色の目を箱にひたと当てた。エレーナは組み合わせ錠の数字を合わせ、重い蓋を開いて、クリーム色のビジネスサイズ（だいたい二十四センチ×十センチ半）の封筒、それから羊皮紙の巻物を三巻取り出した。それぞれサテンのリボンが内側から垂れ下がっている。

「これが無能力者の書類です」と、封筒をあけて書類を取り出す。

サクストンがその書類を調べてうなずくのを見て、エレーナは父の血統証明書を開いた。流麗な黒インクの文字で家系図が書かれている。下端には黄色と淡青色と深紅のリボンが黒い蠟で留めてあり、その蠟には父の父の父の紋章が捺されていた。

サクストンはブリーフケースをあけ、宝石用拡大鏡のセットを取り出した。重そうなそれを顔に装着し、羊皮紙を隅から隅まで調べはじめる。

「本物ですね」と審判を下す。「ほかのふたつは？」

「母とわたしのです」そう言ってひとつひとつ開くと、彼はまた同じ検査に取りかかった。

それがすむと、サクストンは上体を起こし、拡大鏡をはずした。「先ほどの無能力者の書類をもういちど見せていただけますか」

言われたとおり手渡した。読み進むにつれ、完璧なアーチを描く眉と眉がしだいに寄せられていく。「失礼とは思いますが、お父さまの医学的な状態を具体的にお教えいただけませんか」

「統合失調症なんです。じつを言うとかなり悪くて、一日二十四時間の介護が必要な状態で」

サクストンの目がゆっくりキッチンを移動していく。床のしみ、窓を覆うアルミホイル、いまにも壊れそうな電化製品。「あなたは職をお持ちなんですか」

エレーナは顔をこわばらせた。「なんの関係があるんでしょうか」

「失礼しました。おっしゃるとおりです。ただ……」とまたブリーフケースを開き、五十枚はありそうな書類の束と、精算表を一枚取り出した。「あなたとあなたのお父さまがモントラグの近親者であると認証されれば──この家系図に基づいて、わたしはそうするつもりでおりますが、そうなれば、もう二度と金銭的な心配をなさる必要はなくなりますよ」

その書類と法定サイズ（二十二×三十六センチ）の精算表をエレーナのほうに向けると、胸ポケットから金色のペンを取り出した。「純資産は相当な額になります」

ペン先で、サクストンは精算表の右下隅の総計額を指した。

エレーナはその数字に目をやった。まばたきした。

それからテーブル越しに身を乗り出し、十センチと離れていないところから、そのペン先と表と……数字をまじまじと見つめた。

「それは……これは何桁の数字ですの」とささやくように言った。

「小数点以上でしたら八桁になりますね」

「最初の数字は三かしら」

「そうです。このほかに不動産もあります。コネティカット州に。証明書の作成が終われば、いつでもお好きなときに引っ越せますよ。書類は本日中に作成できますから、ただちに提出して王のご裁可をいただきます」彼はまた上体を起こした。「法的には、この金融資産も不動産も故人の遺品も――美術品や骨董《こっとう》品や車などですが、これはすべて、〈冥界《フェード》〉に渡られるまではお父さまのものになります。ただ、この後見人の文書がありますから、実際にはあなたがお父さまに代わって管理なさるわけです。あなたは、お父さまの遺言上の相続人でいらっしゃるんですよね？」

「え……ごめんなさい、遺言上の、ってどういう意味かしら」

サクストンはやさしい笑みを浮かべた。「お父さまは遺言書を書いていらっしゃいますか。それにあなたのお名前は入っていますか」

「いえ……書いてません。いまはもう財産なんかありませんし」

「ごきょうだいは？」

「おりません。わたしだけです。母が亡くなってからは父とふたりきりで」

「それでは、あなたが不利益をこうむらないように、お父さまの遺言書をお作りいたしましょうか。かりにお父さまが遺言を残さずに亡くなられたとしても、財産はすべてあなたがご相続なさるわけですが、遺言書を作成しておけば、どんな事務弁護士が担当するにしてもずっと処理は簡単になります。財産の譲渡に王の署名が必要なくなりますから」

「それはぜひ……いえ待って、でもずいぶん費用がかかるんでしょう？　うちにそんなお金は――」

「ご心配なく」と、サクストンはまたペンで精算表をつついた。「じゅうぶんにお持ちですよ」

視力を失って長く暗い数時間が過ぎたあと、ラスは階段から落ちた——終餐《ラストミール》のために食堂に集まっていた全員の目の前で。まるでバナナの皮で滑ったみたいに、ごろごろと玄関広間のモザイクの床まで転げ落ちたのだ。

せめて全身血まみれになっていれば、まだ多少は体裁もよかっただろうに。

いや……待て。邪魔くさい髪をかきあげようとしたとき、顔に触れた手が濡れた。といってもよだれを垂らしているわけではない。

「ラス！」

「大丈夫——」

「いったいなんで——」

「なんてこった——」

何人もの集団のなかで、真っ先に駆けつけてきたのはベスだった。両肩に彼女の両手がかかるあいだも、ラスは鼻から熱い血を滴らせていた。

闇を突き抜けて、ほかの手も伸びてきた。兄弟たちの手、この館に住む〝シェラン〟たちの手。やさしく、心づかいと同情に満ちた手ばかりだ。

怒りの拳骨をふりまわし、彼はそのすべてを払いのけ、自力で立ちあがろうとした。しかし、どちらがどちらともつかず、ブーツを階段の最下段に置いてしまい——派手にバランスを崩す破目になった。ぱっと手すりをつかんでどうにか引っくり返るのは阻止し、そろそろとあとじさりをした。とはいうものの、正面玄関のほうに向かっているのか、それともビリヤード室か図書室か食堂かも判然としない。よく知っている場所なのに、右も左もわからなくなっていた。

「大丈夫だ」彼は怒鳴った。「心配要らん」

周囲の全員が黙り込んだ。盲目になったといっても、命令に慣れた声はその威厳を失っておらず、王としての権威に争う余地はない。たとえなにひとつ見えないとしても——

背中が壁にぶつかり、頭上のクリスタルの燭台《しょくだい》飾りが揺れて涼しい音を立てた。完全な沈黙のなか、そのかすかな音が高く響く。

くそ……なんてことだ。これではやっていけない。あちこちにぶつかり、ものを壊してまわり、しじゅう引っくり返って。しかし、それ以外の道はなさそうだった。

光を失ってからずっと、そのうち目がまた働きだすのではないかと待ちつづけていた。しかし、時が経つにつれ、そしてハヴァーズから確たる回答はなく、ドク・ジェインも答えをはぐらかしているし、心ではわかっていたことが徐々に頭にも入り込んできた。気がつけば落ち込んでいたこの暗闇、これこそが彼の新たな大地なのだ。これからはこの大地を歩いていかなくてはならないのだ。

歩くというより、この場合は引っくり返ってまわるというべきか。

頭上の燭台飾りの揺れが収まったときには、全身の細胞が悲鳴をあげていた。だれにも触れられたくない。ベスにもだ。話しかけられるのも、なにもかも大丈夫だと言われるのも我慢ならない。

もう二度と、なにもかも大丈夫になることはない。二度と視力は戻らないのだ。医師にどんな治療をされようと、何度身を養おうと、どんなに休養をとり、どんなに健康に気を遣っても、その事実は動かない。だいたい驚くようなことか。なにを幻視したかVに告げられる以前から、いつかこの日が来るのはわかっていたではないか。数百年前から、目は徐々に悪くなってきていた。時とともに少しずつ視力が落ちてきていたのだ。それに何年も前から頭痛がしはじめていたし、一年前からはそれが悪化するいっぽうだった。

わかっていたのだ、いつかこうなることは。最初からわかっていて、見ないふりをしていた。しかし、現実はずっとそこに控えていたのだ。

「ラス」沈黙を破ったのはメアリ、レイジの〝シェラン〟だった。その静かで落ち着いた声には、絶望も狼狽《ろうばい》もまったく感じられなかった。内心の混乱とは対照的だったせいで、ラスはその声のほうに顔を向けた。もっとも、声が出せなくて返事はできなかったが。「ラス、左手を前に出してみて。そしたら図書室のドア枠があるわ。そこまで行ったら、四歩後ろにさがって図書室に入って。そこで話しましょう、ベスもいっしょに来るわ」

その言葉は穏やかで理性的で、行く手を示す地図のようだった。とげだらけの密林で道に迷った旅人さながら、彼はしがみつくようにその指示にしたがった。手を伸ばす……と、たしかにでこぼこの模様に触れた。ドア枠周囲の刳形《くりがた》だ。すり足でそちらに移動し、ドア枠を両手でつかんで確認してから、四歩さがってなかに入った。

静かな足音。ふたりぶんの。図書室のドアが閉じる。

かすかな呼吸の音で、ふたりの女性がどこにいるか感じられた。ふたりとも必要以上に身を寄せてこようとせず、それがありがたかった。

「ラス、一時的にでも対処が必要だと思うの」メアリの声が右側から聞こえた。「あなたの視力がすぐに戻らなかった場合に備えて」

うまくオブラートに包んだな、と彼は思った。

「対処というと」つぶやくように言った。

今度はベスが口を開き、どうやら前もってふたりで話しあっていたらしいと知れた。

「バランスをとれるように杖を使うの。書斎の家具やなんかには柔らかい当てものをして、そうすれば仕事に戻れるわ」

「ほかにもいろいろ対策はあると思うし」メアリが付け加える。

ふたりの言葉が頭にしみ込んでくるいっぽう、耳のなかでは心拍の音が轟《とどろ》き、彼はそれをできるだけ聞くまいとした。むだな努力だ。全身から冷汗が噴き出し、鼻の下や腋の下に溜まっていく。これは恐怖のせいだろうか、それとも女性ふたりの前で泣きだすのをこらえているせいだろうか。

たぶん両方だろう。問題は目が見えないことより――もちろんそれもつらいが、なにより耐えがたいのはこの閉所恐怖だ。視覚の助けを失ったいま、皮膚の内側というこの狭く窮屈な空間に閉じ込められている。身体のうちにとらわれて出口がない――そしてそういうのが彼はひどく苦手なのだ。幼いころ、父に狭苦しい場所に閉じ込められたことを生々しく思い出してしまう……閉じ込められたまま、両親が〝レッサー〟に殺されるのを見ていた、あのときのことを……

その胸をえぐる記憶に膝が崩れ、バランスを失って身体がかしぎ、また倒れそうになる。ベスがその彼を支え、ゆっくり導いてくれて、おかげで尻もちをついたのはソファのうえだった。

　呼吸を整えようとしながら、彼女の手を強く握っていた。その手の感触がなかったら、だらしない弱虫のように泣き崩れていただろう。

　もうおしまいだ……もうおしまいだ……もう――

「ラス」メアリが口を開く。「仕事に戻れば慣れてくるし、それまではいろいろ対策をとることもできるわ。安心して動けるように打てる手はあるし、環境にまた慣れることができるように……」

　彼女は話しつづけたが、彼はもう聞いていなかった。考えられるのはただひとつ、二度と戦えないということだけだ。もう館のなかを気楽に動きまわることはできない。ぼんやりと気づくことすらできなくなるのだ、皿のうえになにがあり、テーブルにだれが着いているか、ベスがなにを着ているか。どうやってひげを剃《そ》ればいいのか、クロゼットで着る服を探せばいいのか、シャンプーや石けんを見つければいいのか。またどうやってトレーニングをすればいいのだろう。欲しいウェイトを見つけることもできないし、トレッドミルを動かすことも……ちくしょう、ランニングシューズの紐を結ぶことすら――

「もう死んだも同然だ」彼は声を詰まらせた。「これからずっとこうなら……いままでのおれはもう……死んだんだ」

メアリの声が真正面から聞こえた。「ラス、あなたとまったく同じ状況に陥って、それを乗り越えていく人をわたしは前にも見たことがあるわ。わたしの見てきた自閉症の子たちやそのご両親は、ものごとをべつの角度から見ることを学ばなくちゃならなかった。でも、だからっておしまいじゃないわ。いままでのあなたが死ぬわけじゃないの、生きかたが変わるだけなのよ」

メアリが話しているあいだ、ベスは彼の前腕の内側をさすっていた。彼女の手が、彼の血統を示す紋様の刺青を上下になぞっていく。その手に、彼以前に生きてきた多くの男女のことを思った。内外からの難問に、その勇気を試されてきたひとびと。

眉をひそめた。ふいに自分の弱さが恥ずかしくなった。いま両親が生きていて、彼のこんな無様な姿を見たら、きっと名折れだと思うだろう。それにベス……彼の愛するひと、彼の連れあい、彼の〝シェラン〟、彼の女王にも、こんな姿を見せてはいけない。

ラスの子ラスは、わが身に課せられた重荷に押しひしがれたりはしない。それを担って生きていくのだ。それが〈兄弟団〉の一員の生きる道だ。王にふさわしい行動、ちゃんとした男の態度だ。重荷に耐え、苦痛と恐怖を踏み台に、頭をあげて立たねばならぬ。愛する者のために、そして自分自身のために。

それなのに、酔っぱらいのように階段から転げ落ちている。

咳払いをした。それでは足りず、もういちど。「ひとと……ひとと話をしに行かねばならん」

「いいわ」ベスが言った。「だれでもここに呼んで――」

「いや、自分で行ってくる。失礼する」と言って立ちあがり、前に出ようとして……コーヒーテーブルにまともにぶつかった。悪態を呑み込みつつ脛《すね》をさすり、「悪いが、ひとりにしてくれないか」

「その……」ベスの声がかすれた。「その前に、顔を拭いてあげたいんだけど」

そう言われて、なんの気なしに頬に手をやると濡れていた。血だ。まだ鼻血が止まっていないのだ。「大丈夫だ、心配するな」

かすかな衣ずれの音がして、女性ふたりは出口に歩いていく。どちらかが把手をまわしたらしく、ドアがかちりと音を立てた。

「ベス、愛してる」ラスは急いで言った。

「わたしも愛してるわ」

「きっと……うまく行くから」

またかちりと音がして、ドアがもとどおりに閉じた。

ラスはその場から動かず、そのまま床に座り込んだ。もっといい場所を探そうにも、いまの自分がひとりで図書室を動きまわれるとは思えない。座って気を落ち着けると、暖炉の火のはぜる音で多少は方向の見当がついてきた……そして、頭のなかに図書室を思い描けることに気がついた。

右のほうに手を伸ばせば……よし。手がかすめたのはテーブルのなめらかな脚、ソファのそばにあるやつだ。座ったままそのどっしりした基部ににじり寄り、テーブルの表面を手で探ると……あった、フリッツがきちんと重ねて置いているコースターだ。それから小さな革装の本……そして卓上ランプの基部。

気が楽になってきた。なぜだか、見えなくなったせいで世界が消え失せたように感じていたが、実際にはなにもかももとのままなのだ。

目を閉じて、彼は要請を送った。

長く待ってようやく返答があり、さらに長く待ってようやく霊的な移動がおこなわれて、気がつけば彼は固い床に立っていた。そばで噴水がさらさらと音を立てている。

この〈彼岸〉でも盲目のままなのかどうかわからなかったが、そこはやはり変わらなかった。とはいえ図書室のときと同じく、目が見えなくても勝手はわかる。右手のほうには小鳥でいっぱいの木が一本生えていて、正面の噴水の向こうには、柱の並ぶ廊下がある。〈書の聖母〉の居室の一部だ。

「ラスの子ラス」近づいてくる足音は聞こえなかったが、一族の母は宙に浮いて移動しているのだ。黒いローブは、下の床がどうなっていようとそこに触れることはない。「わたくしを訪ねてくるとは、どういう用件ですか」

ここに来た理由など百も承知のくせに、彼はもう〈聖母〉のゲームにつきあう気はなかった。「これがあなたのしわざなのか知りたいだけだ」

小鳥たちの声がぴたりとやんだ。この暴挙に度肝を抜かれたかのように。

「これとはなんのことですか」その声は、ヴィシャスとともに〈廟〉に現われたときと同じだった――よそよそしく、無関心。これはいささか腹にすえかねる話だった。こっちは自宅の階段を降りるのにも苦労しているのだ。

「この目のことだ。おれが戦闘に出ていたから、視力を取りあげてくれたのか」ラップアラウンドのサングラスを顔からむしりとり、なめらかな床に投げ捨てた。「これはあなたのしわざなのか」

かつてなら、このような不敬に及べば血が出るほど打ちすえられていただろう。なにが来るかと待ち構えながら、彼はけつに雷が落ちるのをなかば予想していた。

しかし、なんの懲罰もなかった。「起こることは起こること。おまえが戦闘に出ていたことと、失明とはなんの関係もありません。またわたくしにも関わりのないこと。いまは自分の世界に戻るがよい。わたくしの世界を乱すでない」

彼女があちらを向いたのがわかった。反対側に遠ざかっていくにつれ、声が薄れていく。

ラスは眉をひそめた。対決を予想していたし、求めてもいた。それなのに……取りつく島もない。ことさら無礼な態度をとったにもかかわらず、叱責すらされないとは。あまりに劇的な変貌ぶりにあっけにとられ、しばし視力のことも忘れていた。「どうなさったんです」

返事はなかった。ただドアの静かに閉じる音が聞こえただけ。

〈書の聖母〉が姿を消すと、小鳥たちもさえずろうとはせず、快い落水の音だけが方向を知るよすがだった。が、そこへだれかが近づいてきた。

反射的に、彼はその足音のほうに向きなおり、戦闘体勢をとった。思っていたほど自分が無力でないことに気づいて驚いた。視覚を失ったいま、目が生み出すべき像の空隙《くうげき》を聴覚が埋めにかかっている。相手がどこにいるか、見なくてもわかる。衣ずれの音がするし、それに奇妙なかち、かち、かちという音……相手と自分の鼓動の音すら聞こえるではないか。

強く、安定している。

ここで男がなにをしているのだ。

「ラスの子ラス」男の声ではなかった。女の声だ。しかし、彼の受ける印象は男性的だった。それともたんにたくましいというだけだろうか。

「だれだ」彼は尋ねた。

「ペインよ」

「だれだって」

「どうでもいいでしょ。ちょっと訊くけど、その握りこぶしでなにかするつもりなの。それともただそこに突っ立ってるだけ？」

彼はただちに両腕をおろした。女性に対して手をあげるのは、どう考えても適当では——

あごに飛んできたアッパーカットは強烈で、頭と肩が反転したほどだった。痛みより驚愕《きょうがく》でぼうぜんとして、なんとかバランスを立てなおそうとした。しかし立てなおした瞬間、風を切る音がしてまたパンチを食らい、今度はあごの真下に当たって彼はのけぞった。

とはいえ、女の決めたクリーンショットはその二発で終わりだった。なにも見えずとも防衛本能と長年の訓練が反応し、聴覚が視覚の代役を務め、どこに腕や脚があるかを伝えてくる。びっくりするほど細い手首をつかみ、ひねりあげて向こうを向かせ――

女のかかとが脛を直撃した。その痛みが脚に突き刺さってきて、頭に血がのぼったときにロープのようなものが顔に飛んできた。それをとっさにつかみ、三つ編みかなにかだろうと思い――

力いっぱい引っ張ると、女の身体がこちらによじれるのがわかった。よし、これはやはり髪の毛かなにかだ。完璧だ。

バランスを崩してやるのは簡単だったが、この女はそれでやられるほどヤワではなかった。片脚だけで体重を支え、ジャンプしつつ回転し、彼の肩に膝蹴りを食わせてきた。

着地する音が聞こえ、すばしこく這って逃れようとするのがわかったが、彼は握った髪を放さず、押さえつけようとした。しかし女はまるで水のようだった。たえず動きつづけ、片時も止まらず、あちらこちらとパンチを食わせてくる。やむなく力まかせに地面に引き倒し、動けないようにがっちり押さえつけるしかなかった。

洗練された敏捷《びんしょう》な動きを、大雑把な馬鹿力で圧倒するの図だ。

息を切らしながら、彼は見えない顔をのぞき込んだ。「どういうことだ、おまえは頭でもおかしいのか」

「退屈なのよ」と言うなり頭突きを食わせ、それがすでに痛む鼻にまともに当たった。

激痛に、ラスの頭はメリーゴーランドに乗っているようで、女を押さえる手から一瞬力が抜けた。その機を逃さず女は自由を取り戻した。今度は彼が下になる番で、前腕がのどにまわされ、思いきり後ろに引っ張られた。てこの力をさらに効かせるため、もう片方の手で手首をつかんでいるにちがいない。

ラスは息を肺に送り込もうと全身を緊張させた。こんちくしょう、このままでは殺される。まちがいなく。

身内の奥深く、骨の髄の奥の奥、DNAの二重らせんの深奥に、即応部隊が駆けつけてきた。こんなところで死ぬわけにはいかない。死ぬものか。おれは勝ち残る。おれは戦士だ。だれだか知らんが、このくされ女に〈冥界《フェード》〉行きの切符を切られてたまるものか。

首に巻きつく鉄の枷《かせ》にもめげず、ラスは鬨の声をあげた。考えるより速く身体が動き、一瞬後に気づいたときには、女は大理石の床にうつぶせになり、両腕は背中にまわされてねじりあげられていた。

どういうわけだかまるでわからないが、何日前の夜だったか、裏小路で〝レッサー〟の腕の関節をはずしてから殺したことを思い出した。

いままたまったく同じことをしようとして――

笑い声が下からさざ波のように伝わってきて、ラスは手を止めた。女が……笑っている。それも正気を失くした者の笑い声ではない。本気で面白がっているのだ。彼がこのまま攻めつづければ、苦痛のあまり失神するのはじゅうぶんわかっているはずなのに。

ラスはほんの少し手の力をゆるめた。「おまえ、よほど頭のおかしい女だな」

押さえつける手の下で、女の強靭な身体が震えている。いまも笑いつづけているのだ。「わかってるわ」

「おれが手を離したら、また最初からやりなおしになるのか」

「さあね、どうかしら」

みょうな話だが、その賭けになんとなく乗りたくなった。ややあって彼は女を解放した。癇性の雄馬を放すときのように、すばやく、さっと脇へよける。足を踏ん張り、また女が飛びかかってくるのに備えた。心のどこかで、飛びかかってきてほしいと思っていた。

女はしかし動かず、大理石の床に寝そべったままだ。またさっきのかちかちが聞こえる。

「なんの音だ」

「癖なのよ。薬指の爪で親指の爪を下からはじいてるの」

「なんだ、そうか」

「ねえ、また近いうちに来る？」

「さあな。なぜだ」

「だって、こんなに痛快なの久しぶりなんだもの。前はいつだったか……思い出せないぐらい」

「それで、おまえはだれなんだ。どうしていままで会ったことがなかったんだ？」

「あのひとはわたしを扱いかねてる、とだけ言っとくわ」

女の口ぶりから、「あのひと」がだれなのかは明らかだった。「なるほど。それじゃペイン、またおまえと一戦交えに戻ってくることにしよう」

「やった。なるべく早く来てよね」女が立ちあがる音がする。「それはそうと、あなたの眼鏡は左足のすぐそばに落ちてるわよ」

衣ずれの音。静かにドアの閉じる音。

ラスはサングラスを拾った。そこで両脚に休憩を与えることにして、大理石の床にへたり込んだ。脚は痛み、肩はひりひりし、打ち身のひとつひとつがずきずきしていたが、なぜか愉快だった。この感覚はすべておなじみのもの、過去の経験と現在の一部だ。見知らぬ未来の恐ろしい闇のなかでも、これはきっと必要になる。

彼の肉体はいまも彼のものだ。いまもちゃんと役に立つ。いまも戦えるし、訓練を積めばかつての戦力も取り戻せるだろう。

死んだも同然などとんでもない。

いまもぴんぴんしている。たしかに目は見えないが、いまも〝ジェラン〟に触れ、愛を交わすことはできる。考えることも、歩くことも、話すことも、音を聴くこともできる。腕も脚も絶好調だし、肺や心臓も同じだ。

調整は楽ではあるまい。いちどこうして爽快に戦ったからといって、何か月もかけて不器用に練習を続けたり、いらいらしたり腹を立てたり引っくり返ったりがすべてちゃらになるわけではない。

しかし、いまではもっと客観的に事態を見られるようになった。階段から落ちて鼻血を出したとき、それはすべてを失ったことの象徴のように思えたが、いまのこれは違う。むしろ、いまも持っているものの具現のように感じられる。

〈兄弟団〉の館の図書室でまた実体を取り戻したとき、ラスの顔はほころんでいた。立ちあがると片脚が苦痛に悲鳴をあげたが、それがおかしくてくすくす笑った。

意識を集中させ、ひょこひょこと左に二歩移動し……ソファを見つけた。そこから十歩前進すると……ドアがあった。ドアをあけ、十五歩前進、すると……大階段の手すりに手が触れる。

食堂でみなが食事をしている物音が聞こえた。銀器と陶器の触れあうかすかな音がはっきり聞こえるのは、ふだんのにぎやかなおしゃべりが欠落しているからだ。料理のにおいもする……おお、なんと仔羊肉《ラム》じゃないか。やったな。

用心しいしい、左に向かって横歩きで三十五歩進むうちに、笑いが込みあげてきた。顔をぬぐってみたら手から血が滴って、それに気づいたらますます笑いが止まらなくなった。

みながこちらに目を向けたときは、すぐにそれとわかった。フォークとナイフが皿に落ちて跳ね返り、椅子が後ろに引かれ、悪態が室内にわき起こる。

ラスはただ笑いつづけ、さらに笑いながら言った。「ベスはどこだ」

「まあ、あなた」そう言って近づいてくる。「ラス……いったいどう――」

「フリッツ」と女王を抱き寄せながら声をかけた。「おれにも食事を用意してくれ。腹ぺこなんだ。それとタオルを頼む、ちょっと拭かんと」ベスをぎゅっと抱きしめた。

「席まで案内してくれ、な?」

たくさんの沈黙に、〝こりゃいったいどういうことだ〟が鳴り響いている。

声をあげたのはハリウッドだった。「いったいどこのどいつだよ、あんたの顔をサッカーボールに使いやがったのは」

ラスはただ肩をすくめ、〝シェラン〟の背中をさすった。「新しい友だちができてな」

「友だちが聞いてあきれる、どんな男だ」

「女だ」

「女?」

ラスの胃袋がぐうと鳴った。「なあ、おれに食事をさせてくれるのかくれないのか、どっちなんだ」

食物のことを思い出して、全員がはっとわれに返った。たちまち話し声やらなにやらでざわざわしだし、ベスに手をとられて彼は部屋を歩いていった。腰をおろすと濡れたタオルが手渡され、ローズマリーとラムの天にも昇る芳香が真ん前に現われた。

「なんだなんだ、みんな座れ」顔と首をぬぐいながらみなに声をかけた。いっせいに椅子の音がしはじめると、彼はナイフとフォークを見つけて皿をつつきまわした。これはラム、これは新じゃがで、これは……豆か。そうだ、このコロコロしたのは豆にちがいない。

ラムは美味だった。焼き加減もばっちりだ。

「そいつ、ほんとに友だちなんだろうな」レイジが言った。

「ああ」と言いながらベスの手をぎゅっと握る。「ほんとうだ」

58

マンハッタンで二十四時間過ごせば、悪神の子でもじゅうぶん新しい男に生まれ変われる。

〈メルセデス〉のハンドルを握りながら、バックシートには〈グッチ〉や〈ルイ・ヴィトン〉や〈アルマーニ〉や〈エルメス〉の袋を詰め込んで、ラッシュはご機嫌に車を走らせていた。昨日は〈ウォルドーフ・ホテル〉のスイートに泊まり、三人の女を抱いて（ふたりは同時に）、王侯のような食事を楽しんだのだ。

〝シンパス〟のコロニーに通じる出口でノースウェイを降り、時刻を確かめようと腕時計を見た。まっさらのぴかぴかの〈カルティエ・タンク〉だ。これまで使っていたのは偽〈ジェイコブ〉のきんきらきんの安物で、彼にはまったくふさわしくないしろものだった。

時針が示している時刻はそう悪くなかったが、今日の約束は厄介だ。〝シンパス〟

の王からさんざん責められるだろう。とはいえまるで気にならなかった。〈オメガ〉の手で変身させられて以来、初めて本来の自分に戻った気がする。着ているのは〈マーク・ジェイコブス〉のツイルのスラックスに〈LV〉のシルクのシャツ、〈エルメス〉のカシミアのベストだし、靴は〈ダンヒル〉のスリッパローファーだ。下半身は出すものを出してすっきりしたし、〈ル・サーク（ニューヨークの老舗フレンチ・レストラン）〉でとった夕食のおかげでまだ胃袋も満ち足りている。しかもその気になれば、まばたきの間にビッグ・アップルに戻ってまた同じことができるのだ。

部下たちがきっちり役割を果たしていさえすれば。

少なくとも、前線ではまずまずうまく行っているようだった。ミスターDが一時間ほど前に電話してきて、商品はいまも快調に回転していると報告してきた。これはよいニュースでもあり悪いニュースでもある状況だ。現金は溜まっていくが、在庫は見る見る細っていく。

しかし、〝レッサー〟たちは「説得」ならお手のものだ。大量買付けの話でなかなか会おうとしなかったやつを、手っとり早く片づける代わりにとっつかまえたのはそのためだった。

ミスターDたちは、その男をしぼりあげている。といってもジムで鍛えているわけではない。

そこまで考えて、ラッシュはマンハッタンで過ごした時間のことを思い返した。ヴァンパイアとの戦争は、〈兄弟〉どもが引っ越しでもしないかぎりは、これからもずっとコールドウェルで続けられるだろう。しかし、ドラッグの世界の首都はマンハッタンだ。そしてマンハッタンは近い。近すぎるほど近い。車でたった一時間だ。

言うまでもないが、南への小旅行の目的は、たんに五番街で買物をすることではなかった。夜はおおむねナイトクラブめぐりをして過ごし、流行をチェックし、だれがどこへ行くというパターンを観察した。客がなにを買っているかそれでわかるからだ。若い遊び人はXを好む。しゃれてはいるがびくびくした成り金どもはコカインとXを好み、大学生は草《マリファナ》やマッシュルームが好きだが、オキシやメット（メタンフェタミンの略称、覚醒剤の一種）も買わないことはない。ゴスやエモはXと剃刀の刃に入れ込んでいる。クラブ周辺の裏道にたむろすヤク中どもが入れ込んでいるのは、クラックやクランク（アンフェタミンの俗称、覚醒剤の一種）、それにHときた。

まずはコールドウェルの征覇に成功すれば、同じことをマンハッタンでもやれるだろうし、さらに大きな利益をあげられるはずだ。壮大な計画を夢見ていけない理由はない。

以前にもたどった未舗装の道に折れると、座席の下に手を入れて、前夜ニューヨークに向かう途中で買った新品の拳銃〈シグ〉を取り出した。

戦闘服に着替えることはない。優秀な殺し屋なら、汗ひとつかかずに仕事を終えられるものだ。

農場ふうの白い家はあいかわらず目に快かった。いまは白一色の雪景色に囲まれ、人間なら完璧なクリスマスカードになると言うところだ。夜の明けきらぬなか、薄い煙が煙突のひとつから立ちのぼり、その吐息が柔らかな月光をとらえ増幅して、流れる影を屋根のうえに落としていた。窓のなかで黄金色のろうそくの光が揺れている。まるで家じゅうをかすかな風が吹きつづけているかのようだ。それとも、あの気色の悪い蜘蛛《くも》のせいだろうか。

まったく、暖炉の燃える懐かしのわが家みたいな外観に似ず、この家はほんとうは恐怖にラリっているのだ。

修道会の看板のそばに駐めて〈メルセデス〉を降りると、買ったばかりの〈ダンヒル〉の靴に雪がふわりと落ちてきた。毒づきながらふり払う。どうせ〝シンパス〟を隔離するならマイアミあたりにすればよかったのに。

だが残念なことに、罪業喰らい《シン・イーター》どもがけつをすえたのは、カナダから目と鼻の先のここなのだ。

　というより、だれからも嫌われている連中が、だれも行きたがらない場所へ行くのは理の当然と言うべきだろう。

　農家ふうの家のドアが開き、王が姿を現わした。白いローブがふわりと広がり、輝く赤い目がみょうにきらきらしている。「遅かったね。それも何日も」

「そうは言っても、あんたのろうそくはまだ立派に燃えつづけてるじゃないか」

「わたしの時間は、むだになったろうそくほどの価値もないとでも？」

「そうは言ってない」

「口で言っていなくても、きみの行動は声高に言っているも同然だ」

　ラッシュは片手に拳銃を持って階段をのぼった。一挙一動を王が見守っているのを感じ、ズボンのチャックがちゃんとあがっているか確認したいような気分になる。だがそれでも、王と顔を突きあわせて立っていると、またふたりのあいだに電流が走り、冷たい空気に火花が散った。

　やってくれるぜ。悪いが、そっちの趣味はないんだよ。いや、ほんとに。

「それで、仕事の話にかかろうじゃないか」ラッシュはぼそぼそと言った。血赤の目を見つめながら、それに魅入られまいとがんばっていた。

王は笑顔になり、関節が三つある指をのどもとのダイヤモンドに持っていった。

「そう、そのほうがいいだろう。どうぞこちらへ、きみの標的のもとへ案内しよう。彼はいま――」

「あんたは赤しか着ないと思っていたんだがね、王女さま《プリンセス》。それにラッシュ、こんなところでなにをしてるんだ」

王がはっと身を固くし、ラッシュは銃を先導にくるりと向きを変えた。庭をこちらへ近づいてくるのは……大柄な男、光るアメジストの目。それにあのモヒカンは見違えようもない。レンプーンの子リヴェンジだ。

あんちくしょう、〝シンパス〟の土地に足を踏み入れて驚いた様子がまるでない。それどころか、すっかりくつろいでいるようだ。同時に腹を立ててもいる。

プリンセスだと？

ちらと肩越しにふり返ると、そこには……初めて見るものなどなにもなかった。細身の男、白いローブ、髪をねじりあげて……言われてみれば女の髪形のようでもある。

この状況では、だまされていたとすればむしろありがたい。女の嘘つきにむらむら来ていたのならずっとましだ、信じたくない現実を突きつけられるより。自分が、その……いや、やめておこう。そっちに考えを進める理由はない、たとえ自分の頭のなかだけでも。

ふり向いた顔をさっともとに戻し、そこでラッシュは気がついた。ここでこんな意外な邪魔が入ってくれたのは、まさに完璧なタイミングだ。この機会にレヴを排除できれば、コールドウェルのドラッグ・ビジネス界はどこからどこまでがらあきになるではないか。

指が引金にかかったとき、王が飛びかかってきて銃身をつかんだ。「おやめ！　相手が違う！」


夜闇に銃声が響きわたり、銃弾が木の幹に食い込んで青みを帯びた目玉になったとき、ラッシュと王女が銃を奪いあうさまをリヴェンジはただ眺めていた。ある面では、どちらが勝とうがどうでもよかった。その過程で彼なりほかのだれかなりが撃たれようが知ったことではないし、殺されたはずの若造がまだぴんぴんしている理由についてもそれは同じだ。彼の人生は、それが始まったこの場所、このコロニーで終わろうとしている。死ぬのが今夜だろうが、明朝だろうが、はたまた百年後だろうが、また彼を殺すのが王女だろうがラッシュだろうが、結果はもう決まっている。それ以外はすべて枝葉末節だ。

ただ、このどうとでもなれ知ったことか的な態度は、たんに気分の問題かもしれない。なんといっても彼は、きずなを結びながら連れあいを失った男なのだ。つまり旅行にたとえるなら、荷造りをすっかりさっぱり済ませて、人生という名のモーテルの部屋をチェックアウトし、地獄のロビーに直行するエレベーターに乗っているところなのだから。

少なくとも、彼のなかのヴァンパイアはそんなふうに考えていた。しかし、もう半分の血統のほうがそろそろ起床ラッパを鳴らそうとしていた。生きるか死ぬかの状況はつねに暗黒面を刺激する。だから、血管に送り込んだドーパミンがまだ残っているのに、身内の〝シンパス〟がそれをはねのけてもとくに驚きはなかった。一瞬で切り替わるように、視界から多様な色彩と立体感が消え失せ、王女のローブが赤に変わり、のどもとのダイヤモンドが血の滴るルビーに変じた。どうやら王女は白をまとっていたのに、罪業喰らい《シン・イーター》の目でしか見たことがなかったから、血の色を身に着けていると思い込んでいたようだ。

しかし、あの女がなにを着ていようが屁でもない。

悪の面が浮上してくると、もう傍観してはいられなかった。洪水のように感覚が戻ってくる。腕も脚も麻痺の袖から抜けて、レヴはポーチに飛びあがった。腹の底からの憎悪が全身を温め、ラッシュに味方することに興味はなかったものの、王女がやられるなら――それもさんざんに――望むところだ。

王女の背後にまわり、腰に腕をまわして足が浮くほど高く持ちあげた。それで身体が離れたおかげでラッシュは銃をもぎとることに成功し、勢いあまって反転して向こうを向いた。

あのちびが、遷移して大柄な男に変わっていた。しかし、やっていることはまるで変わっていなかった。身体から甘ったるい悪のにおいがしみ出てくるが、あれは〝レッサー〟を動かす原動力のにおいだ。どうやら〈オメガ〉によって死からよみがえったらしい。しかし、そんなことがなぜ、どうして可能だったのか。

といっても、レヴにとってそれは大した問題ではなかった。いまは王女の胸腔を力いっぱい締めあげるのに熱中しているのだ。呼吸ができずに王女はもがき、シルクのシャツ越しに爪を前腕に食い込ませてくる。できるものなら嚙みつくところだろうが、そんなチャンスを与えるものではない。頭が動かせないように、シニョンを後ろからがっちりつかんでいるのだ。

「いい肉の盾だぜ」王女の耳に向かって言った。

彼女が口をきけずにいるあいだに、ラッシュは見るからに真新しい服を直し、手にした〈シグ〉をレヴの頭に向けた。「会えてうれしいぜ、尊者《レヴァレンド》。あんたを捜しに行くつもりだったが、おかげで手間が省けたな。ただ、その女だか男だかなんだか知らんが、そいつの後ろに隠れてるなんて、豪傑だっていうあんたの評判にそぐわないいんじゃないのか」

「こいつは男じゃない。胸くそ悪いからやる気はないが、このローブの前を引き裂いてみせりゃわかるはずだ。それはそうと、まちがってたら教えてもらいたいんだが、おまえは死んだと聞いてたんだがね」

「どうやらいっときのことだったみたいで」にやりと笑うと、長く白い牙が閃いた。

「そいつ、ほんとに女なのか」

　王女はもがいたが、レヴはその首をへし折らんばかりに引いておとなしくさせた。彼女があえいでうめくと、彼は言った。「ああ、女だ。知らなかったのか、〝シンパス〟は男も女もほとんど差がないんだ」

「男でなくてよかった、どれだけほっとしたか知れないぜ」

「お似合いだよ、まるで地獄で結ばれたカップルだ」

「おれもそう思ってたとこだ。で、おれのカノジョを放してくれたらどうだ」

「おまえのカノジョ？　いくらなんでもせっかちすぎやせんか。ついでに言うと、キャッチ・アンド・リリースには賛同しかねる。できたらふたりいっしょに撃ってもらいたいんだがね」

ラッシュは眉をひそめた。「あんたは手ごわいやつだと思ってた。そんなへなちょこだったのかよ。あんたのクラブに出かけていって、ただ撃ち殺してくりゃよかった」

「じつを言うと、十分ぐらい前の話だが、わたしはとっくに死んでるんだ。だからもうどうでもいいのさ。ただ興味はそそられるな、なぜわたしを殺したいんだ」

「手づるのためさ。といっても社交の話じゃないぞ」

レヴは眉を吊りあげた。仲買人を殺していたのはラッシュだったのか。いったいどういうわけだ。ただ……考えてみれば、こいつは一年前に〈ゼロサム〉のシマでドラッグを売ろうとして、それで蹴り出されたのだった。〈オメガ〉の手に落ちてから、かつての儲かる習慣もよみがえらせたというわけか。

あと知恵ならではの当然の理屈で、いまふり返ればすべてが腑《ふ》に落ちる。この夏の〝レッサー〟による襲撃のさい、最初に襲われたのはラッシュの両親だった。守りの固い秘密のはずの自宅で、次から次にその家の家族が殺されていったとき、評議会の抱いた、そして〈兄弟団〉の、あらゆる市民の抱いた疑問は、どうして急に〈ソサエティ〉に住所が知れたのかということだった。

答えは簡単、ラッシュが〈オメガ〉によって〝レッサー〟に変身し、襲撃を指揮していたからだったのだ。

感覚麻痺が完全に抜け、レヴはさらに腕に力をこめて王女の胸郭を締めあげた。

「つまり、わたしの仕事に食い込もうとしているわけか。仲買人を次々に撃ち殺していたのはおまえだったんだな」

「言ってみれば、食物連鎖の頂点を目指してるってことさ。いまここであんたが地面におねんねしてくれれば、少なくともコールドウェルではおれがトップに立つわけだ。わかったら女を放せよ、頭を撃ち抜いてやるから。そうすりゃすべて丸く収まって――」

恐怖の波がポーチに押し寄せてきた。レヴと王女とラッシュのうえに大きく盛りあがり、やがて引いていった。

レヴは目線を移し、そこで凍りついた。これはこれは、まさかこんなことになるとは。なにもかも片がつきそうだ、思っていたよりずっと早く。

雪に覆われた庭を、七人の〝シンパス〟が近づいてくる。ルビーのように赤いローブに身を包み、くさび形の陣形をとっていた。その集団の中心にあって、杖を突きながら歩いているのは、ルビーとブラックサファイアのヘッドドレスを着けた、曲がった木の枝のような老人だった。

レヴのおじ、〝シンパス〟の王だ。

以前よりずっと年老いて見えたが、身体は老いて弱っていても、精神は以前と変わらず強く、底なしに黒い。レヴは身震いし、王女は拘束にあらがおうとするのをやめた。ラッシュですらあとじさるぐらいの分別はあった。

親衛隊はポーチの下で立ち止まり、ローブを冷たい風になびかせている。その風を、いまはレヴも顔に感じることができた。

王が話しだした。弱々しい声、か細いS音が長く尾を引く。「よく帰ってきたな、愛しい甥《おい》よ。またお客人、ごきげんよう」

レヴはおじを見つめた。最後に会ったのは……考えてみればずいぶん昔のことだ。昔もいいところだ。父の葬儀以来だ。明らかに、歳月は王に対してやさしいどころか、挽《ひ》き臼も同然だったようだ。レヴは思わずにやりとした。皮膚はたるみ、腰は曲がったこの男と、王女はベッドをともにしていたのか。

「お久しぶり、おじ上」レヴは言った。「ちなみにこちらはラッシュです。とっくにご存じかもしれないが」

「正式に紹介されたことはないが、わが領土に対してどんな意図を持つ者かは知っておる」王はうるんだ赤い目を王女にひたと向けた。「おまえ、あれほど頻繁にリヴェンジに会っていながら、わたしが気づかぬとでも思っていたのか。しかも今度はよからぬ計略すらめぐらして、それも気づかれぬと思うのか。どうやらわたしは恋着のあまり甘すぎたようだ、おまえがじつの兄弟と――」

「腹違いの兄弟です」レヴがぶっきらぼうに口をはさんだ。

「――しかし、〝レッサー〟と組んで反逆を企むとなれば看過できぬ。じつを言えば、その才覚に舌を巻かぬではない。おまえの王位継承権を取り消したのを後悔しておるほどだ。とはいえ、恋着によって判断を左右するわけにはいかぬ。わたしを見くびったその不敬に対して、おまえの強欲と情欲にふさわしい罰を与えることにする」

王がうなずき、反射的にレヴはくるりとふり向いた。遅かった。真後ろに〝シンパス〟が立ち、振りあげた剣をすでになかばまで振りおろしていたのだ。先に落ちてきたのは刃ではなかったものの、大して救いにはならなかった。剣の柄がまともにレヴの頭頂部をとらえた。

その衝撃は今夜二度めの爆発だった。だが最初のときとは違い、爆発の光と音がすべて消えたあと、彼はもう立ってはいなかった。

59

午前十時になっても、エレーナは眠れなかった。日光で屋内に閉じ込められているから、背を丸め、両腕を身体に巻きつけて、寝室をうろうろ歩きまわっている。靴下を履いただけでは足はとうてい暖まらない。

だがそれを言うなら、いまは身体の芯から冷えきっているから、〈ジョージフォアマン・グリル（ホットプレートのブランド）〉にのせていたとしても足は冷たいままだったろう。ショックで深部体温がリセットされて、体内のダイヤルが〝常温〟ではなく〝冷蔵〟を指しているような気がする。

廊下の向こうで父はぐっすり眠っている。ときどきこっそり様子をのぞきに行くのだが、心のどこかでは父が目を覚ませばいいと思っていた。レームやモントラグや血統のことを尋ねてみたいし……

とはいえ、父は巻き込まないほうがいい。結局からぶりに終わったら父は腹を立てるだろうし、それはふたりのどちらにとってもありがたいことではない。父の原稿を読みなおしてみたら、たしかにふたりの名前も出てきてはいた。しかし、おおぜいの親戚がいるなかで一度ずつ言及されているだけだ。だいたい父がなにを思い出すかは問題ではない。重要なのは、サクストンがなにを立証できるかということなのだ。

　これからどうなるかはだれにもわからない。

　エレーナは寝室の中央で立ち止まった。急にどっと疲れが出て、このまま歩きつづけるのは無理だと思った。しかし、それはあまりいい考えではなかった。歩くのをやめたとたん、頭のなかはレヴのことでいっぱいになる。それでまた、冷たい足でぐるぐる歩きまわりはじめた。もちろんだれかが死んでうれしいなどとは思わないが、モントラグが亡くなったのには感謝したいような気分だ。この遺言やらなにやらのおかげで、大いに気が紛れた。これがなかったら、いまごろはきっと頭がおかしくなりかけていただろう。

　レヴ……

　疲れた身体を引きずってベッドの端あたりまで来たとき、ふと目が下に向かった。上掛けのうえに父の書いた原稿がのっている。父と同じく、そこで静かに安らいでいるかのようだ。それに書かれていた内容をいま思い返してみると、父の言わんとすることがはっきりと理解できた。彼女と同じように、父もだまされて裏切られ、正直で信用できそうな外見に惑わされたのだ。父自身はほかのひとびとと違い、卑しい計算に基づいて残酷に行動するようなことができないから。それはエレーナも同じだ。これからは、他者に対する自分の判断力が信用できるかおぼつかない。

被害妄想が頭と胃の腑をかきまわす。レヴの嘘のどこに真実があったのか。それとも真実などかけらもないのか。彼の面影が目の前にちらつく。記憶のなかを探りながら、どこまでが事実でどこからが虚構だったのかといぶかった。知らないことが多すぎる……ただ、その欠落を埋められる唯一の人物は、彼女にとってもう二度とそばに近づきたくない男性なのだ。

答えの出ない問いに絶えず悩まされる未来のことを思い、彼女は震える両手を顔に持っていき、髪の毛をかきあげた。それをしっかりつかみ、後ろへ引っ張った。頭のなかでぐるぐるしている狂った思いを、それで引きずり出せるかのように。

ああ、レヴに裏切られたせいで、父が経済的に破滅したときと同じことになったらどうしよう。狂気の縁を乗り越えてしまったら。

しかも、男性に裏切られるのはこれで二度めではないか。婚約者にも似たようなことをされた。ただ唯一の違いは、婚約者は周囲のあらゆる人々――彼女以外の――に嘘をついたということだ。

最初の経験で手痛い目にあって、もうじゅうぶん教訓を得たと思っていたのに、どうもそうではなかったようだ。

歩きまわるのをやめ、エレーナは待った……なにを待つというのやら、頭が爆発するとかそういうこと？

なにも起こらない。髪の毛を引っ張っても、頭のなかの雑草を引き抜くこともできそうにない。たんに頭痛がしてきただけだった。

ベッドから顔をそむけると、ノートパソコンが目に入った。

ぶつぶつ言いながら、狭い隙間を歩いて〈デル〉の前に腰をおろした。髪の毛をわしづかみにしていた手をおろし、指先をマウスパッドに当ててスクリーンセーバーを消した。

〈インターネット・エクスプローラー〉。お気に入り。〈ＣＣＪ〉のサイト。

いま必要なのは薬代わりの確固たる現実だ。レヴは過去になったし、スマートな弁護士のすばらしい思いつきに未来を託すわけにはいかない。いま頼りになるのは職探しだけだ。サクストンの書類が結局むだになったとわかったら、一か月と経たずに彼女と父は路頭に迷うことになる。その前に仕事が見つからないかぎり。

嘘も偽りもない、それは厳然たる事実だ。

〈CCJ〉のウェブサイトを開きながら、自分は父とは違うとみずからに言い聞かせていた。レヴとつきあっていたのは、せいぜい……信じられないが、ほんの数日のことだった。たしかに彼は嘘をついていた。けれどもいまにして思えば、あんな派手な服を着た超セクシーな男性を、信用する気になったのがそもそもどうかしていた。以前からどういうひとか多少は知っていたのだからなおさらだ。

彼は嘘つき、こちらは軽率。うっかり誘惑されてばかをしでかしたと気づいたからといって、ポンポンを持ってチアガールをやる気にはなれないが、自分のなかで理屈が通ったと思えば、それがどんなに残念な理屈だったとしても、それほど頭がおかしいという気は——

エレーナは眉をひそめ、身を乗り出して画面を睨んだ。ウェブサイトの速報ページに、爆破された建物の写真が掲載されている。見出しは——**地元のクラブが爆発。**その下に、やや小さいフォントでこうあった。**〈ゼロサム〉はドラッグ戦争の新たな被害者か。**

息もできずに記事を読んだ。専門家の調査。爆発時に店内に人がいたかどうかは不明。複数の爆弾が仕掛けられた可能性。

コールドウェル周辺ではこの一週間に、薬物密売の疑いのある人間が何人も死体になって見つかっていたらしく、サイドバーにその人数があがっていた――四人。全員がプロの手口で殺害されている。コールドウェル市警はそれぞれの殺人事件について捜査中だが、〈ゼロサム〉のオーナー、レヴァレンドことリチャード・レナルズなる人物も容疑者のひとりだった。しかし、彼はいま行方不明らしい。レナルズは何年も前から市警の薬物密売の容疑者リストに名前があがっていたが、いかなる罪状でも正式に告発されたことはない。

この記事の意味するところは明白だった。この爆破事件の標的はレヴであり、ほかの密売人を殺していたのは彼だということだ。

画面を上にスクロールして、爆破されたクラブの写真をまた表示させた。これではだれも生き残れない。だれも。いずれ彼は死んだと警察の発表があるだろう。一週間か二週間はかかるかもしれないが、やがて遺体が見つかり、彼の遺体だと発表されるだろう。

目に涙は浮かばなかったし、唇から嗚咽は漏れなかった。そんな段階ははるかに越えていた。声も出せずにその場に座り、また両腕を身体に巻きつけ、目は光る画面をただ見つめていた。

おかしな考えが浮かんだ。おかしな、しかしぬぐい去ることのできない考え。あのクラブに入っていき、レヴの実体を知らされたのは最悪なことだと思っていたが、あれよりなお悪いことがあるとしたら、それはこれだ——ああしてダウンタウンに連れていかれる前にこの記事を読んでいたら、どれほどのショックを受けただろうか。

レヴに死んでほしいと思っていたわけではない。そんな……とんでもない。あんなに手ひどくだまされていたとわかってからも、彼がむごい死にかたをすればいいとは夢にも思っていなかった。しかし、嘘がばれる前の彼女は、彼に恋をしていたのだ。

そう……恋をしていた。

心の底から愛していた。

ようやく目がうるみだし、涙がこぼれた。画面が波うち、ぼやけ、爆破されたクラブの写真が洗い流されていく。エレーナはリヴェンジに恋をしていた。短く激しい恋で、長くは続かなかったが、それでも胸にあふれる想いに変わりはなかった。

胸が刺し貫かれたように痛む。愛を交わしたときの、のしかかる彼の熱くうねる身体を思い出す。鼻孔に彼のきずなのにおいがよみがえり、大きな肩が固く盛りあがるのが目に浮かぶ。あのときの彼は美しかった。うっとりするような恋人だった。彼女を歓ばせるのを本心から楽しんで——

ただあれは、彼女にそう思わせるための演技だったのだ。〝シンパス〟なのだから、ひとの心を操るのはお手のものだろう。もっとも、なんのためにつきあおうと思ったのか、それがどうしてもわからない。彼女には財産も地位もなく、つきあってもなんの得もない。それに、なにかを要求されたこともないし、どんな形であれ利用されたことも……

そこまでだ。このまま流れに任せて、過ぎたことをバラ色に染めるのはやめなくては。結論から言えば、彼は愛するに値しない男だったのだ。〝シンパス〟だというだけではない。おかしな話だが、それだけなら耐えられたかもしれない――もっとも、それは罪業喰らい《シン・イーター》についていかに無知かという証明かもしれないが。ともかく、彼女にとって耐えられなかったのは、彼が嘘をついていたこと、そしてドラッグの密売人だったということだ。

ドラッグの密売人。とたんに、ハヴァーズの病院に運ばれてくる過量摂取患者の姿が脳裏に閃いた。なんの理由もなく危険にさらされる若い生命。なかには回復する患者もいるが、助からない者もいる。リヴェンジが売ったもののために、たとえひとりでも死人が出たとすれば、それだけでもうじゅうぶんだ。

エレーナは頬の涙をぬぐい、両手をスラックスにこすりつけた。もう泣くまい。めそめそしている場合ではない、父を養っていかなくてはならないのだ。

それから三十分、職探しをして過ごした。

ときには強くなければならないという事実だけで、実際にそうあるべき自分になれることもある。

ついに目が音をあげ、疲労のあまり泳ぎはじめた。コンピュータの電源を切り、横に父の原稿を置いたままベッドに身体を伸ばす。まぶたを閉じたものの、眠れそうな気はしなかった。身体は今日はもう終わりと言っていても、脳のほうは右にならえをする気はなさそうだった。

暗がりのなかで横たわり、心を静めようと昔のわが家のことを想像した。なにもかもおかしくなる以前、両親とともに暮らしていた屋敷。広い部屋部屋を歩く自分の姿を思い描く。美しいアンティークのそばを過ぎ、ふと足を止めて、庭から切ってきたばかりの花の香りを嗅ぐ。

これはうまく行った。あの穏やかで優美な場所にしだいに心は包まれ、忙しく回転する頭がシフトダウンし、やがてブレーキがかかり、頭蓋骨の駐車場で完全にエンジンが止まった。

眠りが忍び寄ってきたとき、奇妙な確信が胸のまんなかに飛び込んできた。ぜったいにまちがいないという思いが全身に広がっていく。

リヴェンジは生きている。

リヴェンジは生きている。

意識を呑み込む流れにあらがいながら、エレーナは合理的な説明を求めてもがいた。なぜ、いったいどうしてそう思うのか、その理由を突き止めようとした。しかし、染み込んでくる眠りに、彼女はどうしようもなく運び去られていった。

ラスはデスクに向かって座り、両手でそっとその表面を探っていた。電話機はここ。短剣形のレターオープナーはここ。書類はここ。そしてここにも書類。それで、あれはどこに――

手が当たってなにかが散らばった。そうか、ペン立てとペンだ。

全面に散乱している。しかたがない。

散らかしたものを集めていると、ベスが手を貸そうと近づいてくるのがわかった。じゅうたんを踏む軽い足音がする。

「〝リーラン〟、大丈夫だ」彼は言った。「自分でやるから」

彼女がデスクを見おろしているのを感じ、それでも手を出さずにいてくれるのがうれしかった。子供っぽいかもしれないが、自分の不始末は自分で片づけなくてはならない。

デスクを手で探り、最後のペンを見つけた。少なくとも最後だと思う。

「床にも落ちてるか？」彼は尋ねた。

「一本落ちてるわ。左足のそばよ」

「ありがとう」デスクの下にもぐり、床を手探りして、なめらかな葉巻のようなものをがっちりつかんだ。これは〈モンブラン〉だな。「ひとりで見つけようとしたら大変だっただろう」

身を起こすときは、あらかじめデスクの縁の場所を探り、頭がその外にあるのを確かめてから起きあがった。先ほどやらかしたことを考えれば進歩だ。たしかにペン立ては引っくり返したが、床から立ちあがるのはずいぶんうまくなった。成績表は完璧とは言えないが、悪態はついていないし、血も出ていない。

つまり、数時間前に終餐《ラストミール》に向かったときのことを考えれば、状況は改善されているというわけだ。

デスク上の手の行進は終わり、左のほうにランプがあるのを見つけ、また書類の決裁に使う玉璽《ぎょくじ》と封蠟も見つけた。

「泣くな」そっと言った。

ベスが小さくはなをすする。「どうしてわかったの」

ラスは自分の鼻をつついた。「においでわかる」椅子を後ろに引き、膝を叩いた。

「ここに座れよ。連れあいに抱かせてくれ」

〝ジェラン〟がデスクをゆっくりまわってくる音が聞こえる。涙の香りが強くなった。近づいてきたせいもあるが、涙がいまも次々にこぼれているのだ。いつものとおり彼女の腰を探しあて、腕をまわし、膝に抱きあげた。よぶんな重みに華奢な椅子がきしむ。ラスは笑みを浮かべ、彼女の波うつ髪を両手でなでた。柔らかな感触。

「おまえに触れるとすごくいい気持ちだ」

ベスは震えながら身を寄せてきた。それがうれしかった。目の代わりに手を使ったり、引っくり返したものを拾ったりしているときと違い、彼女の温かい身体をこうして抱いていると自分の強さを感じる。自分の大きさを、たくましさを。

いまの彼にはそれが必要だった。胸に身をすり寄せてくる様子からして、どうやらベスにも必要だったようだ。

「書類仕事が終わったら、なにをするかわかるか」彼はつぶやいた。

「なに？」

「おまえをベッドに運んで、昼じゅうずっとそこから出さないんだ」彼女の香りがふわりと立ちのぼり、彼はうれしさに笑った。「かまわないだろう？　おまえを裸にして、ずっとそのままにさせといても」

「もちろんよ」

「そうか」

ふたりは長いことそうしていたが、やがてベスが彼の肩から頭をあげた。「そろそろ仕事する？」

ラスも顔をあげた。目が見えていたら、デスクのうえが見えただろう。「そうだな、そう言えば……くそ、するしかないな。なぜだろうな、仕事がしたいんだ。最初は簡単なことから……フリッツの郵便袋はどこにある？」

「ここよ、トールの古い椅子のそば」

ベスがかがむと、お尻がペニスに押しつけられて天にも昇る心地だった。思わずうめき、彼女の腰をつかんで高く持ちあげた。「うーん、床にはもう拾うものは落ちてないか。何本かペンをばらまこうか。電話を引っくり返してもいいな」

ベスの含み笑いは、どんなランジェリーよりセクシーだった。「かがんでほしいんなら、ひとことそう言うだけでいいのよ」

「ちくしょう、愛してるよ」彼女が身を起こすと、その顔をこちらに向けさせて唇にキスをした。その柔らかさをつくづく味わい、そっと舌でなめ……たちまち丸太のように固くなる。「さっさと書類を片づけて、おまえにいてほしい場所に連れていかんとな」

「いてほしい場所って？」

「おれのうえさ」

ベスはまた笑い、郵送の要望書を運ぶのに使われているフリッツの革袋を開いた。封筒が封筒にこすれる音、次いで〝シェラン〟の深い吐息。

「さてと」彼女は言った。「なにが来てるのかしら」

署名と印璽《いんじ》の必要な配偶届が四通。これまでなら彼ひとりで一分半もあれば終わる作業だ。だがいまでは、署名をし、蠟を垂らして印を捺すだけでもベスの手助けが必要だ――が、彼女を膝に座らせてやる作業は楽しかった。次は家中《かちゅう》の銀行口座通知書の束。その次は請求書。請求書、また請求書。支払いはすべてVがオンラインで片づけてくれる。じつにありがたい話だ、ラスは細かい作業があまり得意ではないから。

「これが最後よ」ベスが言った。「大きな封筒、法律事務所からね」

前に身を乗り出したのは、純銀の短剣形のレターオープナーをとろうとしているのだろう。両手を彼女の腿の内側にもぐらせ、さらに付け根のほうへ滑らせていく。「そうやって息を吞むのを聞くと、ぞくぞくするな」と彼女のうなじに顔をすり寄せた。

「聞こえた？」

「当たり前じゃないか」愛撫を続けながら、彼女にこちらを向かせて、屹立したもののうえに座らせたらどうだろうかと考えていた。ここを動かなくても、ドアにロックをかけることはできる。「〝リーラン〟、その封筒にはなにが入ってた？」片手をじかに腿の付け根に滑り込ませ、花芯にかぶせて愛撫しはじめた。今回、彼女はあえぎ声で彼の名を呼んだ。ぞくぞくすることこのうえない。「なあ、なにが入ってた？」

「血統の……申告書……みたい」ベスはかすれた声で言った。腰を揺らしはじめている。「相続のための」

ラスは親指で彼女の感じやすい部分に触れながら、肩に顔をすりつけた。「だれが死んだって？」

あえぎ声をあげたあと、彼女は言った。「レームの子モントラグよ」その名を聞いてラスの手が止まり、ベスが身じろぎした。ふり向いてこちらを見ているようだ。

「知ってるひと？」

「おれを殺させようとしたやつだ。だから〈古法〉によれば、そいつの財産はいまではすべておれのものなんだ」

「とんでもないやつだわ」ベスがさらに毒づき、紙をめくるらしい音がした。「あら、お金持ちだったのね……うわ、すごい。すごい大富豪――あら、エレーナとお父さんじゃないの」

「エレーナとは？」

「ハヴァーズの病院の看護師さんよ。あんなにできた看護師さんは滅多にいないわ。襲撃が続いてたころ、古い病院からフュアリーがみんなを救出したでしょ、あのとき手を貸してくれたひとよ。どうも、あのひとが――というか、あのひとのお父さんが近親者みたいね。でもお父さんの具合がかなり悪いらしいわ」

ラスは眉をひそめた。「どこが悪いんだ」

「ここには精神的無能力者って書いてあるわ。エレーナがお父さんの後見人で、介護しているんですって。大変ね。あんまり裕福じゃなさそうだったし。サクストンって弁護士が個人的な意見を――あら、これはなかなか……」

「サクストン？　このあいだ会った男じゃないか。なんと書いてる？」

「エレーナとお父さんの血統証明書はまちがいなく真正だと思うって。自分の名誉にかけて誓ってもいいと書いてるわ。それから、所領の譲渡を迅速に認めていただきたい、エレーナたちは苦しい境遇にあるので心配だからって。それから……この思いがけず降って湧いた幸運に値するひとたちだって書いてて、『思いがけず』のところに下線が引いてあって……もう百年前からふたりはモントラグに会ってないって書き添えてあるわ」

サクストンは愚か者には見えなかった。その正反対だ。〈サルズ〉では暗殺の一件に完全に裏付けがとれたわけではないとはいえ、サクストンの書いてよこしたメモは、君主に与えられた権利をラスが行使しないよう、それとなく訴えているのはまちがいない。なにしろ、近親者リストに名があると知って仰天している被相続人は、経済的に困窮している——しかも、陰謀にはまったく関与していないのだ。

「どうするつもり？」ベスは尋ねながら、彼のひたいから髪をかきあげた。

「モントラグは自業自得だが、そのおかげでひとつでもいい結果が生じるなら、それはけっこうなことじゃないか。おれたちにやつの遺産は必要ないし、その看護師と父親が——」

ベスが唇を唇に押しつけてきた。「とっても愛してるわ、あなたのこと」

彼は笑い、ベスを抱き寄せて唇を寄せた。「証明してみせてくれ」

「裁可の印璽を押してからね」

相続の裁可のため、また火をつけたり蠟を溶かしたり印璽を捺したりが始まったが、今度は手早く仕事を進めた。愛する女のなかに入りたくて一刻も待てないという気分だ。まだ署名のインクが乾きもせず、印璽の蠟が冷えきらないうちに、またベスの唇に唇を重ね――

ドアにノックの音がして、ラスは唸り声をあげて音のほうを睨んだ。「あとにしろ」

「知らせが入ったんだ」ヴィシャスのくぐもった声は低く、緊張している。それが彼の言葉に「悪い」という形容詞を付け加えていた。

ラスは意志の力で鏡板のドアを開いた。「なんだ。だが手早く頼む」

ベスがぎょっとしたように息を吞み、それでVがどんな顔をしているかわかった。

「なにがあったの」ベスがささやくように言った。

「リヴェンジが死んだ」

「えっ？」ふたり同時に声をあげる。

「たったいまアイアムから電話があった。〈ゼロサム〉が木っ端みじんに吹っ飛ばされて、あいつが言うにはレヴはそのときなかにいたらしい。生存者はいないだろうと」

その意味がわかってくるにつれ、底なしの沈黙が落ちた。

「ベラは知ってるのか」やがてラスが暗い声で言った。

「いや、まだ」

60

ジョン・マシューは自分のベッドで寝返りを打ち、なにか固いものが頬に当たって目が覚めた。悪態をつきながら頭をあげる。ああそうか。〈ジャックダニエル〉と一戦二戦とやり抜けて、ウィスキーのパンチの余波がまだ消え残っている。裸なのに暑くてたまらないし、口内は樹皮のようにからからだ。それに、急いでバスルームに駆け込まないと膀胱《ぼうこう》が爆発しそうだった。

上体を起こし、頭をかき、目をこすり……ちゃんと目が覚めてみたらひどい二日酔いだった。

がんがん痛む頭を抱え、顔に当たるボトルをつかんだ。底に二、三センチしか残っていなかったが、ぐいとあおるにはじゅうぶんだ。早く楽になろうと蓋をねじあけにかかったが、見れば蓋をしていない。眠り込んだときボトルを倒さなかったのは運がよかった。

思いきりあおり、中身を腹に収めたところで、胃のなかに噴きあがる吐き気の衝撃波をこらえ、ただ静かに呼吸するよう自分に言い聞かせた。ボトルに残っているのがにおいだけになると、息絶えたジャックをマットレスに転がし、自分の身体を見おろした。ペニスは太腿のうえでおとなしく横になっている。朝立ちせずに目が覚めたのはいつ以来だろう。だがそれを言うなら、前夜は……三人、それとも四人？　何人の女としたのだったか。あきれたことに思い出せなかった。

一度はコンドームを使った。相手は売春婦だった。ほかのときはナマでやって、いく前に抜いた。

霞《かすみ》のかかったような頭をしぼると、クインと彼と女のひとりで3Pをして、それからほかの女とソロでやったのをおぼろげに思い出した。だが、それがどんな感じだったかもう思い出せない。達したはずだが、まるで憶えていなかった。顔はぜんぜんわからないし、髪の色すらろくに憶えていない。わかっているのは、この部屋に戻ってきてすぐに、長々と熱いシャワーを浴びたことだけだ。

思い出すこともできないあれやこれやで、全身の皮膚に汚れがしみついていたのだ。

うめき声をあげて、脚をベッドからおろした。ボトルが足の横に滑り落ちる。バスルームに向かうのはまさに難行だった。頭がぐらぐらしていて、まっすぐ歩けない……実際のところ、まるっきりただの酔っぱらいのようだ。しかもうまく歩けないというだけではなかった。便器のそばに立つときも、壁に腕を突っ張らなければならなかったし、集中しないと狙いが定まらなかった。

ベッドに戻ると、上掛けを引っ張りあげて下半身を覆った。なんだか熱っぽかったが、いくらひとりきりとはいえ、助演女優を待つポルノ男優みたいに全裸で寝っころがっていたくなかったのだ。

ちくしょう……頭が割れそうだ。

目を閉じながら、バスルームの明かりを消してくればよかったと思った。

しかし、だしぬけに二日酔いのことなど忘れてしまった。恐ろしいほどありありとよみがえってくる——彼の腰にまたがるゼックスの姿。彼にまたがり、なめらかで力強いリズムを刻んで揺れていた。くそ、ありえないほど鮮明で、ただの記憶とは思えない。頭のなかで映像が展開していくにつれ、彼女の身体にとらわれてペニスが締めつけられるのを、肩ががっちり押さえつけられるのを感じ、征服される感覚を味わいなおしていた。

触れあい、こすれあうのをいちいち思い出せる。においも、彼女の息づかいさえも。ゼックスとのことは、なにからなにまで憶えていた。

ベッドの端に寄り、床からジャックのボトルを拾った。なにかの奇跡で酒が生じて、ボトルがまたいっぱいになっていたりしないかと――

壁の向こうから絶叫が響いた。刃物をぐさりと突き立てられてあげるような。その空気を引き裂く悲鳴に、酔いは瞬時に醒めていた。頭から冷水を浴びせられたようだ。ジョンは銃をつかみ、ベッドから飛び出し、床に足がつくなり走っていた。力まかせにドアをあけ、彫像の廊下に走り出る。部屋の両側から、クインとブレイも同じように飛び出してきた。彼と同じくすでに戦闘体勢に入っている。

廊下の突き当たり、ザディストとベラの居室入口に、〈兄弟団〉の面々が立っていた。みな暗く沈んだ顔をしている。

「嘘！」ベラの声は、先ほどの悲鳴と同じぐらい大きかった。「**嘘よ！**」

「おれも残念だ」ラスが言った。

寄り集まった〈兄弟〉たちのなかから、トールがジョンに目を向けてきた。青ざめて引きつった顔。目はうつろだった。

なにがあったの、とジョンは手話で尋ねた。

トールがのろのろと手話で答える。**リヴェンジが死んだ。**

ジョンは何度も激しく息を吸った。リヴェンジが……死んだ？

「そんなばかな」クインがつぶやいた。

寝室の戸口から、ベラのむせび泣く声が廊下に漏れてくる。ジョンは慰めに行きたかった。思い出せる、いまの彼女がどんな痛み苦しみを味わっているか。トールが消えたとき、彼もまたあれと同じ、恐ろしい茫然《ぼうぜん》自失を味わった。あのときも〈兄弟団〉の面々はいまと同じことをしていた――これ以上はない最悪の知らせを伝えに来たのだ。

ジョンもまたベラと同じように絶叫した。いまの彼女と同じようにむせび泣いた。

ジョンはまたトールに目を向けた。トールの目は、なにか言いたいことがあるかのように、抱いて慰めたい相手がいるかのように、正したい後悔があるかのように光っていた。

そのせつな、ジョンは彼に駆け寄りそうになった。

だが次の瞬間には顔をそむけ、ふらふらと自分の部屋に戻り、ドアを閉じて鍵をかけていた。ベッドに座り込み、両手をついて肩の重みを支え、頭を深々と垂らした。頭のなかでは過去という混沌が暴れまわっていたが、胸の中心にはそれをかき消すひとことがあった――**もう遅い**。

トールのもとへ行くことはできない。心をねじ切られるような、あんな苦しい思いはたくさんだ。それに、彼はもう子供ではないし、トールは彼の父親だったためしはない。つまり、パパ助けてみたいなたわごとは、かれらふたりには当てはまらないということだ。

この先、どれほど親しくなっても戦士と戦士の間柄がせいぜいだ。トールに関するナンセンスを頭から締め出し、ゼックスのことを考えた。いまごろつらい思いをしているだろう。恐ろしくつらい思いを。なにもできない自分がくやしい。

だが、そのとき強いて自分に思い出させた――たとえジョンにできることがあったとしても、彼女のほうがそれを望みはすまい。それはいやと言うほど思い知らされたではないか。

ハドソン川沿いのわが家で、ゼックスはツインベッドに腰をおろしていた。頭を低く垂れ、手をついて肩の重みを支える。かたわらの薄い毛布に、アイアムから渡された手紙がのっている。封筒から取り出して一度読み、きれいな折り目どおりにまた折って、この狭い部屋に引っ込んだのだ。

頭を横に傾けて、すりガラスの窓から外を眺める。濁った川の水はやたらとゆっくり流れていた。身を切るように寒い日だ。気温が低いせいで川の流れが遅くなり、川岸の岩に氷が這いのぼってくる。

レヴのくそったれ。

ある女性の面倒を見ると彼に誓ったとき、ゼックスはあまりよく考えていなかった。そうしたら手紙のなかで、レヴは誓いのことを持ち出して、ある女性とはゼックス自身のことだとぶちまけた。だから助けに来てはいけない、どんな意味でも王女の生命を危険にさらしてはいけないという。おまけに、レヴのためになにかしたとしても、ゼックスの救助を受けるつもりはない、彼を救うという名目で彼女がなにをしようと、コロニーから出るつもりはない、と来た。そして最後のだめ押しに、この彼の希望と彼女の誓いに反する行動をとったら、アイアムが彼女をコロニーまで追いかけてくるから、アイアムの生命まで危険にさらすことになるというのだ。

あんちくしょう。

まさに完璧な最後の一手、レヴのような男にふさわしい。ゼックスは誓いを破りたくなるかもしれないし、レヴをなんとか説得する道があると考えるかもしれない。しかし、彼女の首にはすでにマーダーの生命という軛《くびき》がかかっている。そこへ加えてリヴェンジの生命だ。そのうえにアイアムの生命までとなったら、さすがにもう耐えられない。

さらに、トレズも自分の兄弟を追ってくるだろうから、これできりよく四人になる。八方塞がりの状況だ。力いっぱいマットレスの縁を握りしめたら、力が入りすぎて前腕が震えた。

いつのまにか手にナイフを握っていた。あとになって思い出すのだが、無意識に立ちあがって裸で部屋を横切り、レザーの上下のホルスターから抜いてきたのだ。

またベッドに腰をおろし、これまでの生涯で失った男たちのことを考えた。マーダーの長いダークヘアと彫りの深い顔。がっちりしたあごに薄く無精ひげを生やしていた……彼の〈古国〉訛りが耳によみがえり、いつでも火薬とセックスのにおいをさせていたのを思い出す。次に目に浮かんだのは、リヴェンジのアメジストの目とモヒカンの髪、りゅうとした服装……〈マストドゥカルティエ〉のコロンの香りを嗅ぎ、趣味のよい残忍性を味わいなおす。

最後に思い描いたのは、ジョン・マシューの濃青色の目と、軍人ふうに短く刈り込んだ髪……身体の奥で彼が動くのを感じ……重い息づかいが耳によみがえる。彼の戦士らしい肉体が、彼女が欲しているものを与えてくれたときの——欲していながら、彼女には受け止められなかったけれど。

みんな去っていった。もっとも、少なくともそのうちふたりはいまもこの地上に生きてはいる。しかし、人生からだれかの存在が消えるのは、そのひとが死んだときばかりではない。

うつむいて、禍々しく鋭く光る刃に目をやった。角度を変えると、弱々しい日光をはじいて輝き、せつな目がくらんだ。刃物の扱いは得意だ。なにしろ好みの武器だから。

ドアにノックの音がして、彼女は顔をあげた。

「おい、大丈夫か」

アイアムだった——レヴの郵便配達人を演じただけでなく、明らかにお守り役も言いつかっているらしい。この家から追い返そうとしたが、なにしろ向こうは〈シャドウ〉族だ。影の形をとられたらつかまえることはできないし、ましてくされドアから蹴り出すなどとうてい無理だ。

トレズもこの狩猟小屋の主室に座っている。しかし、これがほんとうの役割交換というやつか。ゼックスが自分の寝室に閉じこもったとき、トレズは背もたれのまっすぐな椅子に身じろぎもせずに腰かけ、押し黙って川を眺めていた。今回の悲劇のあと作用で、兄弟は人格が入れ代わったようだった。いまではしゃべるのはアイアムだ。

思い返してみると、突然の知らせがあってからトレズはひとことも口をきいていない。とはいえ、この沈黙はトレズが悲嘆に沈んでいるからではない。彼の感情の格子で際立っているのは怒りと鬱憤だ。むかむかするほど抜け目のないレヴのことだから、トレズにも行動を起こせないようにトラップを仕掛けていったのではないだろうか。トレズもやはり出口を見つけようとしているのだろうが、なにしろレヴがあれだから、出口など残っていないだろう。ひとを操ることにかけては達人なのだ——昔からずっとそうだった。

そのうえで、自分の脱出戦略についてもじっくり考えていた。アイアムによれば、なにもかもすべて用意されていたという。身辺のことだけでなく、経済的な面でも。アイアムは〈サルズ〉を受け継ぎ、トレズは〈アイアンマスク〉を、ゼックスはかなりの大金を残された。エレーナにも用意があったらしいが、もっともアイアムはそれについては自分が処理すると言うだけだった。家族の財産の大半はナーラが受け継いだ。何百万何千万という大金があの幼子のものになったうえに、先祖代々の世襲財産もある。長子相続制によって、ベラではなくレヴが相続していたからだ。

まことにあっぱれな脱出ぶりだった。〈ゼロサム〉の薬物と賭博の痕跡はきれいさっぱり消えた。〈アイアンマスク〉ではいまも売春婦こそ雇っているが、それ以外のやばい商売が引き継がれることはない。それは〈サルズ〉でも同じだ。尊者《レヴアレンド》が去ったことで、後ろ暗い部分はほとんど一掃されたのだ。

「ゼックス、なんとか言えよ。生きてるんだろ」

彼女が生きて呼吸をしているか確かめたくても、さすがのアイアムにもドアを抜けてくることはできないし、非実体化して入ってくることもできない。この部屋は鋼鉄張りの金庫も同然で、完全に侵入不可能なのだ。ドアとドア枠の隙間にも目の細かい金網が張ってあるから、影に変身しても潜り込めない。

「ゼックス、おれたちゃ今夜、すでに仲間をひとり失ってるんだ。それをおまえが二者連続出塁にしてみろ、おれが最初から殺しなおしてやるからな」

「あたしは大丈夫」

「いま大丈夫なやつなんかいるもんか」

答えずにいると、アイアムが悪態をついてドアから離れていく気配がした。

たぶんあとになったら、かれらふたりの力になってやれると思う。なんのかのと言っても、彼女の気持ちがほんとうにわかるのはあのふたりだけなのだ。ベラは兄を亡くしはしたものの、かれら三人が死ぬまでずっと耐え忍ばねばならない、精緻な拷問のことは知らない。レヴが死んだと思っているから、いつか悲嘆の時期を乗り越えてトンネルを抜け、いままでとは違う形でその後の人生を生きていくだろう。

だが、ゼックスとアイアムとトレズの場合は……かれらは地獄の辺土にとらわれて身動きがとれない。真実を知っていて、それに対してなにもできないのだから――そしてその結果として、王女は自由にリヴェンジをなぶりものにすることができる。彼の心臓が動きつづけるかぎり、いつまでも。

そんな未来を考えるうちに、短剣の柄を握る手に力が入った。

その手にさらに力を込めて、ゼックスは短剣を自分の肌に向かって突きおろした。歯をぎりぎりと食いしばり、痛みを内に閉じ込める。涙をこぼす代わりにわが血を注ぐのだ。

だが、大した違いはありはしない。どちらにしても〝シンパス〟は赤い涙を流すのだから――この血管と同じように。

61

レヴの脳はゆっくりと覚醒していった。ちらつく意識はゆるやかな波のようだ。閃き、薄れ、また戻ってきて、頭蓋の底から徐々に広がって、ついに前頭葉に到達した。肩が灼《や》けるように痛む。両肩とも。頭ががんがんするのは、さっき〝シンパス〟に剣の柄で甘い夢に叩き落とされたせいだ。だが身体のほかの部分はみょうにふわふわしている。

閉じたまぶたの外側、彼を取り巻いてちらつく光は深紅を帯びている。ということは、ドーパミンが完全に身体から抜けたのだ。これからの彼はずっとこの状態というわけだ。

鼻から息を吸うと、においが……土のにおいがした。清潔な湿った土。

しばらくしてから、ようやく目をあける踏ん切りがついた。肩の痛み以外になんの判断材料もないのでは、どんな状況に置かれているのかわからない。目をあけて、その目をぱちくりさせた。レヴの脚ほどの長さのろうそくが、洞窟かなにかのように見える空間の奥に並んでいる。ろうそく一本一本のてっぺんで震える炎は血のように赤く、その光が周囲の壁に反射していたが、その壁はどうも液体でできているように見えた。

液体ではない。黒い石壁をなにかが這っている……壁じゅうを這いまわって——ぎょっとして自分の身体を見おろし、動く床に足が触れていないとわかってほっとした。目をあげると……波うつ天井から下がるチェーンで彼は吊るされていた。そのチェーンは、両腋の下に通した二本のバーに固定されている。

洞窟のまんなかに宙吊りにされている。素裸で浮かんでいるのだ——ちらちらと光り、脈打つ岩の天井と床のあいだに。

蜘蛛。サソリ。この牢獄《ろうごく》には毒のある番人がうようよしている。

目を閉じ、〝シンパス〟の力で周囲を探ろうとした。同種の他者を見つけよう。いまいるこの場所の壁を貫き、外界の精神や感情を見つけ、それを操って自分を解放させるのだ。コロニーにとどまる覚悟でやって来はしたものの、それはシャンデリアのように吊るされたままでいたいという意味ではない。

ただ、感じとれるのは雑音の網ばかりだ。

彼を取り巻いてうごめく大群が、すべてを跳ね返す精神の毛布をなして、彼の〝シンパス〟としての能力を無効化している。なにものも、この洞窟から出ることも入ることもできないのだ。

恐怖ではなく怒りが胸に突きあげてきて、彼はチェーンの一本をつかみ、発達した胸筋の力で引っ張った。痛みで頭から足先まで震え、空中で身体の位置は変わったものの、チェーンはびくともしなかったし、腋の下にバーを固定しているボルトはゆるみもしなかった。

チェーンを放してまた身体を垂直に戻したとき、なにか物音がした。背後で扉が開いたような。

だれかが入ってきた。相手とのあいだに生じた精神的障壁は強靭で、それでだれだかわかった。

「おじ上でしょう」

「そのとおり」

〝シンパス〟の王が彼の前にまわってきた。足を引きずり、杖にすがって歩いている。床をキルトのように覆い尽くす蜘蛛の集団は、彼が近づいてくるといっとき分かれて道をあけ、通り過ぎればその背後でまた閉じていく。血赤の王のローブに包まれたおじの肉体は虚弱だが、その曲がった背骨に支えられた頭脳は信じられないほど強力だった。

これが証拠だ――〝シンパス〟の最大の武器は物理的な強さではないのだ。

「調子はどうだ、宙に浮いてよく休めたか」王は尋ねた。王権の象徴たるヘッドドレスのルビーがろうそくの光にきらめく。

「お褒めにあずかって光栄のいたりです」

王が眉をあげると、その下で赤い目が燃えていた。

「どういうことかな」

レヴは周囲に目をやった。「わたしのために大層な牢獄を用意していただいて。これはつまり、わたしに力があるのでおじ上が安心していられないか、あるいはご自分で望むほどおじ上の力が強くないという意味でしょう」

王は微笑した。なんの不安も感じていない者の静かな笑みだ。「おまえの姉妹が王位を狙っていたのを知っているか」

「腹違いの姉妹と言ってください。王位のことは驚きませんが」

「しばらく前まで、わたしは遺言書であれの望むものを与えていたのだが、どうやら目が曇っていたらしいと気がついて、すべて書き換えてしまったのだ。おまえから

『税』をとっていたのはそのためさ。あれはその金銭を使って、よりにもよって人間などと商取引をしておった」その表情を見れば、ねずみを厨房に招き入れるほうがましだと思っているのは明らかだ。「この一事をとっても、統治にまったく向いておらぬのはわかるというもの。臣民を動かすには恐怖のほうがはるかに役に立つ——金銭など、権力を欲する者にとって大した価値はない。そのうえわたしを亡き者にしようとは。それで王位継承計画を引っくり返せると思ったのだろうが、まったく思いあがりもはなはだしい」

「それで、どんな罰を受けたんですか」

また静かな微笑。

「身にふさわしい処遇をな」

「いつまでわたしをここにこうして拘束しつづけるんです？」

「あれが死ぬまでだ。おまえがわたしの手の内にあって生きている、それを知っておるというのが、あれに与えられた罰の一部なのでな」王は周囲の蜘蛛を見まわした。カブキの白塗りのような顔に、真の情愛と呼べそうな色が閃く。「わが友らがよく守ってくれるから、心配することはない」

「心配などしていません」

「いやいや、するとも。いまにわかる」王の目がまたリヴェンジの目をとらえた。その中性的な面差しが、なにやら悪魔的なものに変化する。「おまえの父親のことは好きでなかったから、おまえに殺されたときは胸がすくようであった。そうは言っても、わたしに手出しできるなどと思うな。こうして生きていられるのも、おまえの姉妹が生きているあいだだけだ。その後はわたしもおまえの例にならい、近親の数を減らすこととしよう」

「腹違いの、と言ってください」

「王女とのつながりをできるだけ否定したいというのだな。あいつがあれほどおまえに恋い焦がれるのも不思議はない。もともと、手に入らないものがなにより欲しいという女なのだ、あれは。何度も言うが、こうしておまえを生かしているのも唯一そのためでな」

王は杖にすがり、のろのろともと来た道を引き返しはじめた。レヴの視野から消える寸前で立ち止まり、「父の墓に参ったことがあるか」

「ありません」

「そうか。わたしにとってはこの世で最も好ましい場所なのだがな。葬送の火に焼かれて、おまえの父が灰と化した場所に立つのは……じつにさわやかな気分だ」王は無慈悲な喜びに微笑んだ。「それもおまえの手で殺されたのだから、ますます愉快でならぬ。あいつは常づね、おまえのことを軟弱な役立たずと言うておったからな。見下していた相手に弑《しい》されるとは、さぞかし無念であったろう。ではな、リヴェンジ。ゆっくり休むがよい」

レヴは答えなかった。おじの精神の防壁をせっせとつつきまわし、潜り込む隙を見つけようとしていたのだ。

その努力が気に入ったというように、王はにやりと笑った。出口に向かいながら、

「わたしは以前から、おまえのことが嫌いではなかった。半分はただのヴァンパイアだとしてもな」

かちりと音がした。ドアが閉じたのだろう。

ろうそくの火がすべて消えた。

右も左もわからない状況に、リヴェンジはのどが詰まった。たったひとり、暗闇に宙吊りにされ、なんの手がかりもない。恐怖に全身をがっちりつかまれたようだった。最悪なのはなにも見えないこと——

上半身に渡されているバーがかすかに振動しはじめた。チェーンのあいだを風が吹き抜けて揺らしているかのように。

いや……待て、待ってくれ。

肩のうえがむずむずしはじめたかと思うと、その感覚はたちまち強烈になり、腹部に下り、腿に達し、指先にまであふれ出し、背中を覆い尽くし、首から顔までざわざわとのぼってきた。寄せくる大群を手の届くかぎり払い落とそうとしたが、いくら床に叩き落としてもそれ以上がまた襲ってくる。身体の全面を覆い、全身を這いまわり、拘束衣――微細な無数の脚でできた、たえず動きつづける拘束衣だ――を頭からかぶせられたようだった。

耐えがたかったのは、鼻孔と耳の周囲のぞわぞわだ。

悲鳴をあげたかった。しかし、それをすれば呑み込んでしまう。

いっぽうこちらはコールドウェル。ブラウンストーンの家――たぶんここに越してくることになるだろう――で、ラッシュはゆったりと念入りにシャワーを浴びていた。タオルを使って、じっくり時間をかけて足指のあいだや耳の後ろをこすり、肩と腰はとくに丹念に洗った。急ぐ必要はない。

お楽しみはあとに延ばせば延ばすほどいい。

それに、ぐずぐずしたくなるバスルームだった。なにもかも高級品だ。床と壁のカララマーブル（イタリアのカララ地方産の大理石）から、ゴールド仕上げの金具に、埋め込み式の洗面台にかかるエッチング入りの鏡まで。

もっとも、豪華なラックに下がっているのは〈ウォルマート〉のタオルだ。

ああ、しかし可及的速やかに《ASAP》取り替えるつもりだ。こういう安物はみなミスターDが例の農家のためにそろえたもので、ケツをもっと上等のもので拭くために、コールドウェルじゅう運転して買物してまわるほどラッシュはひまではない。とくにいまは、新しいエクササイズ装置の性能を試さなくてはならないのだ。とはいえ、午前中の運動が終わったらインターネットで注文するつもりだった。家具とか、寝具とか、ラグとか、キッチン用品とか。

とはいえ配送先は、いまミスターDたちが寝起きしているぼろ農家にしなくてはならない。この部屋に宅配業者はお呼びではないのだ。

照明をつけたままラッシュはバスルームを出て、主寝室に入っていった。天井の高さは戦前の基準——気象条件がそろえば、手彫りの刳形のあたりに雲が湧いて漂いそうなほど高い。床は豪華な硬材張り、彩りに桜材がはめ込まれているし、壁紙はまるで古書の見返しのようで、凝った暗緑色の渦巻き模様が入っている。

窓は、安物の毛布で覆ってある。これは刳形に打ちつけるしかなかった——まったくとんでもないことだ。しかしタオルと同じく、これも取り替えることになる。ベッドもだ。いまはただキングサイズのマットレスが床にじかに置いてあるだけだった。その白いキルトの表面はむきだしだ。まるで中西部の田舎者が、高級な場所へやって来て日焼けしようと寝ころがっているみたいだ。

ラッシュは腰に巻いたタオルを落とした。そそり立ったものが待ってましたと飛び出してくる。「あんたが嘘をついててよかったぜ」

王女が頭をあげると、艶やかな黒髪が動いて青みを帯びて光った。「ほどいておくれ。そのほうが楽しめるよ。まちがいなく」

「楽しめるかどうかは心配してない」

「ほんとうに？」王女は腕を引いたが、その腕は床にボルト留めされた鋼鉄のチェーンにつながれている。「わたしに触れてほしくないの」

ラッシュは王女の裸身を笑顔で見おろした。いまでは彼の所有物だ、どんな意味でも用途でも。彼に与えられた贈物だった。〝シンパス〟の王が、信義のしるしとして彼に与えてくれたのだ。人身御供《ごくう》でもあり、また彼女の反逆への罰でもあった。

「逃げられないぞ」彼は言った。「じっくり楽しませてもらうさ」

さんざん使ってもてあそんで、使いものにならなくなったら連れ出して、ヴァンパイアを退治するために居場所を見つけさせる。まさに完璧な愛人だ。いずれ飽きたら、あるいはセックス相手としてもダウジング棒としても役に立たなくなったら、そのときは始末するだけだ。

王女は憎々しげに彼を見あげている。その血のように赤い瞳の色が、最大音量で呪いの言葉を叩きつけてきているようだ。「きっと解放させてみせるよ」

ラッシュは手を下げて、自分でペニスをしごきはじめた。「解放するのは、おまえが墓に入るときさ」

王女の微笑は底なしの悪意に満ちている。それを見たら、睾丸が張りつめていまにもいきそうになる。「いまにわかるよ」彼女の声は低く響いた。

彼女は王の親衛隊に引きずってこられ、ラッシュとともにコロニーを離れた。そしてこのマットレス上に拘束されたのだ――両脚を開けるだけ開かされていた。

だから性器が濡れててらてら光っているのが見えた。

「だれが解放するか」そう言いながらマットレスに膝をつき、足首を押さえつけた。

彼女の肌は柔らかく、雪のように白く、花芯も乳首もピンク色だ。

そのムチのように細い身体に、いやというほどしるしを残してやる。腰をくねらせている様子からして、向こうもそれを喜ぶだろう。

「おまえはおれのものだ」唸るように言った。

突然の天啓のように、ロットワイラー犬の古い首輪が彼女の細い首に巻きついているさまが見えた。キングの登録タグはあの首にきっと似合うだろう。犬の引綱《リーシュ》も。

完璧だ。くっそ完璧だぜ。

62

一か月後……

エレーナは目を覚ました。陶器と陶器の触れあう音、アールグレイの香り。目を開くと、お仕着せ姿の〝ドゲン〟が大きな銀のトレーを重そうに運んでいた。トレーには、クリスタルの蓋をかぶせた焼きたてのベーグル、いちごジャムの壺、小さな陶製の皿にのせたクリームチーズ、そしてこれが彼女の一番のお気に入りなのだが、一輪挿しがのっていた。

毎晩違う花が挿してある。今夜はヒイラギの枝だった。

「まあサシュラ、わざわざ持ってきてくれなくていいのに」エレーナは起きあがり、上掛けをめくった。糸も織りもすばらしいから、夏の空気よりなめらかに肌に触れる。

「ありがたいけれど、でもほんとに……」

メイドはお辞儀をして、はにかんだような笑みを浮かべた。「お目覚めのときは、ちゃんとしたお食事をお持ちいたしませんと」

エレーナが腕を持ちあげると、伸ばした脚のうえにスタンドが広げられ、そこにトレーが置かれた。美しく磨かれた銀器とていねいに用意された食事を見おろしたとき、彼女が真っ先に思ったのは、父も同じように目を覚ましているということだった。エランという名の〝ドゲン〟の執事が食事を運んでいるはずだ。

繊細なカーブを描くナイフの柄をなでた。「ほんとによくしてもらって。この大きなお屋敷にすぐになじめたのも、あなたたちみんなのおかげよ。ほんとうにありがとう」

顔をあげると、〝ドゲン〟の目には涙が浮いていた。それをハンカチで急いで拭きながら、彼女は言った。「お嬢さま……お嬢さまと旦那さまがいらしてから、このお屋敷はすっかり変わりました。みんなとても喜んでおります、こんなよいご主人さまに恵まれて。なにもかも……以前とは違います、お嬢さまがたがいらしてから」

メイドに言えるのはそれが精いっぱいだったが、最初の二週間ほど、彼女をはじめ使用人はみなびくびくしていた。あの様子からすると、どうもモントラグはかなりむずかしい家長だったようだ。

エレーナは手を伸ばし、メイドの手をぎゅっと握った。「よかったわ、わたしたちみんなうまく行っているってことよね」

メイドは仕事に戻ろうとあちらを向いた。どぎまぎしているようだが、それでもうれしそうだ。ドアの手前で立ち止まり、「そうそう、ルーシーさまのお荷物が届いております。お父さまのおとなり、お客さま用のスイートにお入りいただきました。それとお申しつけのとおり、錠前屋が三十分後に来ることになっております」

「まあ、どちらもちゃんとやってくれてありがとう」

ドアが静かに閉じ、メイドが〈古国〉の歌をハミングしながら去っていくと、エレーナはプレートの覆いをとり、クリームチーズをナイフですくった。父の介護士兼個人秘書として同居するのをルーシーが承知してくれて、こんなにありがたいことはない。全体として見ると、父はこの新しい環境にわりあいスムーズになじんでくれた。行動も精神状態もここ数年になく安定している。しかし、ルーシーが身近で監視してくれるなら、まだくすぶっていた不安もだいぶ解消されるというものだ。

父に気をつけるのが最重要なのはいまも変わらない。

たとえばこの屋敷では、父は窓にアルミホイルを貼ろうとはしなかった。それどころか、庭——冬支度をすませたあとですら美しい——を好んで眺めている。いまにして思えば、父が外界を締め出していたのは、暮らしていた環境のせいもあったのではないだろうか。また、自室の反対どなりの客用寝室でせっせと仕事をしているときも、ずっとリラックスして落ち着いている。いまも幻聴はあるし、秩序を好んで少しの乱雑さも耐えられないところも変わらないし、あいかわらず薬は必要だ。しかし、この二、三年のことを考えれば天国だった。

食事をしながら、エレーナは自分の選んだ寝室を見まわし、両親のかつての屋敷を思い出していた。カーテンは、かつての家にかかっていたものと似ている。黄みを帯びたピンクとクリーム色と赤のどっしりしたカーテンで、上飾りにはルーシュがついてフリンジが下がっている。壁も同じく贅沢に仕上げられていて、シルクの壁紙にはカーテンとみごとに調和したバラの模様が入っているし、また床のニードルポイントのラグともよく合っている。

エレーナ自身もこの環境を居心地よく感じてはいたが、それでも地にまったく足がついていない気がする。冷たい海で乗っていた小舟が引っくり返り、もとに戻ったと思ったらそこは熱帯の海だった――そんな急転換のせいもあるが、それだけではない。

リヴェンジのことが頭から離れない。いついかなるときも。

眠りにつく前に最後に思い、目覚めて最初に思うのは、彼は生きているということだ。夢に出てくる彼は、両腕をわきに下げ、頭を低く垂れていて、ちらちらする黒い背景にシルエットを浮かびあがらせている。ある意味で完全な矛盾だ。彼は生きているという確信とは、あまりに不釣り合いなイメージ。彼はこの世にないと言っているかのようではないか。

　まるで亡霊に取り憑かれているようだ。

　これでは毎日が責め苦だ。

いたたまれなくなって、エレーナはトレーをわきへどけ、起きあがり、シャワーを浴びた。着替えた服は高級品などではなく、暮らしががらりと変わる以前と同じ、〈ターゲット〉や〈メイシーズ・オンライン〉のセールで買った服だ。靴は……レヴが手に捧《ささ》げ持ったあの〈ケッズ〉だった。

　いや、そのことは考えてはいけない。

　問題は、どうしても抵抗感がぬぐえないということだ。喜び勇んで出かけていき、ぱあっと散財する気にはなれない。どれひとつ自分のものとは思えない。この屋敷も、使用人たちも、車も、当座預金口座（小切手が振り出せる口座）のゼロの数も。いつかきっと、夕暮れとともにサクストンが現われるにちがいない、いまだにそう思っている。そして、まことにお気の毒ですがみんなべつのひとのものになってしまいました、と言いだすに決まっているのだ。

なんというとほほだろう。

エレーナは銀のトレーを取りあげ、父の様子を見に行くことにした。同じ棟の突き当たりの部屋だ。ドアの前まで来ると、スニーカーの先でノックをした。

「お父さま？」

「お入り、娘よ！」

トレーをマホガニーのテーブルに置き、父が書斎に使っている部屋に向かった。借家から運んできた父の古いデスクはとなりの部屋に置いてあり、父はいつものようにその前に座って書き物をしていて、あたり一面紙だらけにしていた。

「ご機嫌いかが？」と尋ねながら、父の頰にキスをする。

「うるわしいとも、じつにうるわしいよ。〝ドゲン〟がジュースと食事を持ってきてくれたところなのだ」と、品のよい骨ばった手を銀のトレーのほうにふる。彼女が持ってきたのと同じトレーだ。「あの新入りの〝ドゲン〟はよくやってくれるね」

「ええ、お父さま。わたしも――」

「ああルーシー、よく来てくれた！」

父が立ちあがり、ベルベットのスモーキングジャケットを直す。肩越しにふり返ると、ルーシーが入ってくるところだった。紫がかった灰色のワンピースに、毛玉のある手編みのセーターを着ている。足もとは〈ビルケンシュトック（頑丈で実用的なブランド）〉のサンダルに、これまたお手製らしい分厚いルーズソックス。ウェーブのかかった長い髪は後ろに流して、地味なクリップを使ってうなじのあたりでまとめている。

周囲のすべてが変わってしまったが、ルーシーは以前のままだった。親切で……親しみやすい。

「クロスワードを持ってきたんですよ」と、四つ折りにした『ニューヨーク・タイムズ』紙を持ちあげてみせる。ついでに鉛筆も。「助けていただきたくて」

「それはそれは、もちろん大歓迎ですよ、いつものとおり」エレーナの父はデスクをまわり、ルーシーのために慇懃《いんぎん》に椅子の向きを変えた。「どうぞ座って。さあ、いくつマスを埋められるかな」

ルーシーはエレーナに微笑みかけて腰をおろした。「お父さまがいないとぜんぜんできないの」

エレーナはいぶかしさに目を細くした。ルーシーはかすかに頬を染めている。父に目を向けると、こちらも明らかに顔を輝かせていた。

「それじゃ、おふたりでパズルを楽しんでくださいね」と笑顔で言った。

部屋を出ていこうとすると、ふたり同時にまたあとでと声をかけてくれた。よくハモっていると思わずにいられない。

階段を降りて大きな玄関広間に出ると、左に折れて正式な食堂に入った。いったん足を止め、飾られているクリスタルや陶製の食器をほれぼれと眺める——そして輝く枝つき燭台を。

しかし、その優美な銀の枝にろうそくは立っていない。

この屋敷にろうそくは一本もないのだ。マッチやライターも。ここに越してくる前、エレーナは〝ドゲン〟たちに言って、ガスレンジは電気式に取り替えてもらった。また同様に、主人一家の区画にあった二台のテレビは使用人の区画に移し、防犯モニターは開けっ放しのパントリーのデスクにのせてあったのを、ドアに鍵のかかる閉じた部屋に移しておいた。

あえて危ない橋を渡る必要はない。携帯電話や電卓のものも含め、電子製品の画面を見ると、いまだに父は不安がるのだからなおさらだ。

この屋敷に越してきた最初の夜、エレーナは父に屋敷じゅうくまなく見せてまわり、防犯カメラやセンサーや送信機が、屋内だけでなく庭にも設置してあるのをひとつひとつ確認させた。家が変わることや、さまざまな防犯装置に父がどう反応するかわからなかったので、父に薬を服ませた直後に屋敷めぐりをしたのだ。幸いなことに、住まいがよくなったのを常態に復したと父は考え、屋敷のいたるところを機械が見張っているというのが気に入ったようだった。

窓を覆う必要を感じなくなったのは、それも理由のひとつだったのだろう。いまではもっといい方法で見守られているように感じているのだ。

自在ドアを押してパントリーに入り、そこからさらにキッチンに向かった。終餐《ラストミール》の料理を始めている執事とおしゃべりし、大階段の手すりを美しく磨いてくれたメイドのひとりを褒めたあと、エレーナは屋敷の反対側にある書斎に向かった。

長い道のりだった。美しい部屋部屋をいくつも抜け、その途中途中でアンティークや手彫りの脇柱やシルク張りの家具をそっとなでていく。この美しい屋敷のおかげで、父はずっと楽に生きられるようになるだろう。その結果、彼女にとっては自分のことにかまける時間や気力が増えるというわけだ。

あまりうれしいことではない。いまは空白の時間はまったく歓迎できないのだ、頭のなかのたわごとにつきまとわれることになるから。それに、ミス情緒安定コンテストに参戦するにしても、だからといって日々を無為に過ごしたくはない。わずかに残る家族を食べさせるために、せっせと稼ぐ必要はなくなったかもしれない。しかし、彼女はずっと仕事をしてきたし、病院で働いていたときの目的意識ややりがいを愛していた。

ただ、その橋を自分で焼き棄てたうえに、ほかにもいろいろやらかしてしまったが。

三十以上もあるほかの部屋部屋と同じく、書斎もヨーロッパの王宮ふうに装飾されていた。壁やソファの上品なダマスク織りの模様、ふんだんな房飾り《タッセル》やひだ飾り《ドレープ》、そして奥行きのある輝かしい絵画が何枚もかかっていて、それがより完璧な世界に開く窓のようだ。ただ、ひとつだけその例から外れている部分がある。床が剝き出しで、寝椅子やアンティークのデスクやテーブルや椅子がみな、磨かれた板張りの床にじかに置かれているのだ。部屋の中央は端のほうより床の色がわずかに濃くなっているから、かつては敷物で覆われていたのかもしれない。

〝ドゲン〟に尋ねてみたら、じゅうたんについたしみが除去できなかったので、いまマンハッタンの室内装飾用のアンティーク商に、新しいじゅうたんを注文しているところだという。なにがあったのか具体的なことは話そうとしなかったが、ここの〝ドゲン〟たちの神経質なほどの仕事ぶりから見て、ちょっとでも粗相があれば、それがどれほどやむをえないことでも、モントラグがどんな反応を示したかは想像に難くない。お茶のトレーを引っくり返しでもすれば、大変な騒ぎだったただろう。

エレーナは、デスクの向こうにまわって腰をおろした。革の吸取紙台のうえに、今日の『CCJ』紙、電話、趣味のよいフランス風の卓上ランプ、そして羽ばたく鳥をかたどった美しいクリスタル像がのっている。古いノートパソコンは、父とともにここに移る前に病院に返そうとして断わられたのだが、いまは天板の下の大きな平たい引出しにぴったり収まっている――父が入ってきたときのために、つねにそこに隠してあるのだ。

新しいノートパソコンを買うぐらいの余裕はあるだろうが、やはり買い換えることはないだろう。衣服と同じく、いまあるものがちゃんと使えるし、それに使い慣れてもいる。

それに、このなじみのパソコンのおかげで、少しは非現実感もやわらぎそうな気がする。いまはそれが必要なことだった。

デスクに両肘をつき、向こう側の壁を見やった。その壁面には本来なら壮麗な海景画がぴったりかかっていたのだが、いまその絵はななめに室内に突き出している。その裏には金庫の表面が露出していて、舞踏会の豪華な仮面の下から地味な女性の顔が現われたような風情だった。

「お嬢さま、錠前屋が参りましたが」

「どうぞお通しして」

エレーナは立ちあがって歩いていき、金庫のなめらかな艶消しの表面と、黒と銀色のダイヤルに触れた。これを見つけたのはまったくの偶然だった。海原に沈む夕陽の描写に心を奪われて、なんの気なしに額縁に手を触れたら、絵全体が前に飛び出してきたのだ。肝をつぶし、額縁を知らずに壊してしまったかと思ったが、それで絵の裏をのぞいてみたら……というわけだ。

「お嬢さま、ロスフの子ロフと申します」

黒いつなぎを着て黒い道具箱を持っている。エレーナは笑顔で近づいていき、手を差し出したが、男性のほうは帽子をとって深々とお辞儀をした。まるでこちらが特別な存在であるかのようで、居心地が悪いどころの話ではなかった。何年もただの一般市民として生きてきただけに、こうかしこまられると落ち着かないが、それでも少しずつ慣れてはきた。周囲のひとびとが社会的な儀礼を尊重するのはやむをえない。相手が〝ドゲン〟でも職人でもアドバイザーでも、それをやめさせようとすればかえって厄介なことになるだけなのだ。

「わざわざ来てくれてありがとう」彼女は言った。

「お役に立てれば幸いです」彼は金庫に目をやった。「これでございますか」

「ええ、これの組み合わせがわからないの」そろって金庫に近づいていく。「なにかあける手段があるかしら」

隠そうとはしていたが、錠前屋はたじろいだ。どうも簡単ではなさそうだ。「さようで、この種類の金庫のことは知っとりますが、なかなか一筋縄では行きませんで。この扉を開くには、本格的なドリルを持ってきて錠に穴をあけにゃなりませんが、すごい音がいたしますよ。それに、穴をあけるわけですから金庫は使えなくなります。お言葉ですが、数字の組み合わせはどこかに書いてあったりいたしませんか」

「どこを探せばいいかわからないんですよ」エレーナは本棚のあたりを見まわし、デスクのほうを見やった。「越してきたばっかりで、なんの説明もなくて」

錠前屋の男性は彼女と同じように室内を見まわした。「ふつうは、そういうのをしまう隠し場所があるもんです。それが見つかりさえすりゃ、組み合わせ錠をセットしなおす方法はございますから、金庫もまた使えるようになるんですが。さっきも申しましたが、ドリルで穴をあけちまうと取り替えにゃならんようになりますんで」

「ええ、でもここに越してきてすぐに探検して、あのデスクも見てみたんですけど」

「隠し区画みたいなもんはありませんでしたか」

「え……いいえ。でもあのときは、ただ書類をどけて自分のものを入れる隙間を作ろうとしただけだから」

錠前屋はうなずいてデスクのほうを示した。「ああいうデスクだと、たいてい引出しの底とか奥とかが二重になってて、細かいもんが隠せるようになっとるもんです。差し出がましいとは思いますが、ごいっしょに探させてもらえませんか。それと、こういうお部屋だと刳形とかにも隠し場所があったりするもんで」

「ほかのひとにも見ていただけると助かるわ」エレーナはデスクに歩いていき、引出しをひとつひとつ抜いて、床に並べて置いた。そのかたわらで、錠前屋はペンライトを取り出して、引出しを抜いたあとを照らして調べはじめた。

左下の大きな引出しを抜く段になって、エレーナは躊躇《ちゅうちょ》した。そこに入れてあるものを見られたくない。もっとも、錠前屋が中身を透視できるわけではないのだが。

小さく毒づいて真鍮《しんちゅう》の把手を引っ張りながら、そこにためてある『ＣＣＪ』の切り抜きからは目をそらしていた。どれも読んだ記事を内側にして折り畳んで、捨てられずにとっておいたのだ――二度と読む気になれないにもかかわらず。

その引出しをできるだけ遠くに置いて、「これで最後ね」

「どうやらこれだな……」デスクの下に頭を突っ込んでいるせいで、錠前屋の声にはエコーがかかって聞こえた。「……メジャーが要るな、道具箱の――」

「待って、わたしが」

メジャーを手渡すと、彼女が手伝ったことに錠前屋は驚いたようだった。「こりゃどうも、すんません」

錠前屋はまたデスクの下に潜り込み、エレーナはそのかたわらに膝をついた。「なにかあります?」

「どうやらここに……やっぱり、ここはほかより浅くなってるな。ちょっと失礼して……」きしむような音がして、錠前屋の腕がぐいと引かれた。「ありました」

上体を起こすと、職人らしいごつごつした両手に粗削りの箱が握られていた。「この蓋はあくと思うけど、わたしがあけるわけにゃいきませんので」

「なんだかインディ・ジョーンズになったみたい。牛追い鞭《むち》があれば完璧ね」てっぺんのパネルをはずした。「組み合わせのメモはないわね。鍵がひとつ入ってるけど」

その鉄の鍵を取り出し、眺めてからまた入れなおした。「もとの場所に戻しておいたほうがいいかも」

「それじゃ、隠し引出しの戻しかたをお教えしますよ」

錠前屋はそれから二十分後に帰っていった。それまでにふたりで壁じゅう叩いてまわり、棚や刳形を調べたが、なにも出てこなかったのだ。エレーナは、あとでもういちど自分で探してみるつもりだった。それでもなにも見つからなければ、本格的なドリルを持ってまた来てもらい、金庫をこじあけることにしよう。

デスクに戻り、引出しをもとに戻しはじめたが、新聞記事を入れておいた引出しの番になって手を止めた。

もう父の心配をしなくてよくなったからかもしれない。自由な時間ができたからなのかもしれない。

というより、知りたいという欲求を抑えつける、その力が一瞬ゆるんだというだけかもしれない。

エレーナは切り抜きをすべて取り出し、畳んでいたものを開き、デスクのうえに広げて置いた。すべてリヴェンジと〈ゼロサム〉の爆破事件に関する記事で、今日の新聞を開いてみれば、コレクションがさらに増えるのはまちがいない。マスコミはこの事件に興味津々で、ここ一か月は山のように続報があった——新聞だけでなく、テレビの夕方のニュースでも。

容疑者はなく、逮捕者もない。クラブの残骸で男性の骨が見つかった。彼が所有していたほかの店は、いまではもと部下が経営している。コールドウェルの薬物取引はさたやみになり、仲買人の殺害はもう起こっていない。

エレーナはいちばん上の切り抜きを取りあげた。最近の記事ではなく、何度も見たせいで印刷の文字がにじんでしまっていた。文章の横に、リヴェンジのぼやけた写真が載っている。二年前に潜入捜査官が撮影したものだ。リヴェンジの顔は影になっていたが、セーブルのコートと杖と〈ベントレー〉ははっきり写っている。

この四週間で、リヴェンジの記憶はむしろ純化されていた。いっしょに過ごした時間から、あの別れ——彼女が〈ゼロサム〉を訪ねて、すべてに終止符が打たれたときまで。時間とともに、記憶のなかの映像は風化していくどころか、いっそう鮮明になっていく。まるで、時を経たウィスキーが濃くなっていくようだ。不思議なものだ。

さらに奇妙なのは、彼女の聞いた言葉、よいことも悪いこともあるなかでいちばん思い出されるのは、あの女性警備員の言葉、エレーナがクラブから帰ろうとしたときに投げつけられた言葉だった。

……あのひとがこんなくそひどい状況に落ち込んだのは、あたしとあのひとのお母さんと妹のためなんだよ。それなのに、あんたはあんな下種とはつきあえないってわけ。上等じゃない。いったいなにさまのつもりよ、一点のしみもない完璧な女だとでも？

彼のお母さん。彼の妹。あの女性自身。

その言葉がまた頭のなかに鳴り響いている。それを聞きながら目をさまよわせるうちに、書斎のドアに目が留まった。屋敷は静かだった。父はルーシーとクロスワード・パズルに余念がなく、使用人たちはいそいそと仕事に励んでいるのだろう。

この一か月で、ひとりきりになったのはこれが初めてだ。

すべて考えあわせれば、いちばんいいのは熱いお風呂に入り、ぬくぬくとして面白い本でも読むことだろう……それなのにノートパソコンを取り出し、画面を開いて、スイッチを入れてしまった。いまやろうとしていることを続けていけば、きっと深く暗い穴に降りていくことになる、そんな予感がした。

それでもやめられなかった。

レヴと彼の母親については以前検索したことがあり、その医療記録は保存してあった。どちらも死亡が宣告されているから、ふたりの記録は厳密には公的記録ということになる。というわけで、ふたつのファイルを呼び出したときも、他者のプライバシーをのぞき見ているという後ろめたさはそれほどでもなかった。

まず母親の記録のほうから開いてみた。以前読んだ憶えのある記載――リヴェンジを産んだ女性について興味があって、ざっと見たときに読んだのだ。だが今回はじっくり時間をかけて、もっと具体的な点を調べにかかる。もっとも、なにを探せばいいのかわかっているわけではないが。

最近の記載にはとくに変わった点はない。毎年の健康診断とか、たまのウイルス感染の治療記録があるだけだ。次々にページをスクロールしていきながら、なぜこんなむだなことをして時間をつぶしているのかと疑問に思いはじめたとき、五年前にマダリーナが膝の手術を受けていることがわかった。術前の備考には、頻回の外力による負傷の結果、膝関節が損なわれたというようなことが書かれている。

頻回の外力？〝グライメラ〟に属するきちんとした女性が？フットボールの選手ならわかるが、リヴェンジの母親のような名家の貴婦人には似つかわしくない。

意味がわからない。

エレーナはさらに記録をさかのぼったが、これといった記載はなかった……が、いまから二十三年前までさかのぼったところで、急に記録が増えはじめた。骨折。打撲。脳震盪《のうしんとう》。

そんなはずはないとわかっていなかったら……まちがいなくDVだと言うところだ。

毎回、付添いは息子のリヴェンジだった。付き添ってきて、いっしょに泊まっていく。

〝ヘルレン〟に虐待されていることを示すかのような記録のうち、最新の記録に戻ってみた。このときの付添いは娘のベラだった。レヴではない。

エレーナはその日付を見つめていた。その数字を睨んでいれば、いきなり謎を解く鍵が閃くとでもいうように。五分後にようやくわれに返ったが、父の病気の影がまたひたひたと近づいてきているように感じた。その影が彼女の心の壁にも迫っているのではないか。なぜこの問題がこれほど気になるのか、強迫観念にでも取り憑かれているのか。

そんなことを思っていながら、その強迫観念をさらに悪化させるだけとわかっているのに、彼女は衝動に従ってレヴのファイルを開いていた。

過去へ、過去へと記録をさかのぼると……ドーパミンの投与が始まったのはちょうどそのころ、つまり彼の母親が外傷のために病院を訪れることがなくなったころだった。

たんなる偶然だろうか。

どうかしていると思いながら、エレーナはインターネットに移り、一族の公的記録のデータベースを開いた。マダリーナの名を入力すると、本人の死亡記録が出てきたが、それを飛ばして彼女の〝ヘルレン〟、レンプーンの――

エレーナは椅子に座ったまま身を乗り出した。歯のあいだから呼気が漏れる。にわかには信じられず、またマダリーナの記録に戻った。

彼女の〝ヘルレン〟が亡くなったのは、彼女が最後に外傷で病院を訪れた夜のことだった。

謎の解明は近いという予感とともに、エレーナは日付の一致のことを考え、あの女性警備員がリヴェンジについて言ったことと照らしあわせてみた。母親を守るために彼がレンプーンを殺したのだとしたら。あの警備員がそれを知っていたのだとしたら。もしも――

目の隅に『CCJ』のリヴェンジの写真が見えた。影になった顔。やけにはっきり写っている高級車、派手な杖。

毒づきながらノートパソコンを閉じ、引出しに戻して立ちあがった。潜在意識を意のままにすることはできなくても、起きている時間までそれにふりまわされる必要はないし、こんな狂気じみた推理を続ける必要もない。

これ以上続けると頭がおかしくなりそうだから、モントラグが使っていた二階の主寝室にあがり、金庫の組み合わせ錠のメモが見つからないか探してみよう。そうこうしているうちに、父やルーシーと終餐《ラストミール》をとる時刻になるだろう。

だがそのあとは、これからどうして生きていくかを考えなくてはならない。

「『……薬物取引の中心人物と目されていた、クラブオーナーのリチャード・レナルズは死亡したものと推測され、最近地元で続発していた薬物密売人の殺害もこれで終わりを告げるのではないかと見られる』」ベスが『ＣＣＪ』紙をデスクに置いたらしく、がさがさと音がした。「これで記事は終わりよ」

ラスは脚の位置を入れ換え、女王の体重を支えている膝を楽にしようとした。二時間前にペインに会いに行き、あちこちさんざんに殴られてすかっとしてきたところなのだ。

「朗読ありがとう」

「どういたしまして。それじゃ、ちょっと暖炉の手入れをしに行くわね。あのままだと薪がカーペットに転げ落ちてきそう」彼にキスをしてベスが立ちあがると、華奢な椅子がほっとしたようにきしんだ。彼女が書斎を突っ切って暖炉に向かう途中、グランドファーザー時計が鳴りはじめた。

「あら、よかった」ベスが言った。「あのね、もうすぐメアリが来ることになってるの。あなたになにか持ってきてくれるんですって」

ラスはうなずき、手を伸ばして、デスクのうえに指先を添わせて、先ほどまで飲んでいた赤ワインのグラスを見つけた。手にした重みから、ほとんど飲み終えているのがわかる。いまの気分からすると、もっと飲みたくなるだろう。レヴに関するこのごたごたが気になる。気になってならない。

　ボルドーを飲み干してから、グラスをおろして、いまもかけているラップアラウンドの下の目をこすった。サングラスをかけつづけているのはおかしいかもしれないが、それがどうした。こっちからは見られていてもわからないのだから。自分の焦点の合わない瞳孔を、他者に見られるというのが気に入らないのだ。

「ラス……」ベスがそばにやって来た。その緊張した口調から、声に不安をにじませまいとしているのがわかる。「大丈夫？　頭が痛いの？」

「いや」と言いながら、愛する女王をもとどおり膝に抱きあげた。華奢な椅子がまたきしみ、細い脚がぐらぐらする。「なんともない」

　彼女の手が顔から髪を払ってくれた。「そうは見えないわ」

「いや、ただ……」彼女の手のいっぽうをとらえて、自分の手に包み込んだ。「くそ、なんでもないんだ」

「そんなことないでしょ」

　ラスはぎゅっと眉をひそめた。「おれのことじゃないんだ。少なくとも、一番はそれじゃない」

長い間があったが、ややあってふたり同時に口を開いた。

「じゃあなに？」

「ベラはどうしてる？」

その問いに驚いたように、ベスは咳払いをした。「ベラは……精いっぱいがんばってるわ。なるべくひとりにさせないようにしてるし、ザディストがしばらく休みをとってくれてよかった。ほんとうに気の毒よね、数日のうちにふたりとも亡くしてしまうなんて。つまりお母さんとお兄さんを……」

「たわごとだ。レヴのこの話は嘘っぱちだ」

「どういうこと」

ベスが読んでくれていた『ＣＣＪ』を手探りし、読み終えたばかりの記事のあたりを叩いた。「あいつが爆殺されたなんて話はとうてい信じられん。レヴはそんな間抜けじゃないし、護衛のムーア人たちだってそうだ。あの警備責任者だっている。爆弾を抱えたどこかのばかなんぞ、店に近づくことだってできなかっただろう。それにこのあいだの夜、レイジとＶがジョンを連れ戻しに〈アイアンマスク〉に行ってみたら、そこで三人とも働いてたそうだ。アイアムとトレズとゼックスはいまもつるんでる。

あんな悲劇があったあとは、たいていひとはばらばらになるもんだ。それなのに、あの三人はいまもいっしょなんだ。まるであいつが戻ってくるのを待ってるみたいじゃないか」

「でも、お店の跡で骨が見つかったんでしょう」

「だれの骨だかわかるもんか。たしかに男の骨だったが、ほかに警察にわかったことがあるか。ありゃしない。もしおれが人間の世界から姿を消そうとすれば——べつにヴァンパイアの世界でもかまわんが、死体を用意しておいてその建物を吹っ飛ばすだろう」ラスは首をふり、レヴが北の〈グレート・キャンプ〉でベッドから動けなかったときのことを考えた。ひどく体調を崩していたのに、ラスを殺そうとした男を暗殺させるぐらいの気力はあったのだ。「ちくしょう、あのくそったれはおれを助けてくれた。モントラグと話したとき、あいつにはおれを始末するチャンスがいくらでもあったんだ。おれはあいつに借りがある」

「でも……いったいどうして死んだふりをする必要があるの。ベラのことも、ベラの赤ちゃんのこともすごく可愛がってたのに。だって、ベラはほとんどお兄さんに育てられたようなものじゃない。そのベラをあんなに悲しませるなんて信じられない。それに、いったいどこへ行くっていうの？」

北部のコロニーだ。ラスはそう考えていた。

ラスは胸のうちをなにもかも打ち明けたかったが、ためらった。というのも、いまあれこれ考えていることが正しいとすれば、事態が滅茶苦茶に厄介なことになりそうだったからだ。早い話、レヴのことで届いたあのメールだ。あいつは嘘をついているというのがラスの直感だった。あのメールが来て、その翌晩にレヴが「死ぬ」など偶然にしてもできすぎだ。合法的に姿を消す必要があったのにちがいない。しかしモントラグが死んだいま、いったいだれが――

鋭い破裂音がした。と思うと自由落下、したたかな尻もち。

ベスが悲鳴をあげ、ラスは悪態をついた。「くそ、なんだいったい」

あたりを手探りすると、古くて華奢なフランス製の椅子の残骸があたり一面に散らばっていた。

「〝リーラン〟、けがはないか」叫ぶように言った。

ベスは笑いながら立ちあがった。「あらあら……椅子を壊しちゃったわね」

「ぶっつぶしたと言うほうが正確――」

ドアにノックの音がして、ラスはあわてて立ちあがりながら痛みにうめいた。もっとも、もう慣れっこになってきていた。ペインはいつも脛を狙ってくるし、今日は左脚が痛くてかなわなかった。とはいえ、こちらもやられっぱなしというわけではない。いまごろ、向こうは脳震盪の手当てをしているところだろう。

「入れ」と声をかけた。

ドアが開いた瞬間に、だれだかわかった……が、ひとりではない。

「メアリ、いっしょにいるのはだれだ」と言いながら、腰に帯びた短剣に手を伸ばす。このにおいは人間ではない……が、ヴァンパイアでもない。

かすかにかちゃかちゃと音がして、〝ジェラン〟のほうから長い嘆息が聞こえてきた。なにかとてもよいものを見てほれぼれしているような。

「ジョージよ」とメアリが言った。「お願いだからその物騒なものをしまって。悪さはしないから」

ラスは短剣を握ったまま、鼻孔をふくらませた。このにおいは……「犬か」

「そうよ。盲人の補助をする訓練を受けてるの」

ラスは「も」で始まる言葉にいささかたじろいだ。自分がその分類に属するという事実を、いまだに呑み込みかねているのだ。

「そっちに連れていきたいんだけど」メアリがいつもの落ち着いた声で言った。「でもその刃物をしまってくれないと」

ベスは黙ったまま、メアリは近づいてこない。どちらも賢明だ。彼の神経繊維は四方八方に火花を散らしているし、頭のなかではさまざまな思いが渦巻いている。この一か月、さまざまな成果をあげ、同時にさまざまな苦い失敗も味わった。初めてペインと会って戻ってきたときから、行手がけっして楽でないのはわかっていたが、その道のりは予想以上に長く険しかった。

二大問題をあげるなら、ベスや兄弟たちに頼りきりなのがいまいましいということ、そして簡単な作業を一から学びなおすのはやたら疲れるということだ。たとえば……まったくもって、自分でトーストを用意するだけで大騒ぎだった。言うまでもないが、その後片付けにまたはてしなく時間がかかるのだ。昨日またやってみて、バターをのせたガラス皿をみごとに割った。

しかしだからと言って、どこへ行くのも犬に先導されるというのは……さすがに気が進まなかった。

部屋の向こうからメアリの声がゆったりと届く。馬の歩様で言えば、のんびりぱかぱか歩いてくるみたいな声だ。「フリッツはもう犬を扱う訓練を受けてるから、わたしといっしょに介助してくれるわ、あなたとジョージがうまくやっていけるように。それに、二週間は試用期間なの。もし気に入らないとか、やっぱりだめだって思ったら返すこともできるわ。義務でもなんでもないのよ、ラス」

その犬をあっちへ連れていけと言いそうになったとき、かすかにクーンと鳴く声と、またかちゃかちゃいう音がした。

「だめよ、ジョージ」メアリが言った。「まだ行っちゃだめ」

「こっちに来たがってるのか」

「あなたのシャツを使って訓練したから、においを知ってるのよ」

長い長い沈黙が落ちた。やがてラスは首をふった。「どうかな、おれはあんまり犬は好きじゃないんだが。それに、ブーもいるし――」

「ブーも来てるのよ」ベスが言った。「ジョージのとなりに座ってるわ。ジョージが来たらすぐ降りてきてね、ずっとそばにまとわりついてるの。相思相愛みたい」

ちくしょう、猫まであっちの味方なのか。

また沈黙。

ラスはゆっくり短剣を鞘に収め、大股に二歩左へ動いてデスクの向こうに出た。そこからまっすぐ歩いて書斎のまんなかで立ち止まる。

ジョージが小さくくんくん鳴いて、またハーネスのかすかなかちゃかちゃが聞こえた。

「こっちへ来させてくれ」ラスは陰気に言った。しだいに袋小路に追いつめられて、それがまったく気に入らないという気分だ。

犬の近づいてくる音がした。足音と、首輪のかちゃかちゃが近づいてきて……ベルベットのように柔らかい鼻づらが手のひらに押しつけられ、ざらざらの舌がぺろっと肌をなめた。それから犬は彼の手の下にもぐり込み、腿に身をすり寄せてくる。耳はシルクの手ざわりで温かく、柔らかい毛はわずかに縮れている。

大きな角張った頭をした大型犬だ。「なんて犬種だ?」

「ゴールデンレトリバーよ。フリッツが選んだの」

〝ドゲン〟の声がドアの外から聞こえてくる。張りつめた雰囲気の室内に入るのをはばかっているようだ。「ぴったりの犬種だと存じまして」

犬の脇腹を探ってみて、胴体にハーネスが巻かれているのがわかった。盲人がつかむハンドルがついている。「なにができるんだ」

メアリが口を開いた。「必要なことはなんでも。家の配置を教え込めるから、図書室に連れていけって命令すれば連れてってくれるわ。キッチンを歩きまわったり、電話に出たり、ものを見つけたりするときも補助してくれるし。とっても賢い子なのよ。相性が合えばだけど、この子がいればもうひとに頼る必要はなくなるわ。それがあなたの望みでしょう」

まったくなんて女だ。彼の悩みなど先刻お見通しというわけか。しかし、だからといって犬とは。

早く仕事がしたくてたまらないかのように、ジョージが低く鳴いた。

ラスは犬から手を離し、一歩さがった。大きな身体が震えはじめる。「せっかくだが、その気になれん」としゃがれた声で言った。「これではまるで……盲人みたいで」

ベスが小さく咳払いをした。彼がのどを詰まらせたせいで、彼女ものどが詰まったというように。

ややあって、メアリがやさしい、しかしきっぱりした声で、だれかが言わねばならなかったことを口にした。「ラス、あなたは盲人なのよ」

口に出されない〝だから慣れろ〟が頭のなかで反響して、彼がもたもたして乗り越えられない現実にスポットライトを当ててきた。たしかに、目を覚ますたびに、視力が戻っているのではないかと期待するのはもうやめた。ペインと取っ組みあい、〝シェラン〟と愛しあって、肉体的に弱いと感じることもなくなった。仕事も再開し、王の厄介なあれこれにも対処できるようになった。しかしだからと言って、万事絶好調というわけではない。いまもよたよた歩きまわり、ものにぶつかり、落として壊し……彼がしがみついているせいで、〝シェラン〟はこの一か月一度も外出できずにいる……兄弟たちに頼んであちこち連れていってもらい……お荷物になっているのがたまらなくくやしい。

この犬を試してみたからといって、目が見えなくてもなにも困らないというわけではない。しかし、自立してやっていく助けにはなるかもしれない。

ラスは向きを変え、ジョージと同じ方向を向いてから一歩近づいた。犬の脇腹に身体を寄せ、ハンドルを見つけて握った。

「それでどうすればいいんだ」

ぎょっとしたような沈黙が落ちた。彼の言葉にささやかな観衆《ギャラリー》が度肝を抜かれたかのようだった。やがて議論や実演が始まり、聞こえて理解できたのはその四分の一にすぎなかったが、どうやらそれでじゅうぶんだったようで、まもなくジョージとともに書斎めぐりを始めていた。

ラスが身体を傾けなくても握れるように、ハンドルの長さは最大限に伸ばされた。なにをするでも、犬にくらべて主人のほうがずっと呑み込みが悪かった。それでもしばらくすると、いっしょに書斎を出て廊下を歩き、次は大階段を降りてまたのぼってきた。

だれの手も借りずに。

書斎に戻ってきたとき、ラスは集まった面々に迎えられた――いまでは大人数になっていた。ベスとフリッツとメアリのほかに、〈兄弟〉全員、それにラシターまで来ているようだった。ひとりひとりのにおいがわかる……そのにおいには、希望と不安がぎっしり詰まっていた。

みながそんなふうに感じるのはやむをえないが、こう注目されてはかなわない。「フリッツ、どうしてこの犬種を選んだんだ」彼は言った。みんな黙っているからなにか言わねばと思ったし、見ないふりをしても問題が消えてなくなるわけではない。消えてなくならないのは黄金色の犬も同じだ。

老執事の声は震えていた。ほかの全員と同じく、込みあげるものを扱いかねているかのように。「はいその、それを選びましたのは……」咳払いをする。「その、ラブラドルよりたくさん毛が抜けますので」

ラスは見えない目をぱちくりさせた。「それのどこがいいんだ」

「館の使用人は掃除機をかけるのが好きですから。ですので、みな喜ぶだろうと思いましたのです」

「ああ、そうか……なるほど」ラスはくすりとして、やがて大声で笑いだした。全員がそれに加わり、室内の張りつめた空気がいささかゆるんだ。「言われてみれば、そのとおりだな」

ベスが近づいてきてキスをした。「どんな感じか試してみるだけよ、ね？」

ラスはジョージの頭をなでた。「ああ、そうだな」声を高めて、「全員集合はもういい。今夜はだれが戦闘に出るんだ？　V、財政状況を報告してくれ。ジョンはまだ酔いつぶれて寝てるのか。トール、〝グライメラ〟の生き残りの家族と連絡をとって、また訓練に戻ってこられる訓練生がいるか確認してみてくれ」

ラスは次々に命令を飛ばしていった。すぐに返事が戻ってきて、全員が仕事にかかろうと動きだすのは爽快だった。フリッツは初餐《ファーストミール》後の片づけをしに行き、ベスはトールの古い椅子に腰をすえた。

「そうだ、座る椅子がなくなっていたんだ」と、ジョージとデスクの向こうにまわったときにラスは言った。

「うへえ、あのがらくた粉々にしちまったのな」レイジがのんびり言った。

「おれが作ろうか」とVが申し出る。「彫刻なら得意だぜ」

「〈バーカラウンジャー〉なんかどうだ」とブッチが口をはさむ。

「この椅子使う？」とベス。

「あのウィングチェアをだれか持ってきてくれ。暖炉のそばの隅にあるやつ」ラスは言った。

フュアリーが運んできてくれ、ラスはそれに腰かけて前に引いて――両膝をデスクの引出しに思いきりぶつけた。

「あちゃ、いまのは痛かったな」レイジがつぶやく。

「もっと低い椅子が要る」だれかが応じた。

「これでいい」ラスは歯を食いしばって言い、ジョージのハンドルから手を離して痛むふたつの膝をさすった。「座れればなんでもいいんだ」

〈兄弟〉たちが仕事にかかるかたわらで、気がつけばラスは犬の大きな頭に手を置いていた。柔らかな毛をなで……耳をいじり……手をおろしていき、幅広のたくましい胸から流れる波うつ長い毛に触れた。

そうは言っても、ずっと手もとに置くと決めたわけではない。

ただ手ざわりがいいから、それだけだ。

63

　翌日の夜、エレーナは新しい友人の仕事ぶりを見守っていた。錠前屋のロフが壁の金庫にドリルで穴をあけていく。強力な機械の絶叫が耳をつんざき、熱せられた金属の鼻を突くにおいは、ハヴァーズの病院で使われていた床の殺菌剤を思い出させる。とはいえ、なにかを――それがどんなことであれ――やり遂げるという満足感は、そのすべてを補っておつりがくるほどだ。

「もうすぐ終わります」錠前屋が騒音に負けじと声を張りあげる。

「急がなくていいですから」彼女も大声で応じた。

　すでに金庫との個人的な勝負になっていた。なにがあろうと、あのいまいましい金庫を今夜じゅうにあけてみせる。使用人たちの手も借りて主寝室を探しまわり、モントラグの衣服さえ調べて（これは背筋がぞわぞわしたが）、そのすえに錠前屋に電話をかけた。そしていま、ドリルが金庫にいよいよ深く埋もれていくのを見て、せいせいした気分を味わっているというわけだ。

正直な話、あのなかになにが入っているかとくに知りたいわけではない。肝心なのは、数字の組み合わせがわからないという障害を乗り越えること――そしてこのいらいらから解放されることだ。もともと難関があれば突破したいほうだ……あのドリルと同じように。

「やった」ロフが言ってドリルを抜いた。「やっとあきましたよ！　どうぞ、のぞいてみてください」

ドリルの唸りはしだいに弱まり、やがて止まった。錠前屋がひと息つくのを待って、彼女は近づいていって扉をあけた。なかは真夜中のように真っ暗だ。

「そうそう」ロフが言いながら、荷物をまとめはじめた。「防犯システムと接続していた回路と電気接続を切断してありますからね。ほんとなら照明がつくはずなんです」

「ああ、それで」それでも、ともかくのぞいてみた。ほんとうに洞穴のようだ。「ありがとうございました」

「代わりの金庫がお入り用なら、探しときますが」

以前の父は金庫をいくつか持っていた。なかには壁に埋め込まれたものもあったし、地下室にあったふたつの金庫は、車ほども大きくて重いものだった。「そうね……お願いしようかしら」

ロフは書斎を見まわし、笑顔を向けてきた。「そうですね、そのほうがいいと思いますよ。お任せください、ちょうどいいのを見つけておきます」

エレーナは向きを変え、握手しようと手を差し出した。「ほんとによくしていただいて」

つなぎの襟もとから黒っぽい髪の生え際まで真っ赤になって、「いえ、その……ご親切に、お役に立ててうれしゅうございます」

エレーナは広い正面玄関までロフを送っていき、それから執事に懐中電灯を出してもらって書斎に戻った。

電灯のスイッチを入れ、金庫のなかを照らした。ファイル。ファイルが山ほど。平たい革張りのケースは、母が宝飾品を身に着けていたころに似たようなものを見た憶えがある。そのほかにまた書類。株券に札束に、台帳が二冊。

サイドテーブルを引っ張ってきて、中身をすべて出してそこに積みあげた。いちばん奥まであけたところで手提げ金庫が見つかり、持ちあげたら唸り声が出るほど重かった。

三時間ほどかかって書類を調べていき、それがすむころにはすっかりぼうぜんとしていた。

モントラグとその父は、会社経営者の皮をかぶったごろつきにほかならなかった。お尻を埋めていた椅子から立ちあがり、使っている寝室にあがっていき、自分の服をしまっているアンティークのタンスの引出しをあけた。父の原稿はふつうのゴムバンドでまとめてある。それを慣れた手つきではずし、原稿用紙をめくっていき……家族の運命を一変させた商取引について書かれた箇所を見つけた。

エレーナはその部分の原稿用紙を持って、金庫から出した書類や台帳の待つ階下に降りていった。株や不動産などの投資に関する無数の取引を記録した帳簿を繰り、父の記録した日付や金額や項目と合致するものを見つける。

あった。モントラグの父親こそ彼女の父を裏切った張本人であり、息子もそれに一枚嚙んでいたのだ。

椅子にぐったりと寄りかかり、書斎を長いこと見まわしていた。

これが運命のいたずらというものだろうか。

また台帳に目をやり、ほかにも〝グライメラ〟でだまされている者がいないか調べてみた。しかし、モントラグが父とともに彼女の一家を破滅させて以降は、そういう例は見つからなかった。かれらが人間との取引に移行したのは、一族内での詐欺や不正を見つかりにくくするためだったのだろうか。

手提げ金庫に目を向けた。

今夜はどうやら汚れ物を干して空気を入れ換える夜のようだからと、その金庫を取りあげた。こちらは組み合わせ錠ではなく、鍵であけるタイプだった。

肩越しに、デスクのほうを見やった。

五分後、下の引出しの奥の隠し引出しをなんとかこじあけ、前夜見つけた鍵を手にとった。これであくにちがいない。

思ったとおりだった。

手提げ金庫のなかに手を入れてみると、書類が一通あるだけだった。その厚手のクリーム色の紙を開いたときに感じたのは、初めてリヴェンジと電話で話して〝**エレーナ、なぜ黙ってる？**〟と尋ねられた、まさにあのときに感じたのと同じ気持ちだった。

これといった理由もなく、これでなにもかも変わると思った。

そしてそれは当たっていた。

それはリヴェンジの継父による宣誓供述書、自分を殺した者を告発する文書だった。致命傷を帯びて死に瀕《ひん》しているときに書かれたものだ。

いちど読んでまた読みなおし、さらにもういちど読んだ。

証人はレーム、モントラグの父だ。

頭が情報処理モードに切り替わり、急いでノートパソコンを取りに行った。〈デル〉を取り出し、レヴの母親について検索した病歴を呼び出し……思ったとおりと言うかなんと言うか、その宣誓供述書が瀕死の男性によって口述されたのは、まさに同じ夜――レヴの母が最後に殴打されて診察を受けに行ったのと同じ夜だった。

宣誓供述書を手にとってまた読み返した。リヴェンジは〝シンパス〟で殺人犯だ、彼の継父が述べているところによれば。そしてレームはそれを知っていた。モントラグも知っていた。

台帳に目をやった。この記録から見て、父子は完全な日和見主義者だ。こんな情報が手もとにあって、それを利用しようとしないとは考えられない。ありえない。

「お嬢さま、お茶をお持ちしましたが」

顔をあげると、〝ドゲン〟が戸口に立っていた。「訊きたいことがあるんだけど」

「はい、なんでしょう」メイドは笑顔で近づいてきた。「わたくしでわかることでしたら」

「モントラグはどうして亡くなったの?」

がちゃんと大きな音がした。メイドがほとんど落とさんばかりに、カウチの前のテーブルにトレーを置いたのだ。「お嬢さま……そういうことは、あまり話題になさらないほうがよいのではないでしょうか」

「知りたいのよ」

〝ドゲン〟は、こじあけられた金庫のまわりに散乱する書類に目をやった。女主人の目に固い決意を読みとって、サシュラは秘密が露見したのを悟ったようだ。もとの主人にとって名誉にならない秘密が。

分別と慎みに声が低くなる。「亡くなったかたの悪口は言いたくございませんし、モントラグさまをそしるつもりもございませんが、いまはお嬢さまがご主人でいらっしゃいますし、そのお嬢さまのお求めですから……」

「いいのよ。あなたは少しも悪くないし、どうしても知らなくちゃいけないことなの。そのほうが気が楽になるなら、これは命令だと思ってくれていいわ」

これでメイドはほっとしたようだ。うなずくと、ためらいがちに話しはじめた。その話が終わったとき、エレーナはつややかな床を見おろした。

少なくともこれで、なぜ床が剝き出しなのかはわかった。

ゼックスは〈アイアンマスク〉で墓場シフトについていた。〈ゼロサム〉で働いていたときと同じだ。これはつまり、腕時計の光る文字盤が三時四十五分を表示すると、バスルームの清掃が始まり、バーテンダーが客にラストオーダーの時刻だと伝え、用心棒たちが酔っぱらいやヤク中を外に放り出しにかかるということだ。

表面的には、〈マスク〉は〈ゼロサム〉とはまるで違う。内装はスチールとガラスではなく新ヴィクトリア朝様式で、どこもかしこも黒と濃紺だ。ベルベットの幕があちこちに垂れ、人目につかない奥まった席が多い。テクノポップ・サウンドなどお呼びでなく、流れるのはアコースティックの陰々滅々で、暗鬱ではあるがバックビートはびしばしに効いている。ダンスフロアも、VIPエリアもない。セックスの場所は多いが、薬物は少ない。

とはいえ現実逃避の雰囲気は同じだし、女たちも働いているし、酒が土砂崩れより速く消費されるのも変わらない。

この店を経営しているトレズは、ごく目立たない手法をとっていた。奥の隠しオフィスも、人目に立つオーナーの派手なご登場もいまはもうない。トレズは経営者であって麻薬王ではなく、ここの経営方針や手法には、拳骨をふりまわすとか拳銃を抜くとか、そういう暴力の入る余地はない。つまるところ、薬物の卸も小売りもやっていないから、警察が来ることもめったにない――加えて、ゴスは本質的に陰気で内向的な傾向が強く、〈ゼロサム〉の常連だった破目をはずして浮かれ騒ぐノーテンキな連中とは対照的だ。

しかし、ゼックスはあの混乱が懐かしかった。懐かしい……多くのあれこれが。

悪態をつきながら、メインの女子トイレに入った。ふたつあるバーカウンターのうち、大きいほうのそばにある。見れば女がひとり、洗面台に身を乗り出して暗い鏡をのぞき込んでいた。食い入るように見つめながら、指先で目の下をこすっている。にじんだアイライナーを落とそうとしているのではなく、真っ白な肌の下のほうへさらに広げようとしているのだ。〈カバーガール（化粧品のブランド）〉の「よくにじむ《スマッジブル》アイライナー」をべったりつけていて、その気になればいくらでも伸ばせるのはまちがいない。いまでも目のまわりは真っ黒で、ヴィクトリア時代の暖炉の薪台で二度ばかりぶん殴られたかと思うほどだ。

「そろそろ閉店ですよ」

「あ、ごめんなさい。また明日ね」女は『ナイト・オブ・ザ・リビングデッド（一九六八年の米ホラー映画）』から抜け出してきたような自分の鏡像から身を引き、そそくさと出口に向かった。

これがゴスの調子の狂うところだ。見た目はぶっ飛んでいるのに、中身はまともそのもので、鬱憤の溜まった男子大学生とか、パリス・ヒルトン（米のホテル王の曾孫。モデル、女優などとして活躍）の成り損ないとか、そういう連中よりずっと分別がある。おまけに刺青もずっと趣味がいい。

そんなわけで、〈マスク〉ははるかに面倒の少ない店だった。つまりゼックスにとっては、デ・ラ・クルス刑事と親交を深める時間がたっぷり以上にあるというわけだ。すでに二度、コールドウェル警察署に出向いて尋問を受けている。その点は、用心棒たちも同じだ——グレイディを捜しに行かせた、ビッグ・ロブとサイレント・トムも含めて。

当然のことながら、ふたりは宣誓のうえで平然と嘘をつき、グレイディの死亡時刻にはゼックスといっしょに店で働いていたと言った。

いまのところ、彼女が大陪審（起訴に足る証拠があるかどうかを審査する）にかけられるのは避けられそうにないが、起訴されることはないだろう。言うまでもなく、グレイディの死体からは繊維だの毛髪だのがせっせと採取されていたが、その線では彼女に結びつく証拠はほとんど見つからないはずだ。ヴァンパイアのＤＮＡは、血液と同じで分解が速い。おまけに、あの夜に身に着けていた服やブーツはすでに焼却ずみだし、使用したナイフは狩猟用品店で広く扱っている製品だ。

デ・ラ・クルスの手もとにあるのは状況証拠だけだ。

とはいえ、そのどれも大した問題ではない。なにかの間違いでまずいことになったら、行方をくらましてしまえばすむことだ。西部に行ってもいいし、〈古国〉に戻ってもいい。

だいたい、とっくにコールドウェルを離れていてよかったのだ。レヴのすぐ近くにいながら、まったく手が届かないという状況には気が狂いそうだった。

個室をすべて見てまわってから、ゼックスはトイレを出て、角を曲がって男子トイレに向かった。強くノックしてから首を突っ込む。

衣ずれの音、あえぎ声、身体のぶつかりあう音。少なくとも女がひとりに男がひとりはいるらしい。ひょっとしたらふたりずつかも。

「閉店です」彼女は怒鳴った。

どうやらぴったりのタイミングだったようで、絶頂に達した女の高い声がタイルに反響し、やがて終わったあとの荒い息づかいが聞こえてきた。

そんなものを聞きたい気分ではなかった。ジョンとの短いつきあいのことを思い出してしまう……だがそれを言うなら、なにを見ても聞いても同じではないか。レヴが去ってから一睡もできず、日中は何時間も狩猟小屋の天井をにらんで過ごす。そして、ああもしたこうもしたとあのときのことを思い返すのだ。

あれ以来、地下のアパートメントには戻っていない。売るしかないと思っている。

「ちょっと、急いでよ」彼女は言った。「閉店だって」

返事はない。ただ荒い呼吸音がするだけだ。

車椅子用個室のなかで、絶頂後の呼吸芝居にいそしむ連中に嫌気がさして、彼女はこぶしを固め、ペーパータオルホルダーをがんとやった。「さっさと出てきな。ほら」

それでやっと腰をあげる気になったようだ。

最初に個室から出てきた女を見て、どんなグループにいてもイケてそうだとゼックスは思った。ゴスふうのファッションで、ストッキングは裂けているし、重量が百五十キロはありそうなブーツにはレザーのストラップがどっさりついていたが、顔はミス・アメリカ並み、身体つきはバービー人形並みだった。

しかもずいぶんいい思いをさせられたようだ。

頬は紅潮し、真っ黒な髪は後頭部がつぶれている。どちらもタイル壁に押しつけられてさんざんがんばられた結果だろう。

次に出てきたのはクインで、ゼックスははっと身を固くした。この三連セックスの三人めは、もう見なくてもわかる。

クインはぎくしゃくと会釈して、そばを通り過ぎていった。しかしそう遠くへ行かないのはわかっている。なぜなら次に——

ジョン・マシューが出てきた。股間の前ボタンはいま留めているところで、〈アフリクション〉のTシャツは割れた腹筋のうえまでずりあがっている。ショーツのたぐいははいていない。まぶしい蛍光灯の光を浴びて、へそより下のなめらかで無毛の肌はぴんと張りつめて、胴体から脚へ伸びる筋繊維がくっきり浮き出て見えた。

顔をあげようとはしなかったが、それは恥ずかしいからでも気まずいからでもない。彼女がその場にいてもまるで気にしていないのだ。それは演技ではなかった。感情の格子は……空白だった。

洗面台に向かい、ジョンは湯の栓をひねり、壁のソープディスペンサーを押した。女の全身をなでまわした両手で泡を立てながら、凝っているかのように両肩をまわした。

あごには無精ひげが見えた。目の下はたるんでいる。しばらく髪を切っていないようで、うなじや耳のまわりの毛先が丸まりはじめている。そしてなにより、アルコールのにおいがぷんぷんする。毛穴そのものから吹き出してくる。どんなに肝臓がせっせとがんばっても、血中にアルコールが漏れるのを防ぐことができないかのようだ。

身体に悪いし、なにより危険だ。いまも戦闘に出ているのはわかっていた。新しいあざを作って店に来ることもあるし、たまには包帯をしていたりもするから。

「いつまでこんなこと続ける気よ」平板な声で尋ねた。「こんな、酒びたりの女あさりみたいなこと」

ジョンは湯を止め、ペーパータオルホルダーに向かった。さっき彼女が派手にへこみを作ったやつだ。彼女から一メートルと離れていないところに立ち、白い四角い紙を音を立てて二枚抜くと、洗ったときと同じようにていねいに手を拭いた。

「もうやめなさいよ、人生をどぶに捨てるようなまねは」

丸めたペーパータオルをステンレスのくず入れに放り込む。ドアに向かいながら、彼はこちらに目を向けた。ベッドにいる彼を残して部屋を出て以来、目と目が合ったのは初めてだった。彼の顔には、こちらを認めた色も、なにかを思い出した気配もない。かつてはきらきらしていた青い目が、いまは濁っている。

「ジョン……」声がわずかにかすれた。「ほんとにごめん」

これ見よがしに中指を立ててみせ、彼はそのまま出ていった。

トイレにひとり残され、ゼックスは洗面台に近づいた。となりのトイレでゴスがやっていたのと同じように、暗い鏡に向かって身を乗り出す。体重が前にかかると腿にシリスが食い込み、いまさらそれに気づいて驚いた。

いまとなっては必要ない。ただの習慣で巻いているだけだ。

レヴがわが身を犠牲にしてから、苦しくて苦しくてたまらない。だから、さらなる苦痛の助けがなくても、邪悪な面が暴れだすことはなくなっていた。

レザーパンツのポケットで携帯電話が鳴りだした。そのピーピー音に気力が抜けていくようだ。取り出して番号を確認し……目をぎゅっとつぶった。

これを待っていたのだ。レヴの使っていた携帯に電話がかかってきたら、すべてこちらの携帯にまわすように手配してからずっと。

電話をとり、無表情な声で言った。「なんの用、エレーナ」

長い間があった。「まさか通じるとは思わなかった」

「じゃあ、なんで彼の番号に電話をかけたの」また長い間。「あのね、あんたの口座に振り込まれたお金のことなら、あたしにはどうしようもないから。彼の遺言の一部だからね。要らないならどこかに寄付でもしてよ」

「お金って……なんのこと」

「まだ入ってないのかな。遺言はもう王に承認されたと思ってたんだけど」また長い間がはさまる。「エレーナ、聞いてる？」

「ええ……」静かな返事。「聞いてるわ」

「お金のことでないなら、どうして電話してきたの」

その後の沈黙は、これまでの間からして驚きではなかった。だが、ついに返事が戻ってきたときは、息が止まるほどの衝撃を受けた。

「彼は死んでないと思うから」

64

エレーナは、レヴの警備責任者からの答えを待った。待つ間が長くなればなるほど、やはりそうだったかという思いは強まった。

「死んでないのね」語気を強めて言った。「そうなんでしょう」

ゼックスがついに口を開いたとき、そのよく響く低い声は奇妙なほどよそよそしかった。「ちゃんと情報開示するために言うけど、いまあんたが話している相手も〝シンパス〟だから、そのことは知っといてね」

エレーナは携帯を持つ手に力を込めた。「なぜかしら、そう聞いても驚く気になれないわ」

「話してくれない、なにを知ってると思ってる？」

不思議な返事だ、とエレーナは思った。彼は死んでないとは言っていない。まったく違う。だがそれはともかく、このひとが〝シンパス〟だとすれば、ひょっとしたらなにかわかるかもしれない。

それなら隠しごとをする理由はない。「レヴは継父を殺したんでしょう、お母さまに暴力をふるっていたから。それと、その継父はレヴが〝シンパス〟だと知っていたのね。それに、レームの子モントラグも〝シンパス〟のことを知っていたのよね。それで、そのモントラグは自分の書斎で儀式的に殺されたでしょ」

「なるほどね。それであんたはどんな結論に達したわけ?」

「モントラグに〝シンパス〟だと知られて、それでリヴェンジは北部のコロニーに行ったんだと思うわ。クラブを爆破したのは、自分がじつは何者だったかってことを、周囲のひとたちから隠すためだったのよ。わたしを〈ゼロサム〉に来させたのもそのためだと思う。危険に巻き込まずに遠ざけるためだったのね。モントラグのことは……姿を消す前に、リヴェンジが片づけたんだと思うわ」長い、長い間があった。

「ゼックス……聞いてる?」

短く高い笑い声。「モントラグを殺したのはレヴじゃない、あたしだよ。それにあれは、レヴの素性に直接の関係はないんだよね。でもあの男のこと、どうしてあんたが知ってるの」

エレーナは椅子に座ったまま身を乗り出した。「会って話したいんだけど」

今度の笑い声は、さっきより長くて自然だった。「あんた、よっぽど肝が据わってるね。あたしは人殺しだっていま聞いたとこなのに、そのあたしと会いたいって?」

「答えを知りたいの。真実を知りたいのよ」

「ちょっとジャック・ニコルソンみたいで悪いんだけどね、知らないほうがいいとは思わないの(一九九二年米映画『ア・フュー・グッド・メン』で、ジャック・ニコルソン扮する軍人のせりふによる)」

「だって、いまこうして電話してるでしょ。あなたと話してるでしょ。それに、リヴェンジが生きてるのはわかってるのよ。あなたが認めようと認めまいと、そこに変わりはないわ」

「お嬢さん、あんたはなんにもわかってないよ」

「なめるんじゃないわよ。彼はわたしから養ったのよ。彼のなかにはわたしの血が流れてるの。だからまだ生きてるのはわかるのよ」

長い間があった。ややあってくすくす笑う声。「なんかわかってきたな、彼があんたにあんなに惚《ほ》れ込んでた理由」

「それじゃ会ってくれる?」

「ああ、いいよ。どこで?」

「コネティカットのモントラグの隠れ家に来て。あなたが殺したんなら、住所は知ってるわよね」エレーナはいささか胸がすっとした。電話の向こうが沈黙したからだ。

「言い忘れたかもしれないけど、父とわたしはモントラグの近親なの。それで遺産をそっくり相続したのよ。そうそう、あなたが台無しにしてくれたじゅうたんは処分したわ。大理石の玄関広間で殺してくれればよかったのに」

「いやあ……驚いたよ。あんた、ただの看護師じゃなかったんだ」

「まあね。それで、来てくれるのくれないの」

「三十分後に行く。言っとくけど、べつに泊まり客の用意はしなくていいよ。〝シンパス〟は日光が当たっても平気だから」

「それじゃ待ってるわ」

電話を切ると、全身の血管に活力がみなぎり、エレーナは急いで部屋を片づけにかかった。台帳やケースや書類を集め、いまは無力な金庫のなかに詰め込んだ。壁の海景画をもとどおりにし、ノートパソコンのスイッチを切って、客が来ることを〝ドゲン〟たちに伝え——

正面玄関のドアベルが館じゅうに鳴り響き、真っ先に玄関に駆けつけたのが自分でよかったと思った。なぜだか、ゼックスを前にしたら〝ドゲン〟はおじけるだろうという気がする。

どっしりした鏡板張りのドアを大きく開き、エレーナは少しさがった。記憶のなかにあるとおり、ゼックスはこわもての女性だった。黒いレザーに身を包み、髪を男のように短く切っている。しかし、前回会ったときとはどこか違っていた。なんだか……痩せて、老けたような気がする。なんとなく。

「書斎でかまわないかしら」エレーナは尋ねた。執事やメイドたちが出てくる前に、閉じたドアの向こうに引っ込んでしまいたい。

「ほんとこわいもの知らずだね。あたしがこないだあの部屋でなにをしたか知ってるくせに」

「わたしを襲うつもりなら、いくらでも機会はあったはずだもの。ここに越して来る前に住んでた家は、あのトレズってひとが知ってるし。わたしとレヴのことで怒っているなら、もっと早く襲いに来てたでしょう。行きましょうか」

エレーナが問題の部屋のほうへ腕を伸ばすと、ゼックスは薄く笑みを浮かべてそちらに歩きだした。

人目を気にせずに話せるようになると、エレーナは言った。「それで、わたしの推測はどれぐらい当たってた?」

ゼックスは室内を歩きまわり、絵画や書棚の本を立ち止まって眺めたり、東洋の壺で作ったランプを観賞したりしている。「あんたの思ってるとおり、レヴが継父を殺したのはほんとうだよ。うちのなかであんなことしてたから」

「じゃあそのことだったのね、お母さんや妹さんのために、彼は自分でつらい立場に身を置いたってあなたが言ってたのは」

「ひとつにはね。レヴの継父は一家の暴君だった。とくにマダリーナにとっては。ただ、そうされてもしかたがないって彼女は思ってたんだ。それに、レヴのじつの父親にされたことにくらべたらまだましっていうのもあった。立派な貴婦人で、あたしは好きだったな。一度か二度しか会ったことないけど。あたしとは人種が違うけどね、そりゃ天と地ほども。だけど親切にしてもらった」

「リヴェンジは北のコロニーにいるの？　死んだことにしたのは、あれは自分でやったの？」

ゼックスは例の海景画の前で立ち止まり、肩越しにふり向いた。「あたしたちがこんな話をするの、レヴはいやがるだろうな」

「やっぱり生きてるのね」

「うん」

「コロニーにいるのね」

ゼックスは肩をすくめ、また歩きまわりはじめた。ゆっくりのんびり歩いているが、その身に備わる強靭さは隠れもしない。「あんたがこれに関わることをレヴが望んでたら、ぜんぜん違うやりかたをしたと思うよ」

「モントラグを殺したのは、宣誓供述書がおもてに出るのを防ぐためだったの」

「違う」

「それじゃ、なぜ殺したの」

「あんたには関係ない」

「答えになってないわ」ゼックスの頭がはじかれたようにこちらを向き、エレーナは肩をそびやかした。「あなたの正体を考えれば、いますぐ王のもとへ駆けつけて、仮面を剝ぐこともできるのよ。だから話してくれたほうがいいと思うわ」

「〝シンパス〟を脅迫する気？　嚙みつかれても知らないよ」

その言葉についてきたさりげない笑みに、エレーナの心臓は恐怖に震えた。部屋の向こうからこちらを見つめているのは、彼女がふだん対処しているような相手ではないのを思い出す。そしてそれは、たんに〝シンパス〟だからというだけではない。あの冷たいガンメタル・グレイの目は、たくさんの死者を見おろしてきた目だ。それも自分で殺した死者を。

しかし、エレーナは退《ひ》くつもりはなかった。

「わたしに手出しはできないでしょ」ひと筋の疑念もなく言い切った。

ゼックスは長く白い牙を剝き出しにした。のどの奥から唸り声がわきあがってくる。

「へえ、そう？」

「そうよ」エレーナは首をふった。リヴェンジの顔が心に浮かぶ。彼女の〈ケッズ〉を手に捧げ持つ姿。彼が母と妹を守るためになにをしたか知ったいま……あのとき彼のなかに見たものは本物だったと信じられる。「わたしに手出しするなって彼から言われてるでしょう。姿を消すときにはわたしを守る手を打っていったはずだわ。〈ゼロサム〉であんなことしたのはそのためだったんだもの」

リヴェンジは善人ではない。まったく違う。しかしエレーナは彼の目を見つめ、彼のきずなの香りを嗅ぎ、肌に触れるやさしい手を感じた。そして〈ゼロサム〉では彼の苦悩を見、その声にこもる緊張と絶望を耳にした。以前はなにもかも見せかけか、仮面が剝がれたという落胆のゆえだと決めつけていたが、いまはそのべつの面が見えてきたのだ。

そうだ、リヴェンジのことならわかっている。さまざまな後ろ暗いことを彼は黙っていたし、黙っていたことで嘘をついていたが、それでも彼のことならわかっている。

エレーナは昂然《こうぜん》と頭をあげ、書斎の向こうの手練《てだれ》の殺し屋を見すえた。「なにもかも知りたいの。話して」

ゼックスは、それから三十分ぶっ通しで話しつづけ、話しながら驚いていた。こんなに気が楽になるとは思わなかった。それに、レヴはいい女性を選んだと、自分がこんなに感心することになるとも思っていなかった。彼女の口から恐ろしい話が流れ出るのを聞きながら、エレーナはシルクのソファに座ったまま、ずっとあわてず騒がず落ち着いていた──いくつも爆弾を落としたというのに。

「それじゃ、うちに来たあの女性だけど」エレーナは言った。「あのひとが彼を強請《ゆす》っていたのね」

「うん。レヴの腹違いの姉妹で、彼のおじさんと結婚してる」

「いったい、この二十年間にいくら強請ったのかしら。あのお店をずっとやってなくちゃならなかったのも無理はないわ」

「強請りとってたのはお金だけじゃないんだ」ゼックスはエレーナの顔をひたと見すえて言った。「売春もさせられてた」

エレーナの頬から血の気が引いていく。「どういうこと」

「言ったとおりだよ」ゼックスは毒づき、またうろうろしはじめた。もう百回はこの豪華な部屋の端っこを周回している。「つまり……二十五年前にあたしがへまをして、そのあたしを守るためにレヴは王女と取引をしたんだ。毎月北部へ出かけていってお金を払って……それから王女とセックスをしてた。レヴはそれがいやで、彼女を嫌ってた。しかも、彼女のせいで具合が悪くなるんだ。これは比喩じゃなくて——やることをやるときに毒を盛られてたんだよ。だから解毒剤が必要だった。だけど……どれだけ高くついても、レヴはかならず北へ出向いてた。あたしたちの秘密を暴露されないように。あたしの失敗のつけを、レヴは毎月毎月、来る年も来る年も払いつづけてたんだ」

エレーナはゆっくり首をふった。「ほんとに……腹違いの姉妹なのに……」

「そのことで彼を軽蔑しないでほしい。いまじゃ〝シンパス〟はすごく数が減ってるから、近親交配はしょっちゅう起こってる。でもそれよりなにより、彼には選択の余地なんかなかった。あたしのせいで、にっちもさっちも行かなくなってたから。好き好んであんなことしてたんじゃないかなんて、ちらっとでもそんなふうに思うなら、あんたは頭がいかれてるよ」

エレーナは、場を治めようとするかのように片手をあげた。「わかってるわ。わたしはただ……あなたも彼もかわいそうでしかたがないのよ」

「あたしのことは気にしないでくれる」

「どう思おうがわたしの自由でしょ」

ゼックスは思わず笑った。「こんな状況で会ったんでなかったら、あんたのことが好きになってたかもね」

「不思議ね、わたしもそう思うわ」そう言って笑顔になったが、それは悲しげな笑顔だった。「それじゃ、いま彼はその王女さまにつかまってるのね」

「うん」ゼックスはソファに背を向けた。いまの彼女の目には、見られたくないものがきっと浮かんでいるはずだから。「彼の秘密を暴露したのは、だから王女なんだ。モントラグじゃない」

「でも、モントラグはあの供述書をおもてに出そうとしていたんでしょう。だからあなたに殺された」

「それは、あいつがやろうとしてたことのごく一部だよ。あいつがなにを計画してたか、ほかの部分はあたしの知ったことじゃないけど、ただ言えるのは、レヴだってその重要な一部じゃなかったんだ」

エレーナは眉をひそめ、クッションに背中を預けた。ポニーテールをいじっている。

それを後ろでまとめているシュシュから、細い髪がゆるんで頭のまわりでふわふわしていた。座っているシルクのソファの真後ろにランプがあるせいで、その髪が光を反射して後光が差しているようだった。

「この世界はもともと、こんなに無慈悲な場所だったのね」とつぶやくように言った。

「あたしの経験では、そのとおりだね」

「どうして追いかけていかなかったの」エレーナは静かに尋ねた。「非難してるんじゃないのよ——そこは誤解しないで。ただ、あなたらしくないような気がして」

そんなふうに質問されたことで、ゼックスのガードが少しだけゆるんだ。「追いかけていかないって誓わされたんだ。わざわざ書面にまでしてくれて。もし誓いを破ったら、彼の親友ふたりが死ぬことになっちゃう——あたしを追いかけてくるだろうから」ぎこちなく肩をすくめて、ゼックスはレザーパンツのポケットからあのいまいましい手紙を取り出した。「いつも持って歩いてるんだ。これがあるから、なんとかとどまっていられるの。そうでなければ、いますぐにでもあのコロニーに飛んでいってるよ」

その折り畳んだ封筒に、エレーナの目がまとわりつく。「あの……読ませてもらえない?」差し出された美しい手が震えていた。「お願い」

エレーナの感情の格子はごちゃごちゃにもつれていた。孤独と恐怖の糸が、悲しみのロープで撚《よ》りあわされている。この四週間に感情をもみくちゃにされ、いまはぎりぎりまで追い詰められている。我慢できるぎりぎりまで、いやそれ以上に神経が張りつめている……だがその核の部分、すべての中心、彼女の心臓では……愛が燃えていた。

心の奥底で愛が燃え盛っている。

ゼックスは手紙をエレーナの手のひらに押しつけ、しばしそのままにしていた。締めつけられたような声で言った。「リヴェンジは……もうずっと、あたしにとっては神も同然だった。善い男なんだよ、〝シンパス〟の面はあるけど。あんたに思われるだけの価値のあるひとなんだ。もっとずっと報われていいはずの男なんだ……正直言って、居ても立ってもいられないよ、いまあの女にどんな目にあわされてるかと思うと」

ゼックスが封筒から手を離したとき、エレーナはしきりにまばたきをしていた。涙がこぼれるのを抑えようとするかのように。

見ていられなくて、ゼックスは離れていって油絵の前に立った。穏やかな海に美しい夕陽が沈んでいくさまが描かれている。画家の選んだ色彩は温かく美しく、その海景からほんとうに輝かしい熱が放たれていて、顔や肩にそれが感じられるかのようだった。

「ちゃんとした人生を送っていい男なんだ」ゼックスはつぶやいた。「〝シェラン〟と愛しあって、子供を作って……それなのに、虐待されて苦しんでるのは——」

そこまでだった。のどが締めつけられて、息をするのさえひと苦労だ。輝かしい夕陽の前に立ちながら、ゼックスはもう少しでわれを忘れて泣き崩れそうだった。いままで身内に押し込めてきた、過去と現在と未来のすべてが泡立ち沸騰し燃えあがり、その高まる内的圧力に、ひょっとして破裂しそうになっていないかと自分の腕と手を見おろした。

だがどちらもいつものとおり、なんの変化もない。

彼女と外界とを分ける皮膚のなかに閉じ込められている。

かすかに紙の音がする。封筒に手紙が戻されようとしているのだ。

「つまり、とるべき道はひとつということね」エレーナが言った。

絵の中心で燃える夕陽を見つめながら、ゼックスは崖っぷちから強いて自分を引き戻した。「というと?」

「北部に行って、彼を解放するのよ」

ゼックスはふり向いて睨みつけた。「アクション映画のせりふみたいで気がひけるけど……あんたとあたしで〝シンパス〟の群れに対抗することなんかできないよ。それに、手紙読んだでしょ。あたしがなにに同意したかわかってるくせに」

エレーナは膝に置いた封筒に軽く触れた。「でもこれには、彼のために来てはいけない、としか書いてないじゃない。とすれば……いっしょに来てってわたしが頼んだらどう？　それならわたしのためってことになるでしょ。あなたが〝シンパス〟なら、こういう抜け道を突くのは大好きのはずよ」

この提案の意味するところにゼックスの脳は活気づき、つかのま彼女はにやりとした。「頭の回転が速いね。でも、気を悪くしないでほしいんだけど、あんたはただの一般人だ。もっと強力なバックアップが必要になる」

エレーナはソファから立ちあがった。「銃なら扱えるし、トリアージ看護師の訓練も受けてるから、戦場の負傷者にも対応できるわ。それに、あなたを縛ってる誓いの裏をかくにはわたしが必要なはずよ。それで、どう思う？」

ゼックスは、この手の鉄面皮な屁理屈には大賛成だったが、レヴを解放する途中でエレーナを死なせたりしたら、とうていよい結果にならないのはわかりきっている。

「いいわ、それじゃひとりで行くわ」エレーナは言って、手紙をソファにぽんと置いた。「行って彼を見つけて――」

「ちょい待ち、ほんと血の気が多いんだから」ゼックスは深呼吸をし、レヴの最後の手紙を拾いあげ、考えることすら許されないと思っていた可能性について考えてみた。もし方法があるとしたら……

降って湧いたように、気力が全身にみなぎってきた。苦痛以外のなにかで血がたぎりだす。そうだ、これならきっとうまく行く。

「頼れる相手を思いついた」ゼックスの顔がほころぶ。「これならなんとかなると思う」

「頼れる相手って?」

エレーナに向かって手を差し出した。「あんたが北へ行くっていうなら、あたしも行く。だけどあたしのやりかたに従ってほしい」

レヴの愛した看護師はいったんうつむき、それから飴色の目をまっすぐゼックスの顔に向けてきた。「わたしもいっしょに行くわ。それが条件。わたしも、行く」

ゼックスはゆっくりうなずいた。「わかった。だけど、それ以外はすべてあたしに任せてほしい」

「交渉成立ね」

握手を交わしたとき、エレーナの手は力強く、震えてもいなかった。ふたりの目論見を考えれば、これはよい前兆だ。拳銃を握るときも彼女の手は震えたりしないだろう。

「ふたりで彼を解放するのね」エレーナはため息をついた。

「かならず」

65

「よしジョージ、取引と行こう。こんちくしょうが見えるだろう。まったく厄介な、掛け値なしの厄介もんだ。もう二、三度やってはきたが、油断大敵だからな」

ラスは、ごついブーツで館の階段の最下段を軽く蹴った。赤いじゅうたんを敷いた尻もちのもとが、玄関広間から二階まで続いているさまを思い描く。「ありがたいのは、おまえにはちゃんと見えてるってことだな。ありがたくないのは、おれが落ちたらおまえも道連れになる危険があるってことだ。あんまり楽しみな話じゃないな」

無意識に犬の頭をなでていた。「行こうか」

進めの合図をして、階段をのぼりはじめた。ジョージは彼にぴったりくっついて、いっしょにのぼっていく。ハンドルを通じて、犬のかすかな肩の動きが伝わってくる。のぼりきると、ジョージは足を止めた。

「書斎」ラスは言った。

いっしょに前に向かって歩きだす。ジョージがまた立ち止まったとき、暖炉で火のはぜる音がした。それで方向感覚をつかみ、犬とともにデスクに向かって歩いていくことができた。新しい椅子に腰をおろすと、ジョージも彼のすぐそばに座った。

「信じられんな、本気なのか」ドアのほうからヴィシャスの声がした。

「ほざけ」

「おれたちも同席していいんだろうな」

ラスはジョージの横腹をなでおろした。まったく、この犬の毛はなんて柔らかいんだ。「だめだ、最初のうちはな」

「ほんとにいいのか」返事の代わりに、ラスは片眉をあげてみせた。「そうか、いいとも、わかったよ。だがな、おれはずっとドアの外に張りついてるからな」

そしてもちろん、それはVだけではないだろう。終餐《ラストミール》のさいちゅうに、ベラの携帯が鳴りだしたのは驚きだった。彼女に電話をかけてきそうな者はみな、そこに顔をそろえていたからだ。ベラは電話に応え、長い間があって、椅子が後ろに引かれる音がし、かすかな足音が近づいてくるのをラスは耳にした。

「あなたに」と震える声でベラは言った。「その……ゼックスから」

五分後、ラスはリヴェンジの副官と会う約束をしていた。具体的な話はなにもなかったが、なぜ電話をかけてきたのか、なにが望みなのかは天才でなくても想像がつく。なんと言っても、ラスはただの王ではない。〈兄弟団〉の門番なのだ。

兄弟たちはみなどうかしていると言ったが、ラスの気持ちは変わらなかった。一族の統治者という地位も悪いことばかりではない。なんでも自分の好きなようにできる。

階下で玄関の前室のドアが開き、ふたりの客人を案内するフリッツの声が響いてくる。ふたりの女性とともに入ってきたのは老執事だけではなかった。〈メルセデス〉で客人を迎えに行くとき、レイジとブッチが執事に付き添っていったのだ。

複数の声と多くの足音が階段をのぼってくる。

ジョージが身を固くする。床から尻をあげ、息づかいがかすかに変化する。

「大丈夫だ」ラスはささやきかけた。「心配要らん」

とたんに緊張が解けて、ラスは思わず見えない目を犬に向けていた。この無条件の信頼には……なんだか胸が温かくなる。

ドアにノックの音がして、彼はまた顔をあげた。「入れ」

ゼックスとエレーナが入ってきたとき、固い決意を全身から発散しているという印象を受けた。その次に感じたのは、エレーナ——右側のほう——がとくにそわそわしているということだった。

かすかな衣ずれの音からして、お辞儀をしたのだろうと思った。その後にふたりそろって「陛下」と来たので、推測が当たっていたのがわかる。

「座ってくれ」彼は言った。「ほかの者はみな外へ出ろ」

兄弟たちから不満の声はまるであがらなかった。しきたりのボタンが押されていたからだ。部外者がその場にいるときは、ラスはあくまでも不可侵の君主にして王と敬われる。つまり文句を言うことも不服従も許されないということだ。

この館には、もっと頻繁に来客があったほうがいいのではないか。

ドアが閉じると、ラスは言った。「それで、用件は」

間があった。たぶんどちらが先に口を開くか決めかねて、互いに顔を見あわせているのだろう。

「当ててみようか」彼は口をはさんだ。「リヴェンジは生きてるんだな。だから肥だめから救出したいというわけだ」

ラスの子ラスが口を開いたとき、目的をぴたりと言い当てられても、エレーナは少しも意外とは思わなかった。美しい華奢なデスクの奥に座っている彼は、記憶のなかにあるとおり——病院で彼女を危うく押しつぶしそうになったときのままだった。厳格にして賢明な、知力体力ともに充実した指導者。

現実世界がどう動くかわきまえている男であり、必要な力を行使して困難を突破するのに慣れた男だ。

「おっしゃるとおりです」彼女は言った。「それがわたしたちの望みです」

黒いラップアラウンドのサングラスがこちらを向く。「では、あなたがハヴァーズの病院の看護師だな。モントラグの近親だと判明したと聞いた」

「はい」

「どうしてこの話に関わることになったのか、訊いてもいいか」

「個人的なことで」

「なるほど」王はうなずいた。「よくわかった」

ゼックスが口を開く。重々しいへりくだった口調。「リヴェンジは王の役に立ってきました。たいへん役に立ってきたと思います」

「言われなくても忘れはしないさ。だからこそ、いまあんたたちはこの部屋に座っているのだ」

エレーナはちらとゼックスに目をやり、なんの話をしているのか表情から読みとろうとした。なにもわからなかった。まあ当然だ。

「ひとつ訊きたいことがある」ラスは言った。「やつを連れ戻したとして、送りつけてこられた例のメールはどう回避する？　リヴェンジは大した問題ではないと言ったが、あれはどう考えても嘘だ。北部のだれかが、正体を暴露すると脅迫しているんだぞ。やつが自由の身になったら……引金が引かれることになる」

ゼックスが口を開いた。「個人的に保証します。その脅迫をしてきたやつは、二度とパソコンを使えなくしてやります。あたしがこの手で」

「なーるほど」

王は笑顔でその言葉をのんびり発したが、そのときふと身体を横に傾けてなにかをなでたように見えた……エレーナは仰天した。王のそばにゴールデンレトリバーがいるではないか。デスクのうえに、犬の頭がほんの少しのぞいている。これはこれは。ある意味、ゴールデンレトリバーというのは奇妙な選択だ。主人とはまるで正反対の、やさしげで人懐こい犬種だから――とはいえ、ラスはその犬にやさしく接している。大きな分厚い手のひらで、犬の背中をゆっくりなでていた。

「やつの正体に関しては、塞いでおかなきゃならん穴はほかにないのか」王は尋ねた。「その情報漏洩《ろうえい》源を断ったら、今度はべつのが出てきて暴露すると言い出すんじゃないだろうな」

「モントラグはたしかに息の根を止められたし」ゼックスがつぶやくように言う。

「ほかに知ってる者はいないと思います。もちろん〝シンパス〟の王が追いかけてくる可能性はあるけど、それはなんとかしていただけるでしょう。レヴも王の臣下のひとりなんですから」

「まったく、はっきりものを言うやつだ。『現実の占有は九分の勝ち目（所有権を主張する場合、現に占有している者が圧倒的に有利であるという意味）』というわけか」ラスの口もとにちらと笑みが戻った。「まあ、〝シンパス〟の指導者はおれとことを構えようとはせんだろう。けつも凍りそうな土地ではあるが、おれがその気になれば、あのささやかな領地を取りあげることもできるんだ。〈古国〉で言われていたとおり、彼はわが国王大権のもとにある。つまり、あいつが王でいられるのは、おれが認めているからということだな」

「それじゃ、お力を貸していただけますか」ゼックスは尋ねた。

長い間があった。王が口を開くのを待つあいだ、エレーナは愛らしいフランスふうの室内を見まわした。ラスの視線を避けたかったのだ。自分がどれほど不安がっているか知られたくない。顔に弱気が表われているのではないかと恐ろしかった。ここではどうふるまってよいのやら見当もつかない。なにしろ一族の指導者の前に座り、とんでもなく禍々しい場所の奥深くへ突っ込んでいこうと提案しているのだ。しかし、ここで王に疑われたり、閉め出されたりする危険は冒せない。どんなに不安だろうと、尻尾を巻いて逃げ出すつもりはない。こわいからといって、目標から逃げ出していいわけではない。そんなふうに思っていたなら、父はいまごろ施設に入っていただろうし、彼女自身も母と同じような最期を迎えていたかもしれない。

正しい行動をとるのはときに恐ろしいが、心に導かれるままにここまでやって来たのだ。これからも心に導かれるままに……次になにが来ようと切り抜けてみせる。そしてなにがあってもリヴェンジを取り戻すのだ。

エレーナ……聞いてるか？

ええ、聞いていますとも。

「ふたつほど問題がある」ラスは言いながら、姿勢を変えようとして顔をしかめた。戦闘で負傷でもしたのだろうか。「北の王だが――おれたちが彼の縄張りに入っていって、同族のひとりを連れ出すとなれば面白くないだろう」

「お言葉ですが」ゼックスが口をはさむ。「レヴのおじなんかどうでもいいじゃないですか」

エレーナは眉をあげた。リヴェンジは〝シンパス〟の王の甥だったのか。

ラスが肩をすくめる。「そこはまあ同感だが、おれが言いたいのは対立が起こるだろうということだ。武力対立がな」

「それなら得意です」ゼックスが平然と言った。観に行く映画の相談でもしているようなロぶりだ。「任せてください」

　エレーナは、この会話に自分も加わらねばならないと思った。「わたしもです」王の肩がこわばるのを見て、ずうずうしいと思われてはいけないと思った。不敬と思われて叩き出されるのだけは、なんとしても避けなくてはならない。「つまりその、それは予想していましたし、その覚悟はできています」

「覚悟はできてる？　気を悪くしないでほしいが、もし戦闘があるなら、一般市民がその場にいるのはありがたいことではないな」

「お言葉ですが」無意識にゼックスの言葉をまねていた。「わたしも行きます」

「それならおれの部下は行かせられんと言われてもか」

「はい」王が長々と息を吸った。どうやって穏便に厄介払いしようかと考えているかのように。「どうかご理解ください、あのひとはわたしの……」

「あなたの、なんだ」

　なんとか自分の立場が正当だと主張したくて、とっさに彼女は言った。「あのひとはわたしの〝ヘルレン〟なんです」目の隅で、ゼックスがぱっとこちらを向くのが見えた。だがもう水に飛び込んでしまったのだから、これ以上は濡れようがない。「連れあいなんです……一か月前にわたしから養ってるんです。だから、どこにいても見つけられます。それに、もし彼がなにか」ああ、恐ろしい。「なにかされていたら、手当てが必要になります。わたしが手当てします」

王は犬の耳をもてあそんでいる。親指で、明るい茶色の柔らかい耳をなでている。犬はそんなふうに触れられるのが好きなようで、主人の脚に身体をすりつけてため息をついていた。

「衛生兵がいる」ラスは言った。「医者も」

「でも、リヴェンジの〝ジェラン〟はいないでしょう」

「兄弟」ラスがだしぬけに声をあげた。「入ってこい」

書斎のドアが大きく開き、エレーナは肩越しにふり向いた。ひょっとしてやりすぎたのだろうか。それで、館から「お帰りはこちら」をされようとしているのか。そしてたしかに、入ってきた十人の迫力ある男たちなら、どのひとりでもそれぐらいやすやすとこなせそうだった。病院で見たことのある顔ばかりだったが、ブロンドと黒の髪をした人物だけは見憶えがない。全員完全武装なのを見ても、エレーナにはまったく意外とは思えなかった。

ほっとしたことに、彼女に対して「お持ち帰り」をしようとする者はおらず、華奢な淡青色の室内にそれぞれ腰をすえ、おかげで室内ははち切れそうにぎゅう詰めになっていた。少し奇異に感じたのはゼックスのふるまいだった。ふり向こうともせず、いままでどおりラスだけを見つめている。もっとも、これは当然のことかもしれない。どれだけ〈兄弟〉たちが超弩級《どきゅう》でも、真にものを言うのは王の意見だけなのだ。ラスは戦士たちを見まわした。ラップアラウンドに目が隠れているから、なにを考えているのか読みとるすべはない。

静寂に頭がおかしくなりそうだった。耳のなかに響く自分の脈動がまるで雷鳴のようだ。

ついに王が口を開いた。「諸君、この美しいご婦人がたが北部に旅したいと仰せだ。行ってレヴを連れ帰ってもらおうと思っているが、ふたりきりで行かせるわけにはいかん」

〈兄弟〉たちから即座に声があがる。

「おれが行く」

「待ってました」

「いつ行くんだ」

「やっとかよ」

「待て待て、明日の夜は『フォエバー・フレンズ（一九八八年米映画。海岸で出会った少女ふたりの終生にわたる友情を描く）』の連続放映があるんだ。十時以降にしようぜ、そうすりゃ今度こそ最後まで観られる」

室内の全員が、ブロンドと黒の髪の人物にふり向いた。部屋の隅の壁に寄りかかり、太い腕を胸の前で組んでいる。

「なんだよ」彼は言った。「今度は『メアリー・タイラー・ムーア』じゃないからいいだろ。なんでそんな目で見るんだよ」

ヴィシャス——片手に黒い手袋をはめたひとだ——が部屋の反対側から睨んでいた。

「『メアリー・タイラー・ムーア』のほうがまだましだ。ばかやろうと言いたいとこだが、世界中のノータリンに失礼だからやめとく」

「冗談だろ。ベット・ミドラー（『フォエバー・フレンズ』の主演女優）最高じゃないか。それにおれは海が好きなんだよ。悪いか」

ヴィシャスは王に目をやった。「あんた言ったよな、あいつぶん殴っていいって。言ったよな」

「帰って来たらな」ラスは言いながら立ちあがった。「腕の下にロープをまわしてジムに吊るしてやるから、サンドバッグに使ってやれ」

「ありがたい」

ブロンドと黒の男は首をふった。「ったく、そろそろおさらばしたほうがいいかもな」

いっせいに〈兄弟〉たちが開いたドアを指さした。その無言のしぐさが、なにより雄弁に語っている。

「おまえらみんなくたばっちまえ」

「よし、もうたくさんだ」ラスがデスクの奥からまわってきて――

エレーナははっと身を起こした。王は手にハンドルを握っており、それは犬の胴に巻かれたハーネスにつながっている。顔はまっすぐ前を向き、あごはあげたままだ。あれでは足もとはまったく見えないだろう。

王は盲目なのだ。あまりよく見えないという意味ではない。いまの様子からして、どうやら完全に失明しているらしい。いつからそんなことになったのだろう。先日会ったときは、ある程度は見えているようだったのに。

エレーナの胸に畏敬の念が込みあげてきた。彼女を含め、全員が彼を仰ぎ見ている。

「厄介な作戦になる」ラスは言った。「応援と捜索、それに救出の両方を実行できるだけの戦力を送り込まなくちゃならんが、どうしても必要な場合を除き、なるべく騒ぎは起こしたくない。人員を二手に分けて、いっぽうは予備戦力とする。車両支援も必要になるな、リヴェンジが動けない可能性もある。そのときは車に乗せて――」

「なんの話？」入口から女性の声がした。

エレーナはその声にふり向いた。知った顔、ベラだ。戦士ザディストのお連れあい。よく〈セーフ・プレイス〉の患者の看護を手伝ってくれている。華麗に装飾されたドア枠の中央に立ち、腕に幼子を抱いていた。顔からは血の気が引き、目はうつろだった。

「リヴェンジがなんですって」と詰問する声が高くなる。「兄さんがなに？」

エレーナが点と点を結んでいるあいだに、ザディストが〝シェラン〟に近づいていった。

「ふたりで話したほうがいい」ラスが言葉を選びながら言う。「ふたりきりで」

Zはうなずき、連れあいと幼子をともなって部屋を出ていった。廊下の先へ遠ざかっていくあいだも、まだベラの声は聞こえていた。その問いかけには募るパニックがにじんでいる。

やがて「嘘でしょう!?」――気の毒に、ついに爆弾が落とされたのだろう。

エレーナは美しい青のじゅうたんを見おろした。ああ……ベラがいまこの瞬間、どんな経験をしているかはっきりわかる。衝撃のあとの余波、いままで知っていたことの再編成、裏切られたという気持ち。

とどまるにはつらい場所だが、そこから出るのもつらい。

ドアが閉じて声が遠くなると、ラスは見えない目で室内を見まわした。彼の決意のほどを全員に測らせせようとするかのように。

「決行は明日の夜だ。いまからでは、北部に車を派遣するだけの時間がもう残っていないからな」王はエレーナとゼックスのほうにうなずきかけた。「あなたたちふたりは、それまでこの館にとどまってくれ」

ではは参加していいということか。エレーナは〈書の聖母〉に感謝したい気持ちだった。外泊となれば父に電話しなくてはならないが、いまあの家にはルーシーがいるから、留守にしても心配は要らない。「わたしはかまいませ――」

「あたしはちょっと」ゼックスがむっつりと言った。「でも間に合うように戻って――」

「これは招待ではない。あんたにはこの館にいてもらう。どこにいてなにをしているかわかるようにな。もし武器の心配をしているのなら、ここには山ほど予備がある――なにしろ、つい先月〝レッサー〟から木箱ごと鹵獲《ろかく》してきたところでな。この作戦に参加したいのなら、日没までこの屋根の下にいることだ」

王がゼックスを信用していないのは火を見るより明らかだった。この命令もそうだし、彼女のほうに向けた嚇《おど》すような笑みからもわかる。

「それでどうする、罪業喰らい《シン・イーター》」王はさらりと言った。「残るか去るか」

「わかりました」ゼックスは挑むように言った。「お心のままに」

「忘れるな」ラスはぼそりと言った。「その言葉、忘れるなよ」


一時間後、ゼックスは両腕をまっすぐ前に突き出し、ブーツの足を五十センチほど開いて踏ん張っていた。手に持つのは〈シグ・ザウエル〉の四〇口径、ベビーパウダーのにおいがしみついている。〈兄弟団〉の射撃場で、二十ヤード先の人型の標的に向かって銃弾を放っているところだった。においのほかは文句のつけようのない銃だ。反動は穏やかで、集弾率もすばらしい。

銃の試射をしているあいだ、背後の男たちの突き刺すような視線を感じていた。誤解のないよう断わっておくと、尻を見ているわけではない。

〈兄弟〉たちが女としての彼女に興味を持っていないのはまちがいない。とくべつ好意を抱いている者もいない。そのことは、銃を再装塡《リロード》しているときに見えた、しぶしぶながらの賛嘆の表情からもわかる。ただ、彼女の百発百中の腕を貴重な戦力と評価しているのだ。

となりの射撃ブースのエレーナは、銃は得意だという言葉が嘘でないことを証明していた。彼女が選んだ拳銃はいささか火力に劣っているが、ゼックスほど上半身の筋力が発達していないことを考えれば、これは賢明な選択だ。しろうとにしては狙いはひじょうに正確だが、それ以上に重要なのは、確実な慣れた手つきで拳銃を扱っていることだ。これならまちがって味方の膝を撃ち抜いたりすることはないだろう。

ゼックスはイヤープロテクターをはずし、銃を腿の脇に下げたまま〈兄弟団〉のほうをふり向いた。「もう一挺も試してみたいけど、たぶんどっちでもいいと思う。それとナイフを返してもらいたいんだけど」

身に着けていたナイフは、エレーナとふたり、黒の〈メルセデス〉でここまで連れてこられる前に没収されていたのだ。

「必要になったら返す」だれかが言った。

不本意ながらざっと目を走らせて、だれが見物しているかチェックしていた。さっきと同じ筋骨隆々の集まりで、ジョン・マシューがこっそり紛れ込んだりはしていなかった。

この〈兄弟団〉の地所はいかにも広大そうだったから、それを思えばどこにいてもおかしくない。ひょっとしたら街ひとつぐらい離れているかも。王の書斎での打ち合わせが終わると、彼はさっさと出ていって、それきり顔を見ていない。

おかげで助かった。いまは、明日の夜に待ち受けるものに集中しなくてはならない。安っぽく実りのない彼女の愛情生活などにかかずらっているひまはないのだ。幸い、準備はすべて思いどおりに進んでいるようだった。アイアムとトレズに電話をかけ、一日休むとボイスメールを残したら、折り返し電話があって問題ないと言ってきた。もちろんそのうちチェックを入れてくるだろうが、〈兄弟団〉の応援があれば、ふたりの保護本能が発動する前にコロニーに行って戻ってくることもできるだろう。

二十分後、もう一挺の〈シグ〉の試射を終えた。驚くようなことではないが、とたんに銃は二挺とも没収された。館に戻る長い通路を緊張して歩きながら、大丈夫かとエレーナの様子をうかがった。看護師の顔に浮かぶ固い決意には感嘆を禁じえない。さすがレヴの選んだ女だ。連れあいを追いかけていくとなったら、何者にもそれを邪魔させようとはしない。

見あげた根性だ……が、それでもその決意にたじろぎたくなる。ゼックスを救出しようとあのコロニーに向かったとき、マーダーの目にも同じ決意が宿っていたにちがいないと思うからだ。

その結果がどうなったか見るがいい。

だがそれを言うなら、本質的に一匹狼《おおかみ》だった彼は、応援も頼まず単身乗り込んでいった。それに対してゼックスとエレーナは、少なくとも本格的な支援を頼むだけの分別があった。それが成否を分ける鍵になることを祈るしかない。

館に戻ると、ゼックスは厨房で食物を調達したあと、客室に案内された。二階の、彫像の並ぶ長い廊下に面した部屋だった。

飲み食いし、シャワーを浴びた。

慣れない部屋だから、バスルームの明かりはつけたままにしておき、裸でベッドに入り、目を閉じた。

三十分ほど経つころ、ドアが開いた。ぎょっとしたものの、意外とは思わなかった――廊下の照明を背後から受けて、大きな影が戸口にぬっと現われても。

「酔ってるんだね」彼女は言った。

招かれもせずにジョン・マシューは入ってきて、許しもなくドアに鍵をかけた。たしかに酔っていたが、ニュース速報にしたいようなネタではない。

性的に興奮しているのも、やはり第一面を飾るネタではなかった。

手にしていた酒壜をタンスに置いたとき、彼の両手がジーンズの前に向かうのはわかっていた。ばかなまねはやめて出ていけと怒鳴りつける理由なら、すぐに十万ぐらいは思いつく。

それなのに、ゼックスは上掛けをめくって裸身をあらわにし、両手を頭の下にまわしていた。乳房がぞわぞわするのは冷気のためばかりではない。

これからしようとしていることをしてはいけない理由は山ほどあるが、そんな健全な判断など根底から突き崩す、圧倒的な現実が目の前にはある——明日の夜が明けたとき、ふたりがともに生きて帰ってこられるとだれに言えようか。

〈兄弟団〉の支援があっても、コロニーに乗り込むのは自殺行為だ——いまこの館の屋根の下では、おおぜいのひとびとがセックスをしているにちがいない。死神の玄関ドアをノックする前に、生《せい》を味わうことが必要なときもある。

ジョンはジーンズとTシャツを脱ぎ、脱いだその場に残して近づいてきた。照明を受けて輝き、その肉体はほれぼれするほどみごとだ。ペニスは固く屹立し、たくましく筋肉が盛りあがって、女がベッドに迎え入れたいと夢見る理想そのものだった。

しかし、彼がマットレスにあがってのしかかってきたとき、それを鑑賞してため息を漏らす気など彼女にはなかった。見たいのは彼の目だけだ。

だが見えなかった。バスルームの照明を真後ろから受けて、顔はすっぽり影に包まれている。せつな、ベッドわきのランプをつけようかと思ったが、そのときはたと気がついた。いまの彼の目は、身も心もすくみあがるような冷気を発しているにちがいない。

こんなことをしても、求めるものは得られないだろうとゼックスは思った。これは生を味わう行為ではない。

思ったとおりだった。

前奏なし。前戯なし。脚を開くと彼が押し入ってきて、彼女の身体はゆるんでそれを受け入れた。生理現象だ。そのさいちゅう、彼の頭は枕にのせた彼女の頭のとなりにあったが、顔はあちらを向いていた。

彼女はいけなかった。彼はいっていた。四回。

彼が体《たい》を開いて仰向けに横たわり、荒い息をついているあいだ、ゼックスの心臓は張り裂け、砕け散っていた。あの地下のアパートメントに彼を残して立ち去ったとき、このいまいましいしろものにはもうひびが入っていたが、今回は彼が突きあげるたびに、いよいよ砕けて芯からはがれ落ちていった。

数分後、ジョンは起きあがり、また服を着て、酒壜を持って出ていった。

ドアがかちりと閉じると、ゼックスは上掛けを引きあげた。

全身ががたがた震えるのを止めようとは思わなかった。泣くのをこらえようともしなかった。両方の目尻から涙があふれ、こぼれてこめかみを伝い落ちる。耳に入り、首へ流れ、枕にしみ込む。目に留まって視界をうるませる粒もある。わが家を離れたくないとでもいうように。

泣いてもしょうがない。両手を顔に持っていき、あふれるものをできるだけ受け止めて、その手を上掛けで拭いた。

何時間も泣きつづけた。

ひとりきりで。

66

ラッシュは翌日の夜、コールドウェルの二十五キロほど南で〈メルセデス〉を未舗装の道に乗り入れ、ヘッドライトを消していた。でこぼこの土の道をゆっくり運転しながら、昇る月を頼りに、刈られたあとのもの悲しいトウモロコシ畑を抜けていく。

「銃を用意しとけ」彼は言った。

助手席のミスターDは四〇口径を手にし、後部座席ではふたりの〝レッサー〟がショットガンをコック（ここではフォアエンドをスライドさせて給弾と同時に撃鉄を起こすこと）した。三人を車に乗せてコールドウェルを出る前に、ラッシュが与えておいた銃だ。

百メートルほど進んだところでラッシュはブレーキを踏み、手袋をはめた手でハンドルに巻かれたレザーをなぞった。幅広の黒の〈メルセデス〉から出てくると、きんきらきんの麻薬王ではなくまともなビジネスマンに見える。それがこの車のいいところだ。加えて、後部座席には護衛を乗せておける。

「よし、行くぞ」

いっせいにドアのラッチをはずす音が響き、全員が車から降りた。雪の積もる畑の向こうに、同じく幅広の〈メルセデス〉が駐まっている。

赤褐色《マルーン》の〈メルセデスＡＭＧ〉。悪くない。

この会合に、付属品として銃器を持ってきたのはラッシュだけではなかった。〈ＡＭＧ〉のドアがすべて開き、四〇口径を持った男が三人、そして丸腰らしい男がひとり降りてきた。

車はさりげなく品性をにおわせ、というか少なくともそんなうわべを取り繕ってはいるが、乗ってきた連中はそろって薬物取引の暴力面を代表していた――つまりは計算機とオフショア口座（税制上有利な海外の銀行口座のこと）と資金洗浄《マネーロンダリング》にばっちり関係しているということだ。

ラッシュは、〈ジョセフ・アブード〉のコートのポケットから両手を出し、丸腰の男に近づいていった。歩いていきながら、南米人の輸入業者の心のなかを探る。少なくとも、趣味と実益で痛めつけた売人によれば、この業者はリヴェンジに大量の商品を卸していたという。

「おれに会いたいってのはあんたか」男は訛りのある英語で言った。

ラッシュはコートの胸ポケットに手を入れてにやりと笑った。「あんたはリカルド・ベンロワーズじゃないな」と、向こうの〈メルセデス〉に目を向ける。「悪いが、つまんない冗談につきあってるひまはないんでね。あんたのボスに、さっさと車から降りてこいって言ってやってくれ。でないとおれは帰る。そうすると商売の機会をふいにすることになるんだがね。コールドウェルをきれいに片づけて、これまで尊者《レヴァレンド》が仕切ってた市場に、商品を供給しようって男が目の前にいるのに」

向こうの人間は、せつな途方に暮れた顔をした。やがて後ろに控える三人の仲間のほうをふり返り、ややあってとうとうマルーンの〈メルセデス〉に目を向けた。かすかに首をふってみせる。

しばし間があって、助手席側のドアが開いた。もっと小柄で年配の男が降りてくる。服装には一分の隙もなく、黒いコートは薄い肩にぴったり合っていた。ぴかぴかのローファーで、雪にすり足の跡を描いて歩いていた。

あくまでも落ち着きはらって進み出てくる。なにがあっても自分たちに処理できないことはないと、一千パーセントの確信があるかのように。

「わかってくれるだろうが、用心第一でね」ベンロワーズの訛りには、フランスふうと南米ふうが混じっているようだった。「いまは油断してよい時期ではないから」

胸ポケットに入れた銃はそのままに、ラッシュは上着から手を出した。「なにも心配することなんかないさ」

「ずいぶん自信があるのだね」

「競争を勝ち抜いてきたんだから、もちろん自信はある」

老人の目がラッシュをためつすがめつする。品定めというわけだろうが、どこにも弱点など見つかるはずはない。

時間をむだにすることはないと、ラッシュはずばり要点に入った。「レヴァレンドが扱っていたのと同じ量を扱いたい。それもいますぐ。人手はあるし、縄張りは手中に収めてる。足りないのは、良質の粉を安定的に供給してくれるプロの取引相手で、だからあんたに面会を申し込んだんだ。じつは単純な話でね。おれはレヴァレンドの後釜に座ることになるし、あんたは彼の取引相手だった。だからあんたと仕事がしたい」

老人は笑顔になった。「この世に単純なことなどないよ。まあそうは言ってもきみはまだ若い。いつか自分で気がつく時が来るだろう、その時まで生きられれば」

「おれはそうあっさり退場する気はない。信用してくれ」

「わたしは人を信用しないことにしている。家族でもだ。それに、きみがなんの話をしているのかどうもよくわからない。わたしはコロンビア美術の輸入商だよ。きみがどうしてわたしの名を知ったのか、そして違法な取引と関係があると思ったのか、まるで見当がつかない」老人は小さく会釈した。「ではごきげんよう。きみはなかなか見どころのある若者のようだから、それをちゃんとした仕事に活かすべきだと思うよ」

ラッシュは眉をひそめた。ベンロワーズは、部下たちをあとに残して〈AMG〉に戻っていく。

いったいどうなってるんだ。これが銃弾の雨あられに発展するのではないとしたら……

ラッシュは銃に手を伸ばし、銃撃に備えた……が、なにも起こらなかった。最初にベンロワーズのふりをした男が進み出てきて、握手しようと手を差し出してきただけだ。

「会えてよかった」

見おろすと、その手のひらになにかのっていた。紙片だ。

ラッシュは握手して、差し出されたものを受け取り、自分の〈メルセデス〉に戻っていった。運転席に腰を落ち着けて見やると、〈AMG〉は急ぐ様子もなく小道を遠ざかっていった。排気管の煙が冷たい夜気に溶けていく。

紙片を見おろすと番号が書かれていた。

「それなんすか」ミスターDが尋ねてくる。

「どうやら商談成立となりそうだ」携帯電話を取り出してその番号にかけ、車のギヤを入れて、ベンロワーズたちとは反対方向に走りだした。

電話に出たのはベンロワーズだった。「暖かい車のなかで話すほうがずっと快適だ、そうではないかね」

ラッシュは笑った。「たしかに」

「わたしから提供できるのは、毎月レヴァレンドに送っていた商品の四分の一だ。きみがそれを問題なく売りさばくことができれば、取引量を増やすことを考えよう。それでどうかな」

本物のプロと取引をするのはじつに愉快だ、とラッシュは思った。「けっこう」

金額と配送問題について話しあってから、ふたりは電話を切った。

「話はまとまったぞ」達成感とともに言った。

車内がありとあらゆる歓声に沸くなか、いまぐらいはいいだろうとラッシュもだらしなくにやにやしていた。製造工房を設置しようと試みてきたものの、これが予想していたより手ごわいことがわかってきて（いまも実現に向けて努力は続けているのだが）、そんなわけで一流の信用できる供給元がどうしても必要だった。ベンロワーズとの関係しだいでその問題は解決だ。そこから生まれる資金があれば、新兵をスカウトし、最新の武器を入手し、もっと不動産を購入して、〈兄弟団〉を射程内にとらえることもできる。〈殲滅協会《レスニング・ソサエティ》〉は現状、彼が引き継いでからずっとニュートラルに入っているように感じていたが、あの訛りの強いじいさんのおかげで、そんな日々とはもうおさらばだ。

コールドウェル市内に戻ると、ラッシュはミスターDたちを例のむさくるしい農家でおろし、ひとりでブラウンストーンに向かった。ガレージに車を入れたときには、未来への希望で顔が上気していた。その興奮ぶりに、自分がいままでどれだけ鬱屈していたか気がついた。金は力だ。なんでも好きなことができ、必要なものはなんでも買える。

きれいに積み重ねて、権威のゴムでまとめられた権力。なりたい自分になるために必要なもの。

キッチンから屋内に入ったとき、いったん足を止めて室内を見まわした。すでにずいぶんましになってきている。カウンターも棚ももうからっぽではない。エスプレッソマシンと〈クイジナート（フードプロセッサーのブランド）〉があり、皿やコップがある。どれも〈ターゲット〉みたいな三流スーパーで買ってきたものではない。冷蔵庫には高級食品が入っているし、地下のワインセラーには上等のワインが、ホームバーには最高級の酒がそろっている。

　キッチンを出て、まだがらんとしたままの食堂に入る。そこから一度に二段ずつ階段をのぼり、のぼりながら服をゆるめていった。一歩ごとに固く大きくなってくる。二階では王女が待っている。すっかり用意を整えて待っているのだ。ふたりの〝レッサー〟によって身体を洗われ、油を塗られ、香水をふりかけられて、まさしく性の奴隷として使われるために。

　まったく、〝レッサー〟がみな性的不能で助かった。そうでなかったら〈ソサエティ〉に去勢の嵐が吹き荒れていただろう。

　最初の踊り場まで来て、シャツのボタンをはずした。胸に走る引っかき傷があらわになる。ひとつひとつが愛人の爪でつけられた傷だ。このコレクションがまた増える、そう思うと顔がゆるむ。最初のうちは彼女の手足は拘束したままだったが、二週間ほど経つころから片手片足の鎖をはずすようになった。抵抗されればされるほど燃える。

　ちくしょう、まったく大した女だ――

階段をのぼりきったところで、ぎょっとして凍りついた。廊下から流れてくるにおいに足が完全に止まる。なんだ……どうした。充満する甘い香りは強烈で、百本の香水壜を叩き割ったかのようだった。

ラッシュは寝室のドアに走った。なにか起こったのなら――

室内の惨状にぼうぜんとした。新しいラグも、張り替えたばかりの壁紙も黒い血にまみれている。見張りに残したふたりの〝レッサー〟は、天蓋つきベッドの向こうの壁に寄りかかって座っていた。ふたりとも右手にナイフを握っている。そしてふたりとも、首に何か所も傷口が開いててらてら光っていた。何度も何度も自分で突き刺したのだ。大量出血で動けなくなるまで。

さっとベッドに視線を投げた。サテンのシーツはしわくちゃで、王女を拘束するために〝シンパス〟の王から与えられた四本の鎖は、ベッドの四隅にだらしなく転がっていた。

ラッシュはくるりとふり向いて部下たちを見やった。ステンレスの刃で胸を突き刺さないかぎり〝レッサー〟は死ぬことはないから、ふたりともまだ生きていた。動けなくなっているだけだ。

「なにがあった」

ふたつの口がそれぞれ動いたが、ひとことも聞きとれなかった——喉頭に息が届かないのだ、自分でのどに穿《うが》った穴からすべて漏れてしまうから。

意志の弱いばかどもが——

いや、まさか。まさか、そんなことはしないだろう。

ラッシュは乱れたシーツを探り、死んだロットワイラーの首輪を見つけた。自分の所有物だというしるしに王女の首に巻き、セックスのさいちゅうに彼女の血管から養ったときもはずさずにおいたのだ。

バックルからはずせばいいものを、首輪は真っぷたつに切り裂かれていた。もう使いものにならない。

ラッシュは首輪をベッドに放り、シャツのボタンを留めなおして、シルクのすそをたくし込んだ。三日前に買ったアンティークのシェラトン式のタンスに向かい、もう一挺の拳銃と長いナイフを一本とり、ベンロワーズに会うために身に帯びていた拳銃に加えた。

あいつが向かう場所はひとつしかない。

これから北に向かい、あのアマをかならず連れ戻してやる。

ジョージに導かれて、ラスは午後十時に書斎を出て階段を降りていった。なんの不安も感じないのに驚く。つまりはこの犬を信用しはじめていて、ハーネスのハンドルを通じて、ジョージが合図を伝えてくるのが当たり前になってきているのだ。階段に差しかかるたびにジョージが立ち止まるので、ラスは最初の一段を見つけることができる。そして降りきるとジョージはまた立ち止まるから、玄関広間に着いたとわかる。それから、ラスがどちらの方向に行くか伝えるまで待っているのだ。

これは……じつのところ、ひじょうによくできたやりかただ。

ジョージとともに階段を降りていくと、すでに〈兄弟〉たちはその場に集まっていて、武器を点検したりしゃべったりしていた。集団のなかでもVはトルコ煙草を吸っているからわかるし、ブッチは天使祝詞（聖母マリアに捧げる祈り）を口のなかでぶつぶつ唱えているし、レイジは棒つきキャンデーの包み紙をむいている。女性ふたりも来ていた。においでわかる。看護師のほうは緊張しているが、ヒステリーを起こしそうにはない。ゼックスは戦闘が待ちきれなくてじりじりしている。

モザイクの床まで降りたとき、ラスはハンドルを強く握りなおした。前腕の筋肉が固く盛りあがる。しかしちくしょう、彼はジョージとともに留守番だ。なんといまいましい。

皮肉な話だ。犬のようにトールをあとに残していくのがつらいと動揺していたのは、つい先日のことではないか。なんという役割の逆転。そのトールはいま夜戦に出撃しようとしていて……こっちはあとに残るほうにまわっている。

トールが鋭く口笛を吹き、全員が口をつぐんだ。「VとブッチはゼックスとZとともに第一班に入れ。レイジとフュアリーとおれは第二班で、若い連中とともにおまえら四人を掩護《えんご》する。さっきクインが送ってきたテキストによると、クインとブレイとジョンはもう北に到着して、コロニー入口から三、四キロのあたりで位置についている。用意ができたら――」

「わたしは？」エレーナが言った。

トールの声がやさしくなる。「あなたは、若いのといっしょに〈ハマー〉で待ってて――」

「とんでもない。衛生兵が必要になるはず――」

「ヴィシャスがいる。彼を第一班に入れたのはそのためだ」

「わたしも加えてください。わたしなら見つけられます、彼はわたしから――」

ラスが口をはさもうとしたとき、ベラの声が割り込んできた。

「いっしょに行かせてあげて」リヴェンジの妹のきっぱりした口調に、だれもがはっと息を吞んで黙り込んだ。「彼女にも行ってもらいたいわ」

「ありがとうございます」エレーナは小さな声で言った。それで決定が下されたかのように。

「あなたは兄のお相手でしょう」ベラがつぶやくように言う。「そうよね」

「はい」

「最後に会ったとき、兄の心にあなたの姿が見えたわ。兄があなたを想っているのはわかってた」ベラの声がさらに熱を帯びた。「このかたを連れていって。たとえ兄が見つかっても、このかたがいなかったら助からないわ」

ラスは実際には、看護師を加えることにはまったく気が進まなかった。だからその案を却下しようと口を開きかけた……が、そのとき一、二年前のことがありありと頭に浮かんだ。彼が腹部を撃たれたとき、そばにベスがいた。生き延びられたのは彼女がいたからだ。彼女の声と手と強い結びつきがなかったら、がんばり抜くことができたかどうか。

北のコロニーで、〝シンパス〟どもがレヴをどんな目にあわせているかわかったものではない。まだ息があったとしても、虫の息である公算は小さくない。

「連れていけ」ラスは言った。「彼女がいれば、生きて帰ってこられるかもしれん」

トールが咳払いをした。「それはどうかと――」

「命令だ」

長く不満げな間があった。それが破られたのは、ラスが右手をあげて、巨大な黒ダイヤモンドを閃かせたからだ。一族の歴代の王がみな身に着けていた権威のしるし。

「ああ、わかった」トールは咳払いをした。「Z、彼女の護衛を頼む」

「了解」

「どうか……」ベラがかすれた声で言った。「連れて帰ってきて。兄はこっちのひとなんです。こっちに連れて帰ってきてください」

鼓動一拍ほどの間があく。

やがてエレーナがきっぱりと言った。「かならず。どちらにしても」

その言葉に説明は必要なかった。それは〝生死にかかわらず〟という意味であり、リヴェンジの妹も含め、全員がそのことは承知していた。

ラスが〈古語〉の決まり文句を口にした。それは彼の父が〈兄弟団〉に対して言っていた、それを聞いて耳になじんでいた言葉だった。しかし、口調は違っていた。あとに残って玉座を温めていることを、父は当然と思っていたからだ。

だが、ラスにとっては生きながら焼かれる苦しみだ。

別れのあいさつを交わしたあと、〈兄弟〉たちとふたりの女は、モザイクの床に靴音を響かせて出ていった。

前室のドアが閉じる。

ベスが彼のあいたほうの手を握った。「大丈夫?」

緊張した口調から、訊かなくてもわかっているのはまちがいない。しかし、腹は立たなかった。ベスはただ心配しているのだ。立場が逆なら彼も同じだろう。ときには質問する以外になにもできないこともある。

「だいぶましになったさ」抱き寄せると、彼女がぴったり身体をくっつけてきた。なでてもらおうとジョージが頭を割り込ませる。

愛する女と犬がいても、ラスはやはり寂しかった。

玄関広間に立ちながら、もう二度とその広がりと色彩と驚異を見ることはできないのだと思う。そして、ぜったいにそうはなりたくないと思っていた状況に、結局は追い込まれてしまったという思いに打たれた。王の身でありながら戦場に出ることは、たんに戦争の勝敗や種族の将来のためだけではない。自分自身のためでもあった。書類仕事に明け暮れる貴族ではいたくなかったのだ。

しかしどうやら運命は、玉座というねじ穴に彼を押し込むと決めていて、それを変える気はないようだ――どちらにしても。

ベスの手をぎゅっと握ってから放し、ジョージに向かって進めと命令した。前室まで来ると、いくつもドアを開いて道をあけ、とうとう館の外に足を踏み出した。

中庭を前に、ラスは寒風のなかに立っていた。髪が吹きあげられ、吹き流される。息を吸うと雪のにおいがした。しかし頬に当たるものはない。吹雪の予兆にすぎないのだろう。

ジョージが座って待つ態勢に入り、ラスは見えない空を見あげた。雪が近いのなら、空はもう雲に覆われているのか。それともまだ星が出ているのか。いま月はどの相なのか。

胸のあこがれに突き動かされ、見えない目に力を込めて、外界から形や状態をなんとか引き出そうとした。かつてはそれが役に立った……頭痛はしたが、役には立ったのだ。

いまはただ頭痛がするだけだ。

背後からベスの声がした。「コートを持ってきましょうか」

彼は少し顔をほころばせ、肩越しにふり向いた。館の堂々たる玄関に立つ彼女を思い描く。屋内からの光を背に、輪郭を浮かびあがらせているだろう。

「なあ、だからおれは、こんなにおまえのことが好きなんだよ」彼は言った。

彼女の口調は胸が締めつけられるほど温かい。「どういうこと？」

「寒いからなかに入れとは言わない。おれがここにいたいと思えば、そこを居心地のいい場所にしようとしてくれる」身体をまわして彼女に正対した。「正直言って、どうしておまえがそばにいてくれるのかわからない。こんなにいろいろあって……」と、館の正面のほうを身ぶりで示す。「しょっちゅう邪魔が入る。〈兄弟団〉だの、戦闘だの、王の務めだの。おれはろくでなしで、あんな隠しごとをしていたし」ラップアラウンドに軽く触れた。「そのうえ今度は失明だ……まったく、おまえは聖女になれるよ」

ベスが近づいてくる。夜に開くバラの香りが、強い風にも負けず強く漂ってくる。

「それは違うわ」

両の頬に触れられて、彼は身をかがめてキスをしようとしたが、それを彼女に止められた。彼の顔を支え、サングラスをあげさせると、あいた手で眉をなぞった。

「わたしがそばを離れないのは、視力があってもなくても、あなたの目には未来が見えるからよ」鼻梁をそっとなでられて、まぶたが震えた。「わたしの未来。〈兄弟団〉の未来。一族の未来……あなたはほんとうにきれいな目をしてる。それにいまのあなたは、以前よりもっと勇敢だとわたしは思うわ。その手で戦わなくたって、あなたには勇気がある。みんなが必要とする王で、わたしの〝ヘルレン〟だわ」彼の広い胸のまんなかに手のひらを当てて、「あなたはここで生きて、ここでみんなを率いてるんだもの。ここで、この心臓で……」

ラスはしきりにまばたきをした。

不思議なものだ。人生を一変させるできごとは、予定どおりに起こるとはかぎらないし、予測がつくともかぎらない。たしかに、遷移によって彼は男になった。誓いの儀式を終えたときには、たんなる一個の存在ではなく全体の一部となった。周囲で起こる死と誕生は、世界の見えかたを劇的に変える。

しかしごくまれに、まるで降って湧いたように、静かにひとりの時間を過ごしていた場所にだれかがやって来て、いきなり自分の見えかたを変えてくれることがある。そのだれかが連れあいであれば、こんなに幸運なことはない……その変容によって、ぜったいにまちがいなく、自分は正しいひとを選んだとあらためて気がつくのだ。なぜなら、言葉がひとを動かすのは、それをだれが言ったかによるのでなく、その言葉の内容によるからだ。

ペインに顔を殴られて、彼は目が覚めた。

ジョージのおかげで自立を取り戻した。

だが、ベスは彼に王冠を授けた。

肝心なのは、彼がそういう気分のときに彼女はやって来て、それが可能だと証明してくれたということだ。どんなに聞く必要のあることでも、聞く必要がある時でなければ聞かせることはできない。心が正解だ。そのことを彼女は証明し、納得させてくれた。

彼は玉座に登り、ある程度のことをなし遂げてきた。しかし胸の奥ではいまも戦士であり、デスクに縛りつけられたのを恨んでいた。その恨みつらみで短気になっていたし、自分では気がついていなかったが、夜が来るたびに彼の目は逃げ道を探していた。

視力がなければ逃げ道もない。

だが……それがじつはよいことだったとしたら。グリーティング・カードの陳腐なせりふ——ドアが閉じれば窓が開く——が真実だとしたら。視力を失ったのは、彼にとってまさに必要なことだったとしたら……一族の真の王となるために。

たんに、父祖の責務を負わされた息子というだけでなく。

視力を失うとほかの感覚が鋭くなるというのがほんとうなら、その違いを生み出すのはたぶん心だろう。そしてそれがほんとうなら……

「未来が見えるわ」とベスがささやく。「あなたの目のなかに」

ラスは〝ジェラン〟をひしと抱き寄せ、身体にめりこむほど強く抱きしめた。寒風のなかで身を寄せあって立っていると、身内の闇に暖かい光が射し込んでくる。

ベスの愛は、目の見えない彼の光だ。彼女の手は、見えなくてもそこにあるとわかる天国だ。これほどの信頼を寄せてくれるなら、彼女は彼の勇気であり生きがいでもある。

「ずっとそばにいてくれ」彼女の長い髪に顔を埋めて、かすれた声で言った。

「どこにも行く場所なんてないわ」胸に頭を預けてくる。「わたしはあなたのものよ」

67

〈兄弟団〉とともに北部で実体化したとき、エレーナはベラの顔が頭から離れなかった。あの広大な堂々たる玄関広間に立ち、武器を身に帯びた男たちに囲まれて、ベラはみょうに存在感が希薄だった。目はうつろで、こけた頬に血の気はなく、まるですっかり気力を使い果たしたかのようだった。

それでも、彼女は兄を取り戻したいと望んだ。

嘘というものの本質からして、その大枠はつねに変わらない——客観的な事実をねじ曲げるか隠す、あるいは意図的な欺瞞《ぎまん》で上書きする。ただ、嘘をつく動機のほうはいつもはっきりしているとはかぎらない。それでエレーナが思い出すのは、リヴェンジに薬を服ませるために自分のやったことだ。よいことをしているつもりだったが、そうは言ってもその行動は正しくも適切でもなく、当然の報いを逃れることもできなかった。とはいえ、少なくとも彼女の心中に悪意はなかった。同じことがリヴェンジの選択にも言える。彼の行動は正しくも適切でもなかったが、〈古法〉に定めることと王女の悪影響を考えれば、エレーナや妹をはじめとして、彼に関わる人々がそのおかげで守られたのはまちがいない。

だからこそ、エレーナはリヴェンジを赦すことを選んだ。そして彼の妹にもそうしてもらいたいと思う。

言うまでもなく、赦したからといってエレーナが彼と連れ添うというわけではない――レヴのことを〝ヘルレン〟だと言ったのは、コロニーに同行させてもらうための方便だ。現実を映した言葉ではない。だいたい、生きてコールドウェルに帰れるかどうかもわからないのに。

今夜、生命を落とす者がいるかもしれないのだ。

エレーナと〈兄弟〉たちは、密に茂る松の木立の陰で実体化した。ゼックスが周辺を偵察して、ここなら安全と選んだ場所だ。ゼックスが言っていたとおり、前方には絵のような白い農家が建っていて、「老荘修道会　一九八二年設立」という看板が掲げてあった。

表面的に見れば、そのしみひとつない下見板張りの壁の内で、ジャムやキルトを作る以外のことがおこなわれているとはとても思えない。目に快いこの建物が、〝シンパス″のコロニーの入口だとはさらに想像もつかない。しかし、この全体の眺めにはどこかひどく不可解なところがある。愛想よくおいでおいでをしていながら、恐怖の力場に包まれているかのようだ。

エレーナはあたりを見まわし、レヴが近くにいるのを感じた。ゼックスが口を開く直前、母屋から百メートルほど離れて建つ納屋に目が吸い寄せられた。あそこだ……そうだ、彼はあそこにいる。

「あの納屋から入ろう」ゼックスが静かな声で言いながら、エレーナが惹《ひ》きつけられた建物を指さした。「迷宮の入口はあれだけなんだ。昨夜も言ったけど、向こうはもう、あたしたちが来てるの勘づいてる。だから顔を突きあわせたときは、表向きは平和的な来訪を装うのがいちばんだと思う。たんに自分たちのものを取り返しに来ただけで、流血は望んでないってこと。戦闘を始める前なら、こちらの理屈に耳を貸すかも——」

冷たい風に乗って、甘ったるいにおいが漂ってきた。

全員がそろってふり向くなか、エレーナは眉をひそめた。農家の芝生の庭に、忽然《こつぜん》とひとりの男性が出現していた。ブロンドの髪をひたいから後ろになでつけ、明るい目は奇妙な黒に輝いている。玄関ポーチに向かって歩いていく、その足どりには怒りがこもっていた。たくましい身体は、戦闘に身構えるかのように緊張している。

「信じられん」Vが声を殺して言った。「あれはラッシュか、いま見えてるのは」

「そうみたいだな」ブッチが答える。

ゼックスが口をはさんだ。「知らなかったの？」

〈兄弟〉全員がふり返って彼女を見つめる。Vが口を開いた。「あいつが生きてて〝レッサー〟になってるってことをか。ああ、それなら答えはノーだな。で、なんであんたは驚かないんだ」

「何週間か前に見かけたからよ。とうぜん〈兄弟団〉は知ってると思ってた」

「自分が知ってりゃ他人も知ってるってか」

「そう言うけど――」

「たいがいにしとけ」Zが声をひそめて叱った。「ふたりとも」

また全員が視線を戻すと、問題の男性はいまではポーチに飛びあがり、ドアを力いっぱい叩いていた。

「応援を呼ぼう」Vがささやいた。「あの〝レッサー〟を片づけんとなかに入れん」

「あいつが陽動になって、かえって有利になるかもよ」と言うゼックスの声には、〝あほか〟がぎっしり詰まっていた。

「応援を要請すれば、ばかをさらさずにすむさ」Vがやり返す。

「それはあんたにはむずかしいんじゃないの」

「なにをこの――」

Zは、Vの手袋をした手に電話を押しつけた。「かけろ」次にゼックスに指を突きつけて、「こいつをいちいち刺激すんな」

Vが電話で話しだし、ゼックスが口をつぐむ。短剣と銃が抜かれ、すぐに応援の仲間たちが出現した。

ゼックスはトールメントに近づいていった。「あのさ、やっぱり二手に分かれるほうがいいと思うんだ。あんたたちがラッシュを片づけてるあいだに、あたしはレヴを探しに行く。戦闘騒ぎでコロニーの目も半分はそっちに向かうだろうし。このほうがいいと思う」

全員の目がトールに向かい、やや間があって彼は言った。「わかった。ただ、あんたひとりで行くのはまずい。あんたとエレーナにはVとザディストが同行する」

みながいっせいにうなずき……と思ったら動きだしていた。開けた場に出て、雪野原を駆け足で渡っていく。

エレーナは納屋に向かっていた。与えられたブーツが地面を砕き、手袋のなかで手のひらは汗ばんでいる。医療用品を詰めたバックパックが肩に食い込む。彼女は武器を手にしていなかった。どうしても必要になるまで銃は抜かないと約束していたのだ。これは理にかなっている。救急治療室にしろうとがいては迷惑なだけだ。見るからにやすやすと銃を扱っているゼックスや〈兄弟〉たちとは違うのだから、それと張りあおうとしてわざわざ状況をややこしくする必要はない。

納屋としては大きめの建物だった。正面入口は両開きのスライドドアで、レールにはよく油が差されている。しかしゼックスはこのわかりやすい入口は使わず、側面のずんぐりしたドアにみなを案内した。

天井の高いがらんとした空間にぞろぞろ入っていく前に、エレーナは母屋のほうをふり返った。

ブロンド男は〈兄弟〉たちに囲まれていたが、カクテルパーティにでも出ているかのように平然と落ち着いていた。その見下したような笑みからして、面倒なことになりそうだとエレーナは思った。よほど武器を身に帯びているのでもなければ、立ちはだかる筋骨隆々の壁を前に、あんな顔はしていられないだろう。

「早く」ゼックスが言った。

エレーナは頭を下げてドアをくぐり、なかに入ったとたん身震いした。風からは守られているのだが、なんと……ここはなにもかもがおかしい。あの農家ふうの母屋もそうだったが、どこを見ても違和感がひどい。干し草も飼料も、馬具もない。馬房に馬の姿もなかった——言うまでもなく。

　逃げ出したいという衝動に息が詰まり、エレーナはパーカの襟をつかんだ。ザディストが肩に手をまわしてきた。「これは〝ミス〟と同じだ。ふつうに息をしてりゃいい。ここは空気までまぼろしに染まってるが、いまあんたが感じてるのは現実じゃないんだ」

　ごくりとつばを呑み、傷痕の残る〈兄弟〉の顔を見あげると、その落ち着いた目の色に力が湧いてきた。「ええ。ええ……もう大丈夫」

「その意気だ」

「こっち」ゼックスは言って馬房に向かい、二段戸（上下二段に分かれていてべつべつに開閉できる）を開いた。なかの床はコンクリートで、奇妙な幾何学模様が入っている。

「開けゴマだね」ゼックスはかがんでなにかを持ちあげにかかった。どうやら石板のようだ。〈兄弟〉ふたりが近づいていって手を貸し、重い石を引きあげる。

　そこに現われた階段は、ぼんやりした赤い光に照らされていた。

「なんだかポルノ映画んなかに降りていくみたいだぜ」Vがつぶやくのを聞きながら、

そろそろと階段を降りていく。

「それには黒いろうそくが足りないんじゃねえか」ザディストが茶々を入れた。

階段を降りきると廊下が伸びていた。岩盤をくり抜いた廊下の左右を見やると、見えるのは延々と続く……黒いろうそくの列だった。ルビーのように赤い炎をあげている。

「さっきのは撤回だ」この室内装飾を睨みつつ、Zが言った。

「ポルノミュージックが聞こえてくるぜ」Vが突っ込む。「これからおまえをZムービーって呼んでいいか」

「呼んでみろ、息の根を止めてやる」

エレーナは右に向かった。圧倒的な切迫感に胸が騒ぐ。「こっちよ。感じるわ」

ほかの三人を待たず、彼女は走りだした。


この地上で許されたあらゆる奇跡のなかで、あらゆる〝まさか生きていたのか！〟だの〝やれありがたや、まさか助かるとは！〟のうちで、ジョンがいま目にしている復活こそまさに脳天への一撃だった。

マーサ・スチュワートふうの白いコロニアル様式の家を背に、ラッシュはしゃれた服を着て立っていた。どこから見てもぴんぴんしているし、あいかわらずえらそうにふんぞり返っているだけでなく、なぜか以前よりパワーアップしているようだった。〝レッサー〟のようなにおいをさせているが、ポーチから見おろしてくる姿は〈オメガ〉そのひとのよう――邪悪な力の権化のようだった。死すべき者どもがどれほど強さを誇示しようが、はなも引っかけないと言わんばかりだ。

「よう、ジョン坊や」ラッシュは気取って言った。「その女々しいお顔が見られて、どんだけうれしいか言葉にできないぐらいだぜ。生き返ったときと同じぐらいかな」

なんという……それなら、ウェルシーにもこういう奇跡が起こってよいはずではないのか。それなのに……選りにも選ってこの自己愛性人格障害のくされサイコパスが、ラザロさながら復活の奇跡に恵まれるとは。

皮肉なのは、ジョンはこれを祈っていたということだ。まったく、クインがラッシュののどを切り裂いた直後には、なんとかあの大量出血を生き延びてほしいと必死で祈ったものだ。訓練センターのシャワー室で、濡れたタイルに膝をついて、自分のシャツでラッシュの傷口をふさごうとしていたのを思い出す。神に祈り、〈書の聖母〉に祈り、だれでもいいからなんとかこの状況を救ってくれと祈っていた。

しかし、ヴァンパイア版の反キリストになってほしいと願った憶えはない。

雲に覆われた空から雪が落ちてきはじめた。レイジとラッシュがなにか言葉を交わしているが、頭のなかが騒がしくて、ジョンにはほとんど聞きとれない。

はっきり聞こえたのは、すぐ後ろにいるクインの声だった。「まあ、ものは考えようだよな。少なくとも、これであいつをもういっぺん殺してやれるじゃないか」

そのとき世界が爆発した。文字どおり。

どこからともなく、ラッシュの手のひらに流星が出現したかと思うと、それがまっすぐジョンと〈兄弟〉たち目がけて飛んできた。形而上《けいじじょう》学的な地獄のボウリングボールというわけだ。それが届いたとき、輝く衝撃波に全員が吹っ飛ばされた。みごとなストライクだ。

みなとともに仰向けに倒れ、息をしようとあえいでいると、雪のひらがそっと頬や唇に落ちてきた。次の衝撃がすぐに来る。来ないわけがない。

あるいは、もっと恐ろしいものが。

あたり一面に轟く咆哮が前方から聞こえてきて、ジョンは最初、ラッシュが頭の五つある恐怖の怪物に変身したのだと思い、全員が生きながら喰《く》われるのだと覚悟した。

ただ……現われたのはけものだった。紫のうろこが閃き、とげのある尻尾が空を切るのを見て、ジョンはほっとした。あれはこっちのゴジラだ、〈オメガ〉側の怪物ではない。レイジの分身が出現したのだ。そして巨大なドラゴンは怒り狂っていた。

ラッシュですらいささか驚いた顔をしている。

ドラゴンは全身の力を込めて思いきり夜気を吸い込み、首を前に突き出して猛然と火を吐いた。その激しさに、ジョンは顔の皮膚がシュリンクラップされたかのように引き締まった――火焔の射程からは大きく離れていたというのに。

炎が鎮まったとき、ラッシュは焦げたポーチの柱のあいだに立っていた。服からは煙があがっていたが、それ以外はまったく無傷だった。

信じられない。あいつ難燃性なのか。

しかも、次の水爆をお見舞いする用意を整えている。まるでビデオゲームのように、手のひらにまた強烈な熱の一撃を生み出し、そのエネルギーをまとめにけもの目がけて繰り出した。

レイジの分身であるけものは、それを雄々しく受け止めた。この攻撃にびくともせず、ほかの者たちに息をつくのに必要な時間を与えてくれたのだ。おかげで、ジョンたちは立ちあがって射撃の態勢に入ることができた。勇敢で、しかも思いやりのある行動だ――とはいうものの、火の玉を吐き出すことができるぐらいだから熱には強い道理である。そうでなかったらげっぷをするたび大火傷だ。

ジョンは仲間とともに銃を撃ちはじめたが、銃弾だけでは無理ではないかと不安だった。なにしろ、ラッシュは生まれ変わって強化されている。

ジョンが次のマガジンを押し込んだとき、二台の車に乗って〝レッサー〟どもが現われた。

68

ゼックスはエレーナの指示に従うのにやぶさかではなかったが、彼女に先導させるのはどうも落ち着かなかった。そこでスピードをあげてレヴの彼女を追い抜いた。

「方向が違うときは教えてよ」と声をかけるとエレーナはうなずいた。〈兄弟〉ふたりは、後方の待ち伏せに備えてしんがりについて走っている。

岩の廊下を進みながら、ゼックスはなにもかもが気に入らなかった。レヴの気配がまるでしない。ヴァンパイアとしては不思議なことではない――彼が最後に養った女性はエレーナだから、ゼックスの血はそれに取って代わられているのだ。問題は〝シンパス〟対〝シンパス〟のほうで、彼の存在がはっきり検知できないのが解せない。というより、このコロニーにいるだれの存在も正確に感知できないのだ。これはおかしい。〝シンパス〟はどこであっても、感情を持つものならなんでも感知できる。だから、ありとあらゆる格子を感じとれなければおかしいのだ。

先を急ぎながら壁に目をやった。彼女がここにいたころ、この壁はくり抜いた岩肌がそのままだったが、いまは表面がなめらかになっている。この数十年間にいろいろ進歩があったのだろう。

「百メートルぐらい先で、廊下が分かれるから」と肩越しにささやいた。「囚人は左側に収容されてて、居住区とか共通の部屋とかはみんな右側にあるんだ」

「なぜ知ってるんだ」ヴィシャスが尋ねた。

ゼックスは答えなかった。ここの牢獄に入っていたことがあるなどと言う必要はない。黙って進みつづけ、黒いろうそくの列に従い、コロニーの奥へ奥へと進んでいく。住民が眠り、食べ、互いの心をもてあそんでいる場所が近づいてくる。それなのになにも感じられない。

いや、そう言っては正確ではない。みょうな雑音のようなものは感じられる。最初は、かすかにゆらめく赤い炎の気配だと思い込んでいた。大量の黒いろうそくのうえで、わずかな空気の流れに灯心が震えているからだと。だが、そうではない……それとはべつのなにかだ。

廊下が三つに枝分かれする地点まで来て、ゼックスは当然のように左に向かったが、エレーナが声をかけてきた。「違うわ、まっすぐよ」

「そんなばかな」ゼックスは立ち止まり、声を低めて言った。「そっちはＨＶＡＣ（暖房、通気、空調）室だよ」

「でもそっちにいるのよ」

ヴィシャスがふたりを押しのけて先頭に出た。「とにかくエレーナの言う方向へ行こう。外で続いてる戦闘がこっちに降りてこないうちに見つけんと」

ヴィシャスがそのまま走りだし、ゼックスは先頭をとられてむかついたものの、言い争うのはやめておいた。時間のむだだ。というわけで二番手になってしまったが、まあしかたがない。

四人はそろって進み、いままでより細いトンネル網に入り込んだ。暖房装置や吸気・排気装置に通じるトンネルだ。コロニーはアリの巣にならって建設されている。持続可能な地下の居住環境であり、時とともに成長し拡大し、次々に枝分かれしてより地中深くに掘り進められてきた。その建設と維持を担うのは〝シンパス〟の労働階級だ。かれらはまさしく奴隷であり、子作りが奨励されているおかげで数は倍増している。中産階級は存在しない。奴隷のすぐうえに、王家および貴族階級があるのだ。そして、その両者がまみえることはない。

ゼックスの父はその労働階級だった。だからリヴェンジより身分が低いわけだが、それは彼が王族だからというだけではない。原理的に言えば、彼女は犬の糞より一段上でしかないのだ。

「待って！」エレーナが声をあげた。

四人はぴたりと足を止めた。目の前にあるのは……石壁だ。

いっせいに手を前に伸ばし、なめらかな表面をなぞった。ザディストとエレーナが同時に継ぎめを見つけた。ほとんど見えない溝が、背の高い長方形を描いている。

「どうやってなかに入りゃいいんだ」Zが石壁をつつきながら言った。

「さがって」ゼックスが吼えた。

三人はわきへどいた。明らかにすごいことが起こるのを期待している。ゼックスは後ろへさがると、勢いをつけてその壁に肩からぶつかっていった。だがなにも起こらず、箱のなかのビー玉のように奥歯が鳴っただけだった。

「くそ」ゼックスは顔をしかめてつぶやいた。

「痛かっただろ」Zがぼそりと言う。「大丈夫――」

そのとき壁が震動しはじめ、全員が驚いて飛びのいた。武器を抜いて狙いをつけていると、石壁から現われたドアがひとりでにスライドして開きだした。

「あんたにびびったんだな」ヴィシャスがいささか感に堪えたような声で言った。

ゼックスは眉をひそめた。ブーンという雑音が急に大きくなり、耳鳴りがしてきたのだ。「ここにはいないと思うよ。ぜんぜん感じられない」

エレーナは足を前に踏み出した。どう見ても、ドアの向こうの暗闇に突っ込んでいこうとしている。「わたしは感じるわ。彼はここに――」

三組の手が彼女をつかんで引き戻した。

「ちょっと待って」ゼックスは言い、ベルトから〈マグライト〉をはずした。スイッチを入れて照らすと、長さ五十メートルほどの細い廊下が現われた。突き当たりにドアがある。

ヴィシャスが最初に入っていき、ゼックスが続く。エレーナとZがすぐあとをついてくる。

「生きてる」廊下の端まで来たとき、エレーナが言った。「感じられるわ!」

ゼックスは、スチールパネルのドアには手こずりそうだと思った――が、意外にもあっさり開いた。その向こうにあった部屋は……ちらちら光っている?

ゼックスの懐中電灯が部屋を切り裂くと、Vが悪態をついた。「くそ、なんだ……これは」

流動的な壁と床のまんなかに、巨大な繭の形をしたものが吊るされている。それを包む黒い外被はうごめき、てらてら光っていた。
「ああ……こんな」エレーナがささやいた。「ひどい」

ラッシュは〈オメガ〉の住処で能力の鍛練をしてきたが、今夜のような夜にこそ、その努力が役に立つというものではないか。二個分隊の〝レッサー〟――近くの町から連絡を入れて呼んでおいたのだ――が〈兄弟〉たちとの戦闘に突き進むのを横目に、彼は〈フォード・エクスペディション（全長約五メートル、幅約二メートル、高さ約二メートルのSUV）〉サイズの化物と対峙している――そして、そいつと火球の撃ちあいをしているわけだ。

この状況で〈プラッツバーグ（ニューヨーク州北東部の都市）消防局〉のお出ましはなんとしても避けたいので、ラッシュは家から飛び離れた。そのとき、ひと組のヴァンパイアが本隊から分かれて、少し離れた納屋に向かうのが見えた。入っていったきり出てくる様子がないので、あれがコロニーへの入口なのだろう。

ということは、このパフ・ザ・マジック・ドラゴンとバレー爆弾《ボム》をするのがどれほど面白かろうが、そろそろ切りあげて王女さまを探しに行かなくてはならない。彼とまったく同時に〈兄弟〉たちが現われた理由は見当もつかないが、〝シンパス〟が関わっているかぎり、とうてい偶然とは思えない。彼が追ってくるのを知って、王女が

〈兄弟団〉にチクったのだろうか。

ドラゴンがまた火焔を浴びせてきた。その炎の奔流に、農家の庭じゅうで展開されている戦闘のさまが浮かびあがる。どこを見ても、〈兄弟〉たちが〝レッサー〟相手に身構え、素手のこぶしを振り、短剣を閃かせ、ごついブーツを飛ばしている。唸りと罵声とどすんばすんの響きに彼は高揚し、身内にいよいよ力が湧いてくる。

彼の兵隊が彼の教官と戦っているのだ。

これが「詩的」というやつか。

懐古の情に浸っているひまはない。自分の手に意識を集中し、分子の渦を生み出した。意志の力でその回転速度をしだいに高めていくと、求心力で自然発火が起こる。渦巻くエネルギーを凝集させ、手のひらにためたまま、紫のうろこのけものに向かって走りだした。あいつは火球を吐いたあと、いったん呼吸を整える間が必要なのだ。

ドラゴンはばかではなく、さっとうずくまって禍々しい鉤爪の生えた前肢をあげて防御しようとした。ラッシュは、ドラゴンの一撃が届くぎりぎり手前で立ち止まったが、飛びかかるチャンスは与えなかった。ここぞとエネルギー球を飛ばすと、けものはそれを胸にまともに食らって、仰向けにどうと倒れた。

煙をあげるドラゴンの肉でスモア（キャンプファイアでよく作られるデザート）を焼きたいところだが、ぐずぐずしているひまはない。何度か深呼吸をして回復すれば、ドラゴンは〈エナジャイザー・バニー（電池のブランド〈エナジャイザー〉のマスコットで、電池式のピンクのウサギ）〉よろしくぴょんと飛びあがってくるに決まっている。だがいまのところ、ラッシュと納屋のあいだに障害物はなくなっていた。

　全速力で納屋に向かって走り、がらんとしたなんの変てつもない屋内に飛び込んだ。奥に馬房があり、彼は濡れた足跡をたどってそこへ向かった。足跡は、床の黒い四角の区画で途切れていた。

　石板を持ちあげるのはひと苦労どころではなかったが、石段を降りる足跡がちらと見えて、それでがぜん力が湧いてきた。足跡をたどって下まで降りると、そこは岩盤を掘り抜いた廊下だった。黒いろうそくの赤い炎のおかげで、濡れた足跡がよく見える――が、この目印はそう長くはもたない。炎の温もりで足跡は急速に乾きつつあり、三叉路《さんさろ》にたどりつくころには、あの集団がどちらに進んだのかさっぱりわからなくなっていた。

　においをたどろうと深く息を吸ってみたが、鼻でとらえられたのは燃える蠟と土のにおいだけだった。

　ほかにはなんの手がかりもない。音もせず、空気の動く気配もない。あの四人――

ここに入っていくのを彼が目撃した集団は、まるで煙と消えたかのようだった。

左を見た。右を見、正面を見た。

直感に従い、彼は左に進んだ。

69

エレーナの目は、いま見ているものを認めようとしなかった。こんなことはありえないと却下している。

まさか蜘蛛だなんて。いくらなんでも、こんな途方もない数の蜘蛛が……いえちがう、蜘蛛とサソリが……壁も床もすべて覆い尽くしてるなんて、しかもそれだけではなく……

部屋の中央に吊るされているものがなんなのか気づいて、エレーナは恐怖にぼうぜんとした。ロープかチェーンで吊り下げられている。吊るされて覆われている――この独房を一分の隙もなく埋め尽くし、うごめいているものに。

「リヴェンジ……」彼女はうめいた。「ああ、なんてこと……ひどい」

無意識にふらふらと前に出ようとしたが、ゼックスの強い手に引き戻された。「だめだって」

上腕をつかむ鉄の枷にあらがいながら、エレーナは激しく首をふった。「だって、助けなくちゃ！」

「ほっとくって言ってるわけじゃない」ゼックスがかすれた声で言う。「だけどただ踏み込んでいったんじゃ、聖書に出てきそうな攻撃を食らうことになっちゃうよ。なにか手を考えないと――」

まばゆい光が閃いた。ゼックスは言葉を切り、エレーナはふり向く。ヴィシャスが右手の手袋をはずしていた。その手のひらをあげると、厳しい顔を形作る平面が、そして目のまわりに渦巻く刺青が、闇にくっきりと浮かびあがった。

「蟲《むし》よ去れ」と、輝く指を曲げてみせる。「〈オーキン（害虫駆除会社）〉の社員も、トラックにこういうのを積んどきたいと思うだろうな」

「電動ノコギリもあるぜ」Zが言って、ベルトから黒い工具を抜いた。「おまえが道を切り開いてくれりゃ、これでおろしてやれる」

ヴィシャスはうごめく蟲の大群のへりにかがみ込んだ。輝く手に照らし出されたのは、微細な胴、ぞわぞわぴくぴく動く細い脚。それがからまりあい、塊となって波うっている。

エレーナは手のひらで口を押さえ、吐き気にのどが大きく鳴るのをこらえようとした。あれに全身を這われるなど想像もつかない。リヴェンジは生きている……けれどもどうやって生き延びてきたのか。どうして毒針に刺されずにすんだのか。発狂せずにすんでいるだろうか。

ヴィシャスの手の光が、螺旋《らせん》を描きつつまっすぐ伸び、蟲たちを焼き払い、吊るされたレヴへの道を切り開いていく。あとに残るのは灰と、湿ったものが焦げる悪臭。鼻栓が欲しくなるにおいだ。燃える光が伸びるにつれ、塊は切り裂かれ、すきまが広がり、道ができていく。

「しばらくはもつが、急いでくれ」ヴィシャスが言った。

ゼックスとザディストが洞窟のような部屋に飛び込むと、天井の蜘蛛が応戦しようと糸を吐いて降りてくる。ぱっくりあいた傷口から垂れ落ちる血のようだ。ふたりがそれを打ち払うのをエレーナはしばらく見守っていたが、やがてはっとわれに返った。バックパックをおろし、なかに手を突っ込む。

「煙草を吸うわよね」とヴィシャスに尋ねながら、畳んであったスカーフを開いて頭にかぶった。「ライター持ってきてるでしょう」

「いったいなにを……」Vは、彼女が手にしている缶を見てにっと笑った。局所抗菌薬のエアゾールスプレーだ。「尻ポケットに入ってる。右側だ」

そう言って、取りやすいように体勢を変えてくれた。ずっしり重い金の塊を取り出すと、エレーナはさっそく部屋のなかに踏み込んでいった。エアゾールはそう長くもたないからすぐには使わず、まずはゼックスとザディストのすぐ後ろに立った。

「頭を下げて！」

そこで声をかけ、スプレーのボタンを押してライターの火をつける。

かがんだふたりの頭上に、噴霧した除菌薬が火を噴いた。

瞬間的に頭上から蟲が焼き払われ、ゼックスは間髪をいれずZの肩のうえに立ちあがり、電動ノコギリを持ってチェーンに身を乗り出した。ノコギリの甲高い唸りが室内に満ち、エレーナは彼女の武器を掲げたまま、天井のいまわしい塊がなるべくふたりの頭や首に落ちてこないよう火を吹きかけつづけた。ノコギリも役に立った。火花が散ると、蜘蛛の番兵たちは恐れて近づいてこない。しかし意趣返しとでもいうように、蜘蛛はエレーナの上着の袖に落ちて這いあがってきた。

リヴェンジがびくりとした。それから身じろぎしはじめた。

いっぽうの腕を彼女のほうに伸ばそうとする。サソリがその腕から落ち、蜘蛛が落ちまいとあわてふためく。腕はゆっくりあがっていく。蟲が形作る第二の皮膚が重すぎて、動かすのも難儀だというように。

「わたしよ」エレーナはかすれた声で言った。「みんなで助けに――」

入口のほうから、どさっと重い音がした。と思うと、ヴィシャスが放っていた光が消え、室内は漆黒の闇に包まれた。

リヴェンジを見張っていた番兵たちが、ここぞとばかりに近づいてくる。


全身を覆うおぞましい群塊の下で、リヴェンジは細い意識の声に起こされた。洞窟の入口からエレーナが入ってくる。最初のうち、しかし彼はその感覚を信用しなかった。この生き地獄に宙吊りにされて一千年、何度も彼女の夢を見てきた。彼の脳はその記憶にしがみつき、それを糧とし水とし空気としてきたのだ。

しかし、今回は違うような気がした。

ひょっとしたら、ずっと祈っていたとおり現実からの乖離《かいり》が起こったのか。母が亡くなったときは終わりがあるのを嘆きはしたものの、なんと言ってもいまではその終わりだけが望みだった――精神的な終わりであれ肉体的な終わりであれ、どちらでもかまいはしない。

つまり、このみじめでくそまみれの人生に、やっとひとつ救済が訪れたのかもしれない。

そのいっぽうで、エレーナが実際に彼を救出に来たのだったら——そう思うと恐ろしかった。いまのこの責め苦より、あるいは未来に待っているさらなる責め苦よりも恐ろしい。

ただ……いや、やはりエレーナだ。ほかにもだれかいる……何人かの声がする。やがて光が見えた……それから胸の悪くなるにおい。干潮時の浜辺の腐敗臭を思い出させるにおい。

その後に甲高い唸りが聞こえてきた。それとともになにか……ガスのはじけるような。

レヴは最初の数日以来、まったく身動きできなくなっていた。体力が急激に衰えていたのだ。しかし、いまはなんとか動いて意志を伝えなくてはならない。エレーナに、そしてエレーナといっしょに来ただれかに、この恐ろしい場所から早く逃げろと伝えなくては。

気力体力を総動員し、どうにか腕をあげて去れとふってみせた。

光は現われたときと同じくだしぬけに消えた。

それに代わって、赤い光が現われた。愛する女性が生命の危機に陥っているというしるしだ。

エレーナが危ないという恐怖にパニックが起こり、全身がいましめにあがって痙《けい》攣《れん》した。罠《わな》にかかった動物のように、じたばたと。

目を覚ませ。目を覚まさなくては……早く！

70

からっぽだ。くそ、どこもかしこも。

ラッシュは立ち止まり、みょうなガラスでできた独房をまたのぞき込んだ。ここもからっぽだ。前の三つと同じく。

深く息を吸い、目を閉じてじっと耳を澄ます。なんの音もしない。なんのにおいもしない。ずっとつきまとってくる、蠟と新鮮な土のにおいがするだけだ。

さっきの四人がどこへ行ったにせよ、ここでないのはまちがいない。ちくしょう。もと来た道を引き返した。通路が三つに枝分かれしていた地点に戻り、床を見た。だれかが通ったばかりのようだ。濃青色の点がふたつの方向に続いている。右側の通路と、まっすぐの通路と。つまりだれかがこの二方向のどちらかからやって来て、もういっぽうに向かったということだ。

身をかがめ、ねっとりした滴を人さし指ですくいとり、親指でこすった。〝シンパス″の血だ。王女の血をさんざん流してやったから、″シンパス″の血なら見ればわかる。


　手を鼻に持っていき、においを嗅いだ。彼の王女のではなく、べつのだれかの血だ。どっちから来てどっちへ行ったのかはよくわからない。

　なんの手がかりもないまま右の通路へ向かおうとしたが、そのとき三本のうちいちばん細い枝のような道、つまり真正面の通路の奥から明るい赤の光が噴き出してきた。がばと身を起こすとそちらの方向に走りだし、血痕をたどって進んでいった。

　ゆるやかなカーブの向こうに出ると、光がさらに強くなる。どういう状況に闖入《ちんにゅう》することになるのか見当もつかないが、そんなことはどうでもいい。彼の王女がここにいるのだ。どこを探せば見つかるか知っているやつがいるだろう。

　なんの前触れもなく、通路が切れてなにかの入口が現われた。ドア枠もなければ敷居もない。その奥から、赤い光が目に突き刺さるほどまぶしく輝いている。ラッシュはその光源に向かった。

　彼が足を踏み入れたのは……**なんだこれは**。

　入口に倒れていたのは〈兄弟団〉のヴィシャスだが、その奥で繰り広げられていた活人画はまるで解釈不能だった。

王女は、前夜に彼がさせた格好のままで立っていた。ビュスティエと腿までのストッキングとスティレットセールは、寝室の外で見るとあまりに場違いで滑稽だ。青みを帯びた黒髪はぼさぼさに乱れ、両手は青い血で濡れていた。彼をここまで導いた光は、かっと見開いた王女の赤い目の輝きだった。その彼女の前にあるもの、彼女がうっとりと見あげているのは、牛の巨大な脇腹肉のように見えた。それが、宝くじの当選金額かと思う数の蟲らしきものに覆われている。

そこだけではなく、蟲はいたるところにうようよしていた。

そしてその宙吊りの肉を取り囲んで、傷痕のあるザディスト、警備責任者でオトコ女のゼックス。それに女のヴァンパイアがひとり、手にライターとエアゾール缶を持って立っていた。

しかし長くこうしてはいられまい。縄張りを荒らされた蜘蛛とサソリが、全速力で前進で三人に迫っている。そのせつな、肉をきれいにしゃぶられた骸骨のイメージがラッシュの頭によぎった。

しかし、そんなことはどうでもいい。

大事なのは女を取り戻すことだ。

だが、彼女には彼女なりの考えがあるようだった。王女が血まみれの片手をあげると、壁と天井と床を埋め尽くしていた這うものどもが、とたんにざっと後退していった。洪水であふれた水が、渇いた大地に呑み込まれていくようだ。するとそのあとに現われたのはリヴェンジだった。がっしりした剝き出しの肉体が、両腕の下に通されたボルトで吊り下げられている。その皮膚に無数の咬まれ跡がないのは奇跡としか思えない。八本脚と二本のはさみにすっぽり包まれて、そのなかで大切に保存されていたかのようだ。

「彼はわたしのものだよ」王女がだれにともなく叫んだ。「だれにも渡すものか」

ラッシュの上唇がめくれあがり、牙がにゅっと伸びてきた。まさか彼女がこんなことを言うとは。いや、まさかもいいところだ。信じられないほどだ。

それでこそおれの女だ。

だが王女の顔を見て、ラッシュは自分の勘違いに気づいた。リヴェンジを見つめる彼女の目は、病的な執着に光っている。どんなに強烈なセックスのさいにも、あの光がラッシュに照り返されることはなかった……あの取り憑かれたような妄執が、ラッシュに向けられたことは一度もない。彼とよろしくやっているときも、彼女は解放されるときを待っていた——たんに意に反して拘束されているのがいやだったからではない。リヴェンジのもとへ戻りたかったのだ。

「このくされ売女」彼は吐き捨てるように言った。

王女はくるりとふり向き、髪が大きな弧を描く。「よくもわたしをそんな――」

洞窟内に銃声が轟いた。一度、二度、三度、四度、固い床に石板が落ちたような大音響。王女は銃弾が胸に埋まったショックで棒立ちになった。銃弾は心臓と肺を引き裂いて貫通し、背中にあいた穴から青い血が噴き出して背後の壁に飛び散った。

「ばかな！」ラッシュは叫んで駆け寄った。倒れる愛人を受け止め、やさしく支えた。

「なぜこんな……」

石窟の向こうを見やると、ゼックスが銃をおろそうとしていた。口もとにかすかな笑みが浮かんでいる。たったいまうまい食事を堪能したというように。

王女はラッシュの焦げたコートの襟をつかんだ。服をぐいと引っ張られて、ラッシュは彼女の顔に目を戻した。

しかし、王女が見ていたのは彼ではなかった。リヴェンジを見つめている……そちらに手を伸ばしている。

「愛してるわ……」最期の言葉が洞窟内に漂いのぼっていく。

ラッシュは唸り、彼女の身体を手近の壁に叩きつけた。その衝撃で絶命したのであればいい。最後に息の根を止めたのが自分だという満足感でもなければやりきれない。

「てめえ」――とゼックスに指を突きつけて――「二度もおれのものを――」

詠唱の声は最初は低く、外の通廊から響いてくるこだまでしかなかった。しかししだいに大きく、執拗になってくる。より大きく……より執拗になり、やがてその一音一音が聞き分けられるほどになってきた。おそらく百もの口から同時に発せられているにちがいないが、ラッシュにはひとことも理解できなかった。彼の知っている言語ではない。しかし、その響きに尊崇の念がこもっているのは紛れもなかった。

ふり向き、詠唱の聞こえてくるほうを見ながら、用心深く壁に背を押しつけた。近づいてくるものに備えて、ほかの者たちも同様に身構えるのがなんとなく伝わってくる。

〝シンパス〟たちは二列縦隊を作ってやって来た。白いローブと細長い身体で、歩くというより滑ってくるかのようだった。全員が顔にぴったり合わせた白い仮面を着けていた。目の部分は黒い穴があいていて、顔の下半分は露出している。室内に入ってくると、かれらはリヴェンジを中心に輪を作りはじめた。ヴァンパイアたちにも、王女の遺体にも、そしてラッシュ自身にも、気づいたそぶりも見せない。

しだいに室内はかれらでいっぱいになり、よそ者たちはどんどん後退させられていった。ラッシュや王女の遺体は最初からそうだったが、しまいには壁ぎわにぴったったり押しつけられる格好になる。

そろそろずらかったほうがいい。なにが始まるのか知らないが、かかりあいになる必要はない。ひとつには、いまのラッシュは怒りでパワーが弱まっているからだが、もうひとつ、この状況はいつ暴走しだすかわからないという問題もある。そして彼の戦闘は、その状況のごく一部でしかないのだ。

しかし、手ぶらで帰るつもりはない。ここには女をつかまえに来たのだから、べつの女でもいいから連れて帰ってやる。

正確な間隔をあけて並ぶ〝シンパス〟の列の隙間を、目にも止まらぬすばやさで突っ切り、ゼックスの立っている場所へ向かった。ゼックスは畏怖の念に打たれたようにリヴェンジを見あげている。この集まりに重大な意味があるとでもいうように、それにすっかり気をとられている。願ったりかなったりだ。

両手を前に突き出し、ラッシュは虚空から影を召喚した。それを大きく広げてマントのように床まで垂らす。

さっと腕をひと振りし、投網のように投げた。影を頭からかぶせられて、その場にいながらにしてゼックスの姿は消え失せた。予想どおり抵抗されたものの、頭をこぶしで鋭くひと突きするとぐったりして、これで脱出はずっと容易になる。

あとはただ引きずって出ていくだけだ――全員の見ている前で。

詠唱が聞こえる……詠唱が高まり、リズミカルな打楽器の響きが空気を満たしていく。

しかしその前に、銃声も聞こえた。

リヴェンジはまぶたを引き剝がすように開き、まばたきして赤い視界の焦点を合わせようとした。身体を覆っていた蜘蛛はいなくなっていた。部屋からも……それに代わって〝シンパス〟の同胞が部屋いっぱいに集まっている。儀式用の仮面とローブで目鼻だちは区別がつかず、かえって全員の精神パワーがいっそうくっきりと輝きわたっている。

新しい血のにおい。

はっと目をやる――ああよかった、エレーナはいまも立っていて、ケヴラー繊維の防弾服のようにザディストがぴったり張りついている。これは好材料だ。では悪材料はといえば……ふたりはドアとは正反対の壁ぎわにいて、安全への脱出口の前には百人もの罪業喰らい《シン・イーター》が立ちはだかっている。

もっとも、目と目が合ったときの様子からして、彼を置いて出ていく気はなさそうだった。

「エレーナ……」レヴはかすれた声でささやいた。「無理だ」

しかし彼女は首をふり、声に出さずに口だけ動かして言った。きっと助けるから。

居ても立ってもいられず目をそらし、ローブの波を見守った。エレーナにはわからないだろうが、彼にはこの行列と詠唱がなにを意味するかはっきりわかる。

なんて……ことだ。しかしどうして？

その疑問は、壁ぎわの王女の死体を見たときに氷解した。王女の両手が青く染まっていて、それでわかった。あの手で殺してきたのだ——おじを、連れあいを……〝シンパス〟の王を。

全身を震わせながら、よくもやってのけられたものだと思った。簡単なことではなかったはずだ——王の親衛隊を突破するのは不可能に近かっただろうし、おじはずる賢く疑り深い男だった。

しかし、その報いはたちまち訪れたわけだ。とはいえ、その死にざまは〝シンパス〟ふうではない。かれらは犠牲者に自殺を強制するというやりかたを好むのだが、彼女は胸を四か所撃たれていた。傷口が正確に集中しているところからして、たぶんゼックスのしわざだろう。

彼女はいつも標的に自分のしるしを残す。東西南北の四方位は、銃を使うときに彼女が好んで用いるしるしだった。

またエレーナに目を向けた。いまもこちらを見あげている、その目はありえないほど温かく輝いていた。しばらくその同情の温もりに浸る贅沢にふけったものの、そこで身内のヴァンパイアの側面が優位に立った。きずなを結んだ雄として、連れあいの安全は彼の第一にして最大の優先事項だ。いくら衰弱していようとそれに変わりはない。彼を吊りあげているチェーンにあらがおうと、身体がびくりと痙攣する。

逃げろ!　と彼は口を動かした。首を横にふる彼女を睨みつける。**どうして?**

彼女は片手を心臓に当てて、同じく口だけ動かして応じた。**だって……**

こわばった首から力が抜け、頭ががくりと垂れた。エレーナはどうして気が変わったのか。あんな仕打ちを受けたというのに、どうして彼を助けに来たりできるのか。それにいったいぜんたい、だれが彼女にこのことを暴露してくれたのか。

見つけたら殺してやる。

ここから生きて出られる者がいればだが。

〝シンパス〟たちは詠唱をやめて静まり返った。しばしの沈黙ののち、軍隊の精確さで彼に向きなおり、深々と一礼した。

かれらの格子が一度に眼前に立ち現われてきた。ひとりひとり、それぞれにリヴェンジに伺候するかのように……全員がずっと以前に見知っていた者ばかり、彼の拡大家族だった。

かれらはリヴェンジだったのだ。

かれらはリヴェンジを王に望んでいた。おじの意志にかかわらず、かれらが選んだのはリヴェンジだったのだ。

彼を吊るしているチェーンががくんと揺れ、やがて下がりはじめた。肩の痛みは耐えがたく、また胃の腑も吐き気にさいなまれている。しかし、そんな弱みを見せるわけにはいかない。ソシオパス的な同胞に囲まれているいま、この型通りの敬意のしぐさが長続きしないのはわかっている。どんな意味でも弱みを見せたらそれっきりだ。

というわけで、唯一道理にかなった行動をとった。

足が冷たい石の床に触れると、彼は膝をさりげなく曲げ、上体は無理に立てたままあぐらをかいた――昔ながらの王の瞑想《めいそう》姿勢こそ、いま彼が進んで選んだ体勢であるかのように。鎖骨で長期間宙吊りにされていたことを思えば、じつはそれが彼にできる精いっぱいだったのだが……

それにしても、どれぐらいの期間吊り下げられていたのだろう。レヴにはかいもく見当がつかなかった。

自分の身体を見おろした。瘦せている。ずいぶん。しかし皮膚に傷はなかった。あのおぞましい大群に這いまわられていたことを思うと、これはまさに奇跡だ。

深く息を吸い……ヴァンパイアの面から力を引き出して〝シンパス〟の精神に燃料を加える。これには〝シェラン〟の生命がかかっている。それが、ほかのだれのためであっても不可能な底力を呼び覚ました。

リヴェンジは頭をあげ、アメジストの目で室内を照らし、かれらの尊崇を受け入れた。

外の通廊のろうそくが明るく燃えあがり、パワーが全身に流れ込んできた。権威と支配力の大波が盛りあがり、赤かった視野が紫に変わっていく。肚の底でしっかと地歩を固め、コロニーの〝シンパス〟ひとりひとりに焼印を捺していった。その気になれば、かれらにどんなことでもさせる力が彼にはある。そのことを改めて教え込むのだ。どんなことでも——自分ののどを掻《か》き切らせることも、他者の連れあいと交わらせることも、動物であれ人間であれ、なんであれ生命のあるものを狩り立て、追い詰め、殺戮《さつりく》させることもできるのだ。

王はコロニーのCPUだ。頭脳だ。一族の民にその教訓を叩き込んだのは、彼のおじであり彼の父だった。〝シンパス〟はソシオパスであり、身内に深く自己保存本能が根を張っている——半分ヴァンパイアのリヴェンジをかれらが選んだのは、ヴァンパイアの介入を避けるためだ。彼に手綱をとらせれば、これまでどおり自分たちだけで、このコロニーに閉じこもって生きていくことができると思うからだ。

隅のほうから、湿ったものの動く音、それに唸り声がした。

重傷をものともせず、王女は立ちあがっていた。正気をなくした顔が乱れもつれた髪に縁どられ、肌もあらわな衣服は自身の青い血で濡れて光っていた。

「統《す》べるのはわたしだ」声はか細いが、口調は断固としている。その妄執の激しさに、死から——あるいは死んでもおかしくない状態からよみがえってきたのだ。「ここはわたしの王国、そしておまえはわたしのものだ」

集まった臣民たちが垂れていた頭をあげ、その声にふり向いた。それからまたレヴに目を戻す。

くそ、精神の呪縛が解けてしまった。

レヴはエレーナとザディストに急いで思考を飛ばし、大脳皮質を遮蔽するためになにか、なんでもいいから考えるようにと指示した。イメージがはっきりしていればいるほどいい。即座に、かれらのパターンが変化したのを感じる。エレーナが思い描いているのは……あれはモントラグの書斎にあった油絵だろうか。

レヴは王女にまた意識を戻した。

彼女はエレーナに気がつき、手に短剣を構えてよろよろと近づいていこうとしていた。

「渡すものか！」のどを震わせ、口から青い血をしたたらせる。

リヴェンジは牙を剝き出し、大蛇のような唸り声をあげた。意志力によって王女の心に飛び込んでいく。あたうかぎり固めた防衛線すら突破し、乗っ取り、そして彼女の欲望——支配したい、連れあいとして彼が欲しいという——を押さえていた蓋をこじあけた。欲望の高まりに彼女は足を止め、彼のほうを見やる。正気をなくした目は愛に満ちていた。欲望に圧倒され、恍惚《こうこつ》のまぼろしに震え、おのれの弱さに翻弄され……

彼女がじゅうぶんに興奮しきるまで、彼は待った。ころあいと見て、ただひとつのメッセージを叩き込んだ——わたしの崇める女王はエレーナだ。

その短い文言が王女を打ち砕いた。銃を手にとり、彼女の胸にまた銃弾で四方位のしるしを描くより、もっと確実に叩きのめした。

彼女のなりたかったのは彼だ。

彼女が求めていたのは彼だ。

そのどちらも、いまかすめとられようとしている。

王女は両手で耳をふさいだ。頭のなかの雑音を消そうとするかのように。しかし、リヴェンジは彼女の精神にきりきり舞いをさせていた。速く、もっと速く。

のども裂けよと絶叫し、王女は手にした短剣を柄まで深々と自分の腹に突き立てた。そこでやめるつもりはなく、その短剣をすばやく右にねじった。

そしてさらに、小さな友人たちの助力を召喚した。

黒い潮をなして、壁の小さな隙間から無数の蜘蛛とサソリが戻ってきた。かつては彼のおじに従っていた大群が、いまではリヴェンジの支配に服しているのだ。迷うことなく殺到し、王女を丸呑みにしていく。

咬めと命じると、かれらはそれに従った。

王女は絶叫し、爪でかきむしろうとし、やがて屈伏して、分厚い敷物に――彼女の息の根を止めるはずの敷物に倒れ込んだ。

〝シンパス〟たちは、そのすべてを見守っていた。

エレーナは目をそむけ、ザディストの肩に顔を埋める。レヴは目を閉じ、部屋のまんなかに彫像のように身じろぎもせずに座っていた。眼前に集まる民のひとりひとりに、従わなければもっと恐ろしい運命が待っていると脅しをかけていく。〝シンパス〟の歪《ゆが》んだ価値観では、統治者として選ばれた者の正当性を裏書きするのはそれだけなのだ。

王女の嗚咽がやみ、ぴくりともしなくなると、レヴはまぶたをあげ、蟲の衛兵たちに撤退を命じた。蜘蛛が引いていくと、あとに現われたのは醜く腫れあがった死骸《むくろ》だった。どう見てももう二度と起きあがることはない――血管に入り込んだ毒で心臓が止まり、肺は塞がり、中枢神経系は破壊されている。

いかに妄執が強かろうと、この死骸に生命を吹き込むことは不可能だ。

レヴは、ローブと仮面を着けた臣民たちに、みずからの居住区へ戻るよう命じた。戻って、いま見たことについて瞑想せよと。それに対して、彼に返ってきたのは〝シンパス〟版の愛だ。かれらは心底彼を恐れ、それゆえに敬っている。

少なくとも当面は。

〝シンパス〟たちはいっせいに立ちあがり、列をなして出ていった。レヴはエレーナとZに向かって首をふってみせ、ふたりが彼の望むとおりに行動してくれるよう祈っていた――つまり、いまいる場所にじっととどまっているということだ。

レヴは待っていた。罪業喰らい《シン・イーター》の最後のひとりが、この部屋からのみならず外の通廊からも離れるまで待って、ようやく背骨を支える力を抜いた。

床にばったり倒れると、エレーナが駆け寄ってきた。なにか話しているらしく、口を動かしている。しかし聞こえない。〝シンパス〟の目の赤いレンズを通して見ると、彼女の飴色の目もいつもと印象がまったく違う。

すまない、と彼は口だけ動かした。**ほんとうにすまない**。

そのとき、視野に急におかしなことが起こったようで、エレーナがだしぬけにバックパックをかきまわしはじめた。そのバックパックを持ってきたのは……まさか、ヴィシャスも来ていたのか。

意識が遠のいたり戻ったりしている。なにかされていて、注射を打たれた。ややあって、また甲高い騒音が始まった。

ゼックスはどこだろう。ぼんやりと不審に思った。たぶん王女が殺されたあと、出口を確保しに行っているのだろう。いつもそうなのだ、いつも出口戦略を立てている。その習慣が彼女の生きかたを決めてきたのはたしかなところだ。

彼の店の警備責任者にして……同志にして……友人……のことを考えるうちに、彼女が誓いを破ったことに腹が立ってきた。しかし、そう驚くようなことではない。真の問題は、ムーア人たちに知られずに、どうやってここまで来られたのかということだ。それとも、あのふたりもいっしょに来ているのか？

甲高い唸りが止まり、ザディストが身を起こして首をふった。

のろのろと、レヴは自分の身体を見おろした。

ああそうか、まだ肩にチェーンが渡されたままなのだ。それを切断することができずにいるわけか。彼のおじのことだから、ふつうのノコギリでは切断できない強力な材料で作らせたのだろう。

「いいから……」レヴはつぶやいた。「もう行ってくれ。わたしはいいから……」

エレーナの顔がまた正面に戻ってきた。唇がゆっくり動いている。まるで、なにごとかを説明しようとしているように――

すぐそばに彼女の存在を感じたことで、彼の血のなかのきずなを結んだ雄のスイッチがだしぬけに入った。どこか深いところから知覚が戻ってきて――それでほっと安心した。彼女の顔が、いつもの造作と……色彩を取り戻しはじめたのだ。

レヴは震える手をあげた。彼女は触れることを許してくれるだろうか。

それどころか、彼の手をしっかりつかみ、自分の唇に持っていってキスをしてくれた。まだなにか話しかけてきているが、なんと言っているか聞こえない。一心に集中して耳を澄ました。**がんばって、わたしのために。**どうやらそう伝えようとしているようだった。あるいは、彼の手を握る手を通じてそう感じとっているのかもしれない。

エレーナが手を伸ばし、髪をなでてくれた。彼女の口が、ゆっくり息をしてと動いたような気がする。

彼女を喜ばせたくて、レヴは深く息を吸った。すると彼女が背後のなにか、あるいはだれかにちらと目をやった。だれだかわからないが、そのだれかにすばやくうなずきかけている。

とそのとき、右肩に爆発したような痛みが走った。全身がねじれ、口が大きく開いて絶叫が噴き出した。

その叫びが自分では聞こえなかった。もうなにも見えない。苦痛のあまり、彼は完全に気を失っていた。

71

帰り道、エレーナは黒の〈エスカレード〉の後部座席に乗っていた。身体を丸めたレヴが頭を彼女の膝にのせている。後部でぎゅう詰めになっていたが、気にならなかった。巨体のレヴがひとりでもぎりぎりの空間しかないのだが、そうしてぴったりくっついていたかったのだ。

彼に手を触れていたい。ずっとこうしていたい。

肩から拘束具を引き剝がしたあと、それで生じた恐ろしい傷口をできるかぎり手当てし、急いで滅菌ガーゼを当ててテープで留めた。それがすむと、待ちかねたようにザディストが彼を抱えあげ、あの忌まわしい部屋から運び出し、彼女とヴィシャスが護衛を務めて脱出した。

その脱出の道すがら、ゼックスの姿はどこにも見えなかった。

地上での〝レッサー〟との戦闘を加勢しに行ったのだろう、とエレーナは自分に言い聞かせようとしたが、どう考えてもそんなはずはない。ぶじコロニーから助け出されるまで、ゼックスがリヴェンジのそばを離れるとは思えない。

　恐怖に胸が締めつけられる。エレーナは自分を落ち着かせようと、リヴェンジのふさふさした濃色の髪をなでた。それに応えて、慰めてくれというように彼が顔をすり寄せてくる。

〝シンパス〟の面があるにしても、リヴェンジの心がどちらにあるかは明らかだ。王女を倒し、あの仮面とローブの恐ろしい集団に対してかれらを守ってくれた。どちらの味方か、それがすべてを物語っているではないか。彼がコロニーをなんとか掌握してくれなかったら、庭で〝レッサー〟たちと戦っていた〈兄弟〉たちも含め、ひとりとしてぶじに脱出することはできなかっただろう。

　このSUVに乗っている面々を見やった。レイジは革のジャケットにくるまり、その下は裸で震えている。顔は冷えたオートミールの色になっていた。嘔吐させるために、これまでに二度車を停めている。いまも苦しげに息をしているところからして、まもなくまた停めなくてはならないだろう。となりのヴィシャスもあまり具合がよさそうではない。たくましい脚をレイジの膝にのせている――頭は横に向け、目は固く閉じていた。王女に殴られて脳震盪を起こしているにちがいない。さらに前に目をやると、助手席にはブッチが座っていて、胸の悪くなる甘ったるいにおいを発散させていた。あれでレイジの吐き気がさらにひどくなっているのはまちがいないところだ。ハンドルを握っているのはトールメントだ。確実でむらのない運転ぶりだった。

少なくとも、帰り着けるかどうか心配する必要はない。

リヴェンジが身じろぎした。はっとしてすぐに目を戻すと、アメジストの目をなんとか開こうとしている。彼女は首をふった。

「無理しないで……寝てていいのよ」と彼の顔をなでる。「大丈夫だから……」

肩を動かそうとして激しくたじろぎ、その勢いで首の関節が鳴った。もっとできることがあればいいのにと思いながら、彼をくるんだ毛布をさらにしっかりたくし込んでやる。鎮痛剤はこれ以上は危険だと思うぎりぎりまで与えたし、また肩の傷があるから抗生物質も投与したが、解毒剤はやめておいた。どうやら咬まれてはいないようだったから。

王女の死にざまから考えて、あの蜘蛛やサソリは命令されなければ攻撃しないらしい。理由はわからないが、レヴはそこは免除されていたのだろう。

ふいに彼が唸り声をあげ、全身を緊張させた。両手で座面を押して上体を起こそうとしている。

「だめよ、起きちゃ」彼女はそっと彼の胸を押し戻した。「ここに寝ていて、ついてるから」

リヴェンジはまた彼女の膝に頭を落とし、片手を持ちあげた。彼女の手を探り当てると、つぶやくように言った。「どうして……？」

つい微笑まずにいられなかった。「そればっかり訊くのね」

「どうして来てくれた？」

ややあって、静かに答えた。「自分の心の声に従っただけよ」

だが、その答えには納得できないようだった。それどころか、苦しいとでもいうように顔をしかめる。「わたしに……そんな価値は……あなたの……」

エレーナはぎょっとして身を固くした。彼の目から血が流れはじめたのだ。「リヴェンジ、しっかりして」落ち着こうと努めながら、医療品の詰まったバックパックに手を伸ばしたものの、いったいなんの症状なのかわからない。

リヴェンジは彼女の手をつかんだ。「ただの……涙だよ」

まじまじと見つめたが、頬を流れるのは血にしか見えない。「ほんとに？」彼がうなずくので、パーカのポケットからティッシュを取り出し、ていねいに彼の顔を拭いた。「泣かないで。お願いだから泣かないで」

「どうして……助けになんか来たんだ。あのまま……放っておいてくれればよかったのに」

「言ったじゃない」とささやきながら、また赤い涙を拭いた。「救う価値のないひとなんかいないわ。わたしは世界をそんなふうに見てるし」彼の美しい輝く目をのぞき込む。赤い涙に濡れてきらめくその目は、ふだんよりさらに神秘的に思える。「あなたのこともそう思ってるわ」

彼はまぶたをきつく閉じた。彼女の思いやりが耐えがたいというように。

「あなたはこういうことから、わたしを守ろうとしてくれたんでしょう」彼女は言った。「〈ゼロサム〉で暴露したあれは、みんなそのためだったのよね」彼がうなずくと、彼女は肩をすくめた。「それじゃ、わたしがあなたを助けたいと思う理由がどうしてわからないの。あなたも同じことをしたのに」

「それは違う……わたしは……〝シンパス〟だから……」

「でも、百パーセント〝シンパス〟じゃないわ」彼のきずなのにおいを思い出す。

「そうでしょう」

リヴェンジは不承不承うなずいた。「だが、じゅうぶんじゃない……あなたにふさわしく……」

彼の身内に込みあげる悲哀に、ふたりのうえに雨雲が湧いてくるかのようだった。エレーナはなにか言葉を探そうとして、また彼の顔に触れた――そして、その肌が不安なほど冷たいのに気がついた。なんてこと……このままではこの腕のなかで彼を失ってしまう。安全な場所へ一マイル近づくごとに、彼の肉体はふたりをともに裏切ろうとしている。呼吸がしだいに間遠になり、心拍も遅くなっていく。

「お願いがあるんだけど」彼女は言った。

「いいとも……なんでも」かすれ声で答えたが、まぶたはぴくぴくしてあけていられず、身体は震えはじめていた。さらにきつく背を丸めると、毛布越しにも背中の皮膚から背骨が突き出しているのがわかる。

「リヴェンジ、起きて」目をあけてこちらを見る。瞳の紫色は、まるで打ち身の色のように濁って痛々しかった。「リヴェンジ、わたしの血をとって」

たちまちまぶたが大きく開かれた。まるで「ディズニーランドに行こう！」とか「夕食にドライブスルーでなにか買おうか」と言われたのと同じぐらい、いま聞こえたことは彼女の口から出るとは予想もしなかった言葉だというように。

彼の唇が開くのを見て、彼女は先手を打って言った。「今度どうしてって訊いたら、タイムアウトを宣告するしかないわね」

小さな笑みに口角が歪んだが、それはすぐに消えた。牙が伸びてきて、尖った先端がにゅっと現われたが、それでも彼は首をふった。

「あなたとは違う」彼はつぶやき、力ない手で刺青の入った胸に触れた。「わたしには……あなたの血をもらう価値はないんだ」

彼女は肩をすくめてパーカの片側を脱ぎ、タートルネックの袖をめくりあげた。

「それはわたしが決めることよ、おあいにくさま」

手首を彼の口もとへ運ぶと、彼は唇をなめた。飢えが猛然とわき起こり、青ざめた頬に血の気が戻ってきた。それでもまだためらっている。「ほんとに……？」

なぜだか病院でのことを思い出した。もうずいぶん昔のような気がするが、ふたりで言いあいをし、つけ込む隙をうかがいあい、欲していながら手を出せずにいたときのことを。彼女は微笑んだ。「百パーセント、ほんとうよ」

手首を彼の唇に当てる。抵抗できないのはわかっている――もちろんあらがおうとした……が、結局屈伏した。リヴェンジは思いきり牙を立てて強く吸った。うめき声が沸きあがり、喜悦に眼球が裏返る。

エレーナは、モヒカンの両側に生えてきている髪をなで、身を養う彼を静かな喜びに浸りながら見守っていた。

これで助かる。

彼は助かるだろう。

彼女の血ではなく、彼女の心が助けるのだ。

愛する女性の手首から養いながら、精神で抑えきれない強力な感情に翻弄されて、リヴェンジは圧倒され、緊張していた。彼女は助けに来てくれ、あそこから救出してくれた。そこまでしてくれたうえに、いまは彼を養い、やさしい目で見守っている。

だがそれは、彼女がどういう人物かということを示しているだけで、男としての彼をどう想っているかということとは無関係なのではなかろうか。これは愛の行為ではなく、義務と同情のそれなのでは。

衰弱が激しくて、彼女の格子が読めなかった。少なくとも最初のうちは。

しかし体力がよみがえってくるにつれて、精神力も戻ってくる。そして彼女の感情が伝わってくる……

義務。同情。

い、加えて愛。

複雑な歓喜で胸がいっぱいになる。心の一部では、ありえない確率で宝くじの大当たりを引き当てたように感じていた。しかし心の奥底では、彼が半分〝シンパス〟なのがヴァンパイアの大半に知られることがなかったとしても、それゆえに別れるしかないと覚悟していた。彼はコロニーの指導者ということになっているのだ。

あそこにエレーナの居場所はない。

彼女の手首から口を離し、唇をなめた。ああ……すばらしい味だった。

「もういいの？」彼女は尋ねた。

よくない。「ああ、じゅうぶんもらった」

彼女はまた髪をなでてくれる。爪が頭皮を軽くかすめる。目を閉じて、筋肉や骨に力が満ちてくるのを感じた。寛大な彼女が与えてくれたもののおかげで、肉体がよみがえってきている。

そして、よみがえるのは腕や脚だけではなかった。半分死にかけていて肩は灼けつくようなのに、それでもペニスが固くなり、腰が突き出される。しかし、連れあいから血を飲んだとき、勃起するのは男のヴァンパイアにとっては自然なことだ。

生理現象なのだ。どうしようもない。

体温が安定してくると、熱を逃がさないように小さく丸くなっていた身体がゆるんできて、身体をくるんでいた毛布の一部がめくれあがった。股間があらわになりそうで、あわてて毛布をもとに戻そうと手を伸ばす。

エレーナのほうが早かった。

毛布をもとどおりたくし込みながら、暗がりのなかで彼女の目が明るく燃えていた。

レヴは二度ほどつばを呑んだ。彼女の味がまだ舌やのどの奥に残っている。「すまない」

「あやまらないで」笑顔で目をのぞき込んでくる。「しょうがないことだもの。それに、たぶん危険地帯を脱したってことだし」

脱して、まっすぐ好色地帯に突入か。まったく最高じゃないか。両極端は人生の最高のスパイスというわけだ。

「エレーナ……」と、長くゆっくりと息を吐いた。「わたしはもとの生活には戻れないんだ」

「麻薬王や女衒には戻れないってこと？　だったら残念とは思わないけど」

「いや、それはどっちにしろもう終わったことだ。それでも、もうコールドウェルには戻れないんだよ」

「どうして？」すぐに返事せずにいると、彼女は続けた。「そんなはずないでしょう。戻ってきてほしいわ」

きずなを結んだ雄の本能は、ひゃっほー契約成立だと叫んでいたが、ここは現実的に対応せざるをえない。

「わたしはあなたとは違うんだ」彼はまた言った。まるでテーマソングのように。

「違わないわ」

彼女を納得させなくてはならない。ほかによい方法を思いつけなかったので、彼女の手をとって毛布の下に導き、ペニスに触れさせた。その感触で彼は快感に震え、腰に力が入ったが、そこで自分のリビドーに言い聞かせる。これは、彼がどんなに違っているかを証明するためにやっていることなのだ。

彼女の手をとげに、わずかに突き出している根もとの部分に持っていく。「わかる？」

一瞬、彼女は気を取りなおそうと苦労しているようだった。彼と同じく、官能の波にあらがっているかのように。「ええ……」

その一語を発した声がかすれていて、それを聞いたとたんに背骨が反ると同時に後退し、昂ったものが彼女の手のひらを滑った。息が切れ、鼓動が速くなり、声は低くなった。「それが嚙みあうんだ、わたしが……その、達したときに。こんなものを、あなたは経験したことはないだろう」

彼女に触れられているとき、レヴはじっとしていようと努めた。しかし、身を養って得たパワーに彼女の手の感触が加わっては、とうてい自制できるものではない。彼女の手の中で動き、膝のうえで身を反らし、奇妙になすがままだと感じていた。

そしてそれが、さらに官能を激しく揺さぶった。

「だから抜いたの？……あのとき」彼女は言った。

レヴはまた唇をなめた。彼女の花芯に包まれる感触を思い出し――〈エスカレード〉が道路のこぶを乗り越え、それでわれに返った。SUVの暗い最後部は、けっして安全な秘密の隠れ処ではない。実際にはふたりきりではないのだ。

しかし、エレーナは手をどけようとしなかった。「そうなの？」

「こういうことをあなたに知られたくなかった。あなたの前ではふつうの男でいたかったんだ。こわいと思われたくなかった……いっしょにいたかった。だから嘘をついてしまった。あなたに恋をするつもりはなかったんだ。あなたのためにならな――」

「いまなんて？」

「あなたを……愛しているんだ。すまない、でもそれが本心だから」

エレーナは黙り込んでしまい、レヴは不安になった。さっきは譫妄《せんもう》状態だったから、ふたりのあいだのことを完全に見誤ってしまったのだろうか。弱った心が見たいと思ったものを、彼女の格子に投影してしまったのか。

だが、そのとき彼女が顔を下げてきて、唇を重ねてささやいた。「二度と隠しごとなんかしないで。愛してるわ、ありのままのあなたを」

感謝と「まさか」と「そんなばかな」と「ありがたい、天の恵みだ」が一度に押し寄せてきて、思慮も分別も消し飛んだ。レヴは手をあげて、そっと彼女の頭を支えてキスをした。その瞬間には、なにもかもどうでもよかった。ふたりの手にも力にも余るさまざまな事情のことも、夜が終われば朝日が昇るのと同じぐらい確実に、この状況では別れるしかないということも。

それでも受け入れられるのは……愛を捧げるひとから、ありのままの自分を受け入れられ、同じように愛を返されるということは、まさに天にも昇る喜びであり、冷たい現実にもそれを覆すことなどできはしない。

キスを交わしながら、エレーナは毛布の下で手を動かしはじめた。彼の固くなったものを手のひらが上下にさする。

とっさに身を引こうとすると、彼女はまた唇で彼の唇をとらえた。「大丈夫……心配しないで」

リヴェンジは情熱に溺れ、肉体から呼び覚まされたその波に乗り、彼女のすることにそのまま身を任せた。みなに知られたくなくて声をあげまいとし、少なくともすぐ前の座席のふたりは眠り込んでいてくれと祈った。

ほどなく睾丸が痛いほど張りつめ、彼女の髪をつかんでいた両手が下がりだした。彼女の口に向かってあえぎながら、大きく最後に腰を突きあげて絶頂に達し、激しく噴き出すもので彼女の手と自分の腹部と毛布を濡らした。

彼女の手がゆっくりと降りてきて、突き出したとげに触れたとき、彼ははっと身を固くした。気味が悪いと思われたくない。

「これをなかで感じたいわ」彼の唇に向かって、エレーナがうめくように言った。

その言葉の意味がわかったとたん、リヴェンジの肉体はまた絶頂に達して爆発した。ちくしょう……どこへ向かっているにせよ、そこへ着くときが待ちきれなかった。

72

翌日、エレーナは裸で目を覚ました。コロニーに向かう前日に眠ったのと同じベッドだが、いまはとなりにリヴェンジの大きな温かい身体があって、これ以上はないほどぴったりくっついている。彼は目覚めていた。

少なくともある意味では。

彼女の腿の裏側に、固く屹立した熱いものが当たっていて、それを彼がすりつけてくる。次になにが起こるかはわかっていた。寝返りを打つようにしてのしかかってくるのを喜んで迎える。彼はうえに乗り、脚のあいだに入ってくる。深く沈めて、夢うつつの本能で動く、そのリズムを彼女の身体は反復し、腕を彼の首にまわす。

彼ののどくびには咬み跡が残っている。いくつも。

それは彼女のほうも同じだった。

エレーナは目を閉じ、またわれを忘れてリヴェンジに……ふたりに没入する。

ゼックスだけに暮れたわけではない。〈兄弟団〉のこの客室でともに過ごした昼は、セックスだけに暮れたわけではない。話すことがたくさんあった。エレーナはこれまでのことをなにもかも説明した。遺産相続のこと、どうして真相に気づいたのかということ、そしてコロニーに向かったゼックスは、厳密には彼への誓いを破ったわけではないということを。

　それにしても、ゼックス……

　だれにもなんの連絡もない。〈兄弟〉たちもリヴェンジも、生命に関わるような負傷もせずに全員ぶじ戻ってきたのに、込みあげてよいはずの喜びも安堵も勝利感も後悔の念に陰っている。

　リヴェンジは、夜になったらコロニーに出向いて捜索を始めると言っている。しかしその表情からして、彼女がそこにいると思っていないのはエレーナにもわかった。あまりに不可解で不気味だった。遺体はだれも見ていないし、彼女が立ち去るところも見ていない。それどころか、あの部屋の外で姿を見られてすらいない。まるで忽然と消えてしまったようだった。

「ああ、エレーナ……いきそうだ……」

　叩きつけるように激しい動作に、エレーナはレヴの身体にしがみつき、いまは快感にすべてを忘れることにした。このオルガスムスのあとには、つらい判断や胸を嚙む不安が待っているのはわかっている。レヴが射精のさいに彼女の名を呼ぶのを耳にし、奥深くが満たされて激しく締めつけられるような感覚にぞくぞくする。

いまはただそのことだけ考えよう。オルガスムスが爆発し、彼女はかつて越えたことのない境界を乗り越えていく。

ふたりとも満ち足りると、リヴェンジはあまり早く離れてしまわないよう用心しながら、体《たい》を開いて並んで横たわった。やがてアメジストの目の焦点が合うと、彼女の顔にかかる髪を払ってやった。

「完璧な目覚めかただ」彼はつぶやいた。

「ほんとね」

目と目が合い、からみつき、ややあって彼は言った。「ひとつ訊いてもいいかな。今度は『なぜ』じゃないから」

「訊いてみて」彼女は身を乗り出し、軽くキスをした。

「あなたはこれからどうするつもり?」

エレーナは息を呑んだ。「それは……あなたはコールドウェルにはいられないって言ってたわね」

まだ包帯も痛々しい大きな肩を彼はすくめた。「ただ、あなたと離れることはできない。そんなことは無理だ。いっしょに一時間過ごすごとに、それはいよいよはっきりしてくる。文字どおり……離れられない。あなたにもう会いたくないと言われないかぎりは」

「わたしがそんなこと言うわけないじゃない」

「ほんとに……？」

エレーナは両の手のひらで彼の顔を包み込んだ。とたんに彼は動きを止める。彼女に触れられるたびにそうなるのだ。まるでいつでも彼女からの命令を待っているかのようだ……しかしそもそも、きずなを結んだ男性ヴァンパイアとはそういうものではないか。たしかに連れあいより肉体的には大きく力も強いが、手綱を握っているのは〝シェラン〟のほうなのだ。

「ずっとあなたと生きていくのがわたしの未来だと思うわ」と彼の口に向かって言った。

最後の疑念が消えたかのように、彼は身震いした。「わたしはあなたにふさわしくない」

「とんでもない、なにを言うの」

「ずっとあなたを大切にするよ」

「わかってるわ」

「もう言ったが、コールドウェルでの以前の生活には戻らない」

「よかった」彼はいったん口をつぐんだ。もっと彼女を安心させたくて、言葉を探しているかのように。「もうおしゃべりはいいから、またキスして。わたしの心は決まってるし、考えも決まってるわ。だからもうなにも言う必要はないのよ。だって、あなたはわたしの〝ヘルレン〟だもの」

唇を重ねたとき、解決すべき問題が山ほどあるのはわかっていた。ヴァンパイアのなかで生きていくなら、半分は〝シンパス〟だという彼の素性は隠しとおさなくてはならない。それに、彼は北部のコロニーをどうするつもりなのだろう――あの輪をなして礼拝するという儀式からして、彼がなにか指導者的な役割についたのはまちがいないという気がする。

しかし、それもこれも、またそのほかの問題も、すべてふたりで立ち向かっていけばいい。

ほんとうに大事なのはそれだけだ。

しまいに彼は身を起こした。「シャワーを浴びてベラに会ってくる」

「ええ、それがいいわ」みなが寝室に引き取る前に、彼と妹とは短くぎこちない抱擁を交わしただけだったのだ。「わたしにできることがあったらなんでも言ってね」

「ああ」

リヴェンジは三十分ほどして寝室を出た。身に着けているのはスウェットパンツに分厚いセーターという、〈兄弟〉のひとりから借りた服だ。どこに行けばいいのかわからず、廊下で掃除機をかけていた〝ドゲン〟をつかまえて、ベラとZの部屋はどっちかと尋ねた。

遠くなかった。ほんのふた部屋先だ。

ギリシア・ローマの彫像の並ぶ廊下の突き当たりまで行き、教えられたドアをノックした。返事がない。そのとなりのドアへ行ってみると、かすかにナーラの泣き声が聞こえてきた。

「どうぞ」ベラが声をあげる。

歓迎されるかわからず、ドアをそろそろとあけると、そこは子供部屋だった。

壁にステンシルでウサギが描いてある、そんな部屋の奥で、ベラは揺り椅子に腰をおろしていた。片足でじゅうたんの床を蹴って椅子を揺らしながら、両手に幼子を抱いている。そんなにやさしくあやされているのに、ナーラはご機嫌ななめで、なにもかも気に入らないというようにぐずっている。そういう様子を見ると胸が痛い。

「やあ」レヴは、妹が顔をあげる前に声をかけた。「わたしだよ」

ベラは青い目をあげた。目と目が合うと、彼女の顔にさまざまな感情がよぎるのがわかる。「あら」

「入ってもいいかな」

「もちろんよ」

なかに入ってドアを閉じたが、ふと不安になった。閉めきった部屋でふたりになって、妹は恐ろしいと思うのではないだろうか。またあけようとすると、向こうから声をかけてきた。

「大丈夫よ」

そう言われても落ち着かず、部屋のこちら側にとどまっていた。見ていると、ナーラが彼に気づいて手を伸ばしてくる。

一か月前——もうはるか昔のようだ——なら、近づいていってナーラを腕に抱いていただろう。いまは無理だ。たぶんもう二度と。

「今日はすごくご機嫌が悪いの」ベラが言った。「それで、また脚がくたくたになっちゃって。もう一分だってこの子を抱いて歩きまわったりできないわ」

「そう」

長い間があった。ふたりは黙ってナーラを見つめていた。

「わたし、なにも知らなかった」ベラがしまいに言った。「ずっと夢にも思わないままだったと思うわ」

「おまえには知ってほしくなかったんだ。〝マーメン〟もそれは同じだった」その言葉が口を離れるとき、胸のうちで急いで母のために祈った。この闇深い秘密がこうして明るみに出てしまったことを、母が赦してくれればよいのだが。ただ問題は、こんな成り行きでこうなってしまって、彼にはどうすることもできなかったのだ。

なんとか嘘のベールをおろしたままにしておこうと、彼は精いっぱいのことをした。それなのに……

「お母さまは……どうしてそんなことに?」ベラは小さな声で尋ねた。「どうして……兄さんを……その……」

リヴェンジはどう説明しようかと考え、頭のなかで文章を組み立てようとし、言葉を入れ換えたりべつの語を付け加えたりした。しかし、そのたびに母の顔が浮かんでくる。しまいに、ただ妹を見つめて、ゆっくり首を横にふってみせた。ベラが青ざめるのを見て、核心の部分は見当がついたのだとわかる。以前は、〝シンパス〟が一般ヴァンパイア女性を誘拐する例は少なくなかった。とくに美しく、上品な女性を。罪業喰らい《シン・イーター》がコロニーに追放されたのは、それも理由のひとつだったのだ。

「ああ、なんてこと……」ベラは目を閉じた。

「わたしもつらい」できるものなら妹に駆け寄りたい。ほんとうに、できるものなら。

やがてまぶたをあけ、ベラは涙をぬぐった。気を取りなおそうとするように背筋を伸ばす。

「わたしのお父さまは……」と咳払いをする。「お母さまと連れあいになったとき、兄さんのそのことを知っていたの」

「ああ」

「お母さまはお父さまを愛してなかった。少なくとも、愛してるようには見えなかったわ」できればそのあたりの話題には触れたくなくて、リヴェンジは黙っていた。その沈黙に、ベラが眉をひそめる。「知ってたのなら……お父さまはお母さまと兄さんを脅していたの？　連れあいにならなかったら秘密を暴露するって」

レヴの沈黙だけでじゅうぶん答えになっていたらしく、ベラは暗い顔でうなずいた。

「それでわかってきたわ。ほんとうに腹は立つけど……やっと納得が行ったわ、お母さまがなぜ別れなかったのか」張りつめた間があった。「ほかにも言ってないことがあるんでしょう」

「ベラ、過去のことは――」

「わたしの過去なのよ！」幼子が驚いて泣きだし、ベラは声を抑えた。「そうでしょ、わたしの過去でしょ。それなのに、まわりのひとが知っていることを本人が知らないなんて。だから包み隠さずなにもかも話して。わたしたちと絶縁するつもりならべつだけど、そうでないなら話して。なにもかも」

レヴは大きく息を吐いた。「最初になにを聞きたい？」

妹はごくりとつばを呑んだ。「お父さまが亡くなった夜……わたし、付添いで病院へ行ってた。〝マーメン〟が転んでけがをなさったから」

「憶えてるよ」

「転んだんじゃなかったのね」

「ああ」

「ほかのときも」

「ああ」

ベラの目がうるんだ。気を紛らそうとするように、ナーラの振りまわすこぶしをつかまえようとする。「兄さんは、あの夜……兄さんが……お父さまを……」

その尻すぼみの問いには答えたくなかったが、近しく愛しいひとびとに嘘をつくのはもうたくさんだった。「そうだ。あのままでは、いずれ〝マーメン〟は生命を落としていただろう。どちらが死ぬかの問題だったんだ」

ベラのまつげから涙がこぼれて、ナーラの頬に滴り落ちた。「ああ……なんてこと……」

妹が肩をすぼめる。まるで寒くて寄る辺ない子供のようだ。まだここに自分がいる、自分に頼ってくれとリヴェンジは言いたかった。彼はいまもベラの「とさかのお兄ちゃん」で、彼女の兄で、保護者だと言いたかった。しかし、ベラにとって彼はもう以前の彼ではない。二度ともとに戻ることはない。彼自身は変わっていなくても、妹の目のなかでは完全に変わってしまった。別人になったも同然だ。

おぞましいほど見慣れた顔の他人に。

ベラは両目の下をぬぐった。「自分の過去なのに、べつのひとの話みたい」

「少し近くへ寄ってもいいか。なにもしないから、おまえにもおまえの子にも」

答えは返ってこない。

いくら待っても。

ベラは口をきつく引き結んでいる。胸の張り裂けそうな嗚咽をこらえているかのようだったが、やがて手を差し伸べてきた。涙を拭いたその手を、こちらに伸ばしてくる。

レヴは非実体化した。走る間ももどかしかった。

妹のそばにひざまずき、両手でその手を包み込んで、その冷たい指を頬に当てた。

「すまない、ベラ。おまえにも〝マーメン〟にもほんとうにすまないと思っている。生まれてきてしまって、なんとか〝マーメン〟にあやまりたいと思っていた……嘘じゃない。ただ……あんまりつらい話だから、ふたりとも口にできなかったんだ」

ベラは輝く青い目をあげて、彼の目をのぞき込んできた。涙に輝いているいま、その瞳はふだんにもまして美しい。「でも、どうしてあやまるの。兄さんのせいじゃないのに。なんにも悪くないじゃない……なんにも。兄さんは悪くないわ。ちっとも」

心臓が鼓動を止めた。そうだ……これこそ聞きたかった言葉だ。いままでずっと、彼は生まれてこなければよかったと自分を責め、母に加えられた暴虐――彼が生まれることにつながった暴虐に、なんとか償いをしたいと思って生きてきた。

「兄さんのせいじゃないし、〝マーメン〟は兄さんを愛してらしたじゃない。なにに代えても惜しくないぐらい、〝マーメン〟は兄さんを愛していらしたわ」

いつのまにそうなったのか、気がついたら両腕のなかに妹がいて、胸にしっかり抱きしめていた。妹と妹の幼子を、強さと愛で包み込んで守るように。

彼の唇からこぼれ出る子守歌は、ほとんどため息のようだった――やさしい調べに歌詞はのっていない。のどが詰まって言葉が出てこなかったのだ。口から漏れ出るのは、はるか昔の詩の韻律だけだ。

だが、それだけでじゅうぶんだった――聞くことのできないそれだけで、過去は現在に引き寄せられ、兄と妹をふたたび結びつけていく。

もうこれ以上、低く口ずさむことすらできなくなると、リヴェンジは妹の肩に頭を寄せて、ハミングだけで続けようとし……

そのあいだずっと、次の世代を担う幼子はぐっすり眠りつづけていた。彼女の親族に囲まれて。

73

ジョン・マシューは、ゼックスが使ったベッドに横になっていた。頭を置いた枕にも、身体を乗せたシーツにも、彼女のにおいが残っている。それだけでなく、彼が訪れて交わした、あの冷たい心のないセックスのにおいも。今夜は大騒ぎだったから、〝ドゲン〟はまだこの部屋の清掃をしていなかった。そのうちメイドが掃除に来るだろうが、そのときは追い返すつもりだ。

だれにもこの部屋には手を触れさせない。ぜったいに。

ベッドに身体を伸ばしているいま、彼はコロニーに戦いに行ったときの服のまま、完全武装のままだった。あちこち切り傷ができていて、袖が濡れているのは出血の止まっていない傷があるからだろう。それに二日酔いだか負傷のせいか頭痛もする。しかし、そんなことはどうでもいい。

少し離れたタンスのうえに目が釘付けになっている。

そこにのっているのは、ゼックスがいつも腿に巻いていた恐ろしげなシリスだった。ベッドに横たわるいまの彼と同じぐらい場違いだ。となりに置かれた銀のブラシセットとまったくそぐわない。

彼女があれを置いていったと思うと希望が湧いてくる。シリスの痛みで〝シンパス〟の衝動を抑えていたのだろうから、あれを着けていないいまは、戦いに使える武器がいつもよりひとつ多いわけだ。

ゼックスは戦っているだろう。どこにいようと戦闘のなかにいるはずだ。なぜならそれが彼女の性質《さが》だから。

ただちくしょう、彼女から養っておけばよかった。そうすれば……どこにいるか感じとることが――あるいは、まだ生きていると確実に知ることができただろうに。

暴れだしたくなるのを抑えようと、わかっていることを頭のなかで反芻《はんすう》してみた。全員がこの館に戻ってきたとき、さまざまな戦況報告がなされたのだ。

リヴェンジが見つかった部屋に、ゼックスやエレーナといっしょに行ったのはザディストとVだった。そこへ王女が現われ、ラッシュも現われた。ゼックスが〝シンパス〟の女を撃って……その直後にコロニーの住民全員が、新王のレヴのまわりで礼拝みたいな儀式をすると決めて入ってきた。

そのあと、王女が『ナイト・オブ・ザ・リビングデッド』のように再登場した。レヴがそれを片づけた。事態が収まってみたら……それ以来、ラッシュとゼックスは姿が見えない。

わかっているのはそれだけだった。

レヴはどうやら、夜になったら彼女を捜しにコロニーに向かう計画のようだ……が、からぶりに終わるのは目に見えている。ゼックスは〝シンパス〟のもとにはいない。ラッシュが誘拐したのだ。それ以外に考えられない。なんと言っても、脱出のさいにだれにも遺体を見られていないし、生きているならゼックスがひとりで先に逃げるはずがない。まずは全員ぶじ脱出したか確認しようとするはずだ。それになにしろ、あの部屋にいた者全員が、〝シンパス〟の意志はレヴが完全に掌握していたと言っているのだ。とすれば、〝シンパス〟のだれかがそこから自由になって、彼女を精神的に圧倒することができるとは思えない。

ラッシュのしわざだ。

ラッシュはどういうわけか、死からよみがえって〈オメガ〉と手を組んだ。そしてコロニーから出ていくさいに、ゼックスをさらっていったのだ。

あんちくしょう、きっと殺してやる。素手でぶっ殺してやる。

　怒りがふつふつと沸いてきて、鬱憤のあまり息が詰まりそうになる。寝返りを打って、タンスのうえのものから目をそらした。ゼックスがひどい目にあわされているかと思うと耐えられない。

　ただ、少なくとも〝レッサー〟は不能だ。ラッシュが〝レッサー〟になったのなら……あいつも不能のはずだ。

　それだけはありがたい。

　哀れっぽくため息をつくと、残り香のとくに強い箇所に顔をすりつけた。ゼックスの香りは豊かで深い。

　できるものなら前の日に戻りたい……まだこのドアを通り抜ける前に。そして、また入るところからやりなおすのだ。初めてふたりで過ごしたときにされた仕打ちは忘れて、もっと彼女にやさしくするのだ。

　さらに、彼女がごめんと言った、あのときに戻って赦すと言いたい。

　後悔と憤怒を抱いて暗がりに横たわりながら、日没までの時間を数え、計画を練った。クインとブレイがついてくるのはわかっている――そうしてほしいわけではないが、お節介はやめろと言ってもあのふたりは聞く耳を持たない。

　だがそれだけだ。ラスにも〈兄弟〉たちにもなにも言うつもりはない。この大脱走劇のコースに、ありとあらゆる安全装置をつけてもらう必要はない。仲間と出かけていってラッシュを見つけ、寝込みを襲ってこれを最後に始末する。そのせいで館から追い出される破目になってもかまいはしない。ジョンはどっちみちひとりなのだ。

重要なのは——ゼックスは彼の女だ、彼女が望もうと望むまいと。そして彼は、連れあいが世の荒波に翻弄されているときに、指をくわえて座視しているような男ではない。

リヴェンジのためにみながしたこと、まさにあれをやるのだ。

彼女のために報復を果たす。

彼女をぶじ連れ戻す……そして、さらっていったやつを確実に地獄送りにしてやる。

74

書斎のドアにノックの音がして、ラスはデスクの奥で立ちあがった。ベスとふたり、華奢なデスクをからにするのに一時間もかかった。あきれた話だ。このちゃちな引出しに、これほどモノが入っているとは思わなかった。

「来たか」と〝ジェラン〟に尋ねた。「あいつらかな」

「だといいけど」ドアが開くと、ベスの足音が外へ出ていく。よく見ようとしているのだろう。「まあ……みごとね」

「くそ重いと言ってくれよ」レイジが唸る。「マイ・ロード、中庸って言葉があるの知らないのか」

「おまえに言われたくない」ラスは言いながら、ジョージとともに左へ二歩、後ろに一歩移動した。カーテンのほうへ手を伸ばし、手のひらをかすめるタッセルで位置を確認する。

重いブーツを履いた連中の歩きまわる音がしだいに大きくなり、それに悪態の声が山ほどついてくる。ついでに唸り声。さらにますます唸り声。歴代の王も王の特権もくそくらえだとくさす声も聞こえる。

やがて、重いものがふたつ床に当たるズシンという音が二度聞こえた。まるで崖から落とした金庫がふたつ、地面に激突したかのようだ。

「ほかのカワイイやつも、燃やしちまっていいか」ブッチがぼそりと言った。「このソファとか――」

「いや、ほかのはみんな残す」ラスはつぶやくように言った。新しい家具への通り道はあいているだろうか。「少々改良したかっただけだからな」

「おれたちにはこれからも我慢しろってか」

「ソファはもう補強してある。そのでっかいケツをのせても大丈夫だ」

「まあ、大した改良だよ」ヴィシャスが言う。「こいつは……まったくどえらいしろものだぜ」

ラスは部屋の隅にさがったまま、邪魔にならないよう突っ立っていた。ベスがどこに置けばいいか兄弟たちに指示するのが聞こえる。

「よっしゃ、試してみてくれよ、マイ・ロード」レイジが言った。「これでいいんじゃないかな」

ラスは咳払いをした。「ああ、そうだな」

ジョージとともに前に出て、伸ばした手に触れたのは……

父のデスクは手彫りの黒檀《こくたん》で、縁を囲む繊細な模様は本物の名匠の手になるものだ。ラスはそのうえに身をかがめ、全体を手で探りながら、子供だった彼の目にどう見えたか思い出していた。何世紀もの磨耗に、むしろ堂々たる美が増し加わっていたものだ。巨大な脚はただの脚ではなく、人生の四季を表わす四体の男性像になっていて、それが支えるなめらかな天板には、ラスの前腕の内側に入った刺青と同じ、血統を表わす象徴が彫り込まれている。さらに手を伸ばしていくと、天板の下に並ぶ幅広の引出し三つに触れた。父がデスクの奥に座っていた姿を思い出す――書類や勅令をいっぱいに広げて、鵞《が》ペンがあちこちに転がっていた。

「みごとね」ベスがささやくように言った。「ほんとに――」

「おれの車と同じぐらいでかい」ハリウッドがつぶやいた。「重さは二倍だぜ」

「――こんな美しいデスク、初めて見るわ」と〝シェラン〟が締めくくる。

「父のだったんだ」ラスは咳払いをした。「椅子もあっただろう。どこだ」

ブッチがうめき、重くよろめくような足音がする。「ええと……ここだけど……これ……椅子じゃなくて……象だぜ」びっくりするような音を立てて、椅子の脚がオービュソンのじゅうたんに落ちた。「いったいこれ、なんでできてるんだ。強化コンクリに木材みたいな塗料が塗ってあるのか」

ヴィシャスがトルコ煙草の煙を吐き出す。「だから、ひとりで運ぶのは無理だって言ったろ。背骨を折りたいのか」

「ちゃんと運んだぜ。階段だってなんてことなかった」

「へえそうかい。じゃあなんで腰を曲げてさすってるんだ」

またうめき声がして、刑事《デカ》がぶつくさ言った。「腰なんか曲げてねえぞ」

「いまはな」

ラスは両手で玉座の肘掛けをさすり、〈古語〉の文字をなぞった。これはただの椅子ではなく、指導者の座だと高らかに宣言している。まさに記憶にあるとおり……そしてそうだ、高い背もたれのてっぺんにはひんやりした金属となめらかな石が嵌まっている。黄金と白金とダイヤモンドがきらめいていたのを思い出す……そしてそう、このごつごつするのはこぶし大のルビーの原石だ。

両親の館のもので残っているのは、このデスクと玉座だけだった。だが、これを〈古国〉から運んできたのは彼ではなく、ダライアスだ。〝レッサー〟が戦利品として売り払ったのを知り、購入した人間を見つけて取り返してきたのだ。

そう……そして〈兄弟団〉が海を渡ってきたとき、この一族の玉座が、そしてそれと揃いの王のデスクが、ともに渡ってくるよう手配したのもダライアスだった。

ラスは、これを自分が使う日が来るとは思っていなかった。

しかし、ジョージとともに近づいていって腰をおろすと……これでいいのだという思いが沸きあがってくる。

「ちぇっ、一同礼って気分なんだが、おれだけか？」レイジが言った。

「いや、おれもだ」とブッチ。「けどそれを言うなら、おれはいま肝臓をゆるめようとしてるとこでな。どうも背骨に巻きついちまったみたいで」

「だから、ひとりじゃ無理だって言ったろ」とVが冷やかす。

ラスは兄弟たちに好きにじゃれさせていた。発散と気晴らしが必要で、そのための悪罵の応酬だとわかっているからだ。

北部のコロニーへの遠征は大成功とは行かなかった。たしかにレヴは帰ってきたし、それはすばらしいことだ。しかし〈兄弟団〉には、戦士をあとに残してくる習慣はない。それなのにゼックスの姿はどこにもない。

そこへ第二のノックの音がした。これもまたラスが待っていた来訪だ。レヴとエレーナが入ってくると、ふたりの口から何度も感嘆の声があがり、やがて〈兄弟団〉がぞろぞろ出ていって、ラスとベスとジョージだけがふたりとともにあとに残った。

「いつ北部に戻る？」ラスはレヴに尋ねた。「ゼックスを捜しに」

「日の光が薄れて、外へ出られるようになったらすぐに」

「そうか。応援は必要ないか」

「いえ」かすかに衣ずれの音がした。不安がっている連れあいを、レヴが抱き寄せたのだろう。「ひとりで行くほうがいいと思うので。ゼックスを捜すだけでなく、後継者を決めてくるつもりだから、厄介なことになりかねないし」

「後継者というと？」

「わたしの生きる場所はここ、コールドウェルだ」レヴの声は強く、迷いはなかったが、その感情は乱れに乱れている。だが、ラスは不思議とは思わなかった。この二十四時間あまり、この男は人生というブレンダーに滅茶苦茶にかきまわされてきた。ラスはじかに経験したからよく知っている――救出されることは、とらわれ監禁されるのに劣らず、ときに現実認識を混乱させるものだ。

もちろん、救出されるほうがずっと好ましいのは言うまでもない。ゼックスにもそのような恩寵《おんちょう》が与えられるように、と〈書の聖母〉に祈った。

「ところで、ゼックスのことだが」ラスは言った。「見つけるのに必要なものがあれば、できるかぎりの支援はする」

「恩に着る」

ラスはゼックスのことを考え、ふと気がついた。現時点では、生を願うより死を祈るほうが彼女にとっては親切なのではないか。手を伸ばし、ベスの腰に腕をまわして抱き寄せる。彼の〝シェラン〟が、すぐそばで安全に暖かくしているのを感じとりたい。

「それで今後のことだがな」とレヴに言った。「これについては、おれにも言いたいことがある」

「というと？」

「あんたに統治してもらいたいんだ」

「えっ？」

向こうがとんでもない冗談じゃないを始めないうちに、ラスは口をはさんだ。「いまコロニーが不安定化するのは困る。ラッシュと〝レッサー〟の問題がいったいどうなってるのかわからんし、なぜあいつがコロニーにいたのか、あの王女といったいなにをやらかしていたのかもわからん。だがこれだけは確かだ――Zから聞いた話からすると、罪業喰らい《シン・イーター》どもはあんたを死ぬほどこわがってるそうじゃないか。ずっとあそこに張りついてなくてもいいから、あんたにあそこを任せたい」

「その理屈はわかるが――」

「わたしは王に賛成です」

口を開いたのはエレーナだった。そして、それで彼女の連れあいが肝をつぶしたのは明らかだった。レヴはろくすっぽ口がきけなくなっていた。

「王のおっしゃるとおりよ」エレーナは言った。「あなたが王になるべきだわ」

「悪くとらないでほしいんだが」レヴがぼそぼそと言う。「しかし、あなたとともに生きるのに、わたしはそんな未来は思い描いてなかった。第一に、二度とあそこには行かないつもりだったのに、これは早すぎる。第二に、わたしはあそこを治めたいなんて思わない」

ラスは尻の下の玉座の固さを感じて、思わず苦笑いをした。「不思議だな、おれも自分の民のことでときどき同じように感じるぞ。しかし運命ってやつは、あんたやおれみたいな者の意向なんか気にしてくれないんだ」

「とんでもない。統治のようなことはまったくわからないし、これじゃまるで目隠しをされて――」あわてて言葉を切った。「いや、つまりその……目が見えないという意味ではなく……いやその」

相手の顔に浮かぶ困惑を思い描いて、ラスはまた苦笑いをした。「いいんだ、気にするな。おれはおれだから」ベスが彼の手を握ってきたのを、強く握りかえして安心させる。「おれはおれだし、あんたはあんただ。北部はあんたに仕切ってもらわなくちゃならんのだ。あんたは以前おれの期待に応えてくれた。今度もあんたに任せておけば安心だ。統治がどうのというそれについては……意外かもしれんが、王なんてみんな目隠しの手探りさ。だが、心がちゃんとした場所にありさえすれば、行くべき道ははっきり見えてくるもんだ」

ラスは見えない目を〝シェラン〟の顔に向けた。「途方もなく賢い女性にそう教えられたんだ。まったく、ほんとうにそのとおりだったよ」


こんちくしょう、とレヴは思いながら、ヴァンパイア一族に尊崇される盲目の王を見つめた。いかにも統治者が座っていそうな古めかしい玉座に収まっている……まったく大した装備だ、それにあのデスクも古ぼけたとはとうてい言えない。しかもどうだ、王者然として座りながら、当たり前のような顔をして爆弾を落としてきやがった。これだから君主というやつは、自分の意志が通るのが当たり前だと思っていやがる。

くそったれめ、いつでも従われて当然みたいな顔をして、いったいなにがわかるというんだ。

だが、これは……なんというか、彼とラスはいわば似た者どうしということか。

これといった理由もなく、いやほんとうになんの理由もないのだが、レヴは〝シンパス〟の王が座る玉座のことを思い出した。ただの白大理石の台座で、特別なところはなにひとつない。だが、あそこで尊敬されるのは精神のパワーだ――外面的な権威の誇示に感心する者などいない。

レヴが最後に玉座の間に入ったのは、父親ののどを切り裂いたときだった。父王の青い血が、肌理《きめ》の細かい純白の石に滴り落ちるさまが目に浮かぶ。まるでインク壜を引っくり返したようだった。

思い出すと憂鬱になる。といっても、自分のしたことを恥じているからではない。ただ……ラスの意向に屈伏して従ったとしたら、彼にも同じ未来が訪れるのではないか。拡大家族のひとりに、いつかのどを切り裂かれるのか。

それが彼を待つ運命なのか。

気になってならず、助けを求めてエレーナに目をやった……すると、まさに彼の必要な強さがそこにあった。こちらを見あげる彼女の目には、揺るぎない愛が燃えていた。この愛があれば、そんな陰惨な未来を予想する必要はないのかもしれない。

またラスに目を戻したとき、王もやはり〝シェラン〟に支えられているのがわかった。レヴが自分の連れあいに支えられているのと同じだ。

ここに手本がある、このとおりにすればいい。目の前にあるのだ、こうなりたいと思い、こうしたいと思うとおりのお手本が。善良で強い統治者。そしてそばに控える女王も、その王とともに統治している。

ただ、彼の民はラスの民とはまったく違う。それにエレーナはあのコロニーの一員とはなりえない。けっして。

とはいえ、彼女の助言は大いに役立つだろう。ほかに相談したい相手などいない……部屋の向こうの玉座に収まる、あのいまいましいヴァンパイアの王をべつにすれば。

レヴは連れあいの手をとった。「よく聞いてくれ。もしこれを引き受けるとしても、つまり統治するとしても、コロニーと交渉するのはわたしひとりだ。あなたは来てはいけない。それに言っておくが、きっと目をそむけたくなることもあると思う。とうてい耐えられないと思うような。わたしに対する見かたが変わってしまうかも――」

「悪いけど、そういうことはもうあったじゃない」エレーナは首をふった。「それになにがあっても、あなたが善いひとだってことに変わりはないし、勝利を約束するのはそれだけ――歴史がくりかえし証明しているとおりよ。だれのどんな人生にだって、それ以外になんの保証もありはしないわ」

「まいった、愛してるよ」

彼女は笑顔で見あげてくる。それでも念を入れずにはいられなかった。「でも、ほんとうにいいんだね。いったん――」

「いいの、百パーセント」――爪先立ちになってキスをして――「ほんとうよ」

「よし、やったぞ」ラスは、ひいきのチームが得点をあげたかのように拍手をした。

「おれは賢い女性の味方だ」

「それはわたしもだ」小さく笑みを浮かべて、レヴは自分の〝シェラン〟を腕に抱き寄せた。多くの意味で、世界は正しい場所になったように感じる。これで、もしゼックスが戻ってくれば――

「もし」ではない、と自分に言い聞かせる。かならず戻ってくる。

エレーナが胸に頭を寄せてきた。その背をさすりながら、彼はラスに目を向けた。ややあって、女王に向けていた王の顔があがった。レヴが見ているのに気づいたかのように。

美しい淡青色の書斎に静寂が満ちる。その静けさのなか、ふたりのあいだには奇妙に通いあうものがあった。ひじょうに多くの面で大きく異なっているし、その過去に類似点はほとんどなく、また互いのことは知らないも同然だが、ふたりはある共通点で結びついていた。しかもこの地上に、その共通点をもつ者を相手以外に知らないと来ている。

どちらも自分の玉座にひとり座る統治者だ。

どちらも……王なのだ。

「人生ってのは、じつに輝かしい苦行だな」ラスはつぶやいた。

「まさに」レヴはエレーナの頭のてっぺんにキスをした。彼女に会う前だったら、〝輝かしい〟は省いていただろうと思う。「まったくそのとおりだ」

訳者あとがき

本書は〈黒き剣兄弟団《ブラック・ダガー・ブラザーフッド》〉シリーズ第七作、*Lover Avenged* の全訳です。

前作『漆黒に包まれる恋人』で、〈兄弟団〉の戦士六人全員が連れあいを得て、シリーズは一応の区切りを迎えました。というわけでこの第七作からはいわば第二期開始と言ってよいと思いますが、その栄えある第二期第一作のヒーローはリヴェンジです。ベラの兄としてすでに第三作から顔を出しており、巻を追うごとにダークな魅力を振りまいてきた彼ですが、さてそのお相手はどんな女性でしょうか。

前作で、一族の医師ハヴァーズの病院が〝レッサー〟に襲われるというエピソードがありましたが、そのときフュアリーを補佐してみなをぶじ撤退させた、有能にして勇敢な看護師がいたことをご記憶の読者もおられるでしょう。この女性はきっとまた出てくるのではと思わされたものですが、思ったとおりというべきでしょうか。短い出番ながら強烈な印象を残したこの看護師エレーナ（前作では名前は出ていませんが）が、リヴェンジの向こうを張る堂々たるヒロインとして再登場します。

　このふたりのロマンスには、シリーズのこれまでのペアよりずっと「現実的」な印象があります。もちろん、ヒーローのリヴェンジはクラブオーナーで陰の麻薬王ですから、日常どこでもお目にかかるタイプとはちょっと言えませんが、〈兄弟団〉の戦士たちとちがって、少なくとも人間社会で「仕事」をして稼いでいる男性ではあります。またエレーナはさらに現実的というか、わたしたちの身近に実際にいそうな女性です。ヴァンパイアではあるものの、看護師としてふつうに働き、苦労はあっても仕事にやりがいを感じています。精神を病んだ父親を支えながら、多いとは言えないお給料で家賃を払ってスーパーで買物をしてと、等身大の共感を抱けるヒロインと言ってよいのではないでしょうか。会えない時間を電話で埋め、何時までは仕事だから……と次に会う時間を約束しあう。そんなふたりの姿には、思わずわかる！　と言ってしまいたくなります。

　そんなふたりの仲は、いろいろと重大な問題をはらみつつも順調に深まっていく……かに見えますが、しかし本シリーズは基本的に群像劇です。前作からはとくにその色彩が強くなってきましたが、今作もその流れは変わらず、ふたりのロマンスと同時並行的にさまざまな問題が進行しており、それがお互いに複雑にからみあい影響を与えあっています。以前のシリーズで結ばれたカップルのその後がわかるのはうれしいものですが、第一作以降ずっと仲むつまじい王と女王だったラスとベスに、今作で深刻な危機が訪れてしまいます。これがまた一難去ってまた一難で、それをふたりが乗り越えていく過程からも目が離せません。これで一作書いてよかったのではないかと思うほどです。

そのほかにももちろん目が離せないのが、しばらく前から少しずつ深まってきているジョン・マシューとゼックスの関係です。今作ではゼックスの過去も少しずつ明らかになってきますが、そこにはなにかただならぬものが感じられますし、それがジョンとの関係にどう影響してくるかも気になるところ、と思ったらこのふたりにも大きな危機が……前作でやっと戻ってきたトールメントとジョンとの関係も気がかりですし、さらにジョンが出てくればラッシュが出てくるのもお約束で、前作で悪神〈オメガ〉の子としてよみがえったラッシュが、〝フォアレッサー〟として「大活躍」するさまも本作ではくわしく語られていきます。

ヒーローのリヴェンジも、副ヒロイン（と言ってよいかどうかわかりませんが）のゼックスもどちらも〝シンパス〟の血を引いているので、その関係で本作では〝シンパス〟社会の実態も描かれ、ヴァンパイア社会とどういう関係にあるのかということもわかってきます。最初はリヴェンジのただの用心棒として登場したトレズとアイアムも、巻を追うごとに複雑な人物像が描かれていきますし、前作で初登場の堕天使ラシターの今後も気になるしで、作品世界はいよいよ重厚さを増していくいっぽうです。作者ウォードのくめども尽きぬ創作意欲と、緻密な計算のうえに世界観を築きあげていく手腕には、毎度のことながら舌を巻かずにはいられません。

最後になりましたが、訳者の力不足と怠慢で、今作の刊行が大幅に遅れてしまいましたことをお詫びしなくてはなりません。読者のかたがたから編集部へお問い合わせもいただいているそうで、お待たせしてほんとうに申し訳ございませんでした。〈ブラック・ダガー〉シリーズのファンのみなさま、どうぞご容赦のうえ、今作もお楽しみいただければ幸いです。

本書の訳出にあたっては、二見書房の山本則子氏にたいへんお世話になり、またたいへんご迷惑をおかけいたしました。この場をお借りして心よりお礼とお詫びを申し上げます。

二〇一二年十月

ザ・ミステリ・コレクション

永遠《とわ》を誓《ちか》う恋人《こいびと》（下）

2021年12月20日　初版発行

著者　J・R・ウォード

訳者　安原和見《やすはらかずみ》

発行所　株式会社 二見書房
東京都千代田区神田三崎町2-18-11
電話 03(3515)2311［営業］
03(3515)2313［編集］
振替 00170-4-2639

印刷　株式会社 堀内印刷所
製本　株式会社 村上製本所

ISBN978-4-576-21186-2
https://www.futami.co.jp/

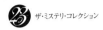

＊の作品は電子書籍もあります。

黒き戦士の恋人
J・R・ウォード
安原和見［訳］〔ブラック・ダガー シリーズ〕

NY郊外の地方新聞社に勤める女性記者ベスは、謎の男ラスに出生の秘密を告げられ、運命が一変する！　読み出したら止まらない全米ナンバーワンのパラノーマル・ロマンス

永遠なる時の恋人
J・R・ウォード
安原和見［訳］〔ブラック・ダガー シリーズ〕

レイジは人間の女性メアリをひと目見て恋の虜に。戦士としての忠誠か愛しき者への献身か、心は引き裂かれる。困難を乗り越えてふたりは結ばれるのか？　好評第二弾

運命を告げる恋人
J・R・ウォード
安原和見［訳］〔ブラック・ダガー シリーズ〕

貴族の娘ベラが宿敵〝レッサー〟に誘拐されて六週間。だれもが彼女の生存を絶望視するなか、ザディストだけは彼女を捜しつづけていた…。怒濤の展開の第三弾！

闇を照らす恋人
J・R・ウォード
安原和見［訳］〔ブラック・ダガー シリーズ〕

元刑事のブッチがヴァンパイア世界に足を踏み入れて九カ月。美しきマリッサに想いを寄せるも梨の礫。贅沢だが無為な日々に焦りを感じていたところ…待望の第四弾

情熱の炎に抱かれて
J・R・ウォード
安原和見［訳］〔ブラック・ダガー シリーズ〕

深夜のパトロール中に心臓を撃たれ、重傷を負ったヴィシャス。命を救った外科医ジェインに一目惚れすると、彼女を強引に館に連れ帰ってしまうが…急展開の第五弾

漆黒に包まれる恋人
J・R・ウォード
安原和見［訳］〔ブラック・ダガー シリーズ〕

自己嫌悪から薬物に溺れ、〈兄弟団〉からも外されてしまったフュアリー。〝巫女〟であるコーミアが手を差し伸べるが…。シリーズ第六弾にして最大の問題作登場!!

灼熱の瞬間《とき》 ＊
J・R・ウォード
久賀美緒［訳］

仕事中の事故で片腕を失った女性消防士アン。その判断をした同僚ダニーとは事故の前に一度だけ関係を持っていて…。数奇な運命に翻弄されるこの恋の行方は？

蠱惑の堕天使 ＊
J・R・ウォード
氷川由子［訳］

ジムはある日事故で感電死し、天使からの命を受けて堕天使となって人間世界に戻り、罪を犯しそうになっている7人の人間を救うことに。愛と悲しみを知る新シリーズ開幕

悲しみの夜の向こう ＊
アビー・グラインズ
林亜弥［訳］

亡母の治療費のために家も売ったブレア。唯一の肉親である父を頼ってやってきたフロリダで、運命の恋に落ち…。愛と悲劇に翻弄されるヒロインを描く官能ロマンス

世界の終わり、愛のはじまり
コリーン・フーヴァー
相山夏奏［訳］

無名作家ローウエンのもとに、ベストセラー作家ヴェリティの共著者として執筆してほしいとの依頼が舞い込むが…。愛と憎しみが交錯するジェットコースター・ロマンス！

時のかなたの恋人 ＊
ジュード・デヴロー
久賀美緒［訳］

イギリス旅行中、十六世紀から来た騎士ニコラスと恋に落ちたダグラス。時を超えて愛し合う恋人たちを描く、タイムトラベル・ロマンス永遠の名作、待望の新訳！

口づけは復讐の香り ＊
L・J・シェン
藤堂知春［訳］

シカゴ・マフィアの一人娘フランチェスカは社交界デビューの仮面舞踏会で初めて会った男ウルフにキスを奪われ、婚約することになる。彼にはある企みがあり…

愛は闇のかなたに ＊
L・J・シェン
水野涼子［訳］

父の恩人の遺言で政略結婚をしたスパロウ。十も年上で裏社会にさえ顔がきくという男との結婚など青天の霹靂だったが、いつしか夫を愛してしまい…。全米ベストセラー！

霧の町から来た恋人
ジェイン・アン・クレンツ
久賀美緒［訳］

ともに探偵事務所を経営する友人のオリヴィアが何者かに連れ去られ、カタリーナはちょうどある殺人事件で彼女の力を借りにきたスレーターとともに行方を捜すが…

二見文庫 ロマンス・コレクション

＊の作品は電子書籍もあります。

朝が来るまで抱きしめて ＊
クレア・コントレラス
守口弥生［訳］

ジャーナリスト志望の大学生アメリアは、高校の先輩の失踪事件を追ううち、父親の秘密を知る。プレイボーイのローガンとともに真相を追うが、事件は思わぬ方向へ…

愛することをやめないで ＊
デヴニー・ペリー
滝川えつ子［訳］

ジャーナリストのブライスは危険な空気をまとう男ダッシュと出会い、彼の父親にかけられた殺人容疑の調査に乗り出す。二人の間にはいつしか特別な感情が芽生え…

夜の向こうで愛して ＊
キャロリン・クレーン
村岡栞［訳］

元宝石泥棒のエンジェルは、友人の叔母を救うために再び泥棒をするが、用心棒を装ったコールという男に見つかり…。ゴージャスな極上ロマンティック・サスペンス

この恋は、はかなくても ＊
J・T・ガイシンガー
滝川えつ子［訳］

大富豪の妻エヴァの監視をするセキュリティ会社のナズは彼女と恋に落ちるが、実はエヴァは大富豪の妻ではなく…。最後まで目が離せない、ハラハラドキドキのロマサス！

悲しみにさよならを ＊
シャロン・サラ
氷川由子［訳］

10年前に兄を殺した犯人を探そうと決心したとたんローガンは命を狙われる。彼女に恋するウエイドと捜索を進めると、驚く事実が明らかになり…。本格サスペンス！

いつわりの夜をあなたと ＊
カイリー・スコット
門呉茉莉［訳］

ベティはハンサムだが退屈な婚約者トムと別れようと決心したとたん、何者かに誘拐され…!? 2017年アウディ賞受賞作家が贈る映画のような洒落たロマンス！

あなたとめぐり逢う予感 ＊
ジュリー・ジェームズ
村岡栞［訳］

殺人事件の容疑者を目撃したことから、FBI捜査官のジャックと再会したキャメロン。因縁ある相手だが、ボディガードとして彼がキャメロンの自宅に寝泊まりすることに…

袋小路
キャサリン・コールター　〔FBIシリーズ〕
林 啓恵［訳］
全米震撼の連続誘拐殺人を解決した直後、サビッチのもとに妹の自殺未遂の報せが入る…。『迷路』の名コンビが夫婦となって大活躍！ 絶賛FBIシリーズ第二弾!!

死角
キャサリン・コールター　〔FBIシリーズ〕
林 啓恵［訳］
あどけない少年に執拗に忍び寄る魔手！ 事件の裏に隠された驚くべき真相とは？ 謎めく誘拐事件に夫婦FBI捜査官S&Sコンビも真相究明に乗りだすが……

追憶
キャサリン・コールター　〔FBIシリーズ〕
林 啓恵［訳］
首都ワシントンを震撼させた最高裁判所判事の殺害事件。殺人者の魔手はサビッチたちの身辺にも！ 夫婦FBI捜査官サビッチ&シャーロックが難事件に挑む！

失踪
キャサリン・コールター　〔FBIシリーズ〕
林 啓恵［訳］
FBI女性捜査官ルースは休暇中に洞窟で突然倒れ記憶を失ってしまう。一方、サビッチ行きつけの店の芸人が何者かに誘拐され、サビッチを名指しした脅迫電話が…！

幻影
キャサリン・コールター　〔FBIシリーズ〕
林 啓恵［訳］
有名霊媒師の夫を殺されたジュリア。何者かに命を狙われFBI捜査官チェイニーに救われる。犯人捜しに協力する同僚のサビッチは驚愕の情報を入手していた…！

眩暈
キャサリン・コールター　〔FBIシリーズ〕
林 啓恵［訳］
操縦していた航空機が爆発、山中で不時着したFBI捜査官ジャック。レイチェルという女性に介抱され命を取り留めるが、彼女はある秘密を抱え、何者かに命を狙われる身で…

残響
キャサリン・コールター　〔FBIシリーズ〕
林 啓恵［訳］
ジョアンナはカルト教団を運営する亡夫の親族と距離を置き、娘と静かに暮らしていた。が、娘の〝能力〟に気づいた教団は娘の誘拐を目論む。母娘は逃げ出すが……

＊の作品は電子書籍もあります。

幻惑
キャサリン・コールター
林 啓恵［訳］
〔FBIシリーズ〕
大手製薬会社の陰謀をつかんだ女性探偵エリンはFBI捜査官のボウイと出会い、サビッチ夫妻とも協力して真相に迫る。次第にボウイと惹かれあうエリンだが……

閃光
キャサリン・コールター
林 啓恵［訳］
〔FBIシリーズ〕
若い女性を狙った連続絞殺事件が発生し、ルーシーとクープの若手捜査官が事件解決に奔走する。DNA鑑定の結果犯人は連続殺人鬼テッド・バンディの子供だと判明し!?

代償
キャサリン・コールター
林 啓恵［訳］
〔FBIシリーズ〕
サビッチに謎のメッセージが届き、友人の連邦判事ラムジーが狙撃された。連邦保安官助手イブはFBI捜査官ハリーと組んで捜査にあたり、互いに好意を抱いていくが…

錯綜
キャサリン・コールター
林 啓恵［訳］
〔FBIシリーズ〕
捜査官の妹が何者かに襲われ、バスルームには大量の血が!? 一方、リンカーン記念堂で全裸の凍死体が発見された。早速サビッチとシャーロックが捜査に乗り出すが…

謀略
キャサリン・コールター
林 啓恵［訳］
〔FBIシリーズ〕
婚約者の死で一時帰国を余儀なくされた駐英大使のナタリーは何者かに命を狙われ、若きFBI捜査官ディビスに助けを求める。一方あのサイコパスが施設から脱走し…

誘発
キャサリン・コールター
林 啓恵［訳］
〔FBIシリーズ〕
空港で自爆テロをしようとした男をシャーロックが取り押さえたころ、サビッチはある殺人事件の捜査に取りかかるが、なぜか犯人には犯行時の記憶がなく…。報復の連鎖!

背信
キャサリン・コールター
守口弥生［訳］
〔FBIシリーズ〕
ハリウッドで若い女優の連続殺人事件が発生。一方、ワシントンDCでは名だたる富豪が毒殺されそうになるがその目的は!? 人も羨む世界の裏にある人間の闇を描く!

奔流
キャサリン・コールター
守口弥生［訳］
〔FBIシリーズ〕

妊婦を人質に取った立てこもり事件が発生。〝エニグマ〟と名乗る犯人は事件のあと昏睡状態に陥り、さらにはその後生まれた赤ん坊まで誘拐されてしまう。最新作！

過去からの口づけ ＊
トリシャ・ウルフ
林 亜弥［訳］

殺人未遂事件の被害者で作家のレイキンは、事件前後の記憶も失っていた。しかし新たな事件をFBI捜査官のリースと調べるうち、自分の事件との類似に気づき…

闇のなかで口づけを ＊
レベッカ・ザネッティ
高橋佳奈子［訳］

元捜査官マルコムは、国土安全保障省からあるカルト教団への潜入捜査を依頼される。元信者ピッパに近づいた彼は身分を明かせぬまま惹かれ合い…。官能ロマンス！

危険すぎる男 ＊
シャノン・マッケナ
寺下朋子［訳］

レストランを開く夢のためカフェで働く有力者の娘デミ。そこへ足繁く通う元海兵隊員エリック。ふたりは求めあう関係になるが……過激ながらも切ない新シリーズ始動！

夜明けまで離さない
シャノン・マッケナ
寺下朋子［訳］

7年ぶりに故郷へ戻ったエリックは思いがけずデミと再会。かつて二人を引き裂いた誤解をとき、カルト集団の謎に挑む！『危険すぎる男』に続くシリーズ第2弾

公爵に囚われた一週間
キャロライン・リンデン
村山美雪［訳］

「勝ったら、きみの一週間をいただこう」――公爵が挑んだ賭けをソフィーは受けて立つが…。RITA賞、ダフネ・デュ・モーリア賞に輝く作家のリージェンシーロマンス

野獣と呼ばれた公爵の花嫁
アマリー・ハワード
山田香里［訳］

妹の政略結婚を阻止するため、アストリッドはある人物に助けを求める。それは戦争で大怪我を負い〝野獣〟のごとき容貌へと変わってしまったビズウィック公爵だった！

＊の作品は電子書籍もあります。

約束のキスを花嫁に
リンゼイ・サンズ
上條ひろみ〔訳〕
〔新ハイランドシリーズ〕

幼い頃に修道院に預けられたイングランド領主の娘アナベル。ある日、母に姉の代役でスコットランド領主と結婚しろと命じられ…。愛とユーモアたっぷりの新シリーズ開幕！

愛のささやきで眠らせて
リンゼイ・サンズ
上條ひろみ〔訳〕
〔新ハイランドシリーズ〕

領主の長男キャムは盗賊に襲われた少年ジョーンを助けて共に旅をしていたが、ある日、水浴びする姿を見てジョーンが男装した乙女であることに気づいてしまい!?

口づけは情事のあとで
リンゼイ・サンズ
上條ひろみ〔訳〕
〔新ハイランドシリーズ〕

夫を失ったばかりのいとこフェネラを見舞ったサイは、しばらくマクダネル城に滞在することに決めるが、湖で出会った領主グリアと情熱的に愛を交わしてしまい……!?

恋は宵闇にまぎれて
リンゼイ・サンズ
上條ひろみ〔訳〕
〔新ハイランドシリーズ〕

ギャンブル狂の兄に身売りされそうになったミュアライン。ドゥーガルという男と偽装結婚して逃げようとするが、結婚が本物に変わるころ、新たな危険が…シリーズ第四弾

二人の秘密は夜にとけて
リンゼイ・サンズ
相野みちる〔訳〕
〔新ハイランドシリーズ〕

妹サイに頼まれ、親友エディスの様子を見にいったブキャナン兄弟は、領主らの死は毒を盛られたと確信し犯人探しにとりかかる。その中でエディスとニルスが惹かれ合い…

忘れえぬ夜を抱いて
リンゼイ・サンズ
上條ひろみ〔訳〕
〔新ハイランドシリーズ〕

ブキャナン兄弟の長男オーレイは、顔の傷のせいで婚約者に逃げられた過去を持っていた。ある日、海で女性を救出するが、記憶を失った彼女は彼を夫だと思い込み…

ハイランダー戦士の結婚条件 ＊
リンゼイ・サンズ
喜須海理子〔訳〕
〔新ハイランドシリーズ〕

治療士として名高い弟とまちがわれ領主の治療目的のために拉致されたコンラン。領主の娘エヴィーナと運命的な出会いが…。人違いが恋のはじまり!? シリーズ最新刊